KB021745

한국의 야담

한국의 야담

이강래 엮음

차 례

한국의 야담

과 객

경상도 선비들이 과거를 보기 위해 한양으로 길을 가자면, 영남 삼대령(嶺南三大嶺) 중의 하나를 넘어야 했는데, 추풍령은 산세가 높지는 않지만 험악한 골짜기가 앞뒤 수십 리에 걸쳐서 뻗어있어 우거진 숲 사이로 짐승들의 울음소리가 대낮에도 들리는 음산한 곳이었다.

그리고 죽령(竹嶺)은 소백산 줄기가 충청도와 경상도 사이의 첫머리에 병풍처럼 우뚝 솟아있어 나그네가 혼자서 넘기는 힘들었다. 한편 추풍령과 죽령 사이에 있는 문경(聞慶) 새재(鳥嶺)는 박달나무가 많기로 유명하며 산세가 고약하고 험상궂기로 세 군 데 재들 중에서 으뜸으로 손꼽는다.

대개의 선비들은 될 수 있으면 새재를 넘지 않으려고 했다. 용폭(龍瀑)에서 콸콸 소리를 내며 내려치는 물소리가 계곡을 울리는 가운데 가끔 호랑이와 곰 같은 맹수가 쭈그리고 앉아있다가 오가는 행인을 해친다는 이야기가 떠돌자 더욱 그 길을 택하기를 꺼려 하는 분위기였다.

김 공자는 혼자서 처음으로 과거를 보러 가는 초행길이라 나귀를 타고 새재를 넘게 되었는데, 나이 열여덟, 아직은 어리지만 담력이 매우 커서 스스로 광명정대한 자신의 마음만 믿을 뿐 어떤 상황에서도 좀체로 겁을 내거나 동요하지 않는 성품의 소유자였다.

굽이굽이 산길을 돌아 새재마루에 올라선 그는 멀리 눈 아래에 깔린 천산만수(天山萬水)를 굽어보다가 다시 갈 길을 재촉했다.

무더운 날이어서 나귀도 험한 산길을 오르기에 지쳤는지 재를 내려가는 걸음이 몹시도 느렸다. 들리는 말대로라면 재를 넘어서도 삼십 리 길을 더 빠져나가야만 인가와 주막도 있다는데, 하늘을 쳐다보니 해가 머지않아 서산마루에 내려앉을 것만 같아 바쁜 마음이 더 다급해졌다.

하룻밤 쉬어갈 만한 곳을 찾지도 못했는데 산 속에서 해가 저물게 되면 초행길인 나그네로서는 매우 난처한 일이 아닐 수 없었다. 그래서 나귀등에 채찍질을 하며 서둘러 내려가는데 험한 언덕 뒤에 나타난 평평한 숲속 길이 가도가도 끝이 없었다.

숲을 뚫고 산모퉁이를 돌아섰더니 길가에 손바닥 만큼이나 작은 밭이 있고 콩이파리가 바람결에 흔들리는 것으로 보아 이미 인가가 가까워진 것 같았다. 김 공자는 비로소 안도하는 한숨을 내쉬었다. 이제 날이 저물더라도 한길에서 밤을 새울 걱정은 하지 않아도 될 것 같았기 때문이었다.

얼마쯤 가노라니 길이 일직선으로 뻗었는데 머리에 너울을 쓰고 하얗게 소복단장을 한 여인이 길 저쪽으로 비켜서 천천히 걸어가는 모습이 보였다.

재를 넘는 동안 온종일 사람의 그림자도 볼 수 없었던 김 공자이었기에 무척이나 반가웠다.

여자 혼자서 걸어가는 것으로 보아 재를 넘어온 것 같지는 않았고 필시 가까운 곳에 인가가 있어 잠시 다녀 가는 듯한 차림이었다.

뒷모습을 바라보며 따라가던 김 공자는 앞의 여인이 산모퉁이를 돌아서면서 보이지 않게 되자 자기의 소중한 무엇을 잃은 것처럼 재빨리 달려갔다.

소복한 여인은 어느 새 저편 산기슭을 돌아가고 있었는데 두 사람 사이의 거리는 좀 더 가까워진 듯하였다. 뒤쪽에서 나귀가 걸어오는 소리가 들리면 한 번쯤은 고개를 돌려 뒤를 봄직도 한데 여인은 변함없이 앞을 향해 걸어가고 있었다.

김 공자는 일부러 크게 헛기침소리를 내며 앞서 가는 여인이 한번쯤은 고개를 돌리기를 은근히 기다렸으나 여인은 자세를 흐트림없이 그대로 걸어가기만 했다.

때문에 김 공자는 문득 여인을 앞질러 가서 너울 밑에 반쯤 가리운 얼굴이라도 곁눈질해 보고 싶은 생각이 들었다.

여색을 멀리 하며 경계하는 것이 군자의 도리인 줄은 알면서도 호젓한 산길에서 사람을 만났다는 것이 반가웠고 허리를 곧게 펴고 총총걸음을 걷는 것으로 보아 젊은 여인인 것 같았기에 더욱 얼굴이 보고 싶었다. 소복을 차려 입은 자태가 바라볼수록 눈에 선명해져서 마치 무성한 잡초밭에서 한 떨기의 꽃송이를 대하는 듯한 경이로움이 느껴졌다. 나귀를 급히 몰아 여인에게 가까이 다가선 김 공자는 까닭모르게 두근거리는 가슴을 누르며 여인의 뒷모습을 눈여겨 바라보았는데 옥 같은 뽀얀 손이 나긋나긋 흔들거리는 것으로 보아 젊고 아리따운 여인임에 틀림없었다.

너무 바싹 다가서기도 뭐하고 좁은 길에서 앞서기도 힘들었기에 나귀의 걸음을 약간 늦추며 따라가는데 앞서 가던 여인이 주춤하면서 고개를 다소곳이 앞으로 숙인 채 반쯤 몸을 뒤로 돌렸다. 그리고는 곁눈으로 바라보는 듯 하더니 몸 자세를 바로 하며 길 옆 풀밭으로 비켜서는 것으로 보아 먼저 가라는 듯한 눈치였다.

때문에 김 공자가 조심스레 앞을 향해 여인의 옆을 지나가는 순간 공교롭게도 갑자기 돌개바람이 휘몰아치는 바람에 여인이 쓰고 있던 너울이 벗겨지면서 공자가 타고 있는 나귀 앞의 길바닥에 떨어졌다.

당황한 표정으로 몸을 돌려 너울을 집으려던 여인은 공자의 눈길과 마주치자 얼굴을 빨갛게 물들이며 머리를 푹 숙였다.

이때 공자가 나귀에서 황급히 내려서 너울을 집어 여인의 발 앞에 공손히 놓아 두고는 엉거주춤하면서 서 있었더니 여인은 너울을 집어 얼굴에 쓴 다음 앞을 향하여 걸어갔다.

공자는 한참동안 걸어가는 여인의 뒷모습을 멍하니 바라보면서 그 자리에 서 있었다. 세상에 태어난 후로 그처럼 어여쁜 여자를 처음 보았다는 생각을 하면서-

여인의 자태가 시야에서 점점 멀어지자, 김 공자는 그제서야 정신을 차리고 다시 나귀등에 올라 길을 재촉했다.

얼마쯤을 갔더니 한길에서 좀 떨어진 외진 곳에 자리잡고 있는 아담한 기와집 한 채가 숲 사이로 보였는데, 멀리서 보아도 앞뒤 채가 높은 담장 안에 자리잡고 있는 것으로 보아 그런 산 속에서도 제법 행세를 하는 집안 같았고 기와집을 뒤로 아득히 바라보이는 산기슭에는 초가집 두서너 채가 짚더미처럼 뒹굴고 있었다.

여인은 그 기와집을 향해 걸음을 재촉하더니 이윽고 대문 안으로 사라져버렸다.

공자는 잠시 동안 망설였다. 물론 여인에게 음탕한 마음을 품었기 때문은 아니지만, 그 집 앞을 그냥 지나쳐버리기가 어쩐지 서운하였고 해도 마침 서쪽 산허리에 내려앉는 참이었기에 험한 길을 더 갈 것 없이 그 기와집에서 하룻밤 신세를 지는 것이 좋겠다는 생각이 들었다.

설마 그토록 큰 집에 젊은 여인이 혼자 있을 리는 없을 터이고 누구든 남자가 있다면 하룻밤 이야기 벗이 될 수도 있을 것 같았다.

공자는 그렇게 작정하자 머뭇거림도 없이 기와집으로 찾아들어 대문 밖에서 점잖게 주인을 찾았다.

처음으로 대문 밖에서 목청을 가다듬어

"이리 오너라!"

하고 소리를 질렀을 적에는 한참동안이나 잠잠하더니, 두 번째로 부르자 대문 틈으로 하얀 옷자락이 흔들거리는 것이 보였고, 세 번째로 부르자 어린 종년이 모습을 나타냈는데 노랑저고리에 다홍치마를 입고 있었다.

문 틈으로 내나보던 사람은 조금 전에 길에서 만난 여임임이 분명하였다.

"주인어른께서 계시냐?"

"아무도 안 계시는데요……."

"이렇게 큰댁에 아무도 안 계시다니?"

"바깥주인께서는 안 계세요."

"그래? 나는 한양으로 과거 보러 가는 선빈데 날도 저물고 하여 이 댁에서 하룻밤 쉬어갔으면 해서 들렀으니 안에 들어가서 여쭈어라."

종년이 안으로 들어간 다음 공자 김생은 잠깐 주위를 살펴보았다. 산허리에 검은 그림자가 내리깔리는 것으로 보아 얼마 지나지 않아 곧 저녁 어둠이 드리울 것 같았다.

"젊은 마님께서 홀로 사시는 집이어서 손님을 모시기 어렵다고 여쭈옵니다."

종년이 나오더니 안주인의 말을 전했다.

"다시 한번 더 들어가 여쭈어라. 초행길에 날도 어두워지고 갈길도 낯설어서 그러니 대단히 죄송스럽지만 사랑채에서 하룻밤만 보내고 가기를 간절히 부탁드린다고……."

한참동안 눈을 멀뚱거리며 서 있던 종년이 다시 안으로 들어갔다가 잠시 후에 나왔는데 해죽 웃음부터 지었다.

"손님의 사정이 딱하신 것 같으니 누추한 곳이지만 하룻밤 쉬어 가시라고 여쭙니다."

김생은 빙그레 웃음을 머금으며 뜻이 이루어졌음을 속으로 만족하게 생각하였다.

잠깐 기다려 달라고 말한 종년은 사랑방 문을 열어젖히고는 먼지를 떨며 방을 깨끗이 정돈하기에 바빴다. 김생은 나귀를 마당귀에 매어 놓고 우두커니 서 있었다.

종년이 마지막으로 마루를 깨끗이 닦고는 그제서야 들어오라고 했다. 김생이 방에 들어가서 보니 시골집 치고는 처음 볼 정도로 아담하게 꾸며져 있었고, 한쪽 벽에는 칸마다 시렁 위에 책이 가득 쌓여 있었으며 책상 위에는 문방사우(文房四友)가 가지런히 놓여 있었다.

"주인 양반은 어디 가셨느냐?"

궁금해서 물었더니 종년이 대답했다.

"안 계시와요."

"그게 무슨 소리냐?"

"몇 해 전에 세상을 떠나셨습니다."

김생은 그 말에 까닭없이 가슴이 섬뜩해지는 감정을 느꼈다. 소복한 모습으로 보아선 필시 젊은 부인일텐데 불행하게도 남편이 요절을 했구나 하는 생각에 처연한 마음이 들었다.

얼마 후에 저녁상이 나왔는데 음식이 더할 나위없이 정결했다. 서둘러 식사를 끝낸 김생은 다리를 뻗고 벽에 기대어 쉬면서 여러 가지 생각에 잠겨 있다가 시렁 위에서 손에 잡히는 대로 책을 내려 이것저것 훑어보았다.

과문(科文)을 엮은 것이 여러 권 있는 것으로 보아 이 집의 젊은 주인도 과거를 준비하다가 뜻을 못 이룬 채 가버린 것 같았다. 그러고 보니 낮에 얼핏 대해 본 젊은 여인의 아리따운 모습이 눈에 선하게 떠오르며 그녀의 외로운 신세가 가긍하게 생각되기도 했다. 사내종놈이라도 있으면 좀 더 그 집안 사정에 대해서 듣고 싶었으나 사내라고는 한 사람도 없이 사는 집 같았다.

아무리 애를 써도 김생은 잠이 오질 않았다. 때문에 등잔불을 밝힌 채 몇 번이나 앉았다가 누웠다가 하면서 책을 펼쳐 보았으나 글자만 아물거렸지 어느 것 하나도 머리 속에 들어오지 않았다.

때로는 망연한 심사에 사로잡혀 헛된 공상을 되짚어 보기도 하고 혹은 옛 성현의 말씀을 마음 속에 아로새겨 보며 스스로 채찍질도 해보았으나 뒤숭숭해진 심사는 조금도 가라앉질 않았다. 또한 낮에 길가에서 잠깐 얼굴을 대해 본 안주인의 소복 차림인 모습이 잠시도 머리 속에서 떠나지 않았다.

그녀와의 만남은 뭔가 얄궂은 인연인 것만 같았다. 그처럼 호젓한 산길에서 만나게 되었다는 것은 있을 수 있는 일이었지만, 하필이면 길을 피해 서 있는 그 앞을 지나려는 순간에 너울이 벗겨지며 눈이 서로 마주치게 되었을까 하는 생각이 자꾸만 떠올랐다.

또 한편으로는 아무리 예절이 무서워 남녀유별이라고 하지만 바깥주인이 없는 집에 손님으로 찾아들었으니 안주인에게라도 인사를 드려야 마땅할 것이라는 생각도 들었다.

그래서 뒷문을 열어젖히면서,

"여봐라-."

하고 소리를 질렀다.

"네에."

하는 대답과 함께 안마당에서 종년이 걸어오는 소리가 들려왔다.

"부르셨습니까?"

종년이 뒷문 밖에 새침한 얼굴로 서서 눈을 들며 물었다.

"나, 냉수 한 그릇 다오."

우선 마음에도 없는 말을 했다. 그리고는 종년이 냉수를 소반에 받쳐 방 안에 들여놓고 돌아서려고 했을 때, 약간 떨리는 목소리로

"이봐. 내가 하룻밤 신세를 지면서 그냥 모른 척 할 수 없으니 주인마님께 인사를 드리겠노라고 여쭈어라."

하고 일러주었다.

"네."

종년이 시큰둥하게 대답하고서는 돌아갔는데 꽤나 시간이 지났는데도 아무런 기척이 없었다.

젊은 여인이 혼자 산다는 것을 알고서 그런 청을 한 것은 잘못된 일이 아닐까 하고 생각하며 뒤늦게 걱정을 했다.

너 같이 무례한 놈은 재울 수 없다면서 쫓아내면 꼼짝없이 쫓겨나야 된다고 생각하자 불안한 마음에 안절부절해졌다.

깜박거리는 등잔불만 바라보며 밤이 깊도록 잠을 못 이루고 있는데 뒷문 밖에서 드디어 발소리가 들려왔다.

흠칫 놀라면서 몸을 도사리고 앉아 울렁이는 가슴을 억지로 누르고 있자니 문이 방싯 열리며 종년이 주안상을 받쳐 들고 해쭉 웃으면서 들어섰고 이어 소복차림의 여인이 뒤따라 다소곳이 머리를 숙인 채

나타났다.

김생은 잠시 동안 어쩔 줄을 몰라 하면서 무릎을 꿇고 앉은 채 손만 비비고 있었다.

"여자의 몸이기에 황송하여 귀하신 손님을 찾아뵙지 못 했사옵니다. 누추한 집이오나 편히 쉬시기 바라오며 밤도 깊고 하였사오니 약주나 한 잔 드시옵소서."

문턱 밑에 사뿐히 몸을 도사리고 앉는 여인은 고개를 숙인 채 말을 끝내고는 김생을 넌지시 바라보았다. 젊은 김생은 수줍음에 못 이겨 마주치는 눈길을 피했다.

김생은 자기가 먼저 주인에게 인사를 해야겠다고 생각했었는데 젊은 여주인이 수줍음도 없이 먼저 인사를 하게 되자 무엇이라고 대답해야 좋을지 몰라 당황하지 않을 수 없었다.

"먼 길 오시느라고 피곤하실 테니 천천히 드시고 편히 주무십시오. 얘야, 술 따라 드려야지."

다소곳이 수그린 얼굴로 김생을 보는 듯 마는 듯 추파를 흘리던 그녀가 종년을 넌지시 건너다 보면서 명했다.

"이렇게 큰 폐를 끼쳐서…… 은혜는 오랫동안 잊지 않겠습니다."

"원, 천만의 말씀을 다하시네요. 하룻밤 주무시는 것을 가지고 은혜라고 말할 것까지 있겠습니까? 그럼, 편히 주무십시오."

여인은 종년에게 눈짓을 하면서 조용히 일어났다.

김생은 뭔가 서운하다는 생각이 들었기에 슬그머니 여인을 올려다보았다.

여인은 수줍어 하는 웃음을 머금으며 김생을 바라보았는데 그 눈이 별처럼 반짝였다.

김생은 얼굴에 홍조를 띠며 문 밖으로 나서는 여인의 뒷모습을 지켜보기만 했는데, 종년도 따라서 허리를 굽실하며 나가버렸다.
문턱에 귀를 대고 안마당 쪽으로 멀어져가는 발소리를 엿듣던 김생은 '덜컹'하는 문소리에 이어서 아무런 소리도 들려오지 않게 되자 술상 앞으로 다가 앉았다. 그리고는 술잔을 들어 단숨에 한 모금을 쭉 비워 버렸다.
한 잔, 또 한 잔, 연거푸 석 잔을 마시고 나니 머리가 핑 돌며 등잔불이 안개 속에 있는 것처럼 뽀얗게 보였다.
잠시 후, 술상을 윗목으로 밀어놓고 누웠으나 여전히 잠은 오지 않고 가슴만 설레였다. 팔다리를 비비 꼬며 몸을 뒤척였지만 더욱 답답함을 참아낼 수가 없었다.
그래서 냉수를 벌컥벌컥 마시고 나서 등잔불을 끄고 다시 눕다가 밖을 보니 창문에 환히 비치는 달빛이 눈에 들어오기에 김생은 문을 열어젖히고 처마 끝에 걸려 있는 둥근 달을 쳐다보았다.
유난히도 밝은 달빛이었다. 자기도 모르게 달빛을 따라 마당에 내려선 김생은 주위를 살펴보며 마당을 몇 바퀴인가 거닐다가 마당 왼쪽 끝 담장에 조그마한 판자문이 바람에 밀려 삐걱거리는 소리를 들었다. 그래서 그쪽으로 발을 옮겨 살펴보니 문은 걸려 있지 않았고 문틈으로 안마당 한쪽이 보였다. 그 마당은 오른편으로 뒤뜰과 통했는데, 멀찌감치 보이는 후원 나무 그늘 사이를 밝히는 조그만 불빛이 새어나오고 있었다.
무심코 문 안으로 들어선 김생은 조심조심 발자국 소리를 죽이며 불빛을 향하여 발을 옮겼다. 불빛은 숲속의 외따로 떨어진 조그마한 별당에서 새어오고 있었다.
창문 가까이 다가서자 방 안에서 남녀가 깔깔대는 소리가 들렸다. 김생은 숨소리를 죽이며 안에서 들려오는 소리를 엿들었다.

들려오는 것은 분명히 여자와 남자의 목소리였다.

음성이 또렷하고 간드러지는 웃음이 잦은 것으로 보아 젊은 남녀들이라는 것을 짐작할 수 있었다.

"자, 술을 드세요."

"술은 마셔서 뭐해?"

"취하셔야죠."

"내가 취하는 것이 좋아?"

"좋은 것 보담, 꼭 어린애 같아지니까요."

"어린애? 그럼 난 어린애가 되겠어. 어리광을 막 부려도 괜찮지?"

"오호호…… 아야야! 이거 놓으세요. 아이, 간지러……."

"난 어린앤데, 왜 그래?"

"호호호…… 너무 간지러워요."

"하하핫……."

계집과 사내의 웃음이 번갈아가며 나는 것이 제법 요란스러웠다.

"자, 그만 하시고 술이나 한 잔 드셔요."

"부처님의 제자가 술을 마시면 되나?"

"호호호…… 아이, 우스워-."

"우습다니?"

"술을 못 마시는 부처님의 제자께서 색을 탐내는 건 뭐지요? 아이 참……."

"누가 탐을 냈나? 꽃이 저절로 내 품 속으로 숨어들었지."

"꽃이 나비를 따르는 법이 어디 있어요? 나비가 꽃을 따르게 마련이죠."

"꽃은 나야."

"어째서요?"

"깊은 산 속에 조용히 피어 있었지 않은가? 그런 걸 자네가 찾아와 속을 홀딱 빼앗았으니까 말이야. 이렇게……."

"아야야, 아이 간지러워……."

하면서 희롱하는 목소리만 들어도 음탕한 젊은 남녀가 난잡스러운 농탕질을 하는 것이 눈에 보이는 듯하였다.

김생은 자신의 가슴이 들먹거리는 것을 참아내기가 힘들었다. 사내녀석이 말하는 투로 보아 중놈인 듯 싶은데 저놈과 희롱을 주고 받는 것은 대체 어떤 계집일까? 하고 생각하며 궁금해 하던 김생은 손끝에 침을 발라 창을 문질러 작은 구멍을 뚫어 살며시 방 안을 들여다보았다.

다음 순간 그는 움찔하고 놀라면서 몇 걸음 뒤로 물러섰다. 너무나 뜻밖에도 계집은 그 집의 안주인 낮에 만난 소복 미인이었고, 사내는 머리통이 번들번들한 젊은 중놈이었다.

'원, 세상에 이런 해괴망측한 일이 있을 수 있단 말인가? 남편을 잃어버린 청상과수의 몸으로 한밤중에 중놈을 불러들여 음탕한 짓을 하고 있다니…….'

창구멍으로 다시 엿보니 계집은 탐스럽게 솟은 앞가슴을 풀어 헤치고 중놈의 가슴팍에 덥썩 안겨 있었고 중놈은 음탕한 웃음을 연신 터뜨리며 계집의 몸을 마구 떡주무르고 있었다.

김생은 너무나 뜻밖의 일에 놀라 잠시 동안 머리 속이 어지러워짐을 느꼈다.

소리를 버럭 지르면서 뛰어들어가 두 연놈을 한꺼번에 처치해 버리고 싶었으나 중놈의 생김새가 우락부락한 것이 기운깨나 쓸 것 같았다. 잘못 덤볐다간 도리어 화를 면치 못할 것 같았기에 김생은 들먹거리는 가슴을 억지로 누르며 살며시 후원에서 빠져 나왔다.

겉으로는 부처님의 계율을 가장 잘 지키는 듯이 가사장삼으로 몸을 감싸고 있으면서도 어두운 구석에서는 방자스럽게 온갖 세속의 욕정을 범하고 있는 아수라의 무리들이 세상에는 존재해 있다.

세상 사람들은 그들을 돌중이라고 말하며 비난한다. 이 날 밤 김생은 문틈으로 보았던 그 중도 역시 무지스럽기 짝이 없는 돌중이었다.

녀석은 팔 년 전, 자기가 살던 마을에서 이웃집 시앗을 엿보다가 쫓겨나 두루 떠돌며 남의 집 머슴살이를 해 왔다. 한데, 허우대만 두루뭉실했지 너무나 게으른 녀석이어서 딴 집 머슴들이 하는 일의 절반도 하지 못했다. 때문에 한 집에서 보름을 붙어 있지 못하고 가는 집마다 쫓겨나곤 했다.

그래서 생각하다 못해 절간을 찾아가 부엌일을 거들어 주며 입에 풀칠을 하기로 마음먹었다. 다행히 그로부터 얼마 후, 그는 우연히 칠십이 가까운 늙은 주지가 어린 상좌 하나를 데리고 지내는 암자에 들르게 되었으며 열흘 정도 묵고 있는 동안 주지에게 감화를 받아 머리를 깎고 중의 수행을 본받기로 하였다.

한데, 팔 년씩이나 암자에 있었는데도 불구하고 경문 한 편을 제대로 외울 줄도 모르고 기껏한다는 것이 아침 저녁 종을 치며 부르는 '지심귀명례(至心歸命禮)' 정도요, 누가 찾아와 불공을 올리게 되면 목탁을 두드리며 중얼거리는 것이 고작이었다.

그것도 제대로 배워서 아는 것이 아니었고, 하도 오랫동안 머물러 있다가 보니 '서당 개 삼 년에 풍월을 하더라.'라는 말처럼 귀동냥으로 익혀 둔 것이었다.

그리고 늙은 주지가 어떻게나 엄격히 단속을 하는 지 녀석은 하루에도 몇 번씩 화가 치밀었지만 내색도 하지 못했다. 생각 같아서는 당장이라도 절간을 버리고 속세로 돌아가고 싶었지만 머리를 박박 깎

왔으니 어디 가서 쉬일 데가 막연했고, 설혹 어떤 집에서 받아준다고 해도 머슴살이밖에 할 일이 없었는데 그것은 생각만 해도 머리가 아파지는 일이었다.

그렇다고 딴 절로도 가지 못하는 처지이니 팔 년 동안이나 불제자 노릇을 하면서 배운 것이 너무도 없으니 아무 델 가도 지독하게 멸시만 당할 것이 뻔한 일이어서 억지로 꾹 참고 있었던 것이다.

그러던 중에 지난 해 가을 주지가 대승사(大乘寺)에 법회가 있어 보름을 기한하고 떠났었는데 공교롭게도 그 다음 날 꽃처럼 젊은 여인이 불공을 드리러 찾아왔다.

다른 때 같았으면 귀찮아서라도 주지가 돌아온 후에 다시 오도록 했겠지만, 여인의 자태가 너무도 황홀했기에 녀석은 엉큼한 생각을 품고 자기가 주지 행세를 하며 불공을 올려주겠다고 성큼 대답했던 것이다.

흰밥을 듬뿍 지어 몇 그릇 담아 놓은 다음 부처님 앞에서 가사장삼을 떨쳐 입고 목탁을 두드리며 염불을 외우면서 녀석은 힐끔힐끔 여인의 아리따운 모습만을 곁눈질해 보았다.

여인은 일편단심으로 손을 모아 빌며 몇 번이고 수없이 부처님께 절을 하는데 녀석은 그녀에게 정신을 빼앗겼기에 귀동냥으로 들어둔 것마저 중간중간 빼먹으면서 염불을 했다.

여기저기 머슴살이를 하면서 돌아다니며 여러 집의 안방마님이며 며느리, 혹은 젊고 어여쁜 따님들을 많이도 보았지만, 오늘 불공을 올리는 여인처럼 사람을 매혹시키는 미인은 난생 처음 본다고 생각했다. 그리고 염불에는 관심없이

'불공을 끝마치고 오늘 저녁에 돌아간다면 어쩐다?'

하는 걱정이 생겼다.

단 하룻밤이라도 절에서 자게 된다면 주지 스님은 안 계시고 어린 상좌아이 하나밖에 없으니 마음먹은 대로 일생의 소원을 한번 풀어 볼 수 있으련만, 만약 그 날로 돌아간다면 모든 꿈이 깨지는 것이다.

반나절이나 걸린 불공이 끝나자 돌중은 여인 앞에서 눈을 지그시 감고 합장 배례하며 먼저 말했다.

"부처님의 은혜가 광대무량하와 귀하신 댁에서 복을 받으실 줄로 아옵니다. 나무아미타불……."

"스님 감사합니다."

여인이 허리를 굽히며 공손히 절을 하는데 살짝 바라보는 눈이 샛별처럼 영롱했다.

"내일 새벽 불공을 올리도록 모든 준비를 갖추겠사옵니다."

"새벽에요?"

여인은 어리둥절하는 표정이 되었다.

집이 과히 멀지 않기에 매일 오르내리며 며칠 동안 불공을 드려야겠다고 마음먹었는데, 새벽 불공을 올린다니 천상 절에서 자야 되는 것이 아닌가 하며 망설였다.

"새벽에 올리옵지요. 절 뒤에 깨끗한 방이 언제나 마련되어 있습니다. 불공을 올리러 오시는 분이면 으레 사흘, 닷샛씩 묵어가는 곳입지요. 관세음보살……."

"날마다 오려고 했었는데요."

"댁이 십 리 안팎이시라면 가깝긴 합니다만, 새벽 불공을 올리려면 역시 불편하시겠지요. 산길이 워낙 험해서요. 불공은 낮보다 새벽에 올려야 좋은 것입지요……."

그렇게까지 말하니 굳이 못하겠다고 대답할 수가 없었다. 그래서 여인은 사흘 동안 절에서 묵으며 새벽 불공을 올리기로 작정했다.

법당 뒤에는 속계의 손님들을 위해 마련된 깨끗한 방 한 칸이 있었다. 상좌아이를 시켜 새로 쓸고 닦고 한 뒤에 여인을 그리로 인도하고는 고사리, 더덕, 두릅 등 온갖 산나물을 있는 대로 꺼내어 저녁 밥상을 차려 대접했다.

밤이 점점 깊어 사방이 고요해졌기에 물소리, 새소리만 은은히 들리고 있었다. 염불 소리를 일부러 크게 내면서 부처님 앞에 앉아 있던 돌중놈은 슬그머니 밖으로 나가 시냇가 바위 위에 걸터앉아 온갖 잡스러운 생각에 사로잡혔다. 기회는 분명히 왔는데 혹시나 뜻대로 되지 않으면 어쩌나 하는 걱정이 생겼다.

방 안에 뛰어드는 것은 쉬운데 만약에 들어갔다가 여인이 소리를 지르며 반항을 하게 되면 어쩌나 하는 생각이 머리 속을 뒤흔들었다.

말을 들어주지 않으면 우격다짐으로라도 꼼짝 못하게 휘어잡는 것은 어려운 일이 아니지만, 그녀가 악을 쓰며 소리를 질러대면 상좌놈이 당연히 알게 되고 그놈이 알면 며칠 후에 돌아올 스님에게 고해바칠 것은 뻔한 일이었다.

일이 그렇게 되면 절간에서 쫓겨나게 되는 것은 뻔한데, 그런 생각까지 하면 가슴이 답답해질 뿐이었다.

"머리 속이 어지러울 때 염불을 하면 모든 잡념이 없어지느니라."

항상 타일러 주던 주지 스님의 말씀이 떠오르자 녀석은 눈을 지그시 감고 연거푸 소리내어 중얼거렸다.

"나무아미타불."

"관세음보살."

그랬더니 어이없게도 잡념이 사라지기는커녕 염불을 외울 때마다 치맛자락을 나부끼며 가는 허리를 살짝 구부려 부처님께 절을 하던 여인의 모습만 머리 속에 떠올랐다.

"에잇, 그래. 사내놈이 한 번 마음을 먹었으니…… 그나저나 이놈은 자는가?"

그 날 밤에는 상좌놈이 눈에 든 가시처럼 미웠다. '어서 잠이 푹 들어야 기회를 엿보아 객방문을 열텐데…….' 하고 생각하면서 법당으로 돌아온 그는 윗목에 꼬부리고 누워 있는 어린 상좌놈을 물끄러미 바라보았다.

"어험."

크게 헛기침 소리를 냈는데도 반응이 없는 것으로 보아 녀석은 깊이 잠들어 있는 것 같았다.

그렇다면 객방에서 웬만한 소리가 나도 모를 것만 같았다. 아리따운 여인의 모습이 또 한번 그의 눈앞에 아련히 떠올랐다.

이윽고 법당에서 다시 나온 그는 발소리를 죽이며 위쪽 객방으로 향했다.

방 안의 불이 꺼지고 아무런 소리도 들려오지 않는 것으로 보아 여인도 잠이 든 모양이었다. 문고리를 잡고 살며시 잡아당겨 보았더니 문이 방싯 열리며 쌔근거리는 숨소리가 화악 달려들었다.

돌중 녀석은 조심스레 한 발을 들여놓다 말고 흠칫 놀라며 살며시 문을 닫았다. 작은 소리를 내면서 여인이 몸을 뒤척였기 때문이었다.

하지만, 아무래도 순순히 말을 들어주지 않을 것이 뻔하므로 아닌 밤중에 홍두깨 내밀 듯이 왈칵 달려들어 끌어안고서 '죽이든 살리든 마음대로 하십시요' 하고 사정을 해 보았다가 들어주지 않으면 첫 새벽에 절간을 하직할 셈치고 억지로라도 일을 저질러야겠다는 생각이 들었다.

그가 다시 방문을 열려고 객방 앞으로 살짝 다가서는데 법당 문이 '덜커덩'하고 열리는 소리가 들렸다. 보나마나 상좌란 놈이 변소에 가느라고 나오는 것 같았다.

"왜 자지 않고 나오느냐?"

어슬렁거리며 마당 귀퉁이를 도는 척 하는데 상좌놈이 섬돌에 내려서면서 말했다.

"여기 계신 걸 모르고 전 또 한참 찾았습지요."

"왜?"

"자다가 일어나 보니 아랫목에 안 계시지 않겠어요? 혼자라서 무서운 생각도 들고 어딜 가셨나 궁금하기도 해서……."

"무섭긴…… 나이가 열두 살이면 속세에선 장가를 들 텐데 뭘, 객방에 안손님도 계신데 스님이 안 계셔서 마음 놓고 잠들 수가 없어서 그런다. 난 좀 더 있다가 잘 테니 걱정하지 말고 자거라."

"예."

상좌란 놈은 변소엘 다녀와 곧장 잠들어 버렸다.

그놈 때문에 공연히 놀랐다고 생각하면서 마당에서 한동안 서성거리던 그는 다시 객방 앞으로 살며시 다가섰다. 그리고는 문득 스님이 이야기해 주시던 것을 머리 속에 떠올리며 씨익 웃었다.

옛날 부처님 제자들 중에 가섭존자(迦葉尊者)라는 분이 있었다. 하루는 마을에 동냥을 갔다가 어떤 집에 들러 어여쁜 여자가 혼자 있는 것을 보고 마음이 동해 음탕한 짓에 빠졌었는데 부처님이 그것을 알고 신통력을 발휘하여 벌거벗은 채 이불 속에 든 가섭을 순식간에 절로 데려왔다는 것이었다.

그렇게 훌륭한 제자도 그런 실수를 했으니 자기가 객방에 뛰어들어가 잘못을 저지르는 것쯤은 그다지 큰 허물이 될 것도 없다고 생각되었다.

"흥!"

가볍게 콧소리를 내며 힘껏 용기를 북돋은 그는 드디어 방 안에 들어가면서 소리없이 문을 닫고는 어둠 속을 더듬다가 그녀의 몸을 와락 끌어안았다.

세상에 태어난 보람을 처음으로 맛보는 듯했던 그 날 밤은 그에게 있어서 너무나도 짧게 느껴졌다.

새벽동이 틀 무렵에 일어난 그는 천연덕스러운 얼굴로 불공을 올렸다. 하지만 여인은 홍당무처럼 된 얼굴을 제대로 들지도 못하고 부처님께 절을 했는데, 온몸을 와들와들 떨고 있었다.

그런 일이 있고서부터 여인은 사흘이 멀다 하고 불공을 핑계로 돌중놈을 찾아왔고, 주지가 돌아온 다음부터는 중놈이 십 리 밤길을 내려와 후원 별당에서 음탕한 거동을 벌이곤 한 것이 벌써 몇 달째나 계속되었다.

중놈과 계집의 사나운 꼴을 본 김생이 자기 방으로 달려온 것은 울컥 치밀어 오르는 의분을 참지 못해 당장에 두 연놈을 처치해 버리겠다는 생각에서였다.

그가 자기의 보따리를 끌러 꺼낸 든 것은 한 자루의 장도칼이었다.

자기가 기운만 세었으면 그런 더러운 것들의 피를 칼에 묻힐 것이 아니라 사지를 갈기갈기 찢어 없애버렸으면 좋겠지만, 그 돌중놈의 몸집이 자기보다 갑절은 되는 것 같았기에 맨주먹으로는 도저히 때려눕힐 자신이 없었다.

간단히 처치하는 방법은 연놈들이 잠들기를 기다렸다가 다짜고짜 달려들어 푹 찔러버리는 일이었다.

그런데 옛날의 어진 사람들은 사냥을 할 때도 잠자는 짐승은 겨누지 않는다고 하였는데 대장부가 의분에 못 이겨 떳떳한 일을 하면서 연놈들이 잠자는 때를 노려 칼질을 한다는 것이 어쩐지 께름칙하다고 생각되었다. 또 한편으로는 그런 고약한 연놈들은 자기 혼자서 처단할 것이 아니라 온 세상 사람들에게 음탕한 남녀의 본보기로 보이기 위해 큰 길 네거리로 끌어내어 목을 베어야 한다는 생각도 들었다.

그래서 아무것도 모른 척 하며 하룻밤을 지낸 다음 아침에 고을로 들어가서 원님에게 알리어 연놈을 준열히 문초하면 실토할 것이라는 생각을 하면서 김생은 칼을 칼집에 넣었다.

먼 마을에서 '컹컹–' 하면서 개가 짖는 소리만 들려왔다.

사랑방에 누워 억지로 잠을 청하던 그가 천천히 잠이 들어가는데 어디선가 나타난 초립을 쓴 청년 하나가 가까이 다가오며 공손히 절을 했다.

"누구신지……?"

김생이 놀라며 묻자, 그가 대답했다.

"저는 이 집의 바깥주인입니다."

"그래요? 이 댁의 바깥주인은 몇 해 전에 세상을 떠났다던데……."

"세상을 떠난 것이 아니라 억울한 원혼이 되어 이렇게 머물고 있습니다."

"아니, 그럼……?"

김생은 영문을 몰라 하면서 어리둥절했다.

"제 이야기를 자세히 들어보십시오. 음탕한 계집에게 장가를 든 줄도 모르고 한 쌍의 원앙처럼 마음 속으로 아끼며 사랑해 왔었는데, 그녀이 아들을 낳게 해 달라고 불공을 드리러 간 것이 화근이 되었습니다. 돌중놈의 유혹을 받아 정을 통했을 뿐만 아니라, 마침내는 두 연놈이 짜고서 밤중에 나를 목 졸라 죽였습니다."

"원, 그런 변이……."

"그래서 어떻게 해야 이 원수를 갚을 수 있을까 하고 밤낮으로 생각하던 중이었는데, 마침 원생께서 제 집에 들르시어 그것들의 음탕한 행실을 보고 칼을 겨누셨기에 고마운 마음 더할 길이 없어 이렇게 찾아뵙게 되었습니다."

"그대는 역시 죽은 사람의 혼백이었군요."

"그렇습니다. 억울한 죽음을 당했기에 잠시도 이 집을 떠나지 못하며 원수 갚을 날만 기다리고 있었습니다."

"그럼, 육신은 어찌 되었소?"

"뒷 담장 너머의 소나무 세 그루가 둘러선 움푹한 곳에 묻혀 있습니다. 원생께선 대인군자로 앞날에 큰 일을 하실 분이오니 어렵다 마시고 저의 원한을 씻어주옵소서. 내일 하루면 모든 것이 밝혀질 줄 아옵니다."

말을 마친 뒤, 다시 절을 하고 돌아서려는 것을 붙잡으려고 팔을 허우적거리다가 깨어나 보니 꿈이었다.

"음, 고약한 것들……."

앉았다 누웠다 하며 끝내 뜬눈으로 밤을 새운 김생은 날이 환히 밝을 무렵 세수도 하지 않고 밖으로 나가 나귀를 몰아 고을로 향했다.

서울로 과거 보러 가던 젊은 서생이 급한 일로 뵙기를 원한다는 전갈을 받은 원님은 의아해 하며 김생을 불러들였다.

"무슨 일로 나를 만나려 했는고?"

"영감께서는 황상의 명령을 받들어 이 고을을 다스리는 주인이 아니십니까?"

"그런데?"

젊은 서생이 말을 꺼내는 태도가 당돌했기에 원님은 이맛살을 찡그리면서 반문했다.

"무고한 백성 한 사람이 원한에 사무쳐 혼백이 되어서도 편안치 않다면 영감께선 어찌하시겠는지요?"

"그게 대체 무슨 소린고?"

원님이 언성을 높이며 물었다. 젊은 놈의 말버릇이 너무나 고약하다고 생각했다.

"이 고을에 올해는 흉년이 들까 걱정되옵니다."

김생은 원님을 똑바로 쳐다보며 엉뚱한 말을 꺼냈다.

"흉년? 어, 고이안 소리로군. 어른 앞에서 버릇없이 그게 무슨 소린고?"

"어린 몸이오나 옛글을 읽어 배운 것이 있습니다. 일부함원에 오월비상(一婦含怨五月飛霜)이란 말이 있지 않습니까? 여자뿐만 아니라 죄 없는 백성 한 사람이 원한을 품게 되면 오월에도 서리가 내린다고 하였으니 오월에 서리가 내리면 흉년이 들지 않겠습니까?"

"대체 지금 무슨 수작을 하는 것이냐?"

원님이 드디어 화를 벌컥 냈다.

"자세한 말씀을 드리겠습니다."

"그래, 어서 말해 봐."

"다름이 아니옵고……."

긴장된 표정을 지으며 김생은 자기가 겪었던 지난 밤의 일을 낱낱이 이야기했다.

"허!"

원님은 경악하는 표정을 지으며 두 눈을 크게 떴다.

"오죽 원한이 사무쳤으면 꿈 속에 나타나기까지 하겠습니까? 영감께서 이 원한을 풀어주시지 않으면 아마도 혼백이 영감을 해칠 것이외다."

"지금 말한 것들이 모두 사실인가?"

"제가 무엇 때문에 공연한 거짓말을 여쭙겠습니까? 지금이라도 당장 그 음탕한 연놈들을 잡아다 족치면 확인될 것이 아닙니까?"

"음……."

잠시 동안 눈을 감고 뭔가 생각하던 원님은 눈을 번쩍 뜨면서 큰 소리로 아전을 불러 행차 준비를 하라고 명령했다.

원님은 김생과 함께 형방 관속들을 대동하고 서둘러 출도를 했다.

연놈이 어울려 온갖 추잡을 떨던 집으로 들이닥친 아전놈들은 다짜고짜 안마당으로 뛰어들어 계집년의 목덜미를 잡아채면서 동아줄로 얽어맸다. 그리고는 마당에 꿇어 엎드리게 한 다음 마루 위에 올라앉은 원님이 호령했다

"네 이년! 네 죄를 네가 알지?"

얼굴이 새파랗게 질린 계집은 몸을 사시나무 떨듯 하면서 아무런 대답도 하지 못했다.

"이년, 네 남편의 시체를 어디에다 묻었지?"

그녀는 기절을 할 만큼 놀라며 파랗게 질렸다.

"이년, 말을 해. 바른대로……."

거듭 호령을 하던 원님이 형방 관속들에게 명했다.

"저년을 끌고 후원 담장 밑으로 가자."

원님은 더 들어볼 것도 없다는 듯이 후원을 향해 앞서서 걸어갔다.

김생이 꿈 속에서 들었던 말대로 담 밑으로 가서 여기저기 눈을 던져 살펴보았더니 과연 소나무가 몇 그루가 둘러서 있는 것이 보였다.

"이년, 어디냐? 저 담 밖이지?"

소나무가 서 있는 곳을 가리키며 원님이 묻자, 그녀는 입술을 가늘게 떨다가 까무러치고 말았다.

도무지 까닭을 모를 일이었다. 쥐도 새도 모르게 단 둘이서 비밀스

럽게 처리한 일인데 어떻게 하여 원님이 알게 되었으며, 또 전날 밤에 자고 간 김생은 어찌하여 원님과 나란히 서서 자기를 성난 눈초리로 노려보는 것인지 알 수가 없었다.

그러나 원님은 담 밑에 시체가 묻힌 것을 알고 있었고, 소나무들이 서 있는 위치까지 집어내는 것으로 보아 그 날 밤 누가 몰래 엿보고 있다가 고자질을 한 것이라는 생각이 들었다.

때문에 기절을 할 정도로 놀라면서도 그녀는 무사히 빠져 나갈 만한 구멍이 없는가를 조급히 생각해 보았다.

흐릿해진 의식 속에서도 땅을 파 헤치는 부삽 소리를 들을 수 있었다. 억지로 정신을 차려 실날처럼 가늘게 눈을 뜨고 바라보니 원님과 김생이 보고 있는 앞에서 아전놈들이 소나무 밑을 파헤치고 있었다. 어림짐작으로도 틀림 없는 그 자리였다.

'아이구, 이제는 죽었구나.'

객쩍은 생각을 더 해 볼 것도 없이 비밀이 탄로되었으니 목숨이 온전하게 붙어있기를 바랄 수도 없게 되었다.

"얘, 이제 나오나 보다. 조심해서 파라."

반 자쯤 흙을 파헤쳤더니 썩어빠진 거적자리가 모습을 드러냈는데 그것에 축축히 물이 고여 있었다. 한데 괴이한 일은 여러 달이 지났는데도 시체가 썩지 않고 잠자는 듯 누워 있다는 사실이었다.

시체를 삼베로 염을 해서 관에 넣어 땅을 가려 묻으라고 지시한 원님은 두 눈을 부릅뜨며 음탕한 계집을 한참 동안이나 노려보았다.

남편의 시체를 대한 그녀는 그래도 가슴 속에 한 조각 어진 구석이 남아 있었던지 왈칵 눈물을 쏟으면서 땅 위에 모로 뒹굴었다.

"이년, 요망스럽게……."

"여봐라, 그 중놈을 빨리 묶어 와야지."

"예이."

아전들이 한두 놈만 남고 우르르 절간을 향해 달려갔다.

돌중녀석은 부처님 앞에서 스님과 마주 앉아 경을 읽는 체하고 있었는데 지난밤에 있었던 뜨거운 정사를 생각하니 자꾸만 하품이 나고 전신에 맥이 빠져 경문이 제대로 눈에 들어오지 않았다. 그래서 몇 줄 읽다가 끄덕끄덕 졸자 스님은 그런 그를 젖혀 놓은 불자로 생각하고 있었기에 꾸지람도 하지 않았다.

돌중녀석은 오늘밤에도 또 내려갈까 말까 하고 궁리를 하고 있었는데 별안간 사람들이 뛰어오는 발걸음 소리가 요란히 들리더니 법당문이 벌컥 열리며 패랭이를 쓴 아전들이 손에 손에 몽둥이를 들고 그에게 달려들었다. 그리고는 목덜미를 잡아 비틀 듯이 후려잡고는 두 팔을 뒤로 깍지끼어 꼼짝 못하도록 얽어매는 것이 아닌가.

"나무아미타불… 무슨 일로 산문(山門)을 소란스럽게 하시나이까?"

주지가 묻는 말에 사연을 대강 말한 아전들이 돌중놈을 앞세워 짐승 몰 듯 하면서 산길을 내려갔다. 때문에 놈은 머리가 핑핑 돌면서 뭐가 어떻게 되는 것인지 알 수가 없었다.

어쩌는 수 없이 끌려가기는 하면서도 놈은 곡절을 몰랐기에 억지로 태연한 체 하면서 아전들의 눈치만 살폈다.

비웃음과 경멸하는 눈초리들이 그의 얼굴에 모닥불처럼 끼얹어졌다. 무슨 일이냐고 물어보고 싶었으나 대답을 듣는 것이 무서워 입조차 열지 못했다.

"빨리 가…… 이놈."

말끝마다 이놈저놈하면서 걸음을 재촉했지만 팔이 묶이어 몸을 움직이는 것이 자유롭지 못했기에 이따금 발을 뒤뚝거렸다. 손을 마음대로 쓸 수만 있다면 아전 몇 놈쯤 처치하는 것은 수월한 일이었지만 꼼짝도 못하게 되었으니 생각할수록 분한 노릇이었다.

스님만 없었더라면 절에서 잡히지도 않고 놈들을 저승으로 처박아 보내는 것인데 스님과 함께 염불만 외우고 있다가 손을 묶인 것이 못내 한스러웠다.

아무리 생각해 봐도 별당에서 재미를 보던 일이 탈로된 것만 같았다. 아무도 알 까닭이 없는데 비밀이 누설되었다면 그 깜찍스러운 계집 종년을 의심하지 않을 수 없었다.

처음에 며칠 동안은 감쪽같이 숨겨 왔지만, 나중에는 그년에게 툭 터놓고 보라는 듯이 술상 심부름을 시켜가며 거리낌없이 음탕한 짓을 해왔던 것이다. 그리고 혹시라도 그년이 토라질 것을 겁 내어 은가락지 한 쌍을 꾸며 주겠노라고 약속까지 하였던 것인데, 워낙 주둥아리가 가벼운 년이니 아랫마을에서 사는 친구들을 만나 자랑거리로 그런 말을 퍼뜨렸는지도 모를 일이라고 생각되었다.

끝까지 그년에게 숨기지 못한 것이 크게 후회스럽기도 했다. 그러나 다시 생각해 보면 그년이 철없는 어린애도 아니니 그런 말을 함부로 했을 것 같진 않고, 한편 그년이 말을 꺼내지 않았다면 아무도 알만한 사람이 없으니 그 일이 탄로된 것 같지는 않았다.

산에서 내려와 별당 뒤의 담 가까이로 가게 되자 돌중놈은 발을 딱 멈추며 소나무들이 둘러선 곳을 바라보다 말고 눈을 감으며 풀썩 주저앉아 버렸다.

"이놈이 빨리 가자는데 주저앉기는……."

아전 하나가 놈의 뒷덜미를 잡아 일으키며 사납게 호통을 쳤다.

'아이구, 이젠 죽었구나.'

놈은 속으로 그렇게 비명을 지르며 떨리는 다리를 억지로 일으켜 세웠다. 다시금 눈을 던져 소나무 밑을 바라보았더니 그 자리가 분명히 파헤쳐져 있었다.

"그 종년이 그것까지는 모르는데……."

어떻게 하여 그 곳에 여자의 남편이 묻혀 있는 것을 알았는지 정말로 놀라운 일이었다. 어쨌든 일이 이쯤되었으면 자기 혼자서만 당하는 일이 아니요, 여자도 함께 죄를 받을 테니 혼백이나마 외롭지 않게 되었음을 불행중 다행한 일로 여겨졌다.

"모두들 먼저 돌아간 모양이지?"

"갔을 테지…… 이 중놈아, 좀 빨리 걸어."

아전들은 그렇게 주고 받으며 곧장 한길을 향해 걸음을 재촉했다.

삼십 리 길을 달려 고을에 이르니 사람들이 남녀노소 할 것 없이 한길에 줄지어 늘어서 있었다. 그들은 아전이 끌고 가는 돌중놈을 손가락질하며 무슨 말인가 서로들 수군거렸다.

동헌 대청에 높다라니 앉은 원님은 연놈을 나란히 묶어 마당에 꿇어앉게 하고는 서슬 퍼렇게 죄를 따졌다.

"바른대로 말하지 못할까?"

몇 번이나 호령을 했는데도 연놈이 아무런 말도 하지 않았다.

어차피 이렇게 되어 용서 받지 못하게 되었는데 어쩌구 저쩌구 대꾸를 한다는 게 도리어 부질 없는 짓 같았기에 돌중놈은 모든걸 체념한 채 연신 외쳐댔다.

"나무아미타불."

"관세음보살."

목숨을 거두는 마지막 순간에라도 염불만 하면 극락세계로 간다고 일러주신 스님의 말이 떠올랐기 때문이었다.

여인은 어깨를 들먹거리며 소리 없는 눈물만 땅이 젖도록 흘리고 있었다.

"이 천하에 둘도 없는 패륜부덕한 것들아, 너희들은 하늘이 무섭지 않느냐?"

원님이 눈을 부릅뜨며 호령했다.

"이놈, 출가한 승려의 몸으로 계율을 지키기는커녕 간음에 빠져 불문을 더럽히고 윤강을 깨뜨렸으니 네놈의 죄가 어떻다는 것을 알겠지?"

중놈은 대답 대신 이마가 땅에 닿도록 머리를 푹 숙일 뿐이었다.

"그리고 이 요망한 년 같으니…… 남의 아내가 된 몸으로 정절을 지키지는 못 할망정 음분을 일삼아 하늘 같이 모셔야 할 남편을 해쳤으니 네년의 죄는 만 번 죽어 마땅할 것이로다."

흐느끼기만 하던 그녀의 울음이 큰 소리를 내면서 터져 나왔다.

"여봐라! 저것들을 쳐라. 곤장 오십 대씩을……."

"예이……."

하고 대답한 형방의 아전들이 곤장을 하늘 높이 쳐들었다가 사정없이 그들을 후려갈겼다. 두 사람은 처음에 몇 번인가,

"어구구……."

"아야야,"

하는 소리를 번갈아 지르며 몸을 비꼬았으나 이윽고 소리도 없이 쓰러지며 전신에서 검은 피만 뿜을 뿐이었다. 바로 저승길 문 앞에 다다른 신세였다.

"여봐라, 그것들을 그렇게만 해서 처단한다면 너무도 벌이 가볍겠다. 매는 그만 때리고 둘을 묶어 수레에 실어라. 방방곡곡을 돌면서 백성들에게 골고루 보여 주어야겠다. 삼강오륜을 모르는 개 돼지 같은 것들의 꼬락서니를 많은 백성들이 보도록 해야지. 빨리 묶어서 싣도록 해라."

"예이……."

아전놈들은 매를 걷어치우고는 연놈을 각각 묶은 뒤에 등에 기다란 판자를 지우고 무슨 짓을 하던 아무 곳의 누구라도 큰 글씨로 써서 쉽게 볼 수 있게 하였다.

그제서야 김생은 막혔던 가슴 속이 환하게 뚫리는 것 같은 시원함을 느꼈다.

아전들이 수레를 끌고 아문 밖으로 나섰는데, 그 곳은 좌우에 줄을 지어 늘어선 구경꾼들로 길이 막힐 지경이 되어 있었다. 어느 새 소문이 온 고을까지 전해져 수십 리 밖에서까지 연놈이 벌 받는 꼴을 구경하려는 사람들이 모여들고 있었다.

이 마을에서 저 마을로 음탕한 연놈을 묶어 실은 수레는 며칠 동안이나 돌았다.

원님의 밝은 지혜를 칭송하는 백성들의 환호 소리가 간 곳마다 들리었고 음탕한 연놈에게는 증오하며 경멸하는 눈길이 날아들었다.

마지막으로 고을 안을 한 바퀴 돈 연놈은 염불할 기운도 잃어버린 채 온 백성의 손가락질하는 가운데 끝내는 형장의 이슬로 사라졌다.

원님은 억울하게 목숨을 잃은 젊은 선비의 원혼을 위로하기 위해 좋은 묘지를 구해 무덤을 만들도록 했다. 또한 연놈이 처형되던 날에는 제물을 정성스레 차려 김생과 함께 무덤을 찾아가 제사를 지냈다.

돌아오는 길에 원님은 김생에게 몇 번이나 치하하는 말을 했다.

"이번 일은 모두가 자네 덕분에 해결되었네, 자네가 그런 일을 알아 내지 않았다만 아무도 모를 뻔했지."

"원, 별 말씀을 다 듣겠습니다. 제가 무슨 지혜나 재주가 있어서 알게 된 것인가요? 우연히 그 곳을 지나게 되었기에 그런 일을 당한 것입지요."

"아냐, 우연이랄 수가 없지. 나는 원혼이 자네의 사람됨을 알아보고 일부러 그렇게 끌어드린 것이었다고 생각하네."

"글쎄요……."

그런 말을 주고 받는 가운데 원님은 보면 볼수록 총명하고 재치가 있는 김생에게 마음이 끌렸으며 장차 크게 될 인물이라고 생각했다.

"자네, 과거를 보러 가는 길이라고 했지?"

"예, 그렇습니다."

"이번이 처음인가?"

"어린 마음에 공연히 나서 본 것에 불과합니다. 처음으로 과장 구경이나 해 둘려구요."

"될 걸세. 사람이 음덕을 쌓으면 어려운 일도 이루어지게 되는 법이지. 이번 길에 장원급제할 것이 틀림없네."

"웬걸요. 그런 생각은 아예 품어보지도 않았습니다. 시골 구석에서 글줄이나 읽었지만 별로 아는 것이 있어야지요."

"아냐, 과거야말로 운불운(運不運)에 달렸어. 운이 막히면 백번을 보아도 낙방거사를 면치 못하게 되지. 자네는 천지신명이 도와서 이번 길에 급제를 하게 될 거야."

원님은 그 같은 자기의 예상을 굳게 믿었다. 하지만 당사자인 김생은 급제를 하고 못 하고는 별로 마음에 걸리지 않았으나 과거날이 촉박했기에 초초해 하지 않을 수 없었다.

"여보게, 내가 할 말이 있네."

"무슨 말씀이신지?"

"자네 아직 성혼 전이지?"

"예."

"이번에 급제를 하게 되면 장안의 재상가들이 자네를 사윗감으로 고르려고 하겠지. 한데, 자네 생각은 어떤고? 과거를 보기 전에 결혼부터 해 놓는 게……."

엉뚱한 말이었다. 김생은 무엇이라고 대답해야 할지 몰라 입을 다물고 있었다.

"그럴 의사가 있는가?"

거듭해서 묻기에 대답하지 않을 수 없었다.

"글쎄요. 혼인은 인륜대사이오니 양친께 여쭙지도 않고 저 혼자 경솔히 정해 버릴 수는 없는 일이라고 생각되옵니다."

싫다고 거절할 수는 없는 상황이었기에 핑계를 댄 것이었다.

원님은 그를 사위로 삼고 싶어 하는 눈치가 확실하게 보이고 있음이 틀림없었다.

"자네 말도 옳으이. 그러면 이번 과거를 보고 내려오는 길에 꼭 다시 들러주게. 그 때 의논을 함세."

끝내 마음 한구석에 이는 미련을 버리지 못한 원님은 다음 날을 기약하며 이야기를 끝냈다.

그 날로 길을 따나려던 김생은 원님이 하룻밤 더 묵고서 가라고 굳이 만류했기에 다음 날 아침에 떠나기로 작정하였는데, 원님은 그 날따라 더욱 융숭하게 대접을 했다.

김생은 그 날 밤 편해진 마음으로 혼곤히 잠이 들었는데 일전에 억울하다고 호소를 하던 젊은 친구가 얼굴에 웃음을 지으며 꿈 속에 나타나더니 공손히 절을 하고는 말했다.

"당신에게 입은 은혜를 오랫동안 잊지 않겠습니다. 비록 유명을 달리 하였사오나 생생세세(生生世世)에 높으신 은덕을 잠시라도 잊지 않겠습니다. 저의 원수를 갚아 주셨을 뿐만 아니라 유택(무덤)까지 훌륭히 장만해 주셨으니 참으로 감격해 마지 않나이다. 이번 길에 한양에 올라가시면 곧 과거를 보실 텐데 이번 시제는 '칠석(七夕)'이옵니다. 글을 짓는 첫머리에 다음 두 글귀를 먼저 적으십시오. 그러면 장원은 틀림없습니다."

金風颯而夕起
玉字廓其崢嶸
금풍이 소리 내어 저녁에 이니
하늘은 휘영청 높기도 해라.

말을 마치더니 젊은 친구는 어디론가로 사라져 버렸다.

"여보시오…… 여보시오……."

소리를 지르며 찾다가 꿈에서 펄쩍 깨었다.

"허!"

김생은 혼자서 감탄해 마지 않았다. 그가 일러주던 글귀를 몇 번이나 외워 보면서 '칠석'에 알맞는 글귀들을 생각해 보았다.

이튿날 원님과 고별하고 한양을 향해 나귀를 재촉하게 된 그는 몸소 큰 일을 치르고 난 뒤였기에 마음은 한없이 유쾌했다. 하지만 한편으로는 기구한 인생 행로에 대한 감개를 깊이 자아내지 않을 수 없었다.

한양에 이르러 사흘밤을 지내고 나니 과거날이었다. 김생은 꿈 속에서 들었던 말이 어쩌면 허망한 것이 아닐까 하고 의심했지만 믿는 마음이 더욱 컸다.

과장에 들어서니 경향 각지에서 모인 선비들이 구름같이 밀려들고 있었다. 이윽고 문방사우(文房四友)를 갖추고 기다리고 있으려니까 시제가 나붙었는데, 과연 「칠석(七夕)」이라는 두 글자였다.

김생은 여러 날 동안 생각해 오던 것이었기에 붓을 멈추지 않고 단번에 마음먹은 대로 써 내려갔는데, 서두에는 꿈에서 얻은 글귀를 적었다.

사관들의 전고(詮考)가 끝나고 방이 나붙는데 장원에 김생의 이름 석 자가 크게 씌여 있었다.

감격에 젖은 김생은 모두 그 젊은 원혼의 덕택이라고 생각했다.

잠시 시골집으로 금의환향하는 길에 새재 밑을 지내가게 된 김생은 제물을 후히 갖추어 젊은이의 무덤을 찾아가 감사에 넘치는 절을 했다.

그러자 깊은 산골짜기에서 뻐꾸기 우는 소리가 은은히 들려왔다.

계 옹

평안도 의주 고을에 임치종(林致宗)이라는 사람이 살고 있었다.

그는 미천한 집의 자식으로 태어나 남들처럼 글을 읽어 벼슬할 생각조차 못하며 어려서부터 장사꾼집에서 심부름꾼 노릇을 했다.

한데 그는 타고난 뛰어난 재주 한 가지가 있었으니 닭을 기르는 데 있어서는 아무도 그를 따를 수 없었다. 아무리 집 안에서 기르는 닭이라고 해도 그것들은 사람을 피하기도 하고 먹이를 뿌려줄 때가 아니면 모여들지 않는다.

하지만 그에게 있어서만은 달랐다. 멀리 흩어져 있다가도 치종이 마당에 나타나서 "구구-"하고 소리를 내면 단번에 그의 주위로 모여들었다. 뿐만 아니라 치종은 그 닭들과 대화라도 할 수 있는지 마음대로 부리기도 했기 때문에 사람들은 그를 아예 '닭치종'이라고 부르게 되었다.

그러한 치종이다 보니 닭에 대한 지식만큼 풍부한 것은 너무나도 당연한 일이었다. 친구들이 이따금 닭에 대해서 험담이라도 하게 되면 그는 정색을 하며 닭을 두둔하곤 했다.

"쯧쯧, 모르면 잠자코나 있게. 옛날에 맹상군(孟嘗君)이라는 재상이 있었는데, 그의 주변에는 삼천 명이나 되는 식객이 있었지. 하지만 맹상군이 막상 위급해졌을 때 화를 피하게 된 것은 닭의 울음소리를 잘 내는 나그네가 있었기 때문이야. 또 닭은 못 난 사람들보다 나은 훌륭한 덕을 갖추고 있는 날짐승일세. 잘 들어보게. 머리에 붉은 관을 쓰고 있으니 말하자면 문(文)이요, 팔꿈치에 뼈를 가지고 있으니 무(武)요, 적과 싸울 때 끝까지 포기하지 않으니 용(勇)이요, 먹을 것을 보면 서로 부르니 인(仁)이요, 새벽을 지키며 때를 잃지 않으니 신(信)이 아닌가? 문무만 갖추고 있는 것이 아니라 인과 신과 용까지도 갖추고 있으니 웬만한 사람들이라도 그만하기가 쉽지 않다네."

"흐음, 듣고 보니 그렇기도 하구먼!"

치종은 일을 끝내고 집에 돌아오면 항상 닭장 앞에서 남은 시간을 보내는 생활을 하루도 빠짐없이 계속했다.

그러는 동안 몇 년이 지나자 그의 닭은 천 마리도 넘게 늘어났고, 돈도 적지 않게 모았다. 그러다 보니 닭들은 더욱 많아지고 마침내 의주에서 남부럽지 않은 큰 부자가 되었다.

닭부자가 생겼다는 소문이 퍼지게 되자 치종을 부러워하는 친구들 중의 몇 사람도 닭을 기르기 시작했다. 한데 그들은 마무리 애를 써도 큰 부자가 되기는커녕 닭 기르기에 실패하여 재산만 축내는 꼴이 되었다.

재산이 만 냥 정도로 늘어나자 치종은 엉뚱한 생각을 하게 되었다.

'내가 그래도 사내 대장부인데 이렇게 집 안에만 틀어박혀 늙어갈 수야 있나. 친구들의 말처럼 세상 물정도 살필 겸 중국에 가서 물건을 사다가 팔아 큰돈을 한 번 만져 봐야겠다.'

한데, 마음에 걸리는 것이 있었다. 우선, 자기자신이 그 동안 정든 닭들을 보지 못하는 것을 견뎌 낼 수 있을까 하는 일이었고, 또 하나는 더없이 악착스러워야 하는 장사를 닭만 기르던 자기가 과연 해 낼 수 있을까 하는 염려였다.

'자칫 잘못되면 벌기는커녕 밑천까지 모두 날려버리게 될 지도 모른다. 더욱이 청국에는 마적들도 많다는데…… 에이, 그만 두자.'

하지만 한 번 먹은 마음을 쉽사리 지워버릴 수가 없었다.

'장사라고는 하지만, 청국에서는 흔한 물건을 싸게 사다가 비싸게 파는 것이니까. 악착같이 하지 않아도 어느 정도는 남겠지. 그리고 마적들이 아무리 험악한 놈들이라도 만나지 않으면 되니까. 또 만난다고 해도 설마 죽이기야 하겠어?'

생각을 바꾼 치종은 아내를 불러서 말했다.

"여보, 그 동안 모은 돈을 그대로 썩히는 것은 너무 아깝지 않소?"

"그럼 어떻게 해요? 필요한 물건들은 거의 다 있고, 전답을 장만한다고 해도 농사 짓는 일에 쓸 시간이 없잖아요?"

"그래서 하는 말인데, 내가 청국에 들어가서 귀한 물건들을 사다가 팔아 봐야겠어."

"네? 당신이 장사를 하시겠다고요?"

아내가 놀라며 반문하자, 치종은 싱긋 웃으며 대꾸했다.

"못할 것도 없지. 뭐……."

"그런 엉뚱한 소리는 하지도 말아요. 평생 동안 남부럽게 살 수 있는 돈이 있는데, 어째서 그런 욕심을 내는 거지요?"

"돈이 더 많아진다고 해서 나쁠 것은 없지 않은가?"

"하지만……."

아내가 끝까지 반대했지만 치종은 자기의 결심을 꺾지 않았다.

치종은 며칠 후, 차곡차곡 전대에 넣은 만 냥이 넘는 돈을 말 두

필에 나누어 싣고는 믿을 수 있는 친구 두 명과 함께 집을 나섰다. 그러자 그의 아내는 치맛자락으로 눈물을 닦으며 말에 실린 돈바리를 몇 번이나 바라보았다 아무리 장사를 하러 가기 위해서였지만 평생 동안 피땀을 흘려 모은 돈을 모두 가지고 가니 허망했기 때문이었다. 하지만 치종은,

"내가 없는 동안 닭들을 잘 돌봐."

하는 한 마디만 남기고는 뒤도 돌아보지 않고 떠났다.

압록강 쪽으로 향하는 치종의 기분은 매우 좋은 편이었다. 앞서거니 뒷서거니 하면서 걷는 말의 방울 소리는 그의 입에서 저절로 콧노래가 나오게 만들었다.

"이 사람아, 매일같이 쭈그리고 앉아 닭들만 쳐다보다가 청국 구경을 하게 되니 기분이 어떤가? 재수 좋게 이번 장사가 잘 되면 자네는 더욱 큰 부자가 될 거야."

친구들 중에 하나가 말을 걸자 치종은 머리를 끄덕이며 대꾸했다.

"장사는 밑지지만 않으면 되는 거지. 세상에 나서 처음으로 청국 구경을 하게 되었으니 그게 득이라고 생각하네. 아닌 게 아니라 그놈의 닭들을 기르느라고 이제까지 문 밖 십 리도 가 보지 못했으니……."

"하지만, 그랬기에 이렇게 닭부자가 된 것이 아닌가. 한데 말이야. 청국에는 기가 막히게 생긴 미녀들이 수두룩하다네. 그러니 모처럼 장삿길에 나섰나가 미인들에게 홀려 녹아 버리지 말게."

"암! 그래야겠지."

친구는 농담으로 말했지만 치종은 진담으로 받아들였다. 어려서부터 장사꾼 집에서 심부름을 하며 4~5년 지내는 동안 항상 들었던 것이 청나라 미녀들에 대한 이야기였기 때문이었다. 청국말을 조금씩 배우면서 언젠가 자기자신도 청나라를 오가는 큰 장사꾼이 되었으면

하고 마음먹었던 시절에 어른들로부터 귀동냥으로 얻어 들은 것이 지금도 또렷이 기억하는 대목은 웃음을 판다는 청국 계집들에 관한 이야기였다.

진짜 미인은 압록강을 건너가야 볼 수 있다는 둥, 나긋나긋하기가 버들잎 같고, 생긴 모습은 활짝 핀 모란 꽃 같다는 둥 입의 침이 마르도록 칭찬하는 이야기들이었다. 그래서 치종은 마누라가 보기 싫어질 때마다 강 건너에 있다는 미인을 한 번이라도 보았으면 하는 생각을 늘 마음 속에 품고 있었다. 따라서 그는 입 밖에 내지는 않았지만, 이번에 청국에 가면 그 여인들을 한 번 품어보겠다는 결심을 하고 있던 차에 친구에게 속마음을 들킨 것 같아 태연하게 말했다.

"녹아버려 봤자, 하룻밤에 몇 십 냥이라니……? 그렇게라도 되었으면 좋겠네."

"허어, 이제 보니 이 사람이 정말로 그럴 모양이로군. 하지만, 조심하게 잘못 빠지게 되면 낭패를 보게 되니까. 그년들이 사람의 간을 앉혀 놓고 빼 먹는다는 거야."

"허허, 그래? 하지만 정신만 바짝 차리고 있으면 그렇게 되기야 하겠나."

그들은 이런 이야기를 주고 받으며 압록강을 건너 중국 땅 안동 거리로 들어섰다.

치종은 안동에서 며칠 동안 머물며 물건값들 알아보기 위해 분주하게 쏘다녔다,

그러던 어느 날 저녁 때, 그는 함께 온 친구들과 술을 마시게 되었고 거나하게 취해 흥이 나자 청루들이 들어서 있는 홍등가를 찾아 나서게 되었다.

"정신을 바짝 차리고 구경만 해야 돼. 잘못 걸려들면 호되게 바가

지를 쓰니까. 우리 닭부자는 처음 왔으니까, 특히……."

몇 번인가 장사를 하러 안동에 왔었던 박 서방이 미리 주의를 주자 치종이 대꾸했다.

"아무리 그래도 내가 그렇게 어수룩하겠나?"

"어수룩하다는 것이 아니라, 색계에서는 영웅 호걸도 맥을 추지 못한다는 이야기야. 하도 미인들이 많은 곳이니 자네 같은 사람은 단번에 봄바람에 눈 녹 듯이 마음이 녹아 버리지 않겠나."

"예이, 난 주색 앞에서 담담하기가 부처님 같다네."

"부처님도 통한다니까."

그들은 뼈 없는 소리들을 주고받으며 청루들이 즐비한 거리로 접어들었다. 여기저기서 들려오는 호궁(胡弓) 소리와 노래, 왁자지껄하게 떠들어 대는 유흥객들의 목소리가 한데 뒤섞여 흘러나오는 청루들은 한껏 번창해 보였다.

그런데 이상하게도 한 집만은 조용했다.

만금루(萬金樓)라는 청루였다. 다른 집들보다 초라해 보이지도 않고 만금루라는 간판도 유별나게 눈에 띄는 검은 바탕에 누런 금자(金字)로 써 붙인 것으로 보아 격이 떨어지는 집도 아니었는데 이상하게도 인기척이 없고 주위가 적적할 뿐이었다.

"이 집이 조용하군. 한 번 들어가 보세."

치종이 그 집 문 앞으로 다가서자, 그의 친구가 머리를 갸우뚱하며 중얼거렸다.

"잠깐! 이게 아마 만 냥짜리 집이었지? 작년에 왔을 때 들은 이야기일세……."

"만 냥짜리 집? 그게 도대체 무슨 소린가?"

"양귀비 같은 천하 일색이 있는데 그 여자의 몸값이 만 냥이라는 거야."

"뭐?"

치종이 크게 놀라며 입을 딱 벌리자 박 서방이 문을 두들기면서 말했다.

"정말인지 아닌지 들어가 보면 알겠지."

안에서 문을 여는 소리가 들리더니 어린 계집애가 대문을 반쯤 열고는 얼굴을 내밀었다. 그리고는 그들을 스윽 훑어보더니

"우리 집에서는 손님을 받지 않습니다."

하고 말하며 문을 닫으려고 했다.

"그럼 문 밖에다 등불은 왜 켜놨어?"

대문에 등불을 켜놓는 것은 손님을 부르는 표시였다. 만금루에도 역시 희미한 빛을 발하는 청사등이 켜져 있었다.

"그래도 안 받는다니까요."

이에 박 서방이

"아니 찾아온 손님을 문 밖에서 쫓는 법이 어디 있어? 어쨌든 좀 들어가 보자."

하면서 계집애를 안으로 밀었는데, 바로 그 때 안에서 중년의 여인이 나오며 말했다.

"무슨 일이냐? 멀리서 구경하러 오신 손님들이신가 본데 객청으로 모셔 차라도 대접할 것이지."

계집애를 꾸짖은 여인은 세 사람 쪽으로 얼굴을 돌리며 은근한 목소리로 말했다.

"어서 들어오십시오."

"아, 예."

세 사람이 객청으로 들어가 앉아있으려니까 여인이 뜨거운 차를 내

놓으며 말했다.

"강 건너에서 오셨나 보군요. 우리 말에 능통하신 걸 보니 초행은 아니신 것 같고……."

"그렇습니다. 그런데 그 아이가 왜 손님을 안 받는다고 딱 잡아뗀 거지요?"

"손님을 받아 봤자 결과는 마찬가지니까 그런 말을 했겠지요. 저의 집은 다른 집들과는 크게 다릅니다."

"다르다니…… 어떻게?"

"다른 집들은 접대하는 여자들도 많고 아무런 손님이나 받아 돈만 치르면 되지만, 저의 집은 그렇지가 않아요."

세 사람은 차를 마시며 노파의 얼굴만 바라보고 있었다. 수수한 옷차림을 한 그녀의 둥글 넙적한 얼굴이 청루의 주인으로는 어울리지 않는 것 같다고 생각하면서,

"뭔가 특별히 다른 점이라도……?"

"네. 손님을 기다리는 처녀애가 단 하나뿐입니다. 아직까지 한 번도 손님을 맞아 보지 못한 숫처녀지요."

"손님을 한 번도 못 맞다니…… 무슨 병이라도 있어서?"

"그럴 리가 있나요? 워낙 몸값이 비싸서지요."

"비싸다니, 얼만데요?"

"만 냥입니다."

"뭐? 만 냥?"

비로소 세 사람은 놀랐다.

당시에 있어서 청루의 유흥비는 열 냥에서 스무 냥 정도면 족했다. 고급집이라고 해도 쉰 냥 정도면 충분했다. 한데 몇 백 냥도 아니고 만 냥이라니, 만 냥을 가진 사람은 이만저만한 부자가 아니었던 세상

이었다. 때문에 그 여인이 외국 사람인 자기들을 놀리느라고 그런 터무니 없는 말을 하는 것만 같았다.

"손님들께서 놀라시는 것도 당연하지요. 만 냥을 가진 부자는 하늘이 내신 부자라는데, 이런 곳에서 그런 거금으로 계집애의 몸을 살 사람이 있겠어요?"

"……."

"그런 손님이 나타나기를 기다린 지가 어느 덧 3년이나 되었지요. 하지만 그런 의기를 가진 분은 아무래도 이 중국 천지에는 없는 것 같습니다."

추원한 얼굴이 된 중년 여인의 얼굴에서는 당장이라도 눈물이 왈칵 쏟아질 것만 같은 표정으로 젖어 있었다.

"만 냥이라면 이만저만 큰 돈이 아닌데…… 만 냥을 꼭 받아야 되는 사연이라도 있는 건가요?"

"이야기를 해 봤자 헛일이 되겠지만 모처럼 먼 곳에서 손님들이 오셨으니 신세타령이나 해 드려야겠어요. 얘야, 이리 온!"

여인은 계집애를 불러 술상을 차려 오게 하고는 긴 이야기를 해주었다.

만 냥에 몸을 팔려는 처녀는 바로 그 여인의 딸이었으며, 그 여인은 그런 장사를 해오던 기생어미가 아니라 삼 년 전까지는 유하 현장(柳河縣長)의 부인이었다.

그녀는 아들 딸 남매와 함께 오붓하게 살아왔는데 삼 년 전의 이른 봄 어느 날, 첫새벽에 마적떼가 습격해 왔다. 그들은 현청에 불을 지르고 재물을 빼앗아 갈 때 현장인 그녀의 남편과 아들을 끌고 갔기 때문에 두 모녀는 하루 아침에 의지할 곳 없는 신세가 되어 버렸다.

그 마적떼는 통화(通化) 산 속의 깊은 곳에 소굴을 만들어 놓고 십여 년째 인근의 마을들을 노략질로 소란케하며 횡행했으나 관가의 힘이 그들을 소탕하지 못하고 있었다. 때문에 세력이 더욱 커졌으며 마침내 유아현에까지 몰려와 약탈을 했던 것이다.

두 사람을 납치해 간 놈들은 얼마 후 사람을 보내 돈 만 냥을 주면 그들을 돌려보내겠다고 했다. 하지만 두 모녀에게 그런 돈이 있을 리가 없었다.

두 모녀는 울기만 하면서 세월을 보냈는데, 그때 열여섯 살이었던 딸 혜련(惠蓮)이가 자기 몸을 팔아서 아버지와 오빠를 찾아오자고 졸라 대기 시작했다.

때문에 처음에는 그럴 수가 있느냐고 펄쩍 뛰면서 말렸으나 딸이 침식을 물리치고 계속해서 졸라대기에 결국에는 승낙하고 안동으로 나와 지금의 집을 사서 만금루라는 간판을 건 지 삼 년째가 된다는 사정이었다. 이야기를 끝낸 여인은 두 눈에서 흐르는 눈물을 닦으면서 중얼거렸다.

"부질 없는 욕심만 큰 일이었지요. 이 세상 어느 누가 만 냥이나 주고서 계집애를 사 가려는 사람이 있겠어요."

이야기를 듣고 있던 세 사람도 정신이 아득해짐을 느끼며 비통해하는 생각에 잠겨 있었다.

"한데, 그놈들이 아직까지 두 사람을 연금하고 있을까요?"

치종이 불쑥 묻자 여인이 머리를 주억거리며 대답했다.

"그럼요. 두어 달 전에도 통화에서 사람이 왔어요. 우리 영감의 편지를 가지고 왔더군요. 어떻게 해서라도 돈을 마련하라는 내용이었는데, 얼마나 괴롭고 답답했으면 그런 편지를 썼겠어요?"

여인은 안정을 찾으려고 애쓰면서 세 사람에게 술을 권했다. 하지만 치종은 술 마실 생각이 없기에 돈 서른 양을 술상 위에 내놓고 먼저 밖으로 나왔다.

그 날 밤 치종은 새벽닭이 울 때까지 제대로 잠을 이루지 못했다. 만 냥에 연관된 두 사람의 목숨, 그리고 딸의 효성과 어머니의 슬픔, 잊어버리려고 애써도 자꾸만 머리 속으로 떠오르는 생각들이 거미줄처럼 엉키며 그의 잠을 쫓았다.

돈이란 있다가도 없어지고, 없다가도 생기는 것이니 당장 돈 꾸러미를 들고 가서 호기있게 던져 줄까 하는 의협심이 있었지만, 다시 생각해 보면 만 냥은 너무나도 큰 돈이었으므로 그것은 아무런 연관 없이 물 속에 던져 버리는 행위에 다름이 없었다.

하지만 이런 생각이 들기도 했다.

중국은 땅도 넓고 사람들도 많다는데, 그처럼 딱한 처지에 놓여진 가족을 구해 줄 사람이 하나도 없단 말인가? 그렇다면 딴 나라 사람인 내가 돈 만 냥을 떠억 던져주면 무척이나 놀랄 것이다. 사나이로 태어났으니 눈 딱 감고 한 번 해 볼만한 일이 아닐까?

그러다가 겨우 잠이 들었다.

치종은 다음 날 낮에 살며시 여관에서 나와 혼자 청루들이 있는 거리로 갔다.

그가 만금루의 문을 두들기자 전날처럼 계집애가 얼굴을 내밀며 반겼고 이어서 여인이 나왔다.

"어마나, 또 오셨군요."

여인도 반기면서 치종을 객실로 들어오게 했고 초라하기는 했지만 찻상도 차려서 내왔다.

"그래, 만 냥 짜리 손님은 나타났나요?"

치종이 묻자 여인은 희미하게 웃으며 대꾸했다.

"삼 년째 기다려도 안 나타난 손님이 하룻밤 사이에 갑자기 나타났을 리가 있겠어요? 그저 그 애가 그렇게 하자고 극성을 떨기에 허송 세월을 보내고 있는 거지요."

"하지만 누가 압니까? 오늘 밤에라도 따님을 구해 줄 호걸이 나타날지?"

치종이 차를 마시며 말하자 노파가 당치도 않다는 듯이 대꾸했다.

"그건 이루어질 수 없는 일이지요. 혹시 양가의 규수라면, 그리고 운이 있다면 돈이 많은 호걸을 만나 만 냥을 얻을 수 있을지도 모르지요. 하지만 이렇게 청루를 차리고 있으니 누가 그렇게 큰 돈을 주겠어요?"

"내가 드리겠소."

"네?"

치종의 눈에 거짓이라고는 조금도 담겨져 있지 않았지만, 그녀는 믿어지지 않는 모양이었다.

그녀는 이윽고 고개를 숙이면서 중얼거렸다.

"우리 나라 사람도 아닌 다른 나라 분이 무엇 때문에 그렇게 큰 돈을 내시겠어요. 공연한 농담을 그만 두시고 차나 드세요."

"그렇게 하고 싶기 때문이지요. 의협아인 척해 보았자 생길 것도 없지만, 왜 그런지 도와드리고 싶군요."

"네?"

치종이 주머니끈을 풀고 안에서 꺼낸 것은 안동에서도 제일 큰 대방 전장(大方錢莊)에서 뗀 전표였다. 언제라도 가지고 가기만 하면 돈 만 냥과 바꿀 수 있는 전표였다.

그제서야 여인은 놀라운 기적을 본 것처럼 경악하며 더듬거렸다.

"아니, 그…… 그건……."

여인의 두 눈에는 눈물이 고였고 목소리는 떨고 있었다.

"그걸… 정말로 우리에게 주신다는 겁니까?"

"그렇습니다."

"아아, 이럴 수가…… 이럴 수가……."

여인은 한참 동안 멍해진 얼굴로 앉아있다가 갑자기 심부름하는 계집애를 불러 말했다.

"서둘러 주안상을 차리고, 아씨에겐 곱게 단장하고 기다리라고 전해라."

그러자 치종은 황급히 말했다.

"아니오. 나는 곧 돌아가겠습니다. 그러니 주안상을 차릴 필요가 없습니다. 더구나 따님은……."

그러자 여인은 합장하듯이 두 손을 모으며 말했다.

"그게 무슨 말씀이십니까? 돈만 내놓고 그냥 가신다니…… 잘 생기지도 못했고, 나이도 아직 어리지만 평생 동안 보살펴 주세요."

"허허, 나는 그렇게 하려고 만 냥을 드린 것이 아닙니다. 물론 협기가 있어서 그런 것도 아니고 그저 작은 인정을 베풀고 싶어서 그런 것이니……."

"그래요? 하지만 어차피 청루 간판을 걸고 들어앉힌 아이이니 죽은 목숨이나 다름없습니다. 그러니 데려다가 잔일을 시키시든 고된 일을 시키시든 마음대로 하세요. 그래야 그 애와 저의 속이 모두 편해질 겁니다."

"그런 생각은 조금도 하지 마십시오. 저는 그저 두 부자분이 무사히 돌아오신다면 그것이 바로 제가 만 냥을 드린 보람이라고 생각하겠습니다."

치종의 간곡한 말에 여인은 목이 메이는지 "흑!" 하고 소리를 내면서 흐느껴 울기만 했다.

치종은 한동안 그녀의 모습을 지켜보다가 슬그머니 밖으로 나왔다.

치종은 곧장 여관으로 돌아왔는데 기분이 매우 야릇했다. 흐뭇하고 홀가분했지만 찜찜해진 기분도 그의 마음 한구석에 남아 있었다.

소식을 전해 듣고 잔뜩 화가 난 여편네의 얼굴도 눈 앞에 떠올랐고 연기처럼 사라진 재산 생각도 났다.

그가 침상에 누워 뒹굴면서 이런 생각 저런 생각을 하는 동안 어느덧 저녁때가 되었다.

함께 온 두 친구는 여관에 없었다.

낮에 치종이 혼자서 외출한 것 때문에 화가 나서 그들도 외출한 것 같았는데, 날이 어두워질 때가지 기다려도 그들은 돌아오지 않았다. 그래서

'아무래도 혼자서 저녁 식사를 해야겠군!'

하고 끼니 걱정을 하는데 느닷없이 여관의 하녀가 나타나더니 물었다.

"저어, 손님이 오셨는데요. 어린 낭자인데 이리로 모실까요?"

"어린 낭자?"

치종은 의아해 하며 반문했다. 자기를 찾아올 어린 낭자가 낯선 땅에 있을 리 없었기 때문이었다. 혹시 있다면 만금루의 혜련이라는 낭자밖에 없는데, 그녀라면 그가 묵고 있는 여관을 알고 있을 리가 없었다.

이상한 일이었다. 하지만 그대로 돌려보낼 수도 없었다.

잠시 후, 밖으로 나갔다가 다시 나타난 하녀를 보는 순간 치종은 소스라치게 놀랐다. 눈부실 정도로 아름다운 낭자가 만금루의 계집애와 함께 있었기 때문이다. 계집애가,

"혜련 아씨입니다."

라고 말하자, 낭자는 머리를 숙여 인사를 했다.

이에 치종은 얼떨떨해 하며 계집애에게 물었다.

"이게 도대체 어떻게 된 일이냐?"

그러자 혜련이 계집애가 들고 있던 조그만 보따리를 받아들면서 대신 대답했다.

"낮에 돌아가실 때 어머니가 이 애에게 시켜서 나리의 뒤를 몰래 따르게 하셨습니다. 그렇게 해서 이 곳을 안 뒤에 저를 보내신 겁니다. 나리에게 팔린 몸이니 죽이거나 살리거나 따라가라고 하셨습니다. 저는 이제 나리의 몸이니 마음대로 하세요."

"아니, 뭐라고?"

치종은 어떻게 해야 좋을지 몰라 하면서 당황해 하다가 혜련이를 만금루로 데려다 주었다. 하지만 여인은,

"아무리 생각해도 너무나 죄스러워서 견딜 수가 없습니다. 정 그러하시다면 하룻밤만이라도 잠자리를 함께 해주시지요."

하고 애원하다시피 말했다. 뿐만 아니라

"만일 그렇게라도 해주시지 않는다면 전표를 돌려드리겠습니다. 기다리다 보면 언젠가 새 임자가 나타날 수도 있겠지요."

하고 덧붙였다.

때문에 치종은 더 이상 거절할 수가 없어서

"알겠습니다. 그렇게 하지요."

라고 승락하고 말았다.

그날 밤, 여인은 딸 혜련의 방을 신방처럼 꾸며 놓고는 치종으로 하여금 들어가게 했다.

다소곳이 앉아 있는 혜련의 모습을 보는 순간 치종의 가슴은 두근거리기 시작했다. 애써서 마음을 깨끗하게 가지려고 했지만, 그도 역

시 사나이였다. 나이 많은 아내와 열아홉 살짜리 처녀 혜련의 몸매를 비교해 보니 과장해서 말한다면 선녀와 시체만큼 차이가 있었다. 얇은 옷 밖으로 드러난 혜련의 불룩한 젖가슴과 잘룩한 허리를 바라보는 동안 치종은 자기도 모르게 숨결이 가빠졌다.

'에라, 만 냥이나 되는 돈을 내던졌으니 한 번 품어봐도 괜찮을 거야. 그게 어디 웬만큼 많은 돈인가?'

하는 생각이 불쑥불쑥 치솟았다.

하지만 그는 결국 그렇게 하지 않았다.

방 안에 켜져 있는 황초가 꽤나 많이 녹아 흐를 때까지 생각을 되풀이하던 그는 죽이려면 죽이고, 살리려면 살리라는 자세로 다소곳이 앉아 있는 혜련에게,

"나는 너와 하룻밤 정을 나눴다고 생각할 테니 그리 알아라. 그리고 아버지와 오빠를 만난 뒤에 부디 좋은 곳으로 시집 가서 잘 살기 바란다."

하고 말하며 윗목으로 가서 누웠다. 그러자 혜련이

"어차피 청루에 한 번 담았던 몸인데 어떻게 좋은 지아비를 만날 수 있겠습니까?"

하고 말했다. 그런 걱정은 하지 말고 마음대로 하라는 뜻을 비친 말이었다.

하지만 치종은 끝내 고스란히 밤을 밝히고 나서 그녀에게 말했다.

"어머니에겐 내가 네 정을 받았다고 말해라. 그리고 내가 귀국한 뒤에 사실대로 말해라."

"네, 그렇게 하겠습니다."

치종이 만금루에서 떠날 때, 혜련의 어머니는 그렇게라도 했기에 마음이 좀 편해졌다는 듯이 미소 지으며,

"가시기 전에 존함과 사시는 곳을 가르쳐 주세요."
하고 청했다. 대답하지 않으면 보내주지 않을 것 같기에 그는,
"의주에서 사는 임치종이요."
하고 말했다. 여인이 의주의 어느 고을이냐고 다시 물었지만, 그저 그렇게만 알아두라고 말하고는 밖으로 나왔다.

그때 마악 일어나 세수를 하던 박 서방과 친구는 치종이 들어오는 것을 보자, 누가 먼저랄 것도 없이 물었다.

"야아! 이 사람, 이국 땅에서 오입 한 번 제대로 했나 보군."

"맞아! 우리는 빼고 혼자서만 말이야."

"허허……. 마음대로들 생각하게."

"여보게, 그러지 말고 재미 본 얘기를 좀 해보게."

"재미 본 일이 없는데 무슨 얘기를 하란 말인가? 그보다 나는 오늘 떠나겠네."

"떠나? 어디로 말인가?"

"어디긴…… 집이지."

"뭐, 집으로? 아니 이 사람아, 장사를 하러 와서 물건도 사지 않고 갑자기 돌아간다니 그게 무슨 소리야?"

두 친구들은 단번에 눈이 휘둥그레졌다.

"장사하는 건 그만두기로 했네. 아무래도 난 닭장사를 하는 것이 제일 어울려."

"허어, 이 사람 마음이 변했군. 물건들 시세가 좋아서 한 탕만 하면 금방 돈방석에 앉을 텐데…… 어째서 그리 소심한가?"

"하긴, 이제까지 닭장사만 했으니……."

친구들은 치종의 속을 알 수 없었기에 답답해 하기만 했다.

"어쨌든 난 오늘 떠나야겠어."

"그거 참, 모를 일이로군. 자네 진정으로 하는 말인가?"

"그렇다니까."

치종이 머리를 끄덕이자 박 서방이 어이없어 하면서 말했다.

"내가 걱정할 일은 아니지만 자네 정말 딱하네. 어쨌든, 자네가 사려던 물건을 내가 살 테니 한 이천 냥만 빌려 줘."

"지금은 빌려 줄 수가 없네."

짐을 챙기던 치종이 미안하다는 표정도 없이 거절하자, 박 서방은 기분이 나빠졌다.

"이 사람아, 내가 자네 돈을 떼어먹을까 봐 그러는 건가? 걱정하지 마, 물건을 사서 자네 집으로 부칠 테니 팔아서 남는 돈만 내게 줘. 그것도 나 혼자서 다 먹지는 않을 테니까."

"그런 게 아니라니까. 빌려주지 않는 것이 아니라 빌려주지 못하는 것이니 그렇게만 알게. 미안허이."

치종이 딱 잡아떼자 박 서방은 속이 뒤집힐 정도로 역정이 났다. 돈냥이나 가지고 있다고 친구를 무시하는 것이라고 생각했다.

"먼저 가네. 장사들 잘 하게."

인사말을 던진 치종이 홀연히 떠나 버리자 두 친구는 입을 모아 그를 욕하며 비웃기 시작했다

"허어, 그 자식 갑자기 노랭이가 됐어."

"내 이렇게 될 줄 알았어. 간이 콩알만한 놈이니 천상 닭장사나 해야지."

"밑천이 적지만 장사를 잘 해서 그놈 약을 올리자구."

"암, 그건 내가 할 소리였어."

그 날 저녁때가 되자 안동 거리 골목골목이 벌집을 쑤셔 놓은 것처럼 시끄러워졌다.

"만금루에 드디어 만 냥짜리 손님이 들었다는군!"

"하아, 누군지 모르지만 대단한 놈이다. 계집값으로 만 냥을 내다니……."

"대단한 놈이 아니라 쓸개가 빠진 놈이지. 돈이 얼마나 썩어 나길래 만 냥이나 던져."

감탄하는 소리와 비웃는 소리들이 한데 뒤섞여 무척이나 떠들썩했는데, 어쨌든 간에 그날 밤의 화제는 모두들 만금루 이야기뿐이었다.

"그나저나 만 냥을 낸 놈이 누구야?"

"글쎄, 천진에서 제일 가는 부자라지. 아니, 심양에서 왔다던가…… 어쨌든 광장한 부자라더군!"

확실하지 않은 이야기에 과장된 말들이 덧붙어 이 입 저 입들이 엉뚱한 소문들을 전했다.

그러다가 며칠 후에야 제대로 된 소문이 전해 지고 안동 일대는 다시 한 번 발칵 뒤집혔다.

치종의 친구들도 역시 발을 구르며 욕설을 퍼부었다.

"그놈이 미쳤구먼, 미쳐도 보통으로 미친 것이 아니야."

"미치기만 해? 환장을 한 거지."

"그 자식, 그렇게 하고 돌아가서 닭장만 우두커니 쳐다보고 있겠다는 건가?"

"그건 모를 일이지. 그년을 데리고 어디로 도망을 쳤는지……."

"흥, 그렇게나 했으면 제법이게. 소문을 들어보니 전표만 던져 주고 훌쩍 나와 버렸다는 거야!"

"뭐야, 설마 했더니 진짜로 돌았군!"

"맞아! 두 번 다시 볼 놈이 아니야."

그것은 물론 치종이라는 인간이 미워서가 아니라 거금 만 냥을 버린 것이 너무나도 아까워서 내뱉은 소리들이었다.

그로부터 삼 년이라는 세월이 흘러갔다.

그 날도 치종은 방 안에서 달걀들을 주무르고 있었는데 삼 년 전에 장사를 하러 안동에 함께 갔었던 박 서방이 실로 오랜만에 찾아왔다.

두 사람은 그날 안동에서 헤어진 후 처음으로 다시 만나는 대면이었다.

"아니, 자네가 웬일인가? 무슨 바람이 불었기에 우리 집엘 다 찾아왔나?"

"허어, 이 사람 바람은 무슨…… 그 동안 닭은 얼마나 길렀나?"

"그저 그렇지 뭐, 만 냥이 다시 모아지면 장사를 하러 안동에나 또 가세."

"이 사람아! 아닌 게 아니라 장사는 자네가 정말로 잘 했네. 암, 그렇고 말고……."

박 서방이 영문 모를 소리를 하자 치종은 무턱대고 맞장구를 했다.

"암, 장사라면 내가 옛날부터 잘 했지 않은가."

"아니 그럼 자네도 벌써 그 소식을 들었단 말인가?"

박 서방이 의아해 하는 얼굴이 되며 묻자 치종은 그제서야 그가 찾아온 것은 뭔가 이유가 있어서라고 생각하며 되물었다.

"소식을 듣다니?"

"자네가 만 냥을 던져서 구해 준 만금루의 그 아가씨 말이야."

"뭐, 만금루?"

치종은 놀라면서 두 눈을 크게 떴다. 오랜만에 갑자기 나타난 박 서방이 뜬금없이 만금루 이야기를 꺼내는 것은 뭔가 뒷소식을 들었기 때문이라고 생각하니 가슴이 떨리지 않을 수가 없었다.

그는 그처럼 호기를 부리고 돌아온 뒤부터 그들 모녀와 일가족이 그 후에 어떻게 되었을까 하고 궁금해 하지 않았던 적이 단 하루도 없었다. 하지만 소식을 들을 길이 없었는데 박 서방이 그 이야기를 꺼냈기에 온몸의 촉각을 곤두세우며 그의 입만 바라보았다.

"자네, 큰 수가 생겼네. 몇 배나 남는 장사를 하게 된 거야. 들어보게. 내가 이번에 안동에 가서 여관에 묵었는데 여관 주인이 난데없이 임치종을 아느냐고 묻는 거야?"

"그래? 그래서……."

"그래서 아는 정도가 아니라 내 친구라도 했더니 '큰 수가 생겼으니 빨리 돌아가셔서 그분을 모시고 오슈'라고 말하는 거야. 그래서 어리둥절했더니 만금루의 여자 이야기를 하더라 이거야."

"뭐라고?"

여관 주인이 박 서방에게 해준 이야기는 다음과 같았다.

치중에게서 돈 만 냥을 받은 혜련의 어머니는 그 돈을 즉시 통화로 보내 남편과 아들을 찾은 뒤 만금루를 팔아 버리고 고향인 길림(吉林)으로 갔으며, 누군가의 소개로 길림에서 최고의 부자인 호(胡) 씨의 후실이 되었다. 그런데 그로부터 얼마 후, 혜련의 가족이 안동에서 임치종이라는 사람을 만나 커다란 도움을 받았다는 사연을 알게 된 호씨가 크게 감격하여 자기가 대신 은혜를 갚겠다면서 치종이 주었던 돈의 열 배인 십만 냥을 준비해 놓고 사람을 안동까지 보내 치종을 찾고 있다는 것이었다.

"그래서 내가 장사고 뭐고 다 걷어치우고 이렇게 되돌아오는 길이라네. 자그만치 십만 냥일쎄, 십만 냥. 그러니 자그만치 아홉 배가 남는 장사를 한 것이 아닌가?"

박 서방은 흥분을 억제하지 못하며 떠들어 댔다.

이야기를 듣고 난 치종도 역시 온몸이 뜨거워지며 가슴이 울렁거렸다. 십만 냥이라는 돈도 컸지만 그보다도 혜련의 가족이 그처럼 잘 살게 되었다는 것이 더욱 반가운 소식이었다.

"어떻게 할텐가? 당장 출발해야지?"

"글쎄!"

"글쎄가 뭔가? 이 사람아. 지금 십만 냥이 자네를 기다리고 있는 판인데."

박 서방이 십만 냥이 마치 자기 돈이기라도 한 것처럼 잔뜩 들떠 있었다.

"오늘 당장 나 하고 가세. 길림에서 왔다는 사람이 압록강은 자기 마음대로 건널 수 없기에 안동에서 석 달째 머물고 있다는 거야. 그러니 어서 가서 만나 보자고……."

"글쎄……."

"허, 이 사람! 글쎄라는 말은 그만 해. 지금 십만 냥이 기다리고 있다니까."

박 서방이 하도 설치는 바람에 치종은 그를 따라 안동으로 가기로 했다.

한데 그는 원래 호탕한 성격을 가지고 있었지만, 아울러 꼼꼼한 면도 가지고 있었다. 때문에 그는 박 서방과 함께 출발하기는 했지만 가지 말아야 하는 길을 공연히 가는 것이 아닌가 하는 생각도 가지고 있었다.

돈 만 냥을 던져 줄 때 훗날 다시 받겠다는 생각은 조금도 하지 않았다. 그저 그들의 나라 사람들이 감히 하지 못하는 일을 호기있게 함으로써 많은 사람들을 놀라게 만들겠다는 생각에, 또 혜련 모녀의 사정이 정말로 가엾게 느껴져 크게 인정을 베풀었던 것이다. 그러니 이제 와서 그들은 은혜를 갚는 것이라고 하지만 일단 주었던 돈을 다시 받는다는 것이 아무리 생각해도 뭔가 께름직했다.

"그 사람은 안동에 가면 당장 만날 수 있나?"

"당연하지. 자네가 나타나기만을 기다리고 있다니까."

박 서방은 너무나 신바람이 나는 모양이었다. 하지만 치종은 갈림에서 왔다는 사람을 만나면 그 후의 소식이나 자세히 물어보고 돈은 받지 않을 작정이었다. 그래도 주면 원금 만 냥만 받아야겠다고 마음먹고 있었다.

그런데 안동에 도착하여 그 사람과 막상 만나고 보니 상황이 달라지게 되었다. 길림에서 왔다는 사람이 뜻밖의 말을 했기 때문이었다.

"몇 달이 아니라 몇 해를 기다리게 되어도 꼭 만나 뵙고 모셔 오라고 하셨습니다. 은혜를 갚고 안 갚고 그런 것에 대해서는 저는 모릅니다. 나리와 함께가 아니면 저는 영원히 길림으로 돌아가지 못합니다."

"아니, 뭐라고요?"

치종은 소식을 들은 뒤 그 사람 편에 편지나 보내려고 했었는데 막무가내로 졸라대자, 차마 거절할 수가 없었다.

그래서 다음 날 아침 그 사람과 함께 길을 떠났게 되었고 박 서방은 닭 쫓던 개 지붕만 쳐다보는 꼴이 되고 말았다.

그들은 그로부터 열흘이 더 지나서야 길림에 도착했는데 호 부자의 집 안은 그 순간부터 갑자기 난리라도 난 것처럼 시끄러워졌다.

혜련이가 제일 먼저 맨발로 마당에 뛰어나와 앞에 엎드리자 그녀의 어머니도 달려나와 치종의 옷깃을 잡으며 반가움의 눈물을 흘렸다. 이어서 혜련의 아버지와 오빠, 그리고 호 부자의 가족들까지 다가와 치종을 에워싸며 감사의 뜻을 표했다.

치종은 길림에서 석 달 동안이나 머물며 융숭한 대접을 받다가 의

주의 옛집으로 돌아왔다. 그 때부터 그는 의주나 평안도에서만이 아니라 팔도강산에서 모를 사람이 없을 정도의 큰 부자로 행세했다.

한데 그는 돈이 많은 덕분에 곽산 군수(郭山郡守)까지 지내게 되어 지체도 높아졌지만 닭을 기르는 일만은 여전히 그만두지 않았다.

그러던 어느 날이었다.

그 날도 그는 마당에 서서 수백 마리의 병아리들이 노니는 것을 둘러보고 있었다. 그런데 어디선가 갑자기 독수리 한 마리가 화살처럼 날아오더니 병아리 두 마리를 채 가지고 하늘 높이 치솟았다.

그러자 치종은 수심이 가득한 얼굴이 되며 탄식했다.

"허! 나의 운수도 드디어 끝났구나. 이제까지 닭을 기르는 동안 단 한 마리도 해를 입지 않았었는데 독수리란 놈이 내 병아리를 훔쳐 가다니……."

그로부터 사흘 뒤에 닭부자 임치종은 저세상으로 가는 나그네가 되었다. 엄청나게 많은 돈을 남겨놓은 채.

불청객

먼 옛날, 한양 성안의 장교(지금의 청계천 2가) 부근에 김 진사라는 양반의 백 칸짜리 집이 있었는데, 박 진사와 이 진사라는 두 친구들이 자주 찾아와서 놀곤 했다.

그들의 공통점은 졸부라는 사실이었다. 그들은 양반인데도 불구하고 돈놀이를 했을 뿐만 아니라, 물건 값이 쌀 때 헐값으로 사두었다가 귀할 때 비싼 값으로 파는 소위 매점매석을 일삼아 떼돈을 벌었기에 넘쳐 날 정도로 돈들이 많았다. 그래서 그들은 주야로 가객과 기생들을 불러 술자리를 만들고 가난한 사람들을 골려먹는 것을 낙으로 삼았다. 때문에 인근 사람들은 모두 탄식하며 못마땅해 했다.

그 날도 박 진사와 이 진사는 어김없이 김 진사의 집에 나타났고 술자리가 벌어졌다. 세 사람은 상다리가 휘어질 정도로 산해진미가 차려져 있는 술상 주위에 기생들과 함께 둘러앉아 서서히 흥을 돋우기 시작했다.

바로 그 때였다. 방문이 스르르 열리더니 폐포파립의 가난한 선비 김생이 고개를 쑤욱 들이밀었다. 그를 제일 먼저 본 이 진사가,

"오호, 불청객께서 또 오셨구먼."
하고 아는 체를 해주자, 김생은 히죽 웃는 것으로 대답을 대신했는데 무골호인 같아 보이는 얼굴을 가지고 있었다.

그가 슬그머니 문지방을 마악 넘어서려고 하자, 김 진사가 흘겨 보면서 제동을 걸었다.

"잠깐! 이 방에 들어오려면 신고를 해야지."

"맞아! 신고를 해야 해."
하면서 맞장구를 친 사람은 박 진사였다. 그러자 김생은 잠깐 머쓱해 하며 그대로 서 있다가 방 안을 향해 절을 했다.

"남산골 김생원이 문후드리오."

"허어, 그런 신고를 하라는 것이 아니야. 환갑 잔칫집이나 혼삿집에 가면 볼 수 있는 불청객을 뭐라고 하더라? 맞아, 각설이… 각설이였지."

김 진사는 손으로 무릎을 한 번 탁 치고는 눈을 껌벅거리면서 서 있는 김생에게 다시 말했다.

"자네가 내 집에 오는 이유도 그들과 같으니 각설이타령으로 신고를 해야 되지 않겠는가. 그렇지?"

"……."

김생은 난감해 하며 잠시 머뭇거렸다.

그 때, 김 진사 옆에 앉아 있던 기생이 나서면서,

"너무 지나치시군요. 그래도 명색이 양반이신데 각설이타령을 하라고 시키시다니요?"
하고 내뱉듯이 말했다.

김생은 자기편을 들어주는 매월이가 몹시 고마웠다. 하지만 술 한 잔을 얻어먹으려면 김 진사의 말에 따라야 했다.

"허허, 맞는 말이네. 나는 가진 것이 없는 사람이니 그런 짓을 해서라도 좌중을 흥겹게 만들어줘야 하지 않겠나. 자아, 그럼 내가 한 가락 뽑겠네."

김생은 이윽고 목청을 가다듬더니 각설이타령을 하기 시작했다.

"얼씨구씨구 들어간다, 절씨구시구 들어간다.

작년에 왔던 각설이, 죽지도 않고 또 왔네."

그는 각설이패의 흉내까지도 그럴싸하게 내가면서 각설이타령을 불렀다. 각설이타령이 계속되는 동안 세 양반들은 배꼽을 잡으며 웃어댔지만, 기생 매월이는 안쓰러워하며 슬그머니 외면했다.

"아, 잘 했어."

"맞아! 맞아!"

하는 소리들이 터져나오는 가운데 김생이 술상 앞에 자리를 잡고 앉자, 매월이가 얼른 술을 따라 주면서 말했다.

"자, 드시와요."

"고마우이."

김생이 단순에 잔을 비우자, 이 진사가 말했다.

"후래자 삼 배라는 것을 모르는가?"

"허허, 모를 리가 있겠는가?"

김생은 빙그레 웃으면서 술잔을 받고, 또 받아서 마셨다. 단숨에 석 잔을, 그것도 밥을 굶어 빈 속에 마셨기 때문에 그는 금방 취기에 빠져들었다. 술자리는 다시 기생들의 흥겨운 노래 속에 파묻혔고 밤은 서서히 깊어갔다.

어지러운 술자리는 그 날 밤 자정이 가까워질 때까지 계속되었다.

김생은 금방이라도 쓰러질 것처럼 비척거리며 밤길을 걷고 있었다. 다행스럽게도 달 밝은 밤이어서 길은 제대로 찾을 수는 있었지만 그는 돌부리에 걸려 몇 번인가 쓰러졌다가 다시 일어나 비틀거리며 간신히 몸을 유지했다. 뿐만 아니라 개울을 건너다가 물에 빠져 옷이 모두 젖어 밤의 한기에 몸을 떨었다.

그는 취기로 졸음이 쏟아지는 것을 애써 참으면서 계속해서 길을 찾아 걸었다.

이윽고 자기 집 앞에 이른 김생은 마당으로 들어섰다. 탈없이 집까지 돌아왔기에 안도의 한숨을 내쉬는데 방 안에서 아기 우는 소리가 흘러나왔다.

"으앙- 으아앙-"

김생은 머리를 흔들며 정신을 가다듬고는 마당을 가로질러 안채로 걸어갔다.

"여보, 내가 왔소."

그가 방문을 열었더니 그의 아내가 빈 젖꼭지를 아기에게 물린 채 힘없이 앉아 있었다. 하지만 그녀는 남편 쪽으로 얼굴조차 돌리지 않았다. 그러자 김생은 아기를 보면서,

"이놈, 조금만 참아라. 엄마가 이걸 먹으면 젖이 좀 나올 거다."

하면서 도포자락 속에서 종이에 싼 것들을 꺼냈다. 그것은 조금 전 개울물에 빠져 젖어 있었는데, 그 안에서 나온 것들은 온갖 잡동산이 음식이었다.

젖은 도포를 벗어 놓은 뒤에 그것을 들고 방 안으로 들어선 김생은,

"부잣집 술상이라 없는 집 제사상보다도 잘 차렸더군, 맛이나 좀 보구려."

하며 전 한 조각을 들어서 아내에게 내밀었다. 하지만 아내는 그것을 거들떠보지도 않았다. 그래서 김생이

"허어, 왜 꾸물거리오? 어서 먹어야 젖이 돌 것이 아니겠소?"
하면서 코 앞까지 쑥 내밀었더니 아내가 머리를 뒤로 젖히면서 남편을 바라보다가 내뱉듯이 말했다.
"제가 언제 이런 것을 갖다 달라고 했습니까?"
"응?"
김생이 얼떨떨해 하며 두 눈을 크게 뜨자, 굳은 표정의 아내는 계속해서 말했다.
"굶어 죽어도 좋으니 그런 자리에는 얼씬도 하지 마시라고 몇 번이나 말씀드리지 않았습니까?"
"하, 하지만……."
"푸대접을 받으면서 얻어 마시는 술이 그리도 그리우셨습니까?"
"……."
"여보, 지난 날에 볼 수 있었던 자존심은 도대체 어디에다 버리신 거지요? 항상 그 자리에 끼지 못해 조바심을 내시는 이유가 도대체 뭐지요?"
"여보, 말이 지나치구려."
듣고만 있던 김생이 화가 난 목소리로 말하자, 그의 아내가 즉시 공박했다.
"저는, 제 말보다 서방님의 행동거지가 더 지나치다고 생각해요."
"부인의 말이 틀리다고 생각하지는 않소. 하지만 그들은 한때 동문수학하던 옛 친구들이니, 내가 그들처럼 잘 살지 못하기 때문에 왕래하기를 멈춘다면 그것도 또한 옹졸한 처사가 아니겠소?"
"……."
"내가 매일 김 진사네 집에 가는 것은 친구를 좋아하는 천성 탓이지 다른 이유가 있어서는 아니오."

"설사 그렇다고 해도 그 사람들은 서방님을 우습게 보며 조롱할 것 아닙니까?"

아내의 말은 모두가 맞는 것이었다. 하지만 김생은 애써서 화를 가라앉히면서 부드럽게 말했다.

"그것도 맞는 말이오. 하지만, 그 친구들을 나쁘게 보지 마오. 장난들이 좀 심해서 그렇지, 우정은 옛날이나 지금이나 변함이 없는 사람들이오. 그러니 그런 이야기는 그만하고 이거나 먹읍시다."

애원하듯이 말한 김생은 자기가 먼저 전 조각을 입으로 물었다. 하지만 아내는 그의 말에 따르지 않았다. 그 자리에서 돌아앉더니 입술을 깨물면서 소리없이 흐느껴 울기 시작했다. 너무나 자존심이 상해 가슴이 터질 것만 같았기 때문이었다.

물론 그런 모습을 지켜보는 김생의 마음도 편할 리는 없었다. 그는 문득 피식 웃으며 이루어질 수 없는 엉뚱한 생각을 했다.

'그 친구들이 좀 더 인간적으로 나를 대해 주면 얼마나 좋을까? 그러면 저 사람도 저토록 속상해 하지 않을 텐데…….'

그로부터 며칠 후였다. 그 날은 아침부터 세찬 비가 쏟아졌다.

그런데도 불구하고 김 진사네 집 사랑방에는 변함없이 술판이 벌어졌다. 기생들이 불려와 노래를 했고 세 양반들도 전날과 다름없이 술을 마시면서 호탕하게 웃었다.

그런던 중 술잔을 들던 박 진사가 방문 쪽으로 힐끔 보면서 말했다.

"그나저나 그 불청객이 보이지 않는 지가 네댓새 정도 되는 것 같구먼."

"네댓새가 뭔가? 못 되어도 여남은 날은 되었을 거야."

이 진사가 이어서 말하자 듣고 있던 매월이가 생긋 웃으며 좌중을

향해,

"오오라, 요 며칠 동안 흥취가 왜 전만큼 못 하신가 했더니 바로 그것 때문이었군요."
하고 말했다.

모두들 그렇다는 듯이 머리를 끄덕이자, 매월이는 다시

"그 분을 놀리는 것을 소일거리로 삼으셨는데 나타나지 않으니 술자리의 재미가 떨어진 것이 아닙니까요?"
하고 말하고는 소리 내면서 웃었다.

"하하하…… 네 말이 맞다. 그 친구가 없으니 각설이타령을 들을 수 없고, 그러니 심심해지는구나."

김 진사가 그렇게 말하며 술잔을 들어 쭈욱 마시자 나머지 두 양반도 동감이라는 듯이 떠들어 댔다.

"맞아, 이제까지 술과 안주를 축내는 녀석이라면서 밉게 봤었는데 그게 아니구먼!"

"허허, 다음부터는 상석에 모셔야겠어."

그들이 그런 말들을 나누며 웃고 있는데 '호랑이도 제 말하면 나타난다'는 속담처럼 밖에서 나지막한 기침 소리가 나더니 방문이 열리며 김생이 나타났다.

"오, 드디어 왔구만!"

"그렇지 않아도 자네 이야기를 하던 중이야!"

"어서 들어오게."

세 사람이 전보다 한결 반갑게 맞아 주자 김생은 전과 다름없이 사람 좋아 보이는 웃음을 머금었다. 그리고 누가 시키지도 않았는데,

"하지만, 들어가려면 각설이타령 신고를 해야지."
하면서 목청을 가다듬었다.

"이 사람아, 오늘은 안 해도 되니 어서 들어오기나 해."

김 진사가 말하자 나머지 두 사람이 다투듯이 김생을 방 안으로 끌어들이더니 상석에 앉혔다. 때문에 김생은 어리둥절하지 않을 수 없었는데, 김 진사가 먼저 그의 얼굴을 쳐다보면서 물었다.

"자네, 여기보다 더 좋은 곳이 생긴 모양이지? 그래서 발길을 뚝 끊은 건가?"

"에이, 그럴 리가 있나?"

김생이 강하게 부정하면서 고개를 좌우로 흔들자 이 진사가 무릎을 탁 치면서 말했다.

"옳거니, 이제 알았다 자네의 안색이 썩 좋지 않은 걸 보니……."

"감기 몸살이 나서 며칠 동안 혼났구먼!"

"아팠었구먼. 어쨌든 반갑네. 우선 내 술이나 한 잔 받게."

김 진사가 김생에게 잔을 내밀자 매월이 다가앉으며 술을 따랐다.

"고맙네."

김생이 기분 좋게 받더니 홀짝홀짝 마셨다. 술 마시는 기세가 전 같지 못했다.

김 진사가 '아마 몸조심을 하는 모양이다'라고 생각하며 다그쳤다.

"이 사람아, 술 마시는 게 어째 그래? 쭈욱 마셔!"

"으응, 그게…… 며칠 동안 마시지 않았더니……."

"그러니까 많이 마셔야지. 내 술도 한 잔 받아!"

이 진사와 박 진사도 다투어 술잔을 내밀자 김생은 빙그레 웃으며 말했다.

"고맙네. 나처럼 못난 놈을 이렇게 생각해 주다니……."

그는 진정으로 그렇게 생각했다. 역시 옛 친구들 만큼 좋은 것은 이 세상에 없다고 생각했다.

"이 사람아, 미우나 고우나 우리는 동문수학하던 옛 친구가 아닌가. 자아, 내 술을 한 잔 더 받아."
하면서 이 진사가 또 술잔을 내밀자 김생은 사양하지 않고 받으며,
"고맙네, 정말 고마워."
하고 다시 말했다. 그런데 바로 그 때 김 진사가
"그래. 맞아!"
하고 중얼거리며 좌중을 스윽 둘러보았다. 때문에 방 안은 잠시 조용해졌고, 모두들 김 진사의 얼굴을 바라보았다.
"먹은 것이 체해서 고생했다는 말을 들으니 문득 생각나는 것이 있구먼."
"그게 뭔가?"
이 진사와 박 진사가 동시에 물었다.
"사람이 살다가 보면 우환이나 병고가 언제 닥칠지 모르는 일이 아닌가?"
"그렇지"
이 진사와 박 진사가 머리를 끄떡였다.
"그러니 가난한 친구를 위해 우리가 미리 방책을 세워두는 것이 바람직한 일이 아니겠는가?"
김 진사의 말이 떨어지자 두 사람은 다시,
"맞는 말이야."
"나도 그렇게 생각하네."
하면서 맞장구를 쳤다. 그리고는 박 진사가 제일 먼저 나서면서 말했다.
"만일 이 친구가 갑자기 죽는다면 초롱 범절의 비용은 내가 부담하겠네."

김 진사도 말했다.

"그러면 나는 입관에 필요한 물건들을 모두 부담하겠네."

마지막으로 이 진사도 말했다.

"나는 상여 쓰는 비용과 봉분 꾸미는 비용을 부담하겠네."

방 안의 분위기는 갑자기 숙연해졌다.

김생은 가슴이 뿌듯해지는 기쁨을 느끼며 미소를 머금었다. 그런데 김 진사가 방 안의 적막을 깨며 한 가지 의견을 내놓았다.

"여보게들, 그러면 말이 나온 김에 아예 아무개는 무엇을 부담하고 아무개는 무엇을 맡는다는 것을 문서로 만들어 놓는 것이 어떻겠는가?"

"그거 좋은 이야기야."

"그렇게 하세."

두 사람이 찬성하자 김 진사는 즉시 필묵을 가지고 오더니 문서를 만들기 시작했다. 한데, 김 진사가 마악 들었던 붓을 놓으면서,

"관의 칫수는 지금 알 수가 없으니 어떻게 해야 좋을까?"
하면서 난색을 표시했다. 그러자 이 진사가 박 진사를 향해 눈을 찡긋해 보이더니 말했다.

"맞아, 듣자 하니 관목은 단 몇 치 차이로도 값이 크게 달라진다더군. 지금 확실하게 알아두지도 않고 무조건 관물을 마련해 둘 일이 아닐세."

"그렇다면 지금 대강 염을 해서 칫수를 재어놓는 것이 좋지 않겠나? 어떻게 생각하나 자네는……."

"좋을 대로 하게. 나는 그저 감사할 뿐이네."

김생이 승낙하자 김 진사는 그 말을 기다리고 있었던 것처럼

"됐어. 그러면, 쇠뿔도 단김에 빼라고 했으니……."

하고 중얼거리더니 밖을 향해서 소리쳤다.

"게 아무도 없느냐?"

"나으리, 부르셨사옵니까?"

하인 하나가 대령하자, 그는 점잖은 목소리로 명했다.

"너 어서 안으로 들어가서 염을 하는데 필요한 것들을 챙겨 가지고 오너라."

"예? 염을 하는데 필요한 것들이라 굽쇼?"

하인이 어리둥절하며 반문하자, 김 진사는 한 눈을 찡긋해 보이며 재촉했다.

"어서!"

하인은 그제서야 상전이 눈을 찡긋하는 이유를 이해하고는

"예."

하고 확실하게 대답한 뒤에 물러갔다.

이 진사와 박 진사는 너무나 재미있는 일이 생겨 즐거웠지만 억지로 웃음을 참으며 앉아 있었다. 하지만 김생은 조금도 눈치를 채지 못한 채 웃음 지으며 연거퍼 술을 마시고 있었다.

잠시 후 하인이 다시 나타나서 보고했다.

"나으리, 가지고 왔습니다."

"그래? 이리 가져 오너라."

하인이 염하는 도구를 가지고 들어오자 김 진사가 말했다.

"술상을 치워라."

"예."

하인은 기생들과 함께 술상을 벽 쪽으로 옮겨 놓고는 방바닥에다 홑이불을 폈다.

그것을 보고 있던 김 진사가 이윽고 김생에게 말했다.

"여보게, 어서 눕게."

"그러지."

사람 좋은 김생은 아무런 의심도 없이 홑이불 위에 반듯이 누웠다.

"몸이 좀 불편해지더라도 움직이지 말아야 하네."

"알겠네."

시원스럽게 대답한 김생은 정말로 죽은 사람이 된 것처럼 지그시 눈을 감았다. 그러자 세 양반들이 서로 의미 있는 눈짓을 보이더니 홑이불을 둘둘 말아 김생의 얼굴까지 덮었다. 기생들은 모두 터져나오려는 웃음을 참느라고 애를 쓰고 있었다.

"자아, 그럼 형식적으로 슬슬 묶어 보세."

김 진사는 그렇게 말하면서도 손을 움직여 보이며 꽁꽁 묶으라는 시늉을 했다. 그러자 이 진사와 박 진사는 김생의 몸에 올라 타고서 잔뜩 힘을 주어 묶기 시작했다.

"우욱……."

김생이 그제서야 비로소 크게 놀라며 비명을 질렀지만, 그 소리는 입 밖으로 나가지 못했다. 아무런 저항도 하지 못하며 시체처럼 홑이불에 꽁꽁 묶이게 되었다.

세 양반들과 기생들은 너무나 재미있어서 못 견디겠다는 듯이 킬킬거리며 웃어 댔다.

그런데 매월이가 갑자기 놀라는 얼굴이 되며,

"으응? 죽은 것 같아요."

하고 말했다.

"뭐? 죽어?"

"어디!"

놀난 양반들이 일제히 김생의 얼굴이 있는 쪽으로 내려다보았더니 과연 이불로 덮힌 코와 입 언저리가 미동도 없었다. 숨을 쉬고 있는 것 같지 않았다.

얼굴이 사색이 된 김 진사가 소리쳤다.

"뭘 하고 있어? 어서 염을 풀어야지."

"응? 그, 그래."

김 진사의 말이 떨어지자마자 기생들까지 달려들어 겹겹이 싸인 홑이불을 벗기기 시작했다

드디어 김생의 얼굴이 나타났다. 그런데 일은 제대로 벌어진 것 같았다. 김생이 시체처럼 숨을 쉬지 않고 있었던 것이다. 때문에 세 양반들은 대경실색하며 서로의 얼굴만 쳐다보았다.

"입에다 물을……."

김 진사가 웅얼거리면서 서두르자 두 사람은 와락 달려들어 김생의 다리와 팔을 주무른다, 물을 먹인다 하면서 야단법석을 떨었다.

난리가 난 것은 사랑채 사람들만이 아니었다. 종들의 입을 통해 사고가 난 것을 알게 된 김 진사의 아내도 까무러칠 정도로 놀라며 사랑채로 뛰어왔다.

"아니, 여보, 어찌시다가?"

죽어 있는 김생을 본 그녀가 물었지만 김 진사는 아무런 대꾸도 하지 못했다. 그를 비롯한 세 사람의 얼굴은 모두 사색이 되어 있었다.

"자네가 목을 감을 때 지나친 것 같더니만……."

이 진사가 박 진사를 쏘아보면서 말했다.

이에 박진사가 발끈하며 내뱉었다.

"무슨 소리를 하는 거여? 애초부터 이 친구의 발론이 해괴했기 때문이지."

이어서 그는 김 진사에게,

"아무리 장난을 좋아하는 자네지만, 장난칠 일과 장난질을 할 수 없는 일이 따로 있지 않은가?"
하고 원망했다.

서로들 책임을 전가시키는 그들의 목소리가 김생의 귀에 아련히 들려오기 시작했다. 한동안 잃었던 의식이 서서히 회복되었기 때문이다. 그는 눈을 떴다. 하지만 사람들과 방 안의 모습이 안개 속에 있는 것처럼 희미하게만 보였다.

그 때, 김 진사의 목소리가 조금 전보다는 분명하게 김생의 귀에 들려왔다.

"젠장, 듣고만 있자니 너무들 하는구먼. 장난을 칠 때는 다들 좋아하더니 나한테 모두 뒤집어 씌우는 거여?"

"뒤집어 씌우긴 누가 뒤집어 씌워? 사실이 그렇지 않은가? 어쨌든 목을 감은 건 내가 아니니까."

이 진사가 발뺌을 하자, 박 진사가 소리쳤다.

"이 사람아, 목을 감아서 숨이 넘어간 건지 어떻게 알아?"

그리고는 슬그머니 일어나 밖으로 나가려고 했다. 그러자 그들의 이야기를 듣고만 있던 김 진사의 아내가 방문을 가로막았다.

"아니, 왜 그러시오?"

박 진사가 묻자, 김 진사의 아내가 소리쳤다.

"몰라서 물으십니까? 못 나가십니다."

"아니, 왜?"

"우리는 동문 수학한 친구지간이라고 툭 하면 노래를 부르시더니 이러실 수가 있습니까? 살인죄를 써도 셋이서 함께 쓰셔야지요."

두 사람은 한동안 나가겠다느니, 못 나간다느니 하면서 옥신각신했다. 그런 바람에 김생에 대한 관심이 잠깐 동안 없어졌다.

김생은 그들이 하는 짓을 바라보면서 문득 생각했다.

'죽마고우라는 사람들 끼리 저래도 되는 것일까' 하고……. 이어서 친구들의 마음도 자기의 마음과 같으려니 했었던 것은 너무나 잘못된 생각이었다는 것을 뼈저리게 깨달았다.

그는 다시 눈을 감으면서 생각했다.

'나쁜 놈들, 오늘 당한 이 치욕을 어떻게 갚아야 좋을까?'

그 때 김 진사의 아내가 세 사람을 향해 말했다.

"우리가 지금 이러고 있을 때가 아닙니다. 저 양반에게도 처자가 있을 테니, 우선 기별을 한 뒤에 대책을 세우는 것이 옳은 일이라고 생각합니다."

맞는 말이었다. 그들 중에서 정상적인 생각을 하는 사람은 김 진사의 아내 하나 뿐이었다. 이때 김생은,

'한데, 우리 집에 이런 사실을 알리면 어떻게 될까?'

하고 생각하기 시작했다.

다음 순간 가슴을 치면서 통곡하는 아내의 모습이 머리 속에 떠올랐다. 때문에 그는 그렇게까지 일이 진행되면 안 된다고 판단하며 '후후'하고 한숨을 내쉬었다. 이어서 두 눈을 번쩍 떴다. 그러자 혹시나 하면서 지켜보고 있던 매월이가 소스라치게 놀라며 소리쳤다.

"아! 살아나셨어요. 저 분이……."

"뭐?"

"그래?"

"정말이냐?"

반사적으로 대꾸한 세 사람은 빠르게 김생 쪽으로 목을 돌렸다. 김 진사가 먼저 김생의 손을 잡으며,

"고맙네, 죽지 않아서……."

하고 말하자, 박 진사도 이마에 밴 땀을 씻으면서 한마디 했다,

"이 사람아, 이렇게 사람을 놀라게 만들면 어떻게 하나?"

매월이가 김생을 부축해 일으켰다. 그랬더니 말없이 세 양반들을 둘러보던 그가 갑자기 목을 놓으며 통곡했다. 그러자 세 양반들도 덩달아 통곡했다. 한데 김생은 통곡을 하면서 이상한 넋두리를 했다.

"이걸 어쩌나. 어쩌면 좋단 말인가? 나 같은 가난뱅이가 오늘까지 연명해 온 것은 모두 자네들 덕분이었네. 그래서 그 은혜를 마음 속에 새겨 두었다가 결초보은하려고 했거늘…… 이제 은혜를 오히려 재앙으로 갚게 되었으니…… 어째서 나를 살려냈단 말인가? 응? 그대로 죽도록 내버려두지 않고 왜 살렸단 말인가? 왜……?"

때문에 세 양반들은 모두 머리를 갸우뚱하며 의아해 했다.

이윽고 넋두리가 끝나자 김 진사가 나직하게 물었다.

"방금 자네가 한 소리가 매우 해괴하구먼. 언젠가 결초보은하려고 했는데 도리어 재앙으로 갚게 되었다니 그게 도대체 무슨 소리인가?"

"실은 내가…… 저승에 다녀왔다네."

"아니, 그 동안에 말인가?"

김 진사가 놀라며 묻자 김생은 천천히 머리를 끄덕였다.

"나는 평소에 저승이 있다는 말을 믿지 않았지만, 아까 순식간에 염라국에 다녀왔다네."

"염라국에……."

"그래, 문득 정신이 들어서 보니 내가 지옥의 계단을 내려가고 있더군."

"거기가 지옥이라는 것을 어떻게 알았나?"

"무섭게 생긴 귀졸들이 내 팔목을 하나씩 잡고 있었기에 알았지. 그리고 원귀들의 비명소리가 처절하게 들려오고 있었기에……."

김생이 회상하듯이 거짓말을 늘어놓기 시작하자 방 안의 분위기는 단번에 착 가라앉았는데, 이어 그가 꾸며낸 거짓말의 내용은 다음과 같았다.

이윽고 귀부의 마당에 들어선 김생은 귀졸들이 시키는 대로 무릎을 꿇었다.

"나를 보라!"

하는 소리가 들려오기에 그가 머리를 들어 보았더니 용상처럼 생긴 의자에 염라대왕이 앉아 있었다. 그가

"너는 무슨 죄목으로 여기에 들어왔느냐?"

하고 묻기에 김생은

"잡혀왔을 뿐이지 죄목은 모르옵니다."

하고 아뢰었다. 그랬더니 염라대왕이 귀졸들에게 물었다.

"이놈을 어디서 잡아왔느냐?"

"예, 소인들이 다른 일로 출장을 갔다가 돌아오는 길인데, 저승으로 들어가는 문 앞에서 갈팡질팡하고 있는 놈이 있기에 수상하게 생각되어 끌고왔을 뿐, 저놈에 대해서는 아는 바가 없사옵니다."

"그래?"

염라대왕이 고개를 올리면서 다시 김생에게 물었다.

"너는 어디서 온 누구냐?"

"한양 남산골에서 살던 김생이라고 합니다."

그러자 염라대왕이 두툼한 장부를 뒤적거리다가 말했다.

"너는 아직 죽을 때가 되지 않았는데, 어째서 저승문 앞에서 방황했던 것이냐?"

그 때, 귀부의 판관이 황급히 나타나서는

"아뢰옵니다. 이 자는 교만하고 방자한 자들이 노리개감으로 무서

운 줄도 모르고 목숨을 가지고 장난을 한 바람에 치사당하게 된 자인 줄로 아옵니다."
하고 말했다. 그러자 염라대왕은 크게 놀라며 다시 물었다.

"그 말이 정녕 사실이란 말이냐?"

"예, 소문에 듣자니 요즘 한양 성 안의 졸부들 중에 가난한 자들을 우습게 보며 못된 짓을 하는 자들이 있다기에 진위를 살펴보려고 가 보았더니 사실이었습니다. 그 졸부들이 장차 이 자가 죽었을 때 장례 비용을 분담한답시고 관의 치수를 재야 하니 염을 하자고 장난을 하던 중에 너무 세게 묶어서 죽게 만들었습니다. 그래서 대왕마마의 분부를 받고자 급히 달려온 줄로 아뢰오."

"그래? 그런 방자한 놈들이 있나?"

염라대왕의 눈꼬리가 단번에 치솟았다.

"제놈들이 감히 하늘의 뜻을 어기고 제멋대로 사람을 죽이고 살리는 놀이를 하다니…… 판관은 듣거라!"

"예."

"당장 귀졸들을 보내서 그놈들을 모두 잡아오도록 하라."

바로 그때 김생이,

"아뢰오."

하고 말하면서 얼굴을 들었다.

"뭐냐?"

염라대왕이 김생을 보면서 물었다.

"소인이 드리는 말씀을 잠시만 들어주옵소서."

"말해 보아라."

"그들은 원래 소인과 함께 동문수학하던 옛 친구들로서 심성이 착하고 자비로운 사람들이지요. 소인이 지금까지 연명해 온 것은 모두 그들의 도움 덕분이었습니다. 이번 일은 우연히 엉뚱한 장난을 하던 중에 소인의 숨이 막혔던 것이다. 그들에게 피살된 것이 절대로 아닙니다. 그러니 아무쪼록 관대히 처분해 주소서."

김생이 그처럼 간절하게 말하자 염라대왕은 잠시 생각에 잠겼다. 그러다가,

"그들이 평상시에 가난한 벗과 궁색한 이웃을 돕지 않고 못된 짓만 했다면, 저 사람이 어떻게 저런 말을 하겠는가. 그러니 아직은 잡아들이지 말고 두고 보는 것이 좋으리라."

하고 말하며 관대한 처분을 내렸다.

하지만 판관의 생각은 염라대왕의 생각과는 전혀 달랐기에,

"대왕마마, 하지만 말이옵니다."

하면서 불복하려는 뜻을 밝혔다. 그러자 염라대왕이 다독거리며 타이르듯이 다시 말했다.

"판관의 뜻을 잘 알겠다. 나는 다만 기회를 한 번 더 주자는 것이다. 그러니 판관은 즉시 역사와 야차들을 대기시켜 놓고 그들이 이 자를 어떻게 대하는지, 이번 일을 계기로 크게 깨달았는지를 살피다가 여전히 자기들이 죄를 짓는 것인지 모른 체 교만하고 방자하게 행동하면 그 때는 가차없이 잡아들이도록 하라."

"예, 분부대로 하겠습니다."

"그리고 이 자는 어서 돌려보내도록 하라."

염라대왕의 명이 떨어지자마자 귀졸들이 김생을 일으켜 세웠고, 김생은 몇 번이나 머리를 숙이며 하직 인사를 했다.

"대왕마마 감사하옵니다. 그럼 소인은 이만……."

김생의 거짓말은 거기서 잠깐 멈추었다. 방 안의 양반들은 모두 몸 둘 바를 모르며 불안해 하고 있었다.

김생은 술을 한 잔 달라고 해서 쭈욱 마시더니 이야기를 계속했다.

"바로 그 때 내 옆에 서 있던 판관이 내 등을 떠밀자 내 몸은 공중으로 떨어지면서 바람을 타고 아래로 내려오게 되었다네. 내가 여기에 이르러서 보니 자네들이 죽은 내 몸 주위에 앉아 있는데 반가우면서도 당황스럽더구먼, 무슨 얼굴로 자네들을 대해야 좋을지 몰라서…"

김생의 눈에서 눈물이 주르르 흐르기 시작했는데, 방 안의 양반들은 모두 다 죽어가는 얼굴이 되어 있었다.

김생의 말이 사실이라면 그의 마음먹기에 따라 자기들의 운명이 좌지우지되는 상황이니 그렇게 된 것은 무리가 아니었다.

김생이 이윽고 자리에서 일어났다. 그의 몸이 약간 비틀거렸다.

"그럼, 이만 하직하기로 하세. 그 동안 입은 은혜는 멀리서라도 결코 잊지 않겠네."

"아니, 하직하기로 하자니? 느닷없이 그게 무슨 소리야?"

김 진사가 눈을 크게 뜨면서 묻자, 김생이 희미하게 미소 지으면서 대답했다.

"한양을 떠나려고 하네. 처자와 함께 고향땅으로 내려가 산과 강을 벗하며 살겠네."

"허어, 그러면 안 되지."

김 진사가 잡아앉히자 김생은 못 이기는 척 하며 다시 앉았다.

"자네가 훌쩍 가 버리면 우리는 어떡하란 말인가? 잠깐만 기다려 주게."

하고 말한 그는 두 친구들에게 따라오라는 손짓을 하며 마룻방으로 나갔다. 김생은 그런 일에는 아무런 관심도 없는 것처럼 무표정한 얼굴로 앉아 있었다. 하지만 김 진사의 아내와 기생들은 잔뜩 긴장한 채 숨을 죽이며 긴장한 표정을 하고 있었다.

잠시 후, 세 사람이 다시 방 안으로 들어왔다.

"여보게!"

하면서 김생을 불렀다.

김생이 얼굴을 들어 올려다보았더니 김 진사가,

"이걸 받아주게나."

하면서 봉투 하나를 내밀었다. 이어서 이 진사와 박 진사도

"내 것도 받아주게."

"이것도……."

하고 말하면서 봉투 하나씩을 김생의 손에 쥐어주었다.

김생은 손바닥에 놓여진 봉투들을 물끄러미 바라보다가 물었다.

"이게 뭐지?"

"천 냥짜리 어음들이 들어 있는 봉투일세."

"뭐, 뭐라고?"

김생은 그제서야 크게 놀라며 부르짖었다. 천 냥짜리 어음이라니, 그것도 한 장이 아닌 석장이라면 삼천 냥이나 되는 거금인 것이다. 김생의 손이 가늘게 떨렸다.

"우리가 각자의 재산을 반씩 떼어서 자네에게 준다고 한들 어찌 우리가 지은 죄가 만분의 일이라도 씻을 수 있겠는가? 우리가 우선 각자 천 냥씩을 마련하여 내놓는 것이니 고향에 가는 노자로 써 주면 고맙겠네."

김 진사가 일동을 대표하여 진지하게 자기들의 뜻을 전하자 듣고 있던 김생은 슬그머니 봉투들을 방바닥에 내려놓았다. 그러자 김 진사가 울상이 되어,

"여보게, 우리는 죽마고우가 아닌가? 제발 부탁이니 이러지 말게."

하면서 봉투를 집어 다시 내밀었다.

"아닐세. 그 동안 자네들에게 진 신세만 해도 너무나 큰데……."

김생이 사양하자 세 양반들은 잔뜩 겁먹은 얼굴이 되며 김생의 윗옷 속에다 쑤셔 넣었다. 김생은 물론 거북스러운 척 하기는 했지만 그 봉투들을 다시 꺼내지는 않았다.

"자아, 그러면…… 나에게서 어음을 받았다는 증표를 한 장 써 줄 수 있겠나? 자네와 이별하게 된 기념으로 말이야."

박 진사가 쑥스러워하면서 봉투를 전하고는 친구들의 얼굴을 보자, 이 진사도 애걸하는 것처럼 말했다.

"내게도 한 장 써 주면 고맙겠네. 혹시 저승사자가 오면 보여주려고 그러네."

"그럼, 나에게도 한 장!"

김 진사도 빠지지 않았다. 그는 잽싸게 지필묵을 가지고 와서 김생 앞으로 내밀었다

김생은 즉시 종이 위에다가 천 냥을 받은 것을 인정한다는 증표를 한 장씩 써 나갔다.

"자, 한 장씩 받게나."

김생이 그것을 내밀자 세 사람은 한 장씩 받아 소매춤 안에 집어넣었다. 그러면서 자기들의 속마음을 내보일 것이 부끄러워서였는지 쑥스러워하며 고개를 바로 들지 못했다.

그로부터 10년이라는 세월이 흘러갔다.

흰 눈이 쏟아지는 어느 겨울 날 오후, 김 진사의 집 앞에 나타난 길손 하나가 감회가 깊은 얼굴로 대문 안을 기웃거렸다. 김생이었다.

그 때 마침 밖에서 볼일을 보고 돌아오던 그 집의 하인이 김생을 보고는 물었다.

"뉘신지요?"

"주인장을 만나러 온 옛 친구라네. 십 년 전에 고향으로 내려갔던 김생이 왔다고 김 진사에게 전해 주게."

"예?"

하인이 눈을 껌벅이면서 반문하자, 이에 김생이 이상하게 생각하여 물었다.

"아니, 왜 그러나?"

"집을 잘못 찾아오신 것 같아서요."

"아니, 그럼 이 집 주인이 김씨가 아니란 말이냐?"

"김씨가 아니라 최씨랍니다."

"호오, 그럼 집주인 바뀐 모양이구먼. 언제 그렇게 되었는고?"

"벌써 칠팔 년 정도 되었습죠."

"호오, 그래? 여기서 살던 사람은 어디로 이사를 했나?"

"그건 모릅니다요."

"그래? 어쨌든 고맙네."

김생은 매우 황당해 하며 그대로 돌아서지 않을 수 없었다.

눈이 계속해서 쏟아지고 있었다.

김생이 온 몸에 눈을 맞으며 다음으로 찾아간 곳은 그 마을에 있는 주막이었다.

주모는 때마침 술손님이 하나도 없었기 때문인지 김생을 반갑게 맞아 주었다.

"술 한 잔 주시오."

"예, 예……."

주모가 엉덩이를 흔들며 부엌으로 가더니 금세 술상을 차려들고 나왔다.

"주모도 한 잔 하시겠소?"

"호호호…… 저두요?"

싫지 않다는 눈치를 보였기에 김생은 마저 잔을 비우고는 그녀의 잔에 술을 따르며 말을 걸었다.

"말씀 좀 물읍시다. 혹시, 저 건너편에서 살았던 김 진사라는 사람을 알고 계시오?"

"아, 항상 친구들과 어울려 술타령과 기생타령을 했었던 양반 말이지요?"

"맞소. 바로 그 사람이오. 주모는 혹시 그들이 지금 어디서 어떻게 살고 있는지 아시오?"

"알고말고 할 것도 없어요. 모두들 폭삭 망했으니까요."

"예? 망해요?"

김생이 감당하기 힘든 충격을 받으며 반문하자, 주모는 대답 대신 머리를 끄덕이고는 술을 한 모금 마시더니 이이서 말했다.

"언젠가, 장난을 하다가 친구를 죽게 만들 뻔했던 일이 있었는데, 그 때부터 3년도 채 지나기 전에 망했어요. 모두들…"

"그…… 그럴 리가…… 그런 큰 부자들이 어떻게 갑자기 망할 수 있다는 거지요?"

김생은 아무리 생각해도 이해가 되지 않았다. 그런 일은 절대로 일어날 수 없는 일이라고 생각되었다. 하지만 주막의 주모는 그런 일이 정말로 일어났다고 말했다.

"저도 처음엔 그렇게 생각했었지요. 하지만 거의 매일같이 일락만 일삼을 줄 알았지 절약하고 아끼는 법이라고는 조금도 없었으니! 아무리 재물이 많아도 오래 갈 수가 있겠어요? 불과 몇 해 사이에 고래 등 같은 기와집이 초가로 바뀌고 다시 움막으로 바뀌더니 제대로 입고 먹지도 못하는 지경이 되더라고요. 그러니 친구들 끼리 모이지도 않고 길에서 마주쳐도 부끄러워서 서로 피하는 걸 봤다는 소문이 들리더니 어느 날부터인가는 아예 종적의 끊어진 것이 벌써 여러 해가 된답니다.

"그, 그래요?"

김생의 심경이 매우 착잡해지지 않을 수 없었다. 세상에는 정말로 놀라운 일도 다 있구나 하고 생각했지만, 그의 눈에는 눈물이 어리기 시작했다.

하늘에서는 여전히 떡가루 같은 하얀 눈이 쏟아지고 있었다.

이 이야기는 『어수신화(禦睡新話)』라는 옛 책에 실려 있는 내용으로서 슬픔과 분노를 익살과 해악으로 승화시킬 줄 알았던 우리 조상들의 지혜로운 슬기와 따뜻한 숨결을 그리고 있다.

“정승이 되도록 하소서”

목이 쉰 노파가 치성을 드리는 것 같은 이상한 소리가 다시 한 번 어디에선가 이어져 들려왔다.

“하소서, 하소서, 김우항이 정승이 되도록 하소서. 김우항이 정승이 되도록…….”

“……?”

숙종 임금은 머리를 갸우뚱하며 귀를 기울이다가 자리에서 천천히 일어났다. 그 소리는 분명히 문 밖에서 들려오고 있었다.

방문을 열고 밖으로 나온 숙종은 그 소리가 나는 곳을 향해 걸어가기 시작했다. 비척거리면서 마치 귀신에 홀리기라도 한 사람처럼 궁궐 뜰의 저쪽으로 걸어갔는데 자욱하게 끼어 있는 짙은 안개가 그의 시야를 가렸다.

“하소서, 하소서, 김우항이 정승이 되도록 하소서.”
하는 이상한 소리는 계속해서 들려오고 있었다.

그런데 기이한 일이 벌어졌다. 짙은 안개가 양쪽으로 갈라지면서 외가닥길이 숙종의 눈 앞에 나타나는 것이었다.

숙종은 그 길을 따라 계속해서 걸어갔는데 갑자기 자기의 몸이 하늘로 둥실 떠오르는 것 같다고 느껴졌다.

얼마나 더 갔을까? 그의 눈 앞에 무덤 하나가 나타났는데, 기이한 노파의 목소리는 바로 그 무덤 안에서 흘러나오고 있었다.

"하소서, 하소서, 김우항이 정승이 되도록 하소서."

하는 소리가 좀 더 크게 확실하게 숙종의 귀로 날아들었다.

"기이한 일이로다. 무덤 속에서 사람의 목소리가 흘러나오다니……."

숙종의 이마에서 진땀이 솟기 시작했다. 등골까지 오싹해지며 온몸에 소름이 돋았다. 다음 순간 숙종은 감당하기 어려운 공포감을 느끼며 황급히 몸을 돌렸다. 바로 그때, 그의 등 뒤에서

"마마, 상감마마!"

하고 부르는 소리가 들렸다. 돌연한 부름에 숙종은 그 자리에 못 박힌 것처럼 우뚝 서고 말았다.

숙종이 번쩍 눈을 뜨고 둘러보니 자기의 처소 안이었다. 지금 그는 꿈을 꾸고 있었던 것이다.

"마마, 나쁜 꿈을 꾸셨나 보옵니다."

곁에 앉아있던 상궁이 고개를 숙이면서 말했다.

하지만 숙종은 두 눈을 껌벅거리기만 했을 뿐, 아무런 말도 하지 않았다.

"하도 가위에 눌리신 소리가 들리기에……."

상궁이 왕의 처소에까지 들어온 연유를 설명했다. 하지만 숙종은 말없이 주위를 두리번거리기만 했다.

"마마, 어서 침전으로 듭시지요."

상궁이 권했다. 하지만 숙종은 그 말을 들은 척도 하지 않으며 엉뚱한 명명을 내렸다.

"즉시 입직승지에게 일러서 좌참찬 김우항을 입궐시키도록 하라."
"예? 밤이 야심하온데, 어떤 일로……?"
대전 상궁이 어리둥절해 하며 묻자, 숙종은 역정까지 내면서 다시 명했다.
"어서!"
"예, 어명을 거행하겠나이다."
나인과 상궁들은 모두 물러가 혼자 있게 된 숙종은 다시 한 번 꿈속에서의 이상한 목소리를 생각하며 머리를 갸우뚱했다.
얼마 후에
"좌참찬 김우항이 등대했사옵니다."
승지의 목소리가 들리자 숙종이 말했다.
"어서 안으로 들라 하라."
"예이-"
방문이 열리고 승지와 함께 들어온 김우항이 숙종 앞에 부복했는데, 한밤중에 부름을 받은 까닭을 몰랐기에 그의 얼굴에는 놀라움으로 가득했다.
정좌한 숙종은 불안해 하는 김우항을 묵묵히 바라보다가 이윽고 입을 열었다.
"경의 조상들 중에 안동 땅에 무덤이 있는 자가 있소?"
"예?"
김우항은 어리둥절하지 않을 수 없었다. 무엇 때문에 왕이 느닷없이 무덤 이야기를 꺼내는 것인지 짐작할 수가 없었다. 하지만, 어쨌든간에 대답을 하지 않을 수 없었다.
"신의 집안 선산은 안동 땅에 있지 않고……."
"선산이 어디에 있느냐고 물은 것이 아니오. 때로는 선산이 아닌 곳에 묘택을 만드는 경우도 있지 않소? 안동 땅에 모신 선영이 혹시 있는 지 찬찬히 헤아려 보오."

"예-"

김우항은 잔뜩 굳어진 얼굴이 되어 조상들이 묻힌 선산들을 하나씩 머리 속에 그려보았다. 하지만 아무리 생각을 거듭해 보아도 그의 조상들 중에 안동 땅에 묻힌 분은 없었다. 때문에 일가 친척들의 선산까지 범위를 넓혀 보았지만 역시 없었다.

"신이 과문한 탓인지 모르겠으나 10대조 이내의 조상들 중에는 선산이 아닌 다른 곳에 묘택을 마련한 분이 없는 줄로 아옵니다."

"그래? 그렇다면 매우 기이한 일이로군!"

"전하, 어인 연유로 그런 것을 물으셨는지요?"

김우항이 궁금해 하며 묻자 숙종이 그 연유를 말하기 시작했다.

"이번에 삼정승 중 우의정 자리가 비었기에 누구를 그 자리에 앉히는 것이 좋을까 하고 노심초사하던 중에 참으로 이상한 꿈을 꾸었소."

"아, 예……."

"어디선가 귀곡성 같은… 이상한 소리가 들려오기에 그 소리가 나는 곳으로 가 보게 되었소. 그 곳은 천 리 밖도 더 되는 아득히 먼 곳이었는데, 과인의 생각으로는 경상도의 안동 땅이라고 느껴지는 산골이었소. 그런데 그 산중에 있는 한 무덤 속에서 그 소리가 들려오더란 말이오."

"아…… 예……."

"한데, 그 무덤 속에서 울려나오는 소리라는 것이 목이 쉰 노파의 목소리 같았는데, 마치 주문을 외우는 것처럼 '하소서, 김우항이 정승이 되도록 하소서……' 하더란 말이오, 몇 번이나 되풀이해서……."

"예?"

김우항은 비로소 크게 놀라며 얼굴빛이 하얘지고 말았다.

"정말 기이한 것은 그 꿈을 과인이 한 번만 꾸었으면 모르겠으되 그제도, 어제도, 오늘도 사흘 동안을 계속해서 꾸었으니 어찌 이상한 일이 아니겠소?"

"사흘 동안이나 계속해서라고요?"

"그래서 이건 필시 뭔가 곡절이 있는 일이라고 생각되어 경을 부른 것이오. 아직까지도 짐작되는 일이 없소?"

숙종이 다시 묻자 김우항이 잠깐 뭔가 생각하는 표정을 짓다가 되물었다.

"그 무덤이 안동 땅에 있었다고 하셨지요?"

"그렇소."

김우항은 다시 뭔가 생각하는 표정을 짓다가 혼잣말을 하는 것처럼 중얼거렸다.

"하, 하지만…… 그건……."

"뭔가 짐작되는 것이 있소?"

숙종이 그런 낌새를 놓치지 않으면서 묻자, 김우항은 다시 한 번 부복하면서 말했다.

"전하. 심려를 끼친 죄가 크오니 저를 죽여 주소서."

"아니, 갑자기 왜 그러오?"

숙종이 의아해 하며 묻자, 김우항이 얼굴을 들면서 대답했다.

"벌써 이십여 년 전이나 되는 옛날에 있었던 일이옵니다."

"그 때 무슨 일이 있었다는 거요?"

"예. 신이 미관 말직에 있었던 어느 해 겨울에 있었던 일입니다. 저는 그 때 나라의 명을 받아 휘릉이라는 곳에서 능을 관리하는 일을 시작하게 되었지요. 그런데……."

하면서 시작한 김우항의 이야기는 다음과 같았다.

김우항은 눈이 내리던 그 날 밤에 능 창봉의 처소에서 글을 읽고 있었는데, 권 참봉이라는 자가 여종에게 주안상을 차려서 찾아왔다.

그래서 둘은 마주 앉아 술을 마시게 되었는데, 권 참봉이 문득 한 쪽에 쌓여 있는 책을 보면서 말했다.

"나으리의 결심은 참으로 놀랍습니다. 흔히들 미관 말직으로 출사하게 되면 자기도 모르게 글공부와 멀어지게 되지 않습니까. 큰 뜻을 품었던 선비도 눈 앞의 이익만 추구하는 소인배로 변하지요. 그런데도 잠시 머무를 이 곳에까지 수레에 책을 싣고 오셨으니……."

"부끄럽소이다."

김우항이 머쓱해 하며 말하자, 흰 수염이 난 권 참봉이 술잔을 입에서 떼며 물었다.

"새봄에 있을 과거에 응시하시겠지요?"

"예, 이번에는 꼭 붙어야만 하오."

"그렇게 되기를 진심으로 바랍니다. 자아, 이번에는 나으리가 드실 차례지요?"

권 참봉이 술을 권하자 김우항은 두 손으로 술잔을 받으며 잔뜩 힘이 들어간 목소리로 다시 한 번 말했다.

"이번 과거에는 어떻게 해서라도 붙어야 한다오."

때문에 권 참봉은 이상하게 생각하며 물었다.

"혹시, 원수진 사람이라도 있어서 그러시는지요?"

"원수진 사람이 있느냐고요?"

"예."

"원수진 사람도 있고 은인이 된 사람도 있지요."

"호오, 그래요?"

김우항은 술잔을 들어 단번에 쭈욱 마시고는 권 참봉에게 건네 주었다. 그리고는 술을 따라 주면서 말했다.

"노인장, 내가 왜 내년의 식년시에 꼭 급제해야 하는지 그 연유를 한 번 들어보시려오?"

"그러지요."

몇 잔 술을 마셔 얼굴이 붉어진 김우항이 말하기 시작했다.

"바로 작년에 있었던 일이오. 내가 그 때도 과거에 응시했다가 보기 좋게 낙방하여 실의 속에서 나날을 보내고 있었는데 딸년을 시집보내야 하는 문제까지 생겼소. 그래서 고민을 하던 차에 문득 한 사람의 얼굴이 머리 속에 떠올랐소."

"아, 예. 그게 누구였습니까?"

"이종 사촌이 되는 자였는데, 그 사람은 일찍이 소년 급제하여 강계(江界) 부사로 있었던지라 그 형을 만나면 다소 도움을 받을 수 있겠다고 생각하여 나귀를 세 내어서 타고 불원 천리길을 찾아가지 않았겠소."

"네, 그래서요?"

"한데 반겨 줄줄 알았던 그 자가 바쁘다면서 만나주지를 않더라 이겁니다. 그래서 할 수 없이 주막에 여장을 풀었지요. 좀 서운하기는 했지만 나라의 일을 하는 사람이니 내가 이해해야 한다고 생각하면서 연락이 오기를 기다렸는데 끝내 소식이 오지 않았다오. 때문에 며칠 뒤에 다시 찾아가서 그 자를 가까스로 만났더니 아랫것들에게 시켜 귀가 떨어진 소반에 막걸리 한 사발과 김치 한 종지를 내놓더군요. 나는 결국 목구멍까지 화가 치밀었지요. 그래서 자리에서 벌떡 일어나 그 형에게 버럭 소리를 질렀습니다. '이것이 천리 길을 걸어 찾아온 나에게 하는 대접이냐?'라고요."

"그럴만도 하셨겠습니다요."

"그런데, 그렇게 하고 나온 뒤에 불벼락이 떨어진 겁니다. 그것이 무엇인고 하니 강계 고을 사람으로 나를 재워주거나 내게 밥을 파는 자는 엄벌에 처한다는 명이 내린 거지요. 어느 덧 날은 저물고 때는 겨울이었기에 어떻게 해야 좋을지 몰라 당황하고 있는데 어둠 속에서 웬 여인 하나가 나타나 자기 집으로 모시겠다고 말하지 않겠소?"

"그거 참 다행한 일이었군요."

"그 여인은 그 마을의 기생이었는데 저녁 때, 동헌에서 원님이 하는 처사를 우연히 지켜 보던 중, 내가 호쾌하게 대하는 태도에 호감을 갖게 되었다더군요."

"평범한 기생이 아니였군요."

"그 여인이 '저의 집은 후미진 곳에 있어서 원님이 모를 것이니 푹 쉬었다가 떠나라'라고 하기에 천행으로 곤경을 면했지요."

"하오면, 원수란 바로 그 군수요 은인은 그 기생을 이르는 말씀이셨군요?"

"하하…… 공연한 이야기를 한 것같아 쑥스럽습니다. 자, 노인장도 한 잔 더……."

김우항이 술병을 들면서 권하자 권 참봉이 미소 지으며,

"나으리의 상을 보니 이번에는 꼭 장원급제할 것이옵니다."

하고 말했는데, 그 말은 과찬이 아닌 진심에서 우러나오는 말 같았다.

김우항은 슬며시 화제를 바꾸었다.

"고맙소. 그나저나 보아 하니 노인장도 이 곳에 홀로 와서 계시는 것 같은데 가솔들은 고향에 두고 오신게지요?"

그러자 권 참봉은 쓸쓸하게 웃으며 대답했다.

"전생에 무슨 죄를 지었는지 자식이 없소이다."
"그럼, 고향에는 부인이 계시군요?"
"그렇지도 않소이다. 아내는 자식 없는 것이 자기 탓인 것처럼 생각하다가 마음의 병이 생겨 몇 년 전에 죽었소이다."
김우항은 공연한 것을 물었구나 하고 생각하며 뒤늦게 후회했다.
"참으로 미안하오. 내가 공연히 아픈 곳을 찔렀소이다."
"원 별 말씀을…… 그렇지 않소이다."
바로 그 때 밖이 갑자기 소란스러워졌다. 권 참봉이 벌떡 일어나 문을 열었더니 능지기들이 남루한 옷차림의 총각 하나를 끌고 오면서 떠들어대는 모습이 보였다.
"웬 소란인고?"
권 참봉이 묻자 능지기들 중의 하나가,
"경내를 돌아보다가 보니 이놈이 나무를 베고 있기에 막 잡아왔습니다."
하고 대답하고는 더벅머리 총각의 어깨를 짓눌러 꿇어앉혔다. 어두운 밤하늘에서는 계속해서 눈이 내리고 있었다.
"이놈, 눈이 내리는 밤에는 우리가 야간 순찰을 거를 줄 알았느냐? 고약한 놈 같으니……."
능지기가 가슴을 터억 내밀며 호령하는 것을 보면서 권 참봉이 그에게 물었다.
"이 자가 정말로 나무를 베었느냐?"
"예!"
능지기들이 입을 모아 큰 소리로 대답했다.
권 참봉은 더벅머리 총각 쪽으로 눈길을 옮기며 다시 물었다.
"능의 나무를 베는 죄가 얼마나 큰 것인지 모르고 있었더냐?"

"……."
"어디서 사는 누구인고?"
"모르오."
"더벅머리 총각이 퉁명스럽게 대답하자 능지기들이 우르르 달려들어 그를 짓밟으며 소리쳤다.
"이런 죽일 놈 같으니……."
"어느 존전인 줄 알고 겁도 없이 감히……."
"멈춰라!"
권 참봉이 제지하자 능지기들은 발길질을 멈추며 뒤로 물러섰다.
"얼굴을 들어라."
권 참봉이 명하자 더벅머리 총각은 피투성이가 된 얼굴을 들었는데 나이는 서른 살 정도 되어 보였다.
"어째서 그런 짓을 저질렀는고?"
권 참봉이 조용히 묻자 더벅머리 총각은 예의 퉁명스러운 말투로 반문했다.
"연유를 말하면 용서해 주실 거요?"
"아니, 뭐라구?"
권 참봉이 어이없어 하며 반문하자, 그는 아예 눈을 감으면서 웅얼거렸다.
"배가 고파서 대답할 힘이 없으니 죽이든 살리든 마음대로 하시오."
"그래?"
"아니, 저놈이?"
"참봉님, 그놈을 당장 물고를 낼 깝쇼?"
보고 있던 능지기들이 먼저 화를 내며 묻자, 권 참봉은 한참 동안 그 더벅머리 총각을 쏘아보다가 말했다.

"누가 광에 가서 쌀 두어 말만 가지고 오너라."

"예?"

명령을 받은 능지기들이 얼떨떨해 하면서 서로의 얼굴들을 바라보자, 권 참봉이 재촉했다.

"왜 그렇게들 서 있느냐? 쌀 두어 말만 가지고 오라고 했지 않느냐?"

"예."

김우항은 처소 안에서 그 광경을 지켜보고 있었다. 권 참봉이 그 일을 어떻게 처리할지 궁금했기 때문이었다.

능지기 하나가 쌀자루를 가지고 와서 권 참봉 앞에 놓자 그는 총각을 보면서 말했다.

"네가 지은 죄는 매우 무겁지만 그럴 수밖에 없었던 연유가 있을 것 같아 살려준다. 그 연유가 무엇인지는 묻지 않겠으니 이 쌀을 가지고 어서 돌아가라."

더벅머리 총각은 그제서야 놀란 얼굴이 되어 권 참봉의 얼굴을 물끄러미 올려다보았는데, 놀란 사람은 그만이 아니었다. 능지기들도, 방 안에 있던 김우항도 크게 놀라고 있었다.

능지기들이 그 총각에게 쌀자루를 쥐어주고는 밖으로 나가라는 시늉을 하자, 그는 고맙다는 말 한 마디도 없이 돌아서더니 문 밖으로 사라졌다. 때문에 능지기들이,

"아니, 저런 놈을 왜 그대로 보냅니까요?"

"능지처참할 놈을 쌀까지 주어서 말입니다."

하고 투덜댔지만, 권 참봉은 씨익 웃어 보이면서 그들도 돌려보냈다.

권 참봉은 이윽고 헛기침을 하면서 방 안으로 들어섰는데 이번에는 그가 놀라는 얼굴이 되었다. 묵묵히 앉아 있던 김우항이 벌떡 일어나

그에게 큰 절을 했기 때문이었다.
"아니, 나으리. 이게 무슨 망령된 짓이옵니까?"
당황한 권 참봉이 엎드려 맞절을 하면서 묻자 천천히 머리를 든 김우항이 정색을 하며 말했다.
"부끄럽소이다, 노인장."
"예?"
"내가 요즈음 글을 읽으면서 무엇을 키워왔는지 아시겠소?"
"그, 그것을 소인이 어찌……."
권 참봉이 얼떨떨해 하며 대답하자, 김우항이 이어서 말했다.
"그건 복수심이었소. 내가 장원급제하여 평안도 지방의 암행어사를 제수 받게 되면 한달음에 강계 고을로 내려가 그놈을 봉고파직시키겠다는…… 그렇게 해서 지난날의 원한을 풀겠다는……."
"아, 예……."
"가엾은 백성들을 위해 미력이나마 성심을 다하겠다는 생각에 앞서 오직 나를 구해준 기생 앞에서 그놈을 매장시켜 통쾌하게 복수하겠다는 생각만 하고 있었는데 노인장 덕분에 생각이 달라졌소이다."
"예?"
"노인장께서 오늘 밤에 죄 지은 자를 은혜로 베풀며 훈도하는 모습을 보지 못했다면, 내가 암행어사가 되었을 때 어떤 행동을 하게 되었을까 하고 생각하니 모골이 송연해지는구려."
"……."
"나는 내년에 혹시 장원급제하여 암행어사가 된다면 복수하려는 마음에 앞서, 그 자와의 정을 먼저 생각하겠소. 봉고파직을 시키기에 앞서 본인이 스스로 자기의 학정을 인정하고 뉘우치면서 물러가 새 사람이 되도록 하겠소."

그 말을 들은 권 참봉은 비로소 김우항이 말하는 뜻이 무엇인지를 이해하며 말했다.

"아무쪼록 장원급제하소서."

그런데, 다음 날 오후였다.

김우항은 그 때 마악 능을 한 바퀴 돌아보고는 처소로 돌아오고 있었는데 중문 쪽에서 떠들썩한 소리가 들려왔다. 그가 멈춰서면서 들어보니 능지기들의 목소리였다. "이놈, 저놈" 하는 소리가 들리는 것으로 보아 또 죄지은 사람을 잡아다가 족치는 것 같았다.

김우항이 중문 안으로 들어섰더니,

전날 밤에 보았던 그 더벅머리 총각이 채 녹지 않은 눈 위에 꿇어앉아 매를 맞고 있었다.

"어인 일이냐?"

김우항이 묻자 그를 족치던 능지기들 중에서 가장 늙어보이는 자가 머리를 조아리며 대답했다.

"어제 그놈입니다."

"왜? 또 잘못을 저질렀느냐?"

"예, 그렇사옵니다."

그 때 권 참봉도 헐레벌떡 달려왔는데, 붙잡혀 온 더벅머리 총각을 보더니 놀라면서 물었다.

"아니, 네가 또 나무를 벴단 말이냐?"

"이럴 줄 알았습니다. 참봉님께서 은혜를 베풀어 주셨는데도 고맙다는 말 한 마디 없이 돌아가지 않았습니까요."

늙은 능지기가 말하자 곁에 서 있던 젊은 능지기도 한 마디 거들었다.

"이런 놈은 법대로 시행해서 본보기를 보여야 합니다요."

김우항은 말없이 그 광경을 지켜보기만 하고 있었는데 권 참봉이 이윽고 탄식하듯이 말했다.

"네가 하루 만에 또 나라의 법을 어겼으니 어찌 무사하기를 바라겠느냐?"

"……."

더벅머리 총각은 이미 각오를 하고 있는 것 같았다.

"네 이름은 무엇인고?"

"……."

"어서 대지 못할까?"

권 참봉이 윽박지르듯이 묻자 더벅머리 총각은 고개를 숙이며 대답했다.

"죄송한 말씀이로나 제 이름을 여기서 말씀드리기가 매우 부끄러우니 그저 가난한 선비의 자손이라고만 알아주셨으면 합니다."

"선비의 자손이라면 나라의 법을 지켜야 한다는 것을 더욱 잘 알고 있을 것이 아니냐?"

"죽기를 각오했기에 구차한 변명을 하지 않겠소이다. 다만……."

"다만……?"

"팔순이 다 된 늙은 어머니를…… 시집도 못 간 늙은 누이에게 떠맡기고 가는 것이 괴로울 뿐입니다."

"뭐라구? 팔순의 노모를 모시고 있다구?"

권 참봉이 미간을 찌푸리면서 묻자, 그는 기운이 빠진 목소리로

"어제 죽을 죄를 지었는데도 은혜를 베풀며 풀어주신 나으리의 은혜를 제가 왜 모르겠습니까. 하지만 요즘 날씨가 하도 춥고 멀리까지 갈 힘도 없어서 또 나무를 베게 되었습니다. 쌀은 어제 주셔서 있지만, 생쌀을 먹을 수는 없지 않습니까? 하지만, 죄를 또 지은 것은 사

실이니 어떤 벌이라도 받겠습니다."
라고 말하고는 머리를 푹 숙였다. 때문에 권 참봉은 매우 당혹스러워하며 김우항에게 물었다.
"어떻게 해야 좋을지 모르겠군요. 지은 죄는 미우나 듣고보니 형편이 매우 딱한 것 같사온데……."
그러자 김우항은 머리를 몇 번 끄덕여 보이고는 이어서 능지기들에게 명했다.
"너희들은 모두 다 물러가 있거라."
"예이-"
능지기들이 모두 중문 밖으로 사라지자, 김우항은 더벅머리 총각 앞으로 다가서며 물었다.
"모친의 연세가 지금 몇이신고?"
"금년에 일흔넷이 되셨사옵니다."
"누이의 나이는?"
"서른다섯이옵니다."
"서른다섯이라……."
하고 뇌아리던 김우항은 다시,
"누이가 그 나이가 되도록 시집을 못 간 것을 보니 어딘가가 불구인게로구나?"
하고 묻자 공손하게 대답하던 총각이 눈꼬리를 치켜올리며 반발했다.
"오직 가난하다는 것이 불구입지요."
"호오, 그래? 그렇다면 말이다. 지금부터 내가 네의 집안을 위해 좋은 일을 하려고 하는데, 내 말에 따르겠느냐?"
김우항이 엉뚱한 말을 던지자 권 참봉은 의아해 하는 눈으로 그를 보았고 더벅머리 총각도 따르겠다는 의사 표시를 했다.

"죄는 지어 죽게 된 몸이나 무슨 일인들 못하겠사옵니까만……."
그러자 김우항은 다시 고개를 몇 번이나 끄덕이고는
"그렇다면 말이다. 네 누이와 이 참봉어른이 혼사를 맺게 하면 어떨까? 그러면 만사가 모두 해결될 것이라고 생각되는데 말이다."
하고 말하고는 총각의 눈치를 살폈다.

물론 총각은 크게 놀라는 얼굴이 되었는데, 권 참봉도 또한 자기의 귀를 의심할 정도로 놀랐다. 그가
"나으리, 그게 도대체 무슨 말씀이신지……?"
하면서 묻자, 김우항이 빙그레 웃으면서 말했다.
"노인장께서 후사가 없이, 보살펴 주는 사람도 없이 홀로 사시는 것이 매우 딱해 보입니다. 그리고……."

권 참봉의 얼굴은 부끄러움으로 인해 귀밑까지 빨개지고 있었다.
"그리고 보아하니 저 총각의 처지는 쌀 몇 말 정도로는 구할 수 없는 것 같군요. 그러니 두 집이 혼사를 맺게 된다면 저 총각은 노모를 봉양할 걱정이 없어지니 좋고, 노인장께서는 노후가 쓸쓸하지 않을 테니 좋고, 나라에서는 능을 침범하는 도벌꾼이 없어져서 좋고…… 그러니 일석삼조(一石三鳥)가 되지 않겠소?"

김우항은 이윽고 엄숙한 얼굴이 되며 더벅머리 총각을 불렀다.
"여봐라."
"예!"
"중대한 누이의 혼담을 어찌 너 혼자서 결정할 수 있겠느냐? 그러니 너는 지금 곧 집으로 돌아가 어머니와 상의하여 허락을 하시면 즉시 달려오너라."
"그, 그럼 저를 풀어주시는 건가요?"

더벅머리 총각이 엉거주춤하면서 묻자, 김우항이 그의 어깨를 어루

만지며 말했다.

"그래, 어서 가서 어머니와 의논해 보라고 하지 않았느냐?"

권 참봉은 마음 속으로는 김우항의 제안에 박수를 보냈지만, 먼 산을 바라보면서 내색을 하지 않았다.

"그럼, 나으리 다녀오겠습니다."

더벅머리 총각이 꾸벅 절을 하고는 돌아서자, 김우항은 권 참봉의 손을 잡으면 말했다.

"노인장, 추우니 들어가서 기다립시다."

두 사람이 방 안으로 들어가자 중문 밖에서 엿보던 능지기들이 떠들어 댔다.

"허어, 우리 참봉어른이 회춘하시게 됐구먼!"

"글쎄, 그건 그 총각놈이 와 봐야 알지."

"에이, 올게 뭐람. 목숨이 아까워서 꾸민 거짓말에 사람 좋은 두 양반이 속아 넘어간 거지."

"듣고 보니 그런 것도 같구먼."

김우항은 바둑판을 사이에 두고 권 참봉과 마주 앉아 바둑을 두고 있었다.

그들의 손과 눈은 모두 바둑판에 가 있었지만, 두 사람의 마음은 다른 곳에 가 있었다. 김우항은 그 총각이 거짓말을 한 것이라면 어쩌나 하는 생각을 하고 있었고, 권 참봉은 느닷없이 찾아온 회춘할 수 있는 기회를 놓치면 안 되는데 하고 생각하며 은근히 마음을 졸이고 있었다.

그 같은 생각들은 얼마 후 여종이 가지고 온 저녁상 앞에 마주 앉아서도 계속되었다.

날은 이미 어두워져 있었다. 그래서 두 사람은 입 밖으로는 내지는 않았지만 '그 총각은 오지 않는구나'라는 생각을 하지 않을 수 없게 되었다.

그런데 두 사람이 다시 바둑판을 끌어다 놓고 마주 앉았을 때

"나으리!"

하고 부르는 총각의 목소리가 들려왔다.

김우항이 방문을 열며

"왔느냐?"

하고 묻자, 총각이

"예, 이렇게 늦어서 죄송합니다."

라고 말했는데, 그의 몸은 추위 때문에 꽁꽁 얼어 있었다.

"그래, 뭐라고 하시더냐?"

"분에 넘치는 일이니 사양하는 것이 예의라고 하시면서 고집을 세우셔서…… 허락 받는 것이 늦어서 이제야 오게 되었습니다."

"그래?"

김우항의 얼굴에 비로소 안도하는 빛이 떠올랐다.

그렇게 되어 두 사람의 혼례는 서둘러 이루어졌다.

그로부터 10년 이상이나 되는 세월이 흘렀다.

김우항은 그 해 여름에 안동 부사가 되어 부임했는데 다음 날 낮에 통인이 문 밖에 와서,

"사또, 참봉 권 아무개라는 분이 뵙기를 청하는데요."

하고 말했다. 그래서

"참봉 권 아무개가 누구더라?"

하고 중얼거리며 기억을 더듬는데, 갑자기

"사또, 휘릉의 능 참봉이던 이 늙은이를 벌써 잊으셨는지요?"

하는 소리가 들리기에 눈을 들어서 보니 아직도 몸이 꼿꼿하고 당당

한 풍모를 가진 백발의 권 참봉이 들어와 절을 올리는 것이었다. 김우항은 너무나 놀랍고 반가워서 그의 손을 덥썩 잡으며 말했다.

"아니, 이게 도대체 얼마만이오?"

"헤아려 보니 열 하고도 다섯 해가 더 흘렀더군요."

"허어, 그래요? 나는 이미 이 세상 분이 아니게 되었을 거라고 생각하고 있었거늘…… 이토록 정정하시다니."

김우항이 진정으로 놀라며 중얼거리자 권 참봉이 밝게 웃으며 말했다.

"지난 날 사또 덕분에 어진 짝을 얻은 것에 대해서는 뭐라고 감사할 말이 없습니다. 더욱이 이번에 저의 고향 땅의 수령으로 오시어 다시 뵙게 되었으니 하늘이 도우셨다고 생각합니다."

권 참봉은 진심으로 감사의 뜻을 표했는데, 김우항은 그가 그 동안 어떻게 지냈는지 궁금했다. 그래서,

"그보다, 그 후에 어떻게 지내셨소?"

하고 물었다.

"예. 그때 사또께서 상경하시고서 얼마 지나지 않아 이 늙은 것도 능 참봉직을 내놓고 고향인 이 곳으로 내려왔지요."

"맞아, 고향이 안동이라고 하시는 말을 들은 적이 있소."

"예, 그리고 얼마 지나지 않아 사또께서 장원급제하셨다는 소식을 들었고, 평안도 방면의 암행어사가 되시어 토색질 심하기로 이름이 높던 강계 부사를 스스로 물러나게 하여 많은 사람들이 '사사로운 원한을 버리고 왕명을 바르게 폈다.'라고 칭송하게 되었다는 소문도 들었습지요."

"허허, 나는 권 참봉의 근황을 묻고 있는 거요."

"예, 덕분에 외로운 줄 모르면서 살다보니 아들 둘을 연이어서 얻

어 조상님들을 뵈올 면목이 생겼지요."

"아들을 둘씩이나 얻으셨다고요? 정말로 좋은 소식이 올시다."

"예, 그런데 이번에 사또 나으리께서 성주님으로 부임하셨으니 어찌 기쁜 일이 아니겠습니까? 그래서 어떻게 해서라도 성주님을 저의 집으로 모셔 단 하루만이라도 즐거움을 함께 나누었으면 해서 이렇게 황급히 달려왔습지요. 사또, 아무 때고 저의 집에 한 번 왕림해 주신다면 가문 누대의 영광으로 알겠으니 허락해 주시옵소서."

"당연히 가 보아야지요."

김우항은 쾌히 응낙했다. 권 참봉이 청하지 않았어도 한 번 가 보고 싶었기 때문이었다.

다음 날 저녁 때, 김우항은 권 참봉의 집을 방문했다.

김우항이 권 참봉의 안내를 받으며 상좌에 앉았더니 한 중년의 선비가 들어와서 엎드려 큰 절을 했는데, 어딘지 모르게 낯익은 얼굴이었다.

그래서 머리를 갸우뚱하는데 옆자리에 있던 권 참봉이 말했다.

"사또, 도벌꾼이었던 노총각을 기억하시는지요?"

"아, 그래! 그 때의 그 총각이야!"

김우항이 무릎을 치며 중얼거리고는 말했다.

"고개를 들게."

선비가 천천히 얼굴을 들면서 말했다.

"사또의 은혜, 백골난망이옵니다."

"오오, 이렇게 훌륭하게 바뀐 그대의 모습을 보니 정말로 감개가 무량하오."

이어서 총명하게 생긴 두 소년이 들어와 큰 절을 올렸다.

"이 아이들이 노인장의 자제들이란 말이오?"

"예, 그렇습니다."

김우항은 흐뭇해 하며 머리를 끄덕였는데 두 소년이 나가자 권 참봉이 말했다.

"사또, 한 가지 소청이 있는데 들어주시옵소서."

"어서 말해 보시오. 뭐지요?"

"우리 집 식구들이 이처럼 복을 누리는 것은 모두 다 사또의 덕입니다. 때문에 안식구도 뵙고 인사를 드렸으면 합니다. 남녀가 유별하다고는 하나 사또께서는 이 고을 백성들의 어버이시고 하니 꺼려하지 마시고 잠시 내실에 드시어 절을 받으시지요."

김우항은 말없이 고개를 끄덕이고는 일어나 권 참봉을 따라 내실로 들어갔다.

그가 자리에 앉자 안방마님인 권 참봉의 아내가 큰 절을 올렸다.

"기억하시는지요? 저의 안식구입니다."

"기억하고 말고요."

김우항은 환하게 미소 지으며 그렇게 말했는데, 그 순간 그는 의아해 하는 표정을 지었다. 그때 어디선가 기이한 소리가 들려왔기 때문이었다.

"김우항이…… 어쩌구…… 저쩌구……."

하는 이상한 소리였는데, 그 순간 권 참봉 부부는 깜짝 놀라며 당황하는 모습을 보였다.

그 소리가 계속해서 들려오자, 권 참봉은 이윽고

"사또, 여기를 한 번 보시겠습니까?"

하고 말하며 옆방으로 통하는 문을 열었다.

다음 순간 김우항은 '움찔' 하고 놀라며 두 눈을 크게 떴다. 온몸이 오그라든 한 노파가 그 방에 앉아 있었기 때문이었다. 그 노파는 염주를 손에 쥔 채 허공으로 시선을 보내며 무슨 말인가 웅얼거리고 있었다.

"내년이면 꼭 구십 세가 되시는 장모님입니다."

"아! 장모님…… 그런데……."

노파는 계속해서 뭐라고 중얼거리고 있었는데, 김우항은 그 말을 차츰 알아듣게 되었다.

"하소서, 하소서, 김우항이 정승이 되도록 하소서."

김우항이 눈이 휘둥그레지며,

"아니, 저게 도대체 무슨 말씀이오?"

하고 말했더니 권 참봉이 쑥스러워하는 얼굴이 되면서 설명했다.

"예, 이 늙은이를 사위로 삼아 집안이 안정된 뒤부터, 그것이 다 사또께서 베푼 은덕 덕분이라고 말씀하시며 항상 축원을 드리기 시작하셨지요. 후원에 단을 쌓고 밤이나 낮이나 사또께서 정승이 되게 해 주십사고 비셨지요, 그러는 중에 더욱 늙고 망령이 날 지경이 되셨으나 그 축을 하시는 것만은 잊지 않으셨는지 주무실 때 말고는 항상 저렇게 중얼거리시지요."

권 참봉이 그렇다면서 머리를 끄덕이자 김우항은 새삼스럽게 끓어오르는 감동에 겨워 온몸을 떨었다. 노파는 여전히 똑같은 소리를 되풀이해서 중얼거리고 있었다.

"하소서, 하소서. 김우항이 정승이 되도록 하소서."

숙종은 김우항의 기이한 이야기가 거의 다 끝나간다고 생각하면서 중얼거렸다.

"그래서?"

"그런데 몇 해 전이었습니다."

"……?"

"권 참봉의 큰아들이 상경했다가 인사를 하러 저의 집에 들렀을 때였습니다.
"응, 그래서?"
"그래서 제가 외할머니가 아직까지 살아 계시느냐고 물었더니 얼마 전에 세상을 떠나셨다고 대답하더군요."
"그래서 묻힌 곳이 안동 땅이라는 거요?"
"그렇사옵니다. 고향의 선산에 모셨는데 마지막 숨을 거두실 때까지도 그 소리를 되풀이했다고 하더군요."
숙종은 다시 한 번 감동했는지 머리를 끄덕이면서 중얼거렸다.
"살아서 이십 년 동안이나 정성스럽게 빌었던 소원이라면, 저승에 가서도 어찌 잊을 수 있을 것인가. 아마도 그 노파가 저승에서도 읊는 그 소리가…… 이승과 저승의 경계를 넘어 과인에게까지 전해진 것 같소. 어쨌든 놀라운 일이로다. 정말로 놀라운 일이 아닐 수 없도다."
김우항은 매우 송구스러워하며 머리를 조아리고 있었는데 연신 감탄하던 숙종이 승지를 바라보면서 불쑥 말했다.
"여봐라, 우의정 대감 퇴궐하신다. 어서 모시도록 해라."
'으응!'
김우항은 갑자기 찬물을 뒤집어 쓴 것처럼 크게 놀라지 않을 수 없었다. 그가 천천히 머리를 들어 보았더니 숙종은 흐뭇해 하는 웃음을 얼굴에 가득하게 담고 있었다.
"전하, 성은이 망극하옵니다."
"짐이 경 같은 신하를 만난 것도 하늘이 내리신 복이 아니겠소? 자아, 밤이 늦었으니 어서 퇴궐하고 내일 아침에 일찍 등궐하도록 하오."
"폐하……."

김우항은 너무나 벅찬 감격 때문에 뒷말을 제대로 잇지 못하면서 비척거리며 일어섰다.

한 노파의 지극한 축원 덕분에 정승까지 되었다는 전설 속의 주인공 김우항은 본관이 김해라고 한다. 그는 훗날 영의정까지 되어 어진 정치를 편 숙종 때의 훌륭한 문신이었다.

안평대군 소첩의 첫 사랑

영창에 햇빛이 비쳐 눈이 부셨다.

한여름이었으나 새벽바람이 차가워서 닫았던 영창이다.

소옥(小玉)은 살며시 눈을 뜨면서 중얼거렸다.

"어마, 벌써……."

대군(大君)이 새벽에 그 방에서 나간 후에, 다시 늦잠이 들었던 자신을 발견하고 깜짝 놀라며 소옥은 몸을 일으켰다.

풀어진 속적삼 사이로 소담하게 솟아오른 뽀얀 젖가슴이 자기가 보기에도 탐스럽기 짝이 없었다. 단속곳 허리띠도 풀어진 채였다.

넓은 단속곳 아래로는 발가락들이 다닥다닥 붙은 작고 예쁜 맨발이 보였다.

소옥은 흩어진 머리카락을 쓸어올리며 가벼운 하품을 했다.

흠씬 애욕을 쏟아서인지 온몸이 나른했다.

거울을 들어다보면서 지난밤에 있었던 일을 떠올렸다.

소옥은 그냥 대군이 하는 대로 따라서 긴 밤을 보냈을 뿐이었다.

그가 주인이니 그가 하는 대로 몸을 내맡기는 것이 그녀의 의무이기도 했다.

이 곳에 온지 일 년이 지나자 처음과 달리 이제는 잠자리에서도, 대군의 품속에서도 부끄러움이 적어지게 되었다.

주인 나으리는 소옥이 하늘처럼 높이 올려다보아야 할 지체 높은 분이었다. 상감의 아드님으로 안평대군 용(瑢)이라 불리는 분이기 때문이다.

때문에 소옥의 방에 오는 것은 한 달에 보통 두세 번 많으면 네댓 번 밖에 안 된다.

부용이, 금련이, 자란이 등 많은 소첩들이 대군의 곁에 있기 때문이었다. 그는 술이 거나하게 취해,

"오늘은 네 방에 가마."

말하기도 하고 느닷없이 손목을 잡으며,

"가자, 네 방으로……."

하면서 소옥의 방으로 오기도 했다.

대군이 오겠다고 말할 때는 부끄러워서 살짝 몸을 틀어보이는 소옥이었으나, 그것이 기쁘다는 생각같은 것은 없었다.

그렇다고 몹시 싫은 것도 아닌, 그렇게 해야 하는 것이라고 생각하는 소옥이었다.

어느 덧 일 년, 소옥의 나이는 이제 열여덟 살!

대군이 이제 막 피어나고 있는 소옥의 몸뚱이를 힘껏 끌어안아 줄 때, 그녀는 자기도 모르게 숨 막히는 흥분을 느끼기도 했다.

사뭇 몸이 달아오르는 듯한 짜릿한 쾌감을 느끼기도 했다.

그러나 그것은 그 때뿐이었다. 그 밤이 지나면 소옥은 꿈에서 깨어난 것처럼 공허해지는 마음을 발견하고는 스스로 놀라기도 했다.

대군은 정말로 훌륭한 분이었다.

(賦), 서화(書畵), 가곡(歌曲), 금고(琴鼓)에 모두 통달하여 당대의 제일이라는 찬사를 받고 있었다. 그런 그를 일컬어 풍류의 왕자라고 했다.

30이 넘은 대군의 나이가 무색할 정도로 젊은 얼굴을 가지고 있었다. 용모도 또한 준수했으며, 마음은 한없이 너그러웠다.

테가 넓은 통영갓(笠)에 옥색 도포, 붉은 대, 세포 행전에 마른신을 신고 나서는 대군의 풍채는 이루 말할 수 없을 정도의 귀인이었다.

그러나 소옥은 웬일인지 일 년 전 시골집에 있을 때, 이웃집 총각 덕만에게 느끼던 아기자기한 정을 그에게서는 결코 느끼지 못했다.

한 번 얘기를 나누어 본 적도 없었지만, 지금도 늘 그를 연연해 하고 있는 소옥이었다.

소옥의 집도 총각의 집도 몹시 가난했으며 지체도 또한 볼품없는 한낱 상껏 집안에 불과했다.

소옥이가 집에서 받은 몸값 대신 대군의 집 청지기에게 이끌려 꿈속에서도 못 입어 보던 비단옷으로 단장을 하고 집을 떠나올 때, 마을 뒤의 언덕에서 하염없이 그녀를 바라보았던 덕만의 모습이 아직까지도 눈가에 아른거리고 있었다.

"아……."

소옥은 자기도 모르게 가냘픈 한숨을 짧게 내쉬며 풀어진 속적삼 옷고름을 매며 머리를 빗었다. 버선을 신고 백저(白苧)치마를 입고 영창문을 활짝 열었다.

햇살이 가득 방 안으로 쏟아졌다.

소옥은 금침을 개어 얹고 뜰을 바라보았다.

뜰 안의 온갖 아름다운 꽃들이 향기를 머금고 있었다.

여름 꽃들이 아침 이슬을 머금어 마냥 싱그럽고 고왔다.

넓디넓은 저택 울 안에는 대군의 소첩들이 거처하는 별체들이 마치 한 마을을 연상할 만큼 여기저기 자리잡고 있었다. 그리고 그 뒤로는 숲처럼 나무가 우거지고 넓은 그윽한 후원이 있었다.

문득 인기척을 느껴지기에 소옥은 아무 생각없이 그 곳을 바라보았다. 소옥의 뜰을 쓸고 있는 궁노였다. 그런데, 비질을 하고 있는 궁노의 뒷모습이 어쩐지 낯설고 서툴러 보였다.

뒷모습이 전보다 젊어 보였기 때문이다.

새로 온 궁노일 것이라고만 생각하며 창문을 닫으려는 순간 소옥은 그만 돌아서는 궁노의 얼굴을 보며 자지러지게 놀랐다.

"아, 덕만이!"

"복이……."

두 사람은 다 같이 작은 목소리로 부르짖었다.

마을에서 부르던 소옥의 이름이 복이였다. 소옥은 대군이 지어 부르는 애명이었다.

"복이!"

덕만이가 소옥이 영창가로 다가왔다. 소옥의 작은 가슴은 두방망이 질하면서 뛰었다. 당장 뛰어나가서 손이라도 잡고 싶은 마음이 간절했다. 그러나 소옥은 다가오는 덕만을 손짓으로 막았다.

상전의 소첩이 궁노와 가까이에서 말하는 것은 남의 이목이 두려운 일이었다.

한 집 울 안에 있어도 하인배들과는 말조차 주고 받지 않는 것이 당시의 법도였다.

"복이……."

소옥은 뜻밖에도 고향 사람인 덕만이를 보게 되자, 그 동안 쌓였던 온갖 회포가 그만 눈물이 되어 쏟아져 내렸다. 그녀는 좌우를 살피며 이제 다 큰 총각으로 변한 덕만에게 속삭이 듯이 말했다.

"밤에 후원 정자 아래로 와요."

그리고는 황급히 영창문을 닫았다.

그러자 덕만의 안타까운 목소리가 영창 밖에서 들려왔다.

"복이……."

"가요. 지금은 아는 척 하지 말아요. 밤에 인경을 치거든 후원 정자 아래로 와요."

벽에 기대어 섰던 소옥은 멀어져가는 덕만의 발소리가 들리자, 다시 영창문을 열었다. 궁노의 복색인 산수피(山獸皮) 검정 벙거지에 검정 홋군복 옷매기를 입은 덕만의 뒷모습이 멀어져가는 것이 보였다.

"덕만이……."

그 모습이 사라질 때까지 바라보던 소옥의 눈에 고인 눈물이 주루룩 흘러내렸다. 고향집에 있을 때의 여러 가지 일들이 눈물 속에서 아른거려 가슴이 터질 듯이 뛰었다.

소옥은 누가 보지 않은 것이 다행이라고 생각하며 다시 영창문을 꼭 닫았다.

때는 성왕 세종대왕이 나라를 다스리던 시대였으며, 안평대군은 바로 세종대왕의 셋째아들이다.

그는 천성이 호방하고 탕락(蕩落)하여 풍류를 즐기며 친구 사귀기를 좋아했다. 그의 사랑방엔 언제나 빈객들이 만좌했고, 술독엔 향기 높은 감로가 가득했다.

재자는 가인을 탐해야 하는 것인지 대군은 십여 명의 소첩들을 거느렸는데, 그들은 모두 다 뛰어난 미색이었다.

그러나 대군은 한낱 평범한 탕자가 아닌 큰 시인(詩人)이었으며, 서가(書家)요, 화가였으며, 지음객(知音客)이었다. 붓을 들면 붓끝이 웅혼(雄渾)한 필치의 서화를 낳았고 금고(琴鼓)를 다루면 일세의 명수였다.

읊조리면 격이 높은 시부(詩賦)요, 노래를 부르면 명창이었다.

대군의 소첩들 중에도 시부 음곡에 각기 일가를 이룰만한 여인들이 여럿 있었다.

대군은 낮에는 만좌한 빈객과 더불어 즐겼고, 밤이면 꽃 그늘에 드새는 나비처럼 소첩의 품에서 날을 밝혔다.

소옥은 그 날 하루를 어떻게 보냈는지 스스로 알 수가 없었다.

빈객들이 없었기에 대군은 소첩들을 한 자리에 모아 놓고 글짓기와 글씨 쓰기로 소일을 했다.

소옥은 아직 글을 짓지 못했다.

일년 동안 대군에게 글을 배웠으나 글을 지을 만큼 통달치 못했기에 다른 사람들이 글을 짓는 동안 먹을 갈아 주었고 틈틈이 대군이 시키는 대로 글씨를 썼다.

그러나 그 날 이른 아침에 덕만을 만난 설레임이 종일 가라앉지 않았기 때문인지 제대로 글씨를 쓸 수 없었다.

덕만의 그 서글서글한 얼굴이 자꾸만 눈 앞에 보이는 듯하여 제대로 붓끝을 다룰 수 없었다.

떠나온 뒤의 집안 일이며 어머니의 안부를 묻고 싶기도 했다.

아버지 없는 홀어머니와 동생의 일들이 늘 마음을 아리게 만들었던 것이다.

어쨌든 난데없이 덕만이를 만나게 된 것은 뭐라고 말할 수 없는 반가움과 기쁨이었다. 생각할수록 가슴이 뭉클해지며 눈물이 날 것만 같은 짜릿한 기쁨이었다.

"오늘은 웬일이냐? 소옥이의 글씨가 엉망이구나……."

대군의 말대로 소옥의 글씨는 획이 굵다가 가늘어지고 해서 매우 어지러웠다.

소옥은 마음 속의 일을 대군에게 들킨 것 같아서 가슴이 뜨끔했다.

그러나 대군의 얼굴에 다른 기색이 있는 것은 아니어서 마음이 놓였다. 그 날 하루가 유난히도 긴 것 같아 소옥은 얼마나 지루했는지 모른다.

대군은 그 날, 소옥의 방에 오지 않았다.

밤이 되자 소옥의 마음은 더욱 흔들렸다. 뜨는 듯 마는 듯 저녁상을 물렸는데, 시각이 흐를수록 더해지는 마음의 흥분을 누를 길이 없었다.

그것은 한자리에 드는 대군에게서는 결코 느껴보지 못한 또 다른 흥분이었다.

대군은 귀한 분이며, 자기가 일생 동안 섬겨야 할 분이려니 하는 생각에 그분이 하는 대로 복종할 뿐이었다. 그녀는 대군이 죽으라면 죽어야 할 몸이었다. 싫지도 않고 그렇다고 좋아지지도 않는 그냥 어려운 분일 뿐이었다.

소옥에게 아름다운 옷과 좋은 음식을 제공해 주고 며칠에 한 번씩 잠자리에서 그녀를 귀여워해 줄 뿐이었다.

그러나 덕만은 달랐다.

지나간 일 년 동안 가슴 속에서 두고 그리워하던 사람이다.

이웃에 가까이 있을 때는 그처럼 간절한 그리움이 없었다. 하지만, 떨어져 있는 일 년 동안 한가한 겨를만 얻으면 보고 싶어지는 사람, 그런 덕만이가 이 집 같은 울 안에 있고, 또 이 밤엔 그를 만나보게 되었기에 너무나 즐거웠다.

'그런데 덕만이가 어떻게 이 곳에 오게 된 것일까?'

소옥이 이 생각 저 생각을 하는 동안 밤이 깊어갔다.

소옥은 안절부절하며 서성거렸다.

인경을 치려면 시간이 얼마나 더 가야 할 것인가?

밤은 깊어가건만 잠은 저 멀리로 달아나고 있었다.

드디어 자정을 알리는 인경 소리가 들려오기 시작했다.

하나, 둘…… 스물네 번 울리는 인경 소리를 센 후, 소옥은 살며시 밖으로 나왔다.

그 날 따라 달빛은 잠이 들어 별빛만이 더욱 총총했다.

누가 들을세라 발소리를 죽여 가며 후원의 정자로 조용한 걸음을 빨리했다.

궁가(宮家)의 소첩이 외간 남자…… 더욱이 궁노와 깊은 밤에 몰래 만나는 것을 들키면 그야말로 무슨 형벌을 받을는지 모를 일이었다.

후원이 가까워지면서 코에 스며드는 풀냄새가 마냥 향기로웠다. 사방은 칠흑같은 어둠 속에 빠져 있었는데 풀벌레 우는 소리만이 요란했다.

어두운 나무 그늘에서 잠시 연못가의 정자 언저리를 살펴보았다. 그리고는 발걸음을 더욱 조심스럽게 옮기며 정자 아래로 다가갔다.

"왔어?"

소옥이가 정자를 향해 작은 소리로 입을 열었다.

"응! 복이야?"

대답하는 소리와 함께 정자 밑 어두운 구석에서 검은 그림자가 나타났다. 두 사람은 살며시 다가섰다.

"복이!"

덕만의 굵직한 목소리에 소옥은 따뜻한 안도감을 느꼈다.

"응?"

소옥이가 채 대답할 겨를도 없이 덕만의 굵은 팔이 소옥의 몸을 끌어안았다.

"덕만아, 이 곳에는 어떻게 왔어?"

덕만의 넓직한 품 속에 안긴 소옥이가 물었다.

"복이가 보고 싶어서 시골을 떠나왔지. 이 곳 대군궁(宮)에서 일하는 궁노가 되려고 얼마나 애를 썼는지 알아?"

왕족인 대군의 품속보다 덕만의 품안이 훨씬 더 포근했기에 소옥은 지그시 눈을 감았다. 그녀의 가슴은 기쁨과 두려움이 뒤섞여 두근거리건만…….

두 사람은 한동안 말없이 그대로 끌어안고만 있었다.

소옥이는 이윽고 덕만의 품에서 빠져나와 연못가 풀숲에 쪼그리고 앉았다. 덕만이도 그녀의 옆으로 와서 앉았다.

"밤이나 낮이나 복이가 그렇게 그리울 줄을 몰랐어. 그래서 왔지. 복이가 있는 집 울 안에서라도 살고 싶어서……."

"나도 그랬어."

"이젠 복이가 있는 여기서 죽을 때까지 살거야!"

"그렇지만 이러고 있는 것을 남에게 들키게 되면 큰일 나."

"남에게 들키게 되는 것이 그렇게 무서워?"

"……."

"뭐가 무서워, 형벌이?"

"아니, 덕만이와 다시 못 만나게 될까봐. 그것이 무서워……."

두 사람은 다시 서로의 몸을 끌어안았다.

소옥은 그냥 그대로 숨이 진다고 해도 여한이 없을 것 같다고 생각했다.

덕만의 손이 소옥의 몸 구석구석을 아끼듯이 어루만졌다.

소옥은 손으로 덕만의 얼굴을 쓰다듬고 있었다.

"상투를 맸네."

소옥이 말하자 덕만이 머쓱해 하며 대꾸했다.

"장가든 줄 알아? 머리꼬리가 보이는 것이 창피해서 궁에 들어올 때 헛상투를 썼지……."

그들 두 사람이 함께 꿈처럼 행복한 기분에 빠져들었을 때였다. 누군가 갑자기

"궁중 상간이다. 꼼짝 마라!"

하고 벼락처럼 호통치면서 두 사람의 덜미를 움켜쥐었다. 때문에 덕만과 소옥은 기겁을 하며 자지러졌다.

다음 순간, 두 사람은 파랗게 질리고 말았다.

그들의 밀회 현장을 잡은 자는 대군궁의 수노였다.

"무엄한 불의로다. 가자! 옳치 네놈은 바로 새로 온 작노(作奴)한 놈이고…… 이게 또 누구야…… 오라! 소옥 아씨로군."

어둠 속에서 살펴보면서 수노는 계속해서 호통쳤다.

덕만과 소옥은 정신이 아찔해지며 숨통이 막힐 것만 같았다.

그러나 그들은 아무 말도 하지 않았다.

덕만은 능히 나이 먹은 수노가 움켜잡는 것을 뿌리치고 도망칠 수도 있었다. 그러나 혼자서 뛰기는 싫었다. 그는

'죽어도 복이와 함께 죽자.'

라는 생각을 하고 있었다.

수노의 호통 소리에 사람들이 모이기 시작했다.

덕만과 소옥은 삽시간에 사람들에게 에워싸인 채 어쩔 줄 몰라 하고 있었다. 더운 여름 날이라 잠이 깊게 들지 않았기 때문인지 사람들이 모이는 속도가 빨랐다.

어둠 속에서 사시나무 떨듯 하는 소옥의 모습이 덕만의 눈엔 무척이나 애처롭게 보였다.

별관에서 잠이 들었던 대군까지 그 일을 알게 되어 대군궁은 아닌 밤중에 발끈 뒤집히게 되었다.

등롱이 휘황하게 켜지고 두 사람은 궁인들에게 끌려가 별관 대청에 나와 앉은 대군 앞에 꿇어앉게 되었다.

"무더운 밤이어서 소인이 바람을 쏘이려고 후원에 이르렀을 때, 어디서 괴상한 인기척이 나옵기에 가만히 가까이 가서 보고 듣자오니 이 두 남녀가 서로 끌어안고 주고 받는 말이 하도 음란망측하여 차마 입에 올리기 어렵기에 현장에서 붙잡아 왔습니다."

충직한 수노는 대군 앞에서 숨김없이 사실을 직고했다.

그 말을 듣고 있는 대군의 얼굴이 분노를 머금고 있음을 밤눈에도 알 수 있었다.

"놈은 누구더냐?"

"장차는 비부(婢夫)가 되겠노라고 2,3일 전에 새로 작노하여 궁에 들어온 덕만이라는 놈이옵니다."

"음 그래, 네 이놈! 고개를 들렸다!"

대군의 위엄있는 호령에 덕만은 고개를 들었는데, 모든 것을 각오한 듯이 태도가 의연했다.

한참 동안 뚫어지게 덕만을 바라보던 대군이 조용히 물었다.

"네가 언제부터 소옥과 친했느냐?"

"이미 몇 해가 되옵니다."

"뭐? 몇 해가 된다고……."

"그렇습니다. 소인이 고향에 있을 때부터 이웃에서 살았으니까요."

"그럼 그 때부터 상간했었느냐?"

"아니올시다. 그냥 알고 사모했을 뿐이옵니다."

"이놈! 바른대로 고하렸다. 서로 알았으면 상간하지 않게 될 이치가 있느냐?"

"서로 사모는 하면서도 사모한다는 말조차 입 밖에 비친 적이 없사오니 상간이란 말은 당치도 않습니다요."

"그럼 이 곳에 와서는 이미 상간을 했지?"

대군의 목소리가 분노로 인하여 점점 커졌다.

"그 말씀은 진정 부당하십니다. 소인이 주야로 잊지 못해 먼 발치에서나마 바라보며 살고 싶은 뜻은 있었사오나, 상간하지는 않았습니다. 또 오늘 밤에 비로소 만나기는 했으나 그 동안의 서로의 안부를 말했을 뿐 상간이란 당치 않습니다."

덕만은 숨김없이 사실 그대로 당당히 말했다.

자기가 사모하는 사람과 그리움을 이기지 못하여 서로 만난 것은 결코 죄라고 생각되지 않았고, 그것으로 인해 형벌을 받게 된다면 달게 받을 결심도 이미 되어 있었다.

"서로 끌어안고 주고 받는 말이 음탕했다던데…… 이놈 그래도 속이려 드느냐?"

"아닙니다. 꼭 일 년 만에 만나게 된다면 반가워서 서로 끌어안고 몇 마디 말은 했으나 음탕한 말은 아니었습니다."

"소옥아!"

대군이 소옥을 불렀으나 그녀는 고개를 들지 못했다.

"내가 네게 무엇을 부족하게 했기에 그런 행동을 했느냐?"

"……."

"너도 또한 저놈을 그리워했단 말이냐?"

"그렇습니다."

고개를 숙인 채 하지만 분명한 목소리로 소옥은 대답했다.

“지금은 어떠냐? 지금도 저놈을 사모한단 말이냐?”

“법으로는 나으리를 쫓사오나…….”

소옥은 말을 맺지 못하고 흐느꼈다.

“법으로는 나를 따르지만…….”

잠시 부드러워졌던 대군의 목소리는 다시 높아졌다.

“마음으로는 덕만을 사모하옵니다.”

“으음, 그래?”

“네.”

소옥이 비로소 당상을 바라보았다. 소옥의 눈길이 대군과 한참 동안 마주쳤다.

“진정으로 하는 말이냐?”

“나으리께 황송하옵니다.”

소옥은 다시 고개를 떨어뜨렸다. 소옥의 말을 듣고 난 대군은 전신을 부르르 떨며 소리쳤다.

“그래, 너희들은 조금도 후회하지 않는단 말이냐?”

그러나 뜰에 꿇어앉은 두 사람은 말이 없었다.

“네 이놈 덕만아, 그래 후회하지 않겠다는 거냐?”

“황공합니다.”

“너 소옥은?”

“…….”

“ , 이 년놈을 광 속에 가두어라. 그리고 지금 당장 궁예(隷)들을 시켜 형조에 사실대로 알려서 이 무도한 년놈을 물고를 내라고 전해라.”

대군은 자리를 차고 일어서더니 내당으로 들어갔다.

덕만과 소옥은 깊은 연민의 정이 담긴 눈으로 서로의 모습을 바라보았다. 대군이 형조에 명하여 물고를 내라고 명했으니 이제는 꼼짝없이 죽는 몸들이다. 하지만 두 사람 다 죽음이라는 것이 그다지 두렵게 생각되지는 않았다.

소옥은 덕만과 같이 죽는다면 차라리 기쁜 일이라고까지 생각했다.

드디어 그들은 캄캄한 광 속에 갇혀 그날 밤을 보내고 이튿날 동이틀 무렵 형조 집리(執吏)가 거느린 사령들에게 이끌려 가서 옥에 갇히게 되었다.

그날 아침 진시쯤 되었을까.

두 사람은 다시 옥승(獄丞) 앞으로 끌려나왔다.

당상에 앉은 옥승은

“너희들 남녀 마땅히 자기의 죄를 알렸다.”

하고 크게 호령했다.

두 사람은 마무 말도 없이 고개만 숙이고 있었다.

‘복이’

‘덕만이…….’

서로 아끼는 두 사람의 눈은 상대의 마음을 읽고 있었다.

‘복이와 같이 가니…… 난 기뻐.’

‘나도…… 너와 함께 가는 곳이라면…….’

두 사람은 서너 사람의 형리에게 이끌려 전옥 당상청(堂上廳) 앞을 물러나왔다.

교형을 집행하는 형실은 전옥서(典獄署) 안에 있었다.

두 사람의 죄수들은 드디어 형실의 문 앞에 이르렀다.

“너 덕만이 먼저 들어가거라.”

형리들은 덕만을 향해 말했다.

드디어 마지막 순간이 온 것이다.

"복이!"

덕만의 애절한 사랑을 먹음은 목소리로 소옥을 부르며 안타까운 듯이 바라보았다.

소옥 역시 대답없이 덕만을 바라보기만 했는데, 그 고운 눈에 눈물이 맺혔다.

"어서 들어가! 시간이 없다."

덕만이 소옥의 몸에서 눈길을 떼지 않은 채 형실로 들어가려고 했을 때였다.

"기다려라!"

하는 소리와 함께 옥승이 당상청으로 통하는 문으로부터 나왔다. 옥승은 한 사람의 사령을 거느리고 있었는데 그 사령의 팔에는 묵직한 전대가 들리워져 있었다.

"너희들은 물러가거라."

옥승이 명령하자 덕만과 소옥을 처형하려던 형리들이 물러갔다.

덕만과 소옥은 옥승 앞에 무릎을 꿇었다.

"안평대군의 각별하신 부탁으로 너희들의 엄형을 중지한다. 그 부탁이 조금만 늦었어도 너희는 이미 형을 받고 죽었을 것이다. 궁중의 풍기를 바로잡기 위해 너희를 처형하고자 형조에 보냈으나, 물고시키기에는 불쌍하다는 고마운 말씀을 하셨다. 너희는 즉시 한양 백 리 밖으로 나가 다시는 도성 안으로 들어오지 말라는 분부이시다. 알겠느냐?"

옥승이 잠깐 말을 끊고 사령에게 눈짓을 하자 사령이 들고 있던 전대를 두 사람 앞에 내려놓았다.

"이것은 대군께서 내리시는 돈이다. 얼마인지는 나도 모른다. 너희들의 살림 밑천으로 주시는 돈인가 한다. 어쨌든 너희에게 주라시는 분부였으니 이것을 가지고 어서 가거라. 지체하지 말라!"

옥승은 사령에게 두 사람을 뒷문으로 내보내라고 명령하고는 당상청으로 들어가 버렸다. 망연히 정말로 망연하게 옥승의 말을 듣고 있던 두 사람은 너무나도 꿈같은 사실에 넋을 잃었다가 이윽고, 사령들이 보는 것도 아랑곳하지 않고 서로 끌어안았다.

그들의 눈에서는 너그러운 대군의 넓은 은혜에 감격하는 눈물이 빗물처럼 쏟아졌다.

"이 사람들아! 너무 부러워진다. 끌어안고 싶거든 집에 가서 실컷 해라. 남의 앞이니 너무 그러지들 말고 어서 나가거라!"

늙은 사령의 목소리에 제 정신을 차린 두 사람은 눈물을 닦으면서 함께 웃었다.

두 사람은 얼마 후 동작 나루를 건너 남쪽으로 통하는 큰 길로 들어서게 되었다. 봇짐을 진 덕만과 선녀같이 예쁜 소옥이는 한양을 향해서 나란히 무릎을 꿇고는 절을 올렸다.

"대군마마, 고맙습니다."

"고맙습니다."

정성껏 절을 하고 난 두 사람은 이상하게 여기며 곁눈질하는 행인들을 뒤로 한 채 남쪽으로 걸음을 옮기기 시작했다.

구름 한 점 없는 하늘처럼 맑은 마음으로…….

뒷날, 안평대군은 형 세조대왕의 손에 무참히 죽었다.

덕만 내외는 고향에서 아들 딸 잘 낳고 남부럽지 않게 살면서 안평대군의 기일이 되면 남모르게 그늘에서나마 정성껏 그의 제사를 드렸다고 전해진다.

이 괄의 연인

마지막 새로운 천 년 사직을 이루어보려던 꿈이 물거품처럼 사라져 가던 마지막 날이었다.

쫓기던 이괄(李适)이 잠시 발을 멈추고 돌아보니 한양성은 거센 불길 로 타오르고 있었다.

찢어진 그의 갑옷은 피와 땀으로 범벅이 되어 패장의 모습이 역력했다.

톱날처럼 변한 패검에 쓰러질 것 같은 몸을 의지하고 서 있는 이괄의 발 아래에 들국화들이 흐드러지게 피어 있었다. 그리고 그 속에서 나인 국향(菊香)이 엎드린 채 흐느껴 울었다.

이 괄은 자기가 서 있는 언덕에서 좀처럼 떠나려고 하지 않았다. 하늘을 검붉게 물들이는 거센 불길을 언제까지나 눈 속에 아로새기려는 듯이 계속해서 응시하는 붉어진 그의 두 눈에 피눈물이 고이기 시작했다. 그는 비통한 얼굴로

"정충신(鄭忠信) 따위에게 패하다니…… 어허, 절통하도다!"
하고 중얼거리며 입술을 질근 깨물었다.

이 괄은 광해군 14년(1622년), 함경북도 병마절도사가 되어 부임하기 직전에 인조반정(仁祖反正)에 가담하여 이듬해 거사일의 작전 계획을 맡아 반정을 성공케 했다. 그 해에 후금(後金 : 淸)과의 마찰로 인해 변방에서의 분쟁이 잦아지자 평안도 병마절도사 겸 부원수로 발탁되어 영변에 출진하여 성책을 쌓고 군사 훈련을 실시하는 등 국경 경비에 힘썼으며 이어서 정사공신 2등에 책록되었다.

이 괄에게는 전(旃)이라는 아들이 있었고 그는 인조반정 때 아버지와 함께 공을 세웠으나 김유(金瑬) 등의 반대로 등용되지 못했다. 그래서 전은 당대의 풍류객이라는 13학사들과 교유하며 시국을 논하고 술과 시를 벗삼으면서 세월을 보냈다.

그러던 중 인조 2년(1624년)에 반정 공신들의 횡포로 인한 시정의 문란을 개탄한 사실이 과장되어 문회(文晦)와 허통(許通)이 이 괄 부자가 변란을 도모한다고 고변했다. 하지만 왕은 그 사실을 믿지 않고 다만 이 괄의 진중에 머물고 있는 전을 체포하여 사실을 밝히도록 어명을 내렸다.

그리하여 한때는 고변 내용이 무고임이 밝혀져 도리어 고변자들이 투옥되기도 했다. 하지만 그런데도 불구하고 선전관이 아들 전을 체포하러 오자, 이 괄은 크게 노하며

"조정의 간사한 무리들이 나를 모해하여 죽이려고 하니 내가 먼저 그들을 응징해야겠다."

라면서 왕의 사자들을 살해하고 반란을 일으켰다.

그가 이끄는 정병은 일만 오천 명이었으며, 그 중에는 조총을 가진 왜병들 삼백 명도 끼어 있었기에 조금도 두려울 것이 없었다.

사나운 회오리바람처럼 남진한 반란군은 순식간에 여러 성을 휩쓸었다. 임진강 부근에서는 파주 목사 박효립(朴孝立)과 이귀(李貴)의

군사들 수급 수천 개를 얻었다.

“가자, 한양으로…… 파사 현정(破邪顯正 : 사견과 사도를 깨어 버리고 정도를 창현하는 것)의 길이 드디어 열렸느니라.”

이 괄의 반란군은 물밀 듯이 한양으로 몰려들었다. 그들이 쥔 장창들의 섬광은 천 리 밖까지 비쳤고 사나운 반란군들의 함성은 천지를 진동시켰다.

도성은 주인을 잃은 채 텅 비어 있었다. 왕 인조는 이미 공주 감영 선화당(宣化堂)으로 몽진한 뒤였기에 그 곳에 없었다.

이 괄은 선조의 열째 아들인 흥안군 제(製)를 왕으로 세우고 각 고을에 수령 방백들을 보내 목민 치정에 힘쓰게 했다.

그런데 이 괄이 하늘을 우러러보며 ‘새로운 이 나라가 천년 동안 지탱하도록 보살펴 주시옵소서’ 하고 신명(神明)을 올린 것이 며칠도 채 지나지 않아 헛일이 되어 버리고 말았다. 느닷없이 들이닥친 도원수 장만(張晩)의 전위대장 정충신의 군사들을 맞아 실마재(안현 : 鞍峴)에서 벌인 전투에서 반군이 크게 패해 도성을 버렸기 때문이었다.

그 때까지도 도성에서는 검은 연기가 뭉클거리며 치솟았다.

“국향, 그대는 궁으로 돌아가라.”

침통해 하며 입을 다물고 있던 이 괄이 불쑥 내뱉자, 국향이 그의 얼굴을 올려다보며 말했다.

“이 몸 홀로는 싫으오이다. 홀로 목숨을 보존한들 어이 산다고 하오리까. 장군께서 안 계시는 이 세상을…….”

“허어, 고집을 부릴 일이 아니야.”

“차라리 저를 죽여 주옵소서. 이렇게 장군의 발 밑에 엎드린 채 죽고 싶나이다.”

“아니오. 우리는 어차피 죽어야 할 몸들이오. 하지만 그대는 궁으로 돌아가면 왕의 총애를 받을 수 있는 몸, 그러니 어서 돌아가라. 이것은 모두 하늘의 뜻이라고 여겨진다."

패장 이 괄이 무거운 발걸음을 옮기기 시작하자, 국향도 땅바닥에서 일어나 뒤를 따라갔다. 그리고는 자꾸만 쓰러지려는 이 괄의 몸을 받쳐 올렸다. 때문에 이 괄의 아들 전은 가까운 곳에 있으면서도 감히 자기가 나서서 아버지를 부축할 엄두를 내지 못했다.

이 괄의 뒤를 따르는 장졸들은 장수 한명련(韓明璉)과 기익헌(奇益獻), 이수백(李守白), 그리고 약간의 군졸들 뿐이었다.

이 괄은 앞으로 서서히 움직이다가 발걸음을 멈추고 뒤를 돌아보고는 했다. 다행스럽게도 그들을 추격해 오는 장만의 군사들이 보이지 않았다. 하지만 그렇게 된 데에는 이유가 있었다. 실은 중군대장 남이흥(南以興)이 군사들을 몰아 이 괄의 잔당을 추격하려고 했는데 바로 그 때 전위대장 정충신이

"궁해진 도적떼가 가 보았자 어디까지 가겠소? 버려두면 스스로 흩어져 항복해 올 것이오. 그러니 그들 몇몇을 없애기 위해 군사들을 움직이는 것보다는 도성 안의 백성들을 진정시키는 것이 더욱 지혜로운 일일까 하오."

하면서 만류했기에 추격하지 않게 된 이유였다.

"　　　처음으로 만났던 곳이…… 그래…… 궁중의 연못가였었지?"

비척거리면서 걸어가던 이 괄이 혼잣말을 하는 것처럼 중얼거리자 국향이 그 말이 나오기를 기다기고 있었던 것처럼 빠르게 대답했다.

"예, 그러하오이다."

반군이 도성을 차지한 날로부터 며칠 후였던 그날 밤, 신하들과 함께 흥안군을 모시고 국사를 의논하던 이 괄은 피로해진 머리를 식힐 겸 해서 대궐 안의 연못가를 거닐다가 그 곳에서 선녀처럼 아름다운

궁녀를 보게 되었다. 그 여인은 달빛을 받으며 다투어 핀 가을꽃들 속에 묻혀 있었는데, 이 괄은 혈기 왕성한 사나이였기에 그 궁녀를 못 본 척하며 돌아설 수가 없었다.

"그대의 이름은 무엇이라고 하오?"

이 괄이 말을 걸었더니 들꽃 속의 여인은 잔잔한 미소를 머금으면서 대답했다.

"국향이라고 하옵니다. 장군님을 이렇게 가까이에서 뵙게 되어 무척 기쁘오이다."

"허어, 나를 본 적이 있단 말이오?"

"예, 이 몸의 아비가 장군님 휘하에 있사온데 몇 번이나 장군님은 훌륭한 어른이라고 말씀하셨나이다. 그래서 장군님의 모습을 멀리서 바라보며 흠모하게 되었사옵니다."

국향은 부끄러워하면서 고개를 숙였는데, 첩지를 꽂은 머리채가 탐스럽기 한이 없었다. 때문에 이 괄은 본능적으로 치솟는 욕정을 억제하기가 힘들었는데, 국향이 그런 생각을 읽기라도 한 것처럼 실로 대담한 소리를 꺼냈다.

"어젯밤에도 오늘 밤에도 장군님을 모실 수 있게 해 달라고 달님께 지성껏 빌었나이다."

다음 순간 이 괄은 머릿속이 갑자기 하얘지는 것을 느끼면서 단도직입적으로 말했다.

"무척이나 듣기 좋은 말을 해주는구려. 하지만 그대는 아름다운 여인이니 왕의 손이 항상 미쳤을 것 아닌가?"

"아니옵니다. 구중궁궐 안에는 저보다 아름다운 나인들이 많이 있사옵니다. 하지만 그들에게도 저에게도 아직까지는 어수가 미치지 않았사옵니다."

이 괄은 '듣고보니 그럴 수도 있겠다.'고 생각하며 연민의 마음으로 국향에게 물었다.

"나이는?"

"열아홉 살이옵니다."

"오, 그래?"

이 괄은 드디어 한 발 앞으로 다가서며 국향의 부드러운 두 손을 쥐었다. 그러자 국향은 부끄러워하며 한순간 몸을 움츠렸지만, 이내 남자의 거센 손에 자신의 몸을 맡겨 버렸다. 아니, 그녀 쪽에서 남자의 품 안으로 파고들었다.

"그대의 방은 어디에 있는고?"

이 괄이 묻자, 국향이 그의 품 속에서 할딱거리면서 대답했다.

"저 안에……."

"그럼 어서 그리로 가자."

"하오나 그 곳은…… 외부인들이 들어갈 수 없는……."

"괜찮다."

이 괄은 국향의 허리를 감은 채 달빛이 어린 연못가를 돌아 후궁 안으로 들어갔다. 그것은 실로 용서 받을 수 없는 무엄한 짓이었다. 하지만 국향에게 마음을 빼앗긴 이 괄에게는 그런 것을 따지고 말할 경황이 없었다.

숱하게 많은 나인들의 방은 모두 불이 꺼져 있었기에 후궁의 처소는 칠흑처럼 어두웠다.

"어서 안으로 드시옵소서."

커다란 황초 불빛 속에 보이는 국향의 방은 무척이나 화려하게 꾸며져 있었고 깔아 놓은 금침은 모두 비단으로 뒤덮여 눈부셨다. 그리고 불빛 속에 보는 국향의 아련한 모습은 더욱 아름다웠으며, 그녀의 미끈한 허리는 이 괄이 성급히 촛불을 끄게 만들었다. 촛불을 끈 이 괄은 국향을 와락 끌어안으며 단속곳 허리띠를 단숨에 풀어 헤쳤다.

"그 날부터 이 몸은 항상 장군님을 모셨사옵니다. 그러니 이제 장군님께서 도성을 버리셨다고 해서 어찌 곁에서 떠날 수 있사오리까. 저는 비록 하잘 것 없는 계집이오나 가슴속 깊이 새겨진 장군님의 모습을 영원히 잊지 않을 것이옵니다."

"고맙다 국향아! 그나저나 너의 아비가 어찌 되었는지 몰라 크게 걱정이 된다."

"살아 계신다면 장군님을 따라오셨겠지요. 끝까지 싸우시다가 돌아가셨을 거라고 생각되옵니다."

"솔직히 말하자면, 나도 그렇게 생각한다."

이 괄은 국향과 이야기를 나누며 언덕을 넘고 큰 개울을 건넜다. 그 때 뒤따라 오던 부원수 한명련이

"장군, 어디로 가시려는 것이옵니까?"

하고 묻자, 이 괄은 목소리에 억지로 힘을 실으면서 대답했다.

"이천(利川)!"

서울에서 이천까지의 패주는 부상 당한 이 괄에게 있어서는 너무나 감당하기 힘든 보행이었다. 가까스로 이천에 도착했을 때 이 괄과 장졸들의 모습은 모두 참혹해 보일 정도로 초라한 꼴로 바뀌어져 있었다. 하지만 그나마도 다행한 일이었다.

부원수 한명련이 몇 번이나 "뒤쫓는 조정의 군사들이 없지 않을 것이니 빨리 피해야 일단 위급한 상황을 면하오리다."라고 재촉하지 않았다면 이미 이 괄은 보행 중에 쓰러져 죽었을지도 모른다.

이천에 다다른 이 괄과 그를 따르는 장졸들은 작은 마을의 어귀에 있는 주막에서 고달픈 몸을 쉬게 되었다. 하지만 국향은 잠시도 이

괄 곁에서 떠나지 않으며 시중을 들었다.

밤이 되자 국향은 피와 땀에 젖은 이 괄의 속옷을 빨기로 했다.

달빛이 환하게 쏟아지는 몹시도 밝은 밤이었다.

국향은 이 괄이 속옷을 벗은 후 아랫목에 누워서 편히 쉬게 하고는 얼굴에 묻은 피를 닦아 주었다.

"고맙다."

이 괄은 금세 잠들어 버렸다. 며칠 동안 제대로 눈 한 번 붙여보지 못했기 때문이었다.

국향은 속옷을 들고 근처에 있는 냇가로 갔다.

그런데 바로 그 때, 곤히 잠든 것 같았던 기익헌이 눈을 번쩍 뜨더니 옆에서 자고 있는 이수백의 옆구리를 손가락으로 쿡쿡 찔렀다. 속히 일어나라는 군호였다.

"왜 이러시오. 기공……."

"쉿, 조용히……."

빠르게 이수백의 입을 막는 기익헌의 두 눈은 살기를 띠고 있었다.

"일은 이미 글러버린 것 같소. 더욱이 우리가 재기할 수 있다는 건 어불성설이요."

"실은 나도 그렇게 생각하고 있소."

이수백이 잘 떨어지지 않는 두 눈을 껌벅거리며 대꾸하자, 기익헌이 속삭이듯이 말했다.

"그렇다면 나와 함께 정충신의 진영으로 갑시다."

"하지만 정충신이 우리를 받아줄까?"

"정충신이 원하는 것을 가지고 가면 반갑게 맞아줄 거요. 이리 가까이 오시오."

기익헌은 이수백의 귀에다 입을 대고 무슨 말인가 속삭였다. 그랬

더니 한참 후에 이수백이,

"그럽시다."

하면서 먼저 일어났는데, 그의 손에는 칼이 쥐어져 있었다. 그리고 기익헌도 이어서 몸을 일으켰다.

문 밖으로 나온 두 사람 중 하나는 이 괄의 방쪽으로, 다른 한 명은 한명련의 방쪽으로 사라졌는데, 문 밖에서 숙직하던 군졸들은 서로 약속이나 한 것처럼 장창에 몸을 의지한 채 깊이 잠들어 있었다.

졸졸졸-

냇물이 작은 소리를 내면서 흐르고 있었다.

"아, 이제 다 됐다."

속옷을 다 빤 국향은 냇가에서 일어나 주막을 향해 걸어오며 다시 중얼거렸다.

"빨리 말라야 아침에 입으실 수 있을 텐데…"

그런데 주막 앞에 이르렀을 때 갑자기 화악 풍기는 역한 피비린내가 느껴졌다.

'으응?'

예감이 국향의 뇌리를 스치면서 가슴이 두근거리기 시작했다. 국향이 황급히 방문을 열고 안을 살펴보니 일은 이미 끝난 뒤였다.

"아아…… 장군님!"

국향은 이 괄의 몸을 마구 흔들면서 통곡했다.

"장군님, 이렇게 혼자서 가시다니……."

하지만 머리가 없어진 이 괄의 몸은 목에서 붉은 피만 쏟을 뿐 아무런 반응도 보이지 않았다.

국향은 며칠 후 양지 바른 곳에 이 괄을 장사 지낸 후에도 그 무덤 앞에서 떠나지 않았다.

소복 단장한 국향은 하얀 들국화가 된 것처럼 오랫동안 이 괄의 무덤 앞에 머물러 있었다. 때문에 훗날의 사람들은 국향을 가리켜 이 괄의 연인이라고 말했다.

원앙 교전

백사(白沙) 이항복(李恒福)이 어느 때인가부터 문득 무미건조해진 부부생활을 좀 더 달콤하고 맛있게 보내야겠다고 생각하다가 마침내 장난을 시작했다.

무척이나 추운 어느 날, 사랑채에서 밤늦게까지 보내다가 자기 방으로 들어온 이항복이 옷을 훌훌 벗고 잠자리 속으로 들어오더니 볼기짝을 아내의 몸에다 대고 부볐다. 그런데 그 볼기짝이 어찌나 차가운지 마치 얼음장 같았기에 권씨 부인은 등에 소름이 끼칠 정도로 깜짝 놀랐다. 하지만 그 때까지 새색시 소리를 듣는 처지였기에 남편에게 뭐라고 말하지도 못하고 남편의 몸이 더워질 때까지 이를 악물고 참느라고 무척이나 애를 썼다.

그런데 그것이 하루나 이틀 정도로 끝나는 일이 아니었다. 남편이 매일 밤마다 잠자리에 들어와 얼음처럼 찬 볼기를 대고 부볐기 때문에, 너무나 지긋지긋해서 밤만 되면 저절로 몸이 움츠러졌다. 그래서 하루는 남편이 들어올 무렵이 되었을 때 중문 뒤에 숨어서 몰래 엿보았더니 남편이 찬 돌절구 위에 볼기를 깔고 앉아 있는 것이 아닌가.

그모습을 본 권씨 부인은 비로소 마음 속에서 치솟는 웃음을 억지로 참으면서 생각했다.

'옳지! 드디어 알았다. 내일 밤에는 내가 혼을 내 주겠어.'

다음 날 권씨 부인은 해가 지기를 온종일 기다렸다가 드디어 밤이 되자 벌겋게 피운 숯불을 몇 번이나 돌절구를 달구어 놓은 뒤에 태연히 방 안에 누워 있었다. 그랬더니 얼마 후 남편이 들어왔는데 궁둥이를 두 손으로 잡은 채 찡그리고 있는 표정이 마치 매운 고추를 먹은 사람의 얼굴 같았다. 권씨 부인은

'자업자득이지, 남을 그렇게 못 견디게 만들더니 오늘은 혼이 제대로 났을 거다,'

하고 생각하며 모른 체 했더니 이항복은 자기가 저지른 잘못은 시렁위에 얹어두고 아내가 자기의 볼기짝을 데게 만든 것만 분하게 생각하는 것인지, 그 날 밤은 혼자 돌아누워서 식식거리기만 하다가 잠이 들었다.

그 후부터 며칠 동안은 아무런 일도 일어나지 않은 채 조용히 지나갔다.

한데, 어느 날 밤이 시작될 무렵이었다.

이항복이 집안 가솔 하인들이 사용하는 벙거지를 쓰고 검은색 등걸이를 걸친 채 집 모퉁이에 숨어 있다가 권씨 부인이 설거지를 끝내고 뒤를 보러갔다가 나올 때 별안간 달려들어 얼싸안으며 입을 쭉 맞추고는 후다닥 달아났다.

이에 권씨 부인은 깜짝 놀라며

"에그머니나!"

하고 소리치려고 하다가 입을 다물었다. 달아나는 사내의 모습이 아무리 보아도 하인들 중의 누구도 아닌, 남편 백사인 것이 분명했으

며, 또한 입을 맞출 때 맡았던 냄새도 남편의 그것이 분명했기 때문이었다.

권씨 부인은 그대로 방 안으로 들어가 곰곰이 생각했다.

'맞아! 며칠 전에 당한 분풀이를 한 것이 분명해. 하지만 그렇다고 해서 내가 모른 체 하고 있으면, 혹시라도 그 사내가 다른 사람이면 큰일이지 않은가. 또 남편이 한 짓이라고 할망정 내가 모른 척하고 있다면 모처럼 한 장난에 반응을 보이는 것이 될 것이다. 그러니 이 일을 기회로 삼아 한 번 더 혼을 내주는 것보다는 아예 항복을 받아야겠다.'

이렇게 작정한 권씨 부인은 그 날부터 머리를 질끈 동여매고 방 안에 누워 끙끙 앓는 소리를 냈다.

이윽고 밤이 되자, 방에 들어온 남편은 시치미를 뚝 떼고서 이불을 들어 보이며,

"아니, 어디가 아파서 이러는 거요? 감기가 든 게로군!"

하고 말하자, 아내 권씨 부인은 아무런 대답도 하지 않았다. 하지만 이항복은 이상하다고 생각할 틈도 없이 자기가 한 짓이 있으니 당연히 그럴 거라고 생각하며 잠자리에 들었다.

이항복은 이튿날도, 그 다음날도 사흘이 지나고 나흘이 되도록 이불을 푹 뒤집어 쓴 채 꼼짝도 하지 않고 앓는 아내의 눈치만 슬슬 보면서 지냈는데, 닷새째가 되어도 여전히 자리 보전을 하고 누워 있는 아내의 처사에 크게 결심한 모양이라고 생각했다.

'음, 내가 너무 심하게 장난을 했나? 이쯤에서 바른대로 말을 해줄까? 아니면 좀 더 애를 태울까? 그래, 더 애를 태우는 것이 재미있겠다.'

이항복이 크게 걱정하는 얼굴로 아내 권씨의 어깨를 흔들면서,

"여보, 어디가 어떻게 괴로운지 말을 해야 알 것이 아니요. 약도 안 먹고 그렇게 앓기만 하면 어떻게 하오? 응? 나를 좀 보오."
하고 말했으나 부인은 눈도 뜨지 않고 아무런 대꾸도 하지 않은 채 고개만 저을 뿐이었다.

때문에 백사 이항복의 집안은 안팎으로 발칵 뒤집혀 시부모님을 비롯한 온 집안 사람들이 수군거리며 걱정을 하게 되었다. 처음의 하루 이틀 동안은 날씨가 갑자기 추워졌기에 감기 몸살에 걸린 것이라고 생각하고 약을 지어다가 먹이려고 했는데, 그런 약을 먹을 병이 아니라면서 듣지 않았다.

그러자 시어머니가 친히 약사발을 들고 들어가,

"이 애 아가야. 어째서 병이 났단 말이냐? 어서 이 약을 먹어라."
하고 권하게 되었고, 권씨 부인은 그대로 누워만 있을 수가 없기에 머리를 들면서 말했다.

"에그, 어머님. 그처럼 걱정하지 마세요. 제 병은 약을 먹고 나을 병이 아닙니다."

"아니, 그게 도대체 무슨 소리냐? 약 먹을 병이 아니라니?"

시어머니가 묻자 권씨 부인은 괴로워서 못 견디겠다는 듯이 두 눈을 스르르 내리감으며 대답했다.

"어머님, 저는 죽을 죄를 지었습니다. 그것이 무엇인지 지금 자세히 말씀드릴 수는 없습니다. 제 병은 차차 나을 것이니 조금도 걱정 마시고 안방으로 건너가세요."

"그래? 네가 지금 무슨 말을 하는 것인지 도무지 모르겠구나."

시어머니는 안방으로 돌아와 며느리가 한 말의 뜻이 무엇일까 하고 생각했다. 하지만 아무리 생각해도 알 수가 없었다.

그러자 저녁때 퇴궐하여 들어온 아들을 불러 앉히고는 걱정스러워

하는 얼굴로,

"애야, 그 애의 병이 심상치 않은 것 같은데 너는 어떻게 생각하느냐?"

하고 물었더니, 이항복이 언제나 하는 버릇대로 깔깔거리고 웃으면서 대답했다.

"어머니께선 별 걱정을 다 하고 계시군요. 지금이라도 당장 일어나게 만들 수도 있지만, 조금 더 앓아야 일어날 병이니 조금도 근심하지 마십시오."

"뭐라고? 그건 또 무슨 소리냐? 지금이라도 당장 일어나게 만들 수 있다면 일어나게 해야지, 더 앓아야 한다니 도대체 그게 무슨 말이냐? 네 말도 역시 알아들을 수가 없구나. 사람이 한 끼나 두 끼만 못 먹어도 허기가 지게 되는 법인데, 벌써 며칠 째냐? 원 참, 별일을 다 보는구나!"

어머니는 일어나 밖으로 나가는 아들을 물끄러미 바라보며 다시 한 번 머리를 갸우뚱하고는 중얼거렸다.

"정말로 모를 일이야!"

밖에서 지켜보던 하인들은 영문도 모른 채 무슨 중대한 일이라도 생긴 것이라고 생각하며 저희들끼리 수군거렸다.

이항복 역시도 아내가 곡기를 끊고 누워 있으니 걱정되지 않을 수 없었기에

'으흠, 남칠여구(男七女九)라니까 이틀 정도 더 있어도 죽지는 않겠지만, 오늘쯤은 일어나게 해야겠다.'

하고 생각했다.

그래서 방에 들어가 아내의 얼굴을 들여다보며,

"이것 보오. 사람이 어째서 그렇게 고집이 센 거요? 그만하면 일어

날 때가 된 것 같으니 어서 일어나오."
하고 말했더니 권씨 부인이 가늘게 눈을 뜨며 가까스로 나오는 목소리로 대답했다.

"죽을 년이 약은 먹어서 뭘 하겠어요?"

이항복은 시치미를 뚝 뗀 채 깜짝 놀라는 표정을 지으면서 말했다.

"그게 도대체 무슨 소리요? 죽는다니? 앞길이 천리 만리인 청춘이 왜 죽는다는 거요? 그런 소리 말고 어서 일어나요. 어서, 응? 내가 일어나게 해줄 테니 어서, 응?"

그러자 부인이 더욱 슬퍼하는 얼굴로,

"에그 낫게 해줄 수 있다면 진작에 낫게 해줄 일이지. 이렇게 다 죽게 되었는데, 어떻게 낫게 해준다는 거요? 나처럼 신수 불길한 사람 생각지 마시고 혼자서 잘 사시우."
하면서 훌쩍이며 돌아누웠다.

백사 이항복은 원래 성격이 팔팔하고 당돌하며 또한 대범한 사람으로 유명했다. 하지만 아내가 마음 속에 감추어져 있는 일 때문에 당하는 그 같은 고통을 생각해 보니 뒤늦게나마 가엾은 동정심이 일지 않을 수 없었다.

'어허, 내가 너무 심하게 장난을 했어. 이제 그만 풀어주어야겠다. 가만 있자, 그것을 어디에 두었더라.'
하고 생각하며 주머니 속에서 찾아낸 것은 부인의 저고리 속고름이었으니, 그것은 훗날 자기가 연극을 했다는 표시로 보이기 위해 잡아 떼어 간직하고 있던 것이다.

이항복이 그것을 살랑살랑 흔들며,

"이것을 좀 보우. 이걸 줄까?"
하고 말하자, 권씨 부인은 '그러면 그렇지, 다른 누가 그런 짓을 했을

라구' 하고 생각하며 벌떡 일어나 앉더니 남편의 무릎에 고개를 박고 한참 동안이나 흐느껴 우는 체 했다. 때문에 묵묵히 내려다보기만 하던 이항복은 이윽고 두 손으로 아내의 어깨를 잡아 일으키며

"여보, 내가 잘못했소. 이제부터는 그런 장난을 하지 않을 테니 그만 울어."

하고 달랬다. 그랬더니 권씨 부인이 충혈된 눈으로 그를 똑바로 바라보며 다그치듯이 말했다.

"에그! 생사람을 굶겨 죽이려고 하다니, 정말로 너무하오."

그러자 이항복이 반박하듯이 대꾸했다.

"여보, 그런 소리 하지 마시오. 말이 났으니 하는 이야기인데, 어쩌면 그토록 남편의 볼기짝을 구워 먹을 생각을 했단 말이오?"

"그건! 누구 때문에 그런 짓을 한 건데? 당신은 어째서 아내가 동태처럼 바짝 얼려서 죽이려고 했단 말이오?"

그런 말까지 나오게 되고 보니 뛰어난 머리를 가진 이항복으로서도 대답할 말이 없게 되었을 뿐만 아니라, 더 이상 입씨름을 계속하면 결국 문제를 만든 장본인이 자기라는 사실을 인정하게 될 것이기에 그쯤에서 입을 다물어야겠다고 생각하며 말머리를 돌렸다.

"여보, 이렇게 이야기를 길게 하다가 보면 여러 날 동안 굶은 당신이 견딜 수 있겠소? 우선 요기라도 좀 하고서 다시 이야기를 계속하기로 합시다."

하인을 불러 '뭔가 잡수실 것을 갖다드려라'라고 분부하고는 도망치듯이 밖으로 나가 버렸다.

권씨 부인은 너무나 속이 시원해졌기에 여러 날만에 세수를 하고 시어머니에게로 가서 날아갈 듯이 절을 하면서 웃는 얼굴로 말했다.

"어머님, 죄송합니다. 오랫동안 생병을 앓아서요."

그러자 시어머니도 역시 환하게 웃는 얼굴로 대꾸했다.

"애야, 내가 얼마나 걱정을 했는지 모른다. 그나저나 너는 갑자기 병이 나기도 하고 갑자기 낫기도 하는구나! 호호호……."

"그 이가 저를 속이느라고 얼마나 골탕을 먹였는지 몰라요. 그래서 하마터면 굶어서 죽을 뻔 했어요."

어여쁜 새아씨 권씨 부인이 생긋 웃으며 중얼거리자 시어머니가 혀를 차면서 말했다.

"무슨 일인지는 들어봐야 알겠지만, 그랬을 거라고 생각했다. 그 애가 실없는 짓을 한 바람에 네가 여러 날 동안 공연히 굶으면서 혼이 났구나. 그러니 앞으로는 속지 않도록 해라. 원, 그 애도 어쩌면 그런 짓을……."

백사 이항복은 그 후부터 그와 같은 장난을 다시는 하지 않았다고 한다.

산처녀의 비련

이시애(李施愛)는 대대로 함경도 지방에서 살던 지방 호족 출신으로 조선 초기에 조정의 북방민 회유정책에 의해 종용되어 문종 1년(1451년)에 호군(護軍 : 조선 시대의 5위의 정4품 벼슬)이 되었고, 세조 4년(1458년)에 경흥진 병마절제사를 거쳐 첨지중추 부사, 판회령 부사를 역임했다.

그런데 세조가 왕권을 확립한 뒤 서서히 북방민의 등용을 억제하고 지방관을 중앙에서 직접 파견하여 중앙집권 체제를 강화하자, 이시애는 자신의 지위 확보에 불안을 느껴 반란을 꾀하기 시작했다.

그리하여 모친상을 당해 휴직 중인 기회를 이용하여 북도의 민심을 선동했다. 그리고 그 해 12월에 당시 함경도의 군권을 쥐고 있던 절도사 강효문(康孝文)이 길주에 오자, 예쁜 기생을 그의 숙사에 보내 술에 만취케 해놓고 그와 그의 군관들을 살해한 뒤에 반란을 일으켰으니 세조 13년(1467년)에 일어난 일이었다.

이시애는 그 때 조정에 대해서는 강효문이 반란을 꾀했기에 처형했다고 보고하는 등 자신의 반란을 합리화시키면서 절도사라고 자칭하며 북도민의 민심을 얻어 확고한 세력을 확보한 뒤에 단천과 북청, 흥원을 공략했으며 단숨에 함흥까지 점거했다.

한편 태평성대라고 자부하고 있던 조정은 발칵 뒤집히고 말았다.

"무엄한 놈, 당장 잡아서 대령하라."

머리끝까지 화가 난 세조는 곧 구성군 준(浚)을 도총사로 삼고 호조 판서 조석문(曺錫文)으로 하여금 구성군을 돕게 하는 한편, 허종(許琮)을 절도사, 강순(康純)과 어유소(魚有沼)를 대장으로 삼아 급히 길주로 내려보냈다.

하지만 이시애가 이끄는 반란군의 형세는 만만하지가 않았다. 강순과 어유소 두 사람 모두 이름을 떨친 용장이었으나 여러 고을의 백성들이 방백과 수령을 죽이고 이시애를 도왔기에 반란군의 기세는 하늘에 미칠 것처럼 호호탕탕했다.

'으음, 이를 어찌해야 좋단 말인가?'

낮이나 밤이나 걱정을 계속하던 세조는 생각다 못해 함경 남도 사람인 최윤손(崔潤孫)을 보내 함경도 백성들을 회유케 했다. 하지만 임지로 내려간 최윤손은 즉시 이시애를 찾아가 반란군에 가담했다. 때문에 반란군의 투지와 기세는 더욱 높아지기만 했다.

열세에 몰린 관군은 흥원과 북청, 만령 등지에서 반란군와의 처절한 싸움을 거듭했으나 백중지세여서 승패가 판가름 나지 않았다. 특히 만령 싸움에서는 관군이 고전을 면하지 못했으며 많은 군졸들을 잃었다.

장검을 뽑아든 이시애가

"모두 죽여라. 놈들이 한 발도 이 땅에 들여놓지 못하게 하라."

하고 소리칠 때마다 험난한 바위와 절벽을 이용해 포진한 반란군은 관군에게 폭우와도 같은 화살 공격을 퍼부었다.

연이은 싸움은 3일 동안이나 계속되었는데 관군은 결국 백척간두에 이르게 되었다.

"이처럼 위급한 전세를 만회할 수 있는 길이 없겠소?"

제장들을 한 자리에 모아 놓고 말하는 도총사 구성군의 얼굴에는 수심이 가득 자리잡고 있었다.

"방법은 오직 하나뿐이옵니다."

장군 어유소가 말하자, 도총사 구성군이 두 눈을 크게 뜨면서 다급히 물었다.

"그게 뭐요?"

"만령 서쪽에 있는 큰 연못을 이용하는 것이옵니다."

"연못을?"

이튿날 새벽.

강순이 지휘하는 관군은 전날처럼 층암과 절벽을 이용해 포진해 있는 반란군을 공격했다. 동시에 은밀하게 움직인 어유소의 관군은 배와 뗏목을 타고 연못을 건너가 반란군의 배후로 향했다.

"와-"

"와아-"

관군이 공격을 시작하자, 등을 보인 반란군의 전세는 순식간에 곤경에 빠졌다. 이에 관군이 쏘는 화살에 맞아 절벽 아래로 굴러떨어지는 반란군들의 시체는 금세 작은 산을 이루었다.

이 지경에 이르자 이시애는,

"아, 이것은 나로서는 어찌할 수 없는 천운이로다. 어째서 내가 이런 전법이 있다는 것을 깨닫지 못했을까?"

하고 탄식하며, 그의 아우 시합(施合)과 함께 스스로 칼을 들어서 배를 찔러 자결했다.

반란군과 관군의 치열한 공방전으로 인해 산의 모양이 달라졌다는 이 만령 싸움에서 이시애의 부장 김유원(金有源)은 무려 다섯 개나 되는 화살을 온몸에 맞았다. 하지만 용케도 죽지 않은 채 안문산(雁門山)이 있는 북쪽을 향해 피를 흘리며 절룩거리면서 도망쳤다.

그의 나이는 25세였으며 고향인 홍원에서 무명을 떨치던 장사였다.

그는 항상 지방 탐관오리들의 가렴주구(苛斂誅求 : 세금을 가혹하게 거두어 들이고, 무리하게 재물을 빼앗음)에 분개하고 있었기에 자진해서 이시애의 반란군에 가담했다. 그리고 항상 선두에 나서서 용감하게 싸웠다.

하지만 세상의 일은 젊은 그의 생각처럼 간단히 해결되는 것이 아니었다. 승승장구할 것만 같았던 반란군이 갑자기 수세에 몰리며 전세가 불리하게 되자 중상을 입은 김유원은 비로소 이시애가 무모한 짓을 저질렀다는 사실을 깨닫게 되었다. 그리고 아무런 명분도 없는 죽음을 당할 이유가 없다고 생각하며 싸움에서 슬며시 빠져 나왔던 것이다.

관군에게 잡히면 목숨을 부지할 수 없는 몸이었기에 김유원은 사력을 다해서 도망쳤다. 몇 번이나 땅바닥에 쓰러졌다가 다시 일어나면서 김유원은 밤낮없이 이틀 동안을 걸어서 간신히 안문산 속으로 들어가 중턱에 이르렀다.

하지만 험준한 산허리의 숲속에 쓰러진 그는 다시 일어나지 못했다. 출혈이 심했기 때문이기도 했지만 그보다는 며칠 동안이나 굶어 더 이상 몸을 지탱할 수 있는 기력이 없었던 것이다.

'결국 여기서 죽는구나!'

하고 생각하는 순간 고향에 있는 늙은 부모의 모습이 머릿속을 스치며 지나갔다. 그리고 뜨거운 눈물이 샘솟는 것처럼 흘러내렸다.

어느덧 다시 어두워진 밤하늘에서 수없이 많은 별들이 반짝이고 있었다. 그 하늘에 조각달이 얼굴을 내밀 때 '쏴아-' 하면서 바람이 불었다. 그 소리를 들으면서 김유원은 서서히 의식을 잃어갔다.

안문산은 만령보다 더 험준한 산이며, 오직 남쪽 기슭에만 십여 호의 초라한 농가들이 자리잡고 있었다. 그 곳에서 사는 사람들이 말하는 안문산에 대한 이야기들은 한결같지 않았다.

그 중의 하나는 안문산 속에 꼬리를 아홉 개 가진 금여우가 있으며 사내를 보면 계집으로, 계집을 보면 사내로 변신하여 사람을 해친다는 이야기가 전해지고 있었다.

또 다른 하나는 안문산 속에 호랑이 삼형제가 있었는데, 모두 천 년 이상을 묵었기에 그들의 자손이 수백 마리에 달한다는 얘기였다.

마지막 하나는 안문산 속에 천 년 이상을 묵은 날개가 돋힌 곰이 있으며, 그것이 산길로 지나가는 행인들을 해치며 온갖 호랑이들을 수족처럼 부린다는 소문이었다.

하지만 실은 안문산에 대해서 정확하게 알고 있는 사람은 하나도 없었다. 그럴 수밖에 없는 것이 언젠가 사냥꾼들이 안문산 속으로 들어가는 것을 본 사람은 있어도 그들이 나오는 것을 본 사람이 없으며, 나무꾼들은 아예 안문산 깊은 곳까지 들어가지 않았기 때문이다.

하지만 한 가지 분명한 사실은 안문산 중턱에 지공사(指空寺)라는 절이 있다는 것이다.

이 절은 조선 초기에 지공법사가 몸소 지은 절이다.

지공법사는 고려 말기의 유명한 중으로 젊었을 때는 이지란(李之蘭)과 함께 칼쓰기와 활쏘기를 익혔던 유명한 장수였다. 한때 그는 백 보 밖에 있는 버드나무의 잎도 맞춰서 떨어뜨릴 만큼 궁술이 뛰어났었기에 이지란도 따를 수 없는 명장이라는 소리를 들었다.

하지만 그는 전부터 뜻한 바가 있었기에 이지란과 함께 이성계를 도와 공을 세우지 않고 중이 되었는데, 이지란이 말년에 머리를 깎고 중이 된 것은 지공법사의 권고 때문이었다고 한다.

어쨌든, 지공법사는 안문산에 절을 세우고 그 곳에서 일생을 마쳤으며, 그의 몇 대 손에 의해서 지금까지 선대의 출중한 유지를 받들어 그 절을 지키고 있다는 믿기 힘든 풍문이 지공사와 함께 안문산 주위에 남아있을 뿐이었다.

아람드리 장송들이 가득하게 들어찬 울창한 수림과 기암 절벽에 뒤덮힌 안문산 중턱에 여명이 찾아오더니 나뭇잎들 사이로 눈부신 햇살이 쓰러져 있는 김유원의 얼굴을 비추었다. 하지만 그는 눈을 뜨지 못했다.

그 날 오후, 수림 속까지 파고들었던 햇살이 서쪽으로 방향을 바꾸었을 때 죽은 것처럼 쓰러져 있던 김유원은 밤새도록 느끼지 못했던 온몸의 아픔을 느끼면서 두 눈을 떴다.

"이제 정신이 좀 드시나요? 나으리……."

"……?"

"우선 이걸 좀 드세요. 그러면 곧 정신이 드실 겁니다."

"……."

김유원은 누군가가 자기에 입에 미음을 넣어주려는 것을 느끼면서 입을 벌렸다.

애써서 정신을 차리려는 김유원의 눈 앞에 죽그릇을 든 젊은 여인이 내려다보고 있었다.

"다… 당신은 누구……?"

김유원이 더듬거리면서 묻자, 여인이 환하게 웃으면서 말했다.

"어머, 정신을 차리셨네. 저는 지공사를 지키는 산화(山花)라고 해요. 마음 푹 놓고 빨리 일어날 생각이나 하세요."

그러면서 여인은 또 한 번 방긋 웃었는데 호피로 만들어진 이상한 옷을 입고 있었지만 맑은 눈과 아름다운 얼굴을 가지고 있었고 몸매도 날씬했다.

다음 날 아침, 밝은 햇살이 퇴색한 산사의 창문 안으로 흘러들어올 무렵 따스한 미음 그릇을 받쳐들고 방 안으로 들어선 여인이 김유원 옆으로 와서 다소곳이 앉았다.

"산화 낭자. 정말 고맙소. 나에게 베풀어준 은혜는 영원히 잊지 않겠소."

이미 잠에서 깨어 있던 김유원이 누운 채로 고개를 돌리면서 말했다. 시원하게 생긴 이마 아래에서 반짝이는 두 눈이 산화의 고운 얼굴을 직시하고 있었다.

"별 말씀을 다 하시네요."

"그나저나 이 곳엔 사나운 짐승들이 많을 텐데…… 연약한 아녀자가 어째서 이런 곳에서 혼자 지내시오?"

김유원은 그런 와중에서도 젊은 산처녀의 일이 매우 궁금했다. 자기처럼 관가의 눈을 피해야 하기 때문이라면 그럴 수도 있겠지만, 남자도 아닌 젊은 여자 혼자서 깊은 산 속에서 사는 이유를 추측할 수조차 없어서였다.

"돌아가신 아버님의 유훈을 받드느라고……."

"유훈?"

"네, 그래요. 이 몸의 5대조 할아버님이 돌아가셨을 때부터 안문산 밖으로는 아예 나가지도 말라는 유훈이 대대로 전해지게 되었어요. 그래서…… 저는 안문산 밖의 세상에 대해서는 통 모른 채 이제까지 살아왔어요. 그러 연유로 해서 활을 메고 나서면 아무리 사나운 짐승을 만나도 무섭지 않았지만, 한편으로는 이 산 속에서 사는 사람이나 혼자라는 것을 생각할 때마다 너무나 무서웠어요."

그 때 듣고만 있던 김유원이 불쑥 말했다.

"용서하시오, 낭자. 내가 낭자를 안문산 밖으로 모시고 나가 세상구경을 시켜주며 은혜를 갚고 싶지만 죄를 지은 몸이어서 그렇게 할 수가 없소."

"네? 죄를 지은 몸이라니요?"

숟가락으로 미음을 떠서 김유원의 입 안에 넣으려던 산화의 손이 갑자기 경련을 일으키듯 바르르 떨었다.

전날, 사냥을 하다가 쓰러져 있는 김유원을 발견했을 때, 화살에 맞은 상처를 보고 뭔가 사연이 있는 사람일 것이라는 생각은 했었다. 하지만 난생 처음으로 보게 된 잘 생긴 청년이었기에 살려야 한다고 생각하며 일단 죽을 쑤어다가 먹여 정신을 차리게 하여 지공사로 데리고 온 것이었다. 따라서 그 같은 일은 자비심이라기보다는 처녀의 가슴 속에서 본능적으로 싹튼 사랑의 욕망으로 인해 행해진 행위라고 말할 수 있다.

"그렇소. 나는 죄를 지은 몸이요."

김유원은 자기가 안문산 중턱까지 오게 된 경위를 말해주기 시작했다. 스스로의 눈으로 본 세상의 잘못된 일들 때문에 반란에 가담했으며 죽지 않으려고 싸움터에서 빠져나왔다는 이야기를 하나도 숨기지 않고 모두 해주었다. 그리고는 덧붙여서 말했다.

"나는 지공법사께서 세상과의 인연을 끊으라는 유훈을 남기신 뜻을 이해할 수 있을 것 같소. 그분은 자기의 후손들이 선과 악이 뒤범벅이 된 세파 속에 휩쓸리지 않기를 바라셨던 거요."

"하지만 저는 너무나 외로웠어요. 산 밖의 사람들은 아예 만나지도 말라는 유훈이 너무나 밉고 싫었던 적이 한두 번이 아니었어요."

산화의 두 눈에 눈물이 맺히고 있었다.

그 눈물이 볼로 흘러내리는 것을 보면서 김유원은 문득 생각했다. 산화가 자기를 사랑하게 된 것이라고…… 그리고 자기도 산화를 사랑하게 되었노라고.

"낭자……."

"이 몸을 버리지 마옵소서."

젊은 사람들의 피는 빠르게 엉긴다.

먼저 두 사람의 손과 손이 쥐어졌다. 다음에는 부드러운 여인의 젖가슴이 사내의 널찍한 가슴에 푹 안겼다.

그 때부터 그들은 서로 떨어질 줄을 몰랐다.

다음 날도 그 다음 날도 두 사람은 한시라도 떨어지면 안 되는 것처럼 서로 찾으며 끌어안았다.

무척이나 심했던 김유원의 상처는 의외로 빨리 아물어 며칠 후부터는 혼자서 자유롭게 움직일 수 있게 되었는데, 그것은 어쩌면 사랑이라는 묘약이 만들어낸 놀라운 결과였는지도 모른다.

안문산 속의 가을은 순식간에 지나가고 눈보라가 치는 겨울이 다가왔다. 하지만 산화와 김유원은 서로 뜨겁게 사랑하느라고 매섭고도 찬 겨울을 제대로 느끼지 못하며 봄을 맞았다.

그리고 어느 날 밤, 김유원이 이미 몇 번이나 거듭했던 소리를 또 입 밖에 냈다.

"여보, 우리 산 밖의 세상으로 나갑시다."

부모님이 보고 싶었고, 그리운 고향 산천도 보고 싶어서였다.

"서방님이 그토록 원하신다면 저는 따를 뿐이옵니다. 하지만 전에도 말했던 것처럼……."

산화는 시원스럽게 대답하지 않았다. 김유원의 신상이 염려되어서였다. 바깥 세상으로 나가지 말라는 아버지의 유훈은 그 다음의 문제였다.

"너무 염려하지 마오. 한때 잘못을 저지르기는 했지만 이미 반란이 진압된 지 오래 되었으니 누가 아직까지 나 같은 놈을 잡으려고 돌아다니겠소?"

김유원은 그 문제를 대수롭지 않게 생각하며 산화를 안심시켰다. 반란에 가담했던 백성들이 자기 하나뿐이 아니니 크게 괘념할 일이 못 된다고 간단하게 생각해 버린 것이다.

다음 날, 꼭 필요한 살림살이 몇 가지만 챙긴 두 사람은 그 동안 정들었던 산사를 등졌다. 안문산 밖의 세상으로 나가기 위해…….

그들이 좁은 숲길로 마악 들어섰을 때 산새들이 떼를 지어서 날아오르며 울었다. 산화와 이별을 슬퍼하는 것처럼…….

몇 번이고 산사를 뒤돌아보는 산화의 눈에 맺혔던 눈물이 이슬처럼 떨어져 발등을 적셨다

"여보, 어서 갑시다."

앞서서 걸어가던 김유원은 자꾸만 뒤처지는 산화를 재촉했다. 어서 고향으로 가서 오랫동안 한시도 잊지 못했던 늙은 부모님을 만나고 싶다는 갈망이 그의 발길을 재촉하고 있었다.

한낮이 기울 무렵이 되어서야 그들은 산 아래의 마을로 통하는 큰길 가로 나올 수 있었다.

'어서 고향으로!'

김유원은 잠시도 쉬지 않고 빠르게 걸으면서 보랏빛 꿈을 펼쳤다.

'집에 가면 먼저 아내 자랑부터 실컷 해야지. 그리고 초가 산간이라도 지어 놓고 산화와 함께 죽을 때까지 행복하게 사는 거야.'

생각만 해도 즐거운 일이었기에 김유원은 바보처럼 입을 벌리며 씨익 웃기도 했다.

그런데 그들이 십 리쯤 걸었을 때였다.

"서랏! 김유원!"

하고 외치는 소리와 함께 길가의 숲 속에서 뛰어나온 병졸 두 명이 앞을 막아섰다. 아니, 그의 등 뒤에서도 병졸들 셋이 나타나며 김유원을 둘러쌌다. 그들은 모두 그 지방의 순군이었다.

"순순히 오라(오랏줄)를 받아라. 그렇게 하지 않으면 목숨을 부지하지 못할 것이다."

순군 하나가 앞으로 바싹 다가서며 버럭 소리쳤다. 잔뜩 부라린 그들의 눈에는 모두 살기가 어려 있었다.

'아뿔사!'

갑자기 눈 앞이 아득해지는 것을 느끼면서 김유원은 한 발 뒤로 물러섰다. 틈을 보아서 도망치거나 대항하기 위해서. 하지만 그 순간 그의 뒤쪽에서 창 하나가 날아들었다.

"으윽."

김유원은 비명을 지르면서 그 자리에 주저앉았다. 창이 넓적다리에 깊이 박혔기 때문이었다.

"여보!"

소스라치게 놀란 산화가 김유원 옆으로 가려고 했다 그러자 순군 하나가 그녀의 앞을 가로막으며 소리쳤다.

"어서 묶어라."

순군들이 우르르 달려들어 김유원을 포승으로 묶기 시작하자 산화가 피를 토하듯이 소리쳤다.

"아, 여보! 내가 뭐라고 말했어요? 산 밖으로 나가지 말라고 몇 번이나 말했잖아요? 그랬는데도 듣지 않으시더니…"

산화는 울부짖으면서 다시 김유원에게 다가가려고 했다. 하지만 순군이 거칠게 몇 번이나 쥐어박았기에 입에서 피를 흘리며 땅바닥에 나동그라졌다.

"여보, 당신은 절로 돌아가오. 이건 모두 하늘이 주신 어길 수 없는 운명인 것 같소."

개가 끌려가듯이 끌려가는 김유원이 뒤돌아 보면서 소리쳤다. 그의 눈에 가득히 고인 눈물은 핏빛이었다.

"여보, 나는 당신을 따라가겠어요. 절로 돌아가지 않겠어요."

두 손을 짚고 일어난 산화가 비척거리면서 김유원의 뒤를 따라가기 시작했다. 순군 한 놈이 창 끝으로 가슴팍을 힘껏 떠밀 때마다 뒤로 나자빠졌지만, 산화는 다시 일어나 울면서 김유원의 뒤를 따랐다.

하지만 산화는 계속해서 뒤따라 갈 수가 없었다. 창 끝으로 그의 가슴팍을 떠밀던 순군놈이 "에이, 시끄러워!" 하면서 칼을 뽑아 산화의 어깨를 내리쳤기 때문이었다.

"윽-"

어깨에서 가슴 아래까지 길게 베어진 상처에서 피가 솟구치면서 산화는 조용해졌다.

"아아…… 여보!"

끌려가던 김유원이 몸부림치며 돌아서려고 했으나 그의 양 팔을 움켜쥔 순군들의 힘을 당할 수가 없었다.

김유원은 결국 순군들에게 끌려 치열한 싸움이 벌어졌었던 만령 쪽으로 사라졌고, 피를 흘리며 쓰러져 있던 산화는 지나가는 행인들에게 발견되어 산 아래에 있는 주막으로 옮겨져 치료를 받았으나 다음 날 아침에 숨이 끊어지고 말았다.

김유원에 대한 그 후의 이야기는 전해지는 것이 없다. 그것은 아마도 반역죄로 처형당했기 때문일 것이다. 그는 한낱 병졸이 아닌 군관이었으니까.

의정대신 정홍순의 지혜

정홍순은 조선시대 영조 때 급제하여 정조 임금 때는 벼슬이 의정대신(議政大臣)에까지 이르렀던 인물이다.

그는 벼슬길에 오르지 못한 백두선비로 있을 때 외출하게 되면 항상 갈모 두 개를 옆구리에 차고 나가고는 했다.

그 날 아침에도 그가 외출하면서 갈모를 챙기자 남종 돌쇠가 웃으면서 말했다.

"서방님, 오늘은 날씨가 좋습니다. 그냥 나가시지요."

그러자 정홍순이 점잖게 대답했다.

"하지만 언제나 비상시가 있을 것에 대비해야 하느니라."

"알겠습니다. 그런데 왜 두 개씩이나 차고 다니시는 거지요?"

돌쇠가 다시 묻자, 정홍순은 빙그레 웃으며 반문했다.

"그 이유를 몰라서 묻는 게냐?"

"예?"

"하나는 나를 위해서 차는 것이고, 하나는 남을 위해서 차는 것이다. 그러니 두 개가 필요하지 않겠느냐?"

"그런 건 저도 압니다. 하지만 동네 사람들이 서방님의 그런 모습을 보고 웃으면서 놀리니 오늘부터는 하나만 차고 나가세요."

돌쇠가 말하자, 정홍순은 미소를 지으면서 대꾸했다.

"뭐, 그럴 수도 있겠지."

그리고는 변함없이 갈모 두 개를 차고 밖으로 나섰다.

그 날은 동구릉(東九陵)까지 거동하신다는 상감을 배관(拜觀 : 삼가 뵘)하기 위해서였다.

동대문 밖에는 임금을 보기 위해 많은 남녀노소들이 모여 있었다. 그런데 임금이 탄 수레가 환궁한 후 구경꾼들이 제각기 돌아가기 시작했을 때 갑자기 하늘이 흐려지더니 비가 세차게 쏟아지기 시작했다. 때문에 구경하러 왔던 사람들은 당황하며 남의 집 대문 안이나 처마 밑으로 모여들었다.

그 때 정홍순은 갈모 하나를 끌러서 자기의 갓에 씌우고 있었는데 함께 처마 밑에서 비를 피하고 있던 사람들 중의 하나가 공손하게 물었다.

"당신은 갈모를 두 개 가지고 계시는데, 저에게 한 개 빌려 주실 수 있습니까?"

그러자 정홍순은 나머지 한 개를 끌러내면서,

"나는 회동(會洞 : 오늘날의 회현동)에서 사는데 방향이 같다면 회동 병문까지 동행하시지요."

하고 말했다.

"아, 이거 정말 다행이군요. 저도 그 부근에서 산답니다."

그렇게 되어 두 사람은 함께 돌아가게 되었는데, 회동 병문 앞에 이르게 되자 정홍순이 말했다.

"우리 집이 이 골목 안에 있으니 여기서 헤어져야겠소이다. 그러니 갈모를 벗어 주시지요."

"예? 하지만 비가 이렇게 계속해서 오고 있으니 어떻게 갈모를 벗겠습니까. 댁이 어딘지 말씀해 주시면 내일 틀림없이 갖다 드리겠습니다."

그 손이 당황하며 애원하자, 정홍순은 머리를 끄덕이며 자기의 집 주소를 말해 주었다. 뿐만 아니라,

"당신의 집은 어디요? 주소를 좀 알려주시오."

하고 물었다.

그러자 그 손은 자기 집 주소는 남대문 밖에 있는 무슨 동의 어디라고 대답해 주고는 빗줄기 속으로 사라졌다.

그로부터 많은 세월이 흘러 정홍순은 호조 판서(戶曹判書)가 되었는데, 어느 날 호조 좌랑으로 신임된 사람 하나가 그에게 인사를 올리러 왔다.

그리하여 신임 좌랑은 허리를 굽히고 인사를 했는데. 그의 얼굴을 바라보던 정홍순이 엉뚱한 질문을 했다.

"그대는 전에 나를 보았던 기억이 나지 않는가?"

"글쎄올시다. 그런 기억이 나지 않는데요."

그가 공손히 대답하자, 정홍순은 다시 물었다.

"정말로 그럴까? 지금으로부터 약 20년 전에 상감께서 동구릉으로 거동하신 적이 있었는데, 그것은 기억하는가?"

"네, 소인은 기억이 납니다."

"그 때 그대도 배관하려고 나왔었지?"

"네, 소인도 동대문 밖까지 가서 배관했습니다."

"그 날, 비가 왔었지?"

"예?"

그는 얼떨떨해 하며 머리를 갸우뚱하다가
"글쎄올시다. 그 날 비가 왔었던가요?"
하고 반문했다.
정홍순은 새삼스럽게 정색을 하면서 다시 물었다.
"그 날 소낙비가 쏟아졌어. 그래서 그대가 내 갈모 하나를 빌려서 쓰고 가지 않았었나. 그래도 나를 기억하지 못하겠는가?"
그제서야 신임 좌랑은 고개를 끄덕이면서 말했다.
"그 말씀을 듣고 보니 대감을 뵈었던 것 같습니다. 늙기도 전에 눈이 어두워졌으니 여쭐 말씀이 없사옵니다."
"그런데 그 갈모를 약속한 날에 돌려보냈던가?"
"그, 글쎄요. 기억이 잘 나지 않습니다."
"기억이 나지 않는다고? 나는 갈모를 돌려 받은 적이 없어. 그까짓 갈모 하나를 가지고 문제 삼을 생각은 없지만, 그것으로 인해 그대를 신의 없는 사람으로 보게 되었다는 말만은 하고 싶네. 남의 물건을 고마운 마음으로 썼으면 고마운 마음으로 돌려주어야 한다는 것을 그대는 모르고 있었던가?"
"황공합니다. 여쭐 말씀이 없사옵니다."
한참 동안 묵묵히 앉아 있던 정홍순은 이윽고,
"그대는 그런 심보를 가지고 벼슬살이를 하겠다는 건가? 나는 신의가 없는 사람을 부하로 두고 싶지 않아."
하고 말하며 그를 돌려보냈다.
그리하여 그는 호조 좌랑으로 출사하지 못했다.
정홍순은 약속한 딸의 길일이 가까워진 어느 날, 아내를 불러 앉히고는 물었다.
"여보, 이젠 포백(布帛) 준비도 하고 연수(宴需) 준비도 해야 되지 않겠소?"

"그나저나 어느 정도의 돈을 혼례에 쓰시려는 거예요?"

아내가 묻자, 그가 반문했다.

"글쎄, 어느 정도면 적당할 것 같소?"

"적어도 6백 냥은 있어야겠어요."

"뭐? 6백 냥이나…… 그건 너무 많은데……."

"6백 냥이 뭐가 많다는 거지요. 4백 냥은 포백 대금으로, 2백 냥은 연수비로 써야 하니 그 정도의 돈은 꼭 있어야겠어요!"

아내가 놀라는 얼굴이 되며 말하자, 정홍순은

"잘 알겠소. 그렇게 합시다."

하고 시원하게 대답하며 머리를 끄덕였다.

그런데 난처한 일이 벌어졌다. 포백이 필요한 때에 맞춰서 들어오지 않은 것이다. 때문에 아내가 당황하며,

"포백이 아직까지 들어오지 않으니 어떻게 된 일일까요?"

하고 묻자, 그는 헛기침을 하면서 대꾸했다.

"그거 큰일났군. 내가 선전(비단 파는 상점)과 백목전(표목을 파는 상점)에 부탁한 지 며칠이 지났는데, 어째서 지금까지 들어오지 않는 것일까? 호조 판서라는 내 직권을 이용하면 당장 가져다 주겠지만, 그런 짓을 할 수는 없고…… 좀 섭섭하지만 대충 꾸려봅시다."

그리하여 포백 문제는 그럭저럭 넘어갔는데, 이번에는 잔치에 필요한 물건들도 역시 혼인하기 전날까지 들어오지 않은 것이다.

때문에 아내는 전보다 더 흥분하며,

"잔치에 쓸 물건도 들어오지 않으니 도대체 어떻게 된 일이지요? 그 돈만은 주셔야겠어요."

하고 요구했다. 하지만 정홍순은 태연한 얼굴로,

"그것도 주문을 했는데, 왜 가지고 오지 않는 것일까. 이젠 시간도 없으니 시장에 나가서 대충 사다가 지내는 수밖에 별 도리가 없겠소."
하고 말하며 달랬다.

그리하여 아내의 마음은 더없이 쓸쓸해졌지만, 혼인날은 어김없이 다가왔고 잔치는 큰 탈없이 거행되었다.

정홍순이 새로 맞은 사위는 어느 경대부(卿大夫)의 집안이었는데, 호조 판서의 딸이 입던 옷을 빨아서 입고 출가했다는 소문이 항간에 떠돌게 되자 그의 집에서는 신부의 아버지가 세상에 둘도 없는 인색한 사람이라고 생각하며 서로 왕래하기를 싫어했다.

그 후 언젠가 신랑이 처가에 찾아온 적이 있었다. 때는 마침 아침이었으며 가랑비가 내리기 시작하고 있었는데, 정홍순은 자기 앞에 앉아 있는 사위에게 이렇게 말했다.

"저기에 갈모도 있고 나막신도 있으니 어서 돌아갈 준비를 해라. 네가 온다는 통보를 하지 않고 왔기에 우리 식구들의 밥밖에 준비하지 않았다. 그러니 어서 돌아가 너의 집에서 기다리고 있는 네 밥을 먹는 것이 좋을 것 같다. 내 말을 너무 섭섭하게 듣지 않도록 해라."

그리고는 돌아가기를 재촉했다.

신랑은 그 말을 듣기가 무섭게 화난 얼굴이 되며,

"저는 밥을 얻어 먹으러 온 것이 아닙니다. 이젠 두 번 다시 오지 않겠으니 안심하십시오."
하고 말했다. 그러자 정홍순이 진지한 목소리로

"너 그게 도대체 무슨 소리냐. 내가 밥이 아까워서 이러는 것이 아니다. 잘 생각해 보면 내 말의 뜻을 이해할 수 있을 것이다."
하고 말했다.

하지만 사위는 노기를 풀지 않은 채 그대로 돌아가고 말았다. 뿐만 아니라 그 후로는 장인의 집에 두 번 다시 나타나지 않았다.

그로부터 몇 년 후 정홍순은 사위에게 '내 집에 한 번 오라'는 내용의 편지를 보냈다. 그러자 사위는,

"나는 장인이 살아 있는 동안에는 처가에 가지 않을 것이다."

라고 말하며, 그 편지를 찢어 버렸다.

정홍순은 다시 사람을 보내 불렀는데도 불구하고 사위가 오지 않자 이번에는 사돈에게 편지를 보내 '사위와 딸이 함께 오도록 해주십시오'라고 간청했다.

그러자 사돈은 어느 날 아들과 며느리를 불러놓고 편지를 보이며 타일렀다.

"두 말할 것 없이 다서 뵙는 것이 옳은 일이다. 사위도 반 아들이다. 한때의 감정 때문에 사위로서의 도리를 잊어서는 안 된다. 오늘 당장 가도록 해라."

"네!"

그리하여 사위는 아버지의 명을 거역할 수 없어 아내와 함께 처가로 가게 되었다.

사위와 딸을 맞은 정홍순은 난데없이 두 사람을 데리고 자기 집 가까이에 있는 새로 지은 집 안으로 들어가더니 엉뚱한 말을 했다.

"이만하면 열 식구 정도는 충분히 살 수 있을 거다. 그리고 방 안에 장롱도 있고 부엌에는 주방 기구들이 완비되어 있으니 들어오자마자 살림을 할 수도 있다."

"네?"

"……."

새 집의 내부까지 보여준 정홍순은 두 사람을 마루에 앉게 하더니 딸을 바라보면서 말을 이었다.

"네가 정혼한 후 네 어머니에게 물어보았더니 혼인 비용이 적어도 6백 냥은 있어야 한다더라. 6백 냥은 매우 큰 돈이다. 물론 그 돈을 다 들였다면 너희들의 혼인식은 매우 성대했을 것이다. 하지만, 나는 한때의 즐거움을 위해 큰 돈을 쓰는 것은 낭비라고 생각했기에 그 돈을 쓰지 않고 이럭저럭 혼인을 하게 만들었다. 너희들은 지금까지도 그것을 매우 섭섭하게 생각할 것이다. 하지만 나는 그 6백 냥을 가지고 이익을 만들기로 계획하여 그 돈이 불어나서 이 집도 짓게 되었고, 몇 식구가 한평생 동안 먹고 살 수 있을 땅까지도 마련할 수 있게 되었다."

그리고는 두 사람에게 땅문서를 보여주었다.

그제서야 그들은 비로소 모든 오해를 풀면서 정홍순 앞에 엎드려 절을 했다.

그가 십수 년이나 호조 판서로 있는 동안 그의 밑에서 일하던 노서리(老胥吏) 하나가 있었는데, 성은 김씨였다. 사람됨이 건실한 데다 문장에 능했기에 상놈 직분으로서는 매우 모범적인 사람이었다.

한데 이상하게도 그는 언제나 폐포파립으로 출근하는 것이었다. 때문에 정홍순은 언젠가 그를 불러 물었다.

"너는 호조에서 근무한 지가 십수 년이나 되는 것으로 알고 있다. 그리고 현재 수석 서리로 있으니 다른 사람들 보다 월봉도 많겠지?"

"네, 그렇습니다."

"그런데도 불구하고 너는 변함없이 폐포파립으로 출근을 하니 무슨 까닭에서인가? 술을 좋아해서 그러는 것인가?"

"소인은 술을 한 방울도 입에 대지 못합니다."

정홍순은 의아해 하며 계속해서 물었다.

"그렇다면 이유가 무엇인가? 너를 뜯어먹는 자들이 많은 모양이로구나?”

“글쎄올시다.”

“글쎄라니…… 바른 대로 말해 보아라.”

“물으시니 말씀을 드리는 것인데 소인의 집 식구가 20명 정도는 됩니다.”

“뭐? 어째서 식구가 그렇게 많단 말이냐?”

정홍순이 깜짝 놀라며 묻자, 그는 머리를 긁적이면서 말했다.

“소인네 집의 식구는 소인까지 모두 여섯 명에 불과하지만 형과 처남의 식구, 그리고 아우의 식구들까지 소인의 집에 들어와서 살기 때문에 모두 합하면 그렇게 됩니다.”

정홍순이 너무나 어이가 없기에 웃으면서,

“그래서 항상 그런 꼴로 다니는구나. 그렇다면 그들을 모두 내쫓도록 해라.”

하고 말했더니 그는 매우 난처해 하는 얼굴이 되며 웅얼거렸다.

“그래야겠지요. 하지만 그들은 소인이 없으면 모두 굶어 죽을 사람들입니다. 함께 죽으면 죽었지 내쫓을 수는 없습니다.”

“정말로 내쫓을 수 없단 말인가?”

“황송합니다만, 그 말씀만은 따를 수가 없사옵니다.”

“그렇다면 너는 내일부터 호조에 나올 필요가 없다. 네가 너를 내일 날짜로 파면할 테니깐 말이다.”

하고 말하고는 그를 돌려보냈다.

그리하여 김 서리는 호조에 다니니 못하게 되었으며, 그때부터 정홍순을 무자비한 사람이라고 간주하고 커다란 불만을 품은 채 나날을 보내게 되었다.

그런데, 그로부터 일 년 정도 지난 어느 날, 정홍순이 사람을 시켜 김 서리를 자기 집으로 불렀다.

김서리가 변함 없는 폐포파립으로 나타나자 정홍순이 물었다.

"그래, 일 년 동안 무엇을 하면서 지냈는가?"

"아무런 일도 하지 못하며 오늘에 이르렀습니다."

"그런데 식수들은 여전히 20명 정도 되는가?"

"지금은 소인의 식구들뿐입니다."

"그래? 다른 식구들은 모두 없어진 모양이로군?"

"소인이 파면되자 제각기 살 곳을 찾아 떠났습니다."

"그래서 식수들이 줄어들었군."

"그렇습니다."

김 서리가 대답하자 정홍순은 이윽고 빙그레 웃으며 말했다.

"이제야 드디어 네가 살게 되었다. 내가 너를 쫓았던 것은 너를 뜯어먹는 무리들을 내쫓아 주기 위해서였다. 너에게 줄 전곡과 필목은 매월마다 호조의 곳간에 감추어 두게 했다. 내일부터 다시 출근하고 그것들을 모두 가지고 가라."

"예?"

김 서리는 그제서야 엎드려 절을 하면서,

"너무나 황감합니다. 소인은 그런 것도 모르고 속으로 대감님을 원망하고 있었습니다. 덕분에 소인은 이제 살게 되었습니다."
하고 말하며 눈물을 흘렸다.

이 글에서 소개한 몇 가지 이야기만을 가지고도 정홍순이 자신을 닦음에 있어서나 집안이나 나라를 다스림에 있어서 얼마나 뛰어난 인물이었는지를 충분히 짐작할 수 있을 것이다.

현명한 재상과 훌륭한 사위

박원형(朴元亨)은 원래 세종 때부터 성삼문, 박팽년, 신숙주, 하위지 등과 어울리던 유명한 인물이다.

세조 말기, 예조 판서 벼슬을 하던 그가 조정의 공천을 받아 우의정 자리에 오르자 그의 영전을 축하하기 위해 집으로 찾아오는 벼슬아치들의 거마(車馬 : 수레와 말)가 줄을 이었다.

그 때 의정부에 윤모(尹某)라는 고참 녹사(綠事 : 경아전 상급 서리의 총칭. 기록을 담당하거나 문서나 전곡에 대한 일들을 관장했음)가 있었다.

전라도 남원 출신인 오십여 세의 중늙은이였는데, 수십 년 동안 여러 정승들을 모신 이른바 적사구근(積仕久勤 : 오랜 벼슬살이를 함)하여 모든 일을 능숙하게 처리하여 녹사로서 첫 손가락을 꼽아주는 사람이었다. 따라서 당연히 외읍으로 나가 현령이나 군수 한 자리를 차지할 수 있는 자격이 충분히 있었다.

하지만 의정부의 일에 대해서 너무 잘 알고 부지런히 일하는 사람이라는 평이 오히려 장애가 되었다. 어떤 사람이 정승이 되든 간에 그를 측근에 놓고 부리기 위해 영진(榮進 : 벼슬이나 직위가 높아지는 것)의 길을 터주지 않았던 것이다.

때문에 그는 이번에 새 정승이 출사하는 것을 기회로 삼아 다시 한 번 자기의 사정을 호소하려고 날마다 새벽부터 박원형의 집으로 찾아가 만나 달라고 청했다. 하지만 한 달이 지나도록 대면조차 하지 못하고 청지기에게서,

"부지런히 오시기는 했지만, 오늘도 틀린 것 같소. 우리 대감께서는 원래 늦잠이 많으셔서 한낮이 되어서야 일어나시니 계속해서 와 보셨자 무슨 소용이 있겠소?"

라는 소리만 들었는데, 그 말 속에는 '너 따위가 백 번 찾아온들 정승이 만나 주겠느냐?'라는 조소가 담겨져 있는 것이 분명했다.

어느 날, 다른 때보다 늦게 돌아온 윤 녹사는 명함을 방바닥에 던지면서,

"오늘도 헛걸음을 했으니 이처럼 창피한 일이 어디에 또 있단 말인가? 같은 인간으로서 정승인 자에게 절하며 인사를 하고자 해도 한 달이 지나도록 콧잔등도 볼 수 없으니 실로 한심한 일이다."

라고 넋두리를 했다. 그리고는 큰아들 효손(孝孫)을 불러 옆에 앉히고 눈물을 흘리면서 넋두리를 했다.

"너는 열심히 공부해서 반드시 대과에 급제하여 이름을 날리도록 해라. 네 아비인 내가 좋은 표본이다. 나 같은 것은 새벽에 찾아가도 '아직 기침하지 않았다'는 한 마디로 만나 주기를 거절하고, 뒤에 온 자들은 갓 등과한 풋내기들이라도 '아무개 학사님, 아무개 교리님' 하면서 맞아들이니 배알이 꼴려서 못 견디겠다. 나는 박원형을 점잖은 대관으로 알고 있었는데, 이제 보니 별 수 없는 속물이다. 그러니 네가 이를 갈면서 출세하여 내 한을 풀어다오. 그래야 효자다. 효자가

뭐 별것이냐. 아비가 당한 수치를 씻어주는 자식이 제일 가는 효자이니라."

그 때 효손은 아버지가 하는 말을 묵묵히 듣고만 있었다.

다음 날, 그 날도 새벽부터 박 정승 집으로 찾아간 윤 녹사가 청지기에게 자기의 명함을 올려 달라고 청했다. 그랬더니 이게 도대체 웬 일인가? 그 날 따라 일찍 기침한 박 정승이 즉시 인견하기를 허락했다. 그리고는 윤 녹사를 반갑게 맞아주면서 말했다.

"오늘 처음으로 자네를 만나지만 자네에 대한 이야기는 벌써 여러 번 들었네. 날마다 나를 찾아왔다는데도 한 번 만나 이야기를 나누지 못한 것에 대해서 미안하게 생각하네."

"별 말씀을……."

"이리 오너라. 손님 대접할 입맷상(잔치 때 큰 상을 드리기 전에 간단히 차려 대접하는 음식상)에 술을 놓아줍시라고 해라. 자아, 이리 좀 다가앉게."

부드러운 목소리로 말한 박 정승은 이어서 문갑 위에 놓여져 있는, 윤 녹사가 조금 전에 청지기에게 주었던 명함을 집어들면서 불쑥 물었다.

"여기에 쓰여진 글이 누구의 시인가? 자네가 쓴 글은 아닌 것 같은데……."

"예?"

윤 녹사가 의아해 하며 읽어보니 그것은 눈에 익은 아들 효손의 필적이었는데, 다음과 같은 뜻을 가진 한시였다.

달게 잠든 상공이 해가 낮이 되도록 밤중처럼 지내니 문 앞에 찾아온 손님의 명함이 털이 나도록 부풀었다. 그대여, 꿈 속에서 옛 성인 주공(周公)을 만나면 물어보라. 그 분 당년에 손님이 오면, 밥을 먹을 땐 입에 든 것을 토하고, 목욕할 때는 풀어놓은 머리를 감아 주고 나가 맞느라고 얼마나 수고했는지를.

이에 크게 놀란 윤 녹사가 머리를 조아리며,
"황송합니다. 이 시는 소인의 지은 것이 아니옵고 미거한 자식놈이 장난을 친 것이옵니다. 그런 것을 모르고 그대로 올린 것이오니 과히 꾸짖지 말아주소서. 집에 돌아가 그놈의 볼기나 종아리를 쳐서 제대로 가르치지 못한 소인의 죄를 보속하오리다."
라고 말했다.
그러자 박 정승이 큰 소리로 웃더니 윤 녹사의 손을 잡으면서 말했다.
"아들을 때리겠다니 그것은 천부당 만부당한 일, 늦잠을 자는 내게 좋은 훈계를 해주었으니 그 아이는 나의 스승이거늘 어째서 때린단 말인가. 도대체 영랑(令郎 : 남의 아들에 대한 높임말)의 나이가 지금 몇 살이며, 이미 약혼한 곳이 있는가?"
"예, 나이는 열일곱 살이오나 미천한 집의 자식을 누가 사위로 삼겠습니까. 아직 미성취 중이올시다."
"그래? 그렇다면 그 자제를 나와 대면시켜 주게."
"예?"
윤 녹사가 뭐라고 대답할 틈도 없이 대뜸 박 정승은 청지기를 불러 명했다.
"너 지금 곧 하인에게 말을 끌고 윤 녹사 댁으로 가서 도련님을 모셔 오라고 해라. 아버님도 여기 계시니 염려 말라고 말하고서……."
그렇게 되어 윤효손이 박 정승 집으로 오자, 박 정승은 기뻐하면서 몇 가지 질문을 던진 뒤에 말했다.

"자네의 영랑에게 약혼이 없다고 하니 내가 청하겠네. 나의 여식이 금년에 열여섯 살로 역시 미혼 중인데 가르친 건 별로 없으나 용모가 추물은 아니요, 성행도 과히 경박하지 않으니 자네가 버리지 않겠다면 나는 오늘부터 영랑을 나의 사위로 알고 함께 숙식하면서 공부를 시키고자 하는데 자네의 생각은 어떠한가?"

그것은 그야말로 청천벽력과도 같은 일방적인 강제 구혼이었다. 때문에 윤 녹사는 크게 놀라면서도 한편으로는 기뻤으나 여러 번 사양하면서 그 이유를 다음과 같다고 말했다.

첫째, 일개 녹사로서 재상과 사돈이 된다는 것은 신분의 차이가 너무나 커서 곤란하다.

둘째, 시골의 한미한 가문에서 일국 정승의 따님을 자부로 맞는 것은 지극한 영광이지만, 그것은 과한 복이어서 매우 두렵다.

셋째, 자식의 사람됨이 졸하고 배운 것이 없어 상공의 감식이 잘못되었다는 말을 듣게 될 것이 염려된다.

하지만 박 정승은 그 말을 무시하면서

"별 소리를 다 듣겠군. 자네의 말대로라면 세상에 마음에 드는 사위를 얻을 수 있는 집안이 제대로 있겠는가? 원래 녹사는 정승의 분부대로 거행하는 것이 당연한 일이다. 그런데도 항거하니 장차 외방으로 쫓아 버릇을 고쳐 주어야겠다. 하하하……."

하고 말했다. 그리고는 술을 더 청해 새로 정한 사돈과 권커니 잣거니 하면서 온종일 대취했다.

다음 날, 박 정승이 내실에 들어가 그 간의 이야기를 했더니 부인은 한동안 침음하다가,

"대감의 결정하신 일이니 내가 항거해서 무엇하리까. 하지만 우리

집 애가 시집 갈 데가 그렇게도 없을까요? 녹사네 집 큰며느리가 된다는 것이 창피하지 않아요?"
하고 물었다. 그러자 박 정승이 정색을 하며 대답했다.

"부인, 그게 도대체 무슨 말씀이요. 사람에게 어찌 본래부터 씨(種)가 따로 있겠소. 그렇다면 황송한 말이지만, 왕가의 공주는 귀족이나 신하의 아들에게 시집 갈 수 없느니 일생을 처녀의 몸으로 보내야 할 것이요."

"그렇긴 하지만……."

"내가 본 그 아이는 사람됨이 초초하지 않은 것으로 보아 훗날 크게 될 인물이요. 신언서판(身言書判 : 옛날에 인물을 고르는 표준으로 삼았던 네 가지 조건. 골, 신수, 말씨, 문필, 판단력) 중에서 한 가지도 흠이 없을 뿐만 아니라 슬기가 있고 인후한 품위가 있으니 세상만 잘 만나면 넉넉히 내 지위에까지 올라 올 인물이요. 정승이 장차 정승이 될 사람을 사위로 삼지 않는다면, 우리 애를 어느 집 누구에게 시집 보내야겠소? 내가 비록 지인지감(知人之鑑 : 사람을 잘 알아보는 식견)은 없으나 지금 정승이 된 집안의 자질(子姪 : 아들과 조카)들을 둘러보아도 그들의 부형을 계적(繼蹟 : 조상의 훌륭한 성실과 업적을 잇는 것)할 위인이 없으니 어찌할 것이며, 설사 있다고 해도 나이가 맞지 않거나 얼굴이 못 생기고 생김새가 공연히 미워 보이니 두고 봅시다. 내 말이 맞게 되는지, 부인의 주장이 지당했는지를……."

그리하여 녹사의 아들은 아비의 명함에 시 한 수를 쓴 것이 인연이 되어 하루아침에 정승 집 딸과의 혼약이 이루어지고 박 정승의 간곡한 지도를 받아 인물이 더욱 큰 그릇을 이루었다.

그리하여 스물한 살 때 급제하고서 즉시 학당에 들어가고 소년 학사가 되어 성종 대왕의 깊은 총애를 받으며 장래가 크게 약속되었다.

하지만 불행하게도 연산군 4년(1498년)에 있었던 무오사화로 한때 파직 당했다가 다음 해에 한성부 판윤이 되고 우참찬을 거쳐 1503년, 좌참찬에 이르렀으나 죽었다.

윤효순은 혁혁한 공명을 세상에 드러내면서 부인과 더불어 팔순 해로하는 수복까지 누린 조성의 명신들 중의 한 사람이었다.

정렬이 지극한 어린 아내

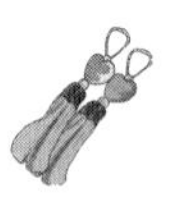

세종 15년(1433년) 3월 11일 아침에 양녕대군은 전부터 자기를 따르던 임호(林虎)와 박봉이(朴鳳伊) 두 사람과 함께 서울을 떠났다.

목적은 팔도강산 구경을 하면서 세상에 알려지지 않은 충신, 효자, 열녀 등을 만나면 상을 주고 악한 자들에게 고통을 받는 사람들을 돕기 위해서였다.

양년대군은 먼저 황해도 지방을 거쳐 평안도 지방을 만유하고 돌아와 다시 충청도 지방을 시찰하게 되었는데, 그 동안 실로 많은 선인과 악인들을 만나는 계기를 마련하였다.

그 중에 특별한 사건은 공주읍에서 5리 떨어진 인근 남문 밖의 작은 마을에 임두성이라는 젊은 사람이 살고 있었다. 그는 어렸을 때 부모를 여의고 근근이 자랐지만 부지런히 일하면서 성실하게 살았기에 작기는 하지만 집도 한 채 마련했고, 작년에는 장가까지 들어 아내와 함께 한 쌍의 비둘기처럼 의좋게 살고 있었다. 그런데 임두성의 아내는 촌색시를 중에서는 보기 드문 뛰어난 미인이었으며, 나이가 어렸다.

읍에 장이 서는 어느 날 오후, 장에 가서 물건을 사 가지고 돌아오던 임두성의 아내는 별안간 소나기를 만나 길가에 있는 어떤 가게의 헛간으로 들어가 비를 피하게 되었다. 그런데 그 때 마침 그 고을의 호방인 김기동이라는 자가 주점에서 술을 마시다가 헛간의 그녀를 보게 되었다.

"여보소. 저 여자가 누군가?"

김기동이 관심을 보이며 묻자 술 파는 노파가 대답했다.

"에이, 호방님은 눈도 밝으시군. 저 여자는 남문 밖에서 사는 임서방의 처요."

"임 서방이라니…… 임 서방이 누구지?"

"아따, 두성이라고… 작년에 혼인을 했지 않소."

"아, 두성이…… 그 애의 처야? 그나저나 대단한 미인이로군! 누구의 딸이지?"

"아니, 호방님은 이 때까지 모르게 계셨군. 저 애가 바로 딱쇠의 의붓딸이라오. 올 정월인가 언젠가 딱쇠하고 살던 마누라가 죽었지요. 그 마누라가 데리고 온 딸이래요."

"아, 그래? 딱쇠의 의붓딸이라고?"

김 호방은 혼잣말을 하는 것처럼 중얼거리며 뭔가 생각하는 표정을 지었다.

나이가 마흔 살에 가까운 김기동은 얼굴이 가무잡잡했으며 마음이 곧지 않은 사나이였다. 그는 남들에게 못할 짓을 도맡아 하여 땅마지기나 장만했으며 여자를 좋아하여 첩을 두셋 씩이나 두고 사는 자인데, 임두성의 젊은 아내를 보고는 흑심을 품게 되었다.

김 호방은 잠시 후 딱쇠를 불러 어느 술집의 방으로 들어가 술을 권커니 잣거니 하다가 불쑥 말했다.

"그나저나 여보게, 자네와 함께 술을 마신는 것이 꽤 오래간만이야. 도대체 왜 이렇게 만나기가 힘든가?"

"아따, 호방님께서 별 말씀을 다 하시는구려. 만나 봤자 호방님께서 우리 같은 상놈과 함께 술을 잡수시겠소? 어쨌든 오늘 내가 횡재를 하는군. 좋은 꿈을 꾸지도 않았는데……."

딱쇠가 당치도 않다는 듯이 대꾸하자, 김 호방은 빙그레 웃으면서 말했다.

"아따, 이 사람! 자네야말로 별소리를 다 하는군. 그런 소리는 두 번 다시 하지 말게. 내가 생각은 늘 하지만, 항상 바쁘게 지내느라고 그렇게 된 거지. 그런데 요즈음 지내기가 어떤가?"

"항상 그렇지 별수가 있겠습니까. 매일 노름판이나 찾아 다니고 있으니…… 그런데다가 마누라까지 죽어버려서 꼴이 더 말이 아니게 되었습니다."

"아, 그래. 상처를 했다지? 가만 있자. 그런데 자네에게 딸이 하나 있었지?"

"예, 하지만 작년에 시집을 보냈지요. 그년이라도 있으면 뒷바라지를 해주어서 좀 나을 텐데, 방정맞은 마누라가 지랄 발광을 해서 서둘러 시집을 보냈답니다."

"오, 그래? 그런데 사위는 누구야?"

"남문 밖에서 사는 두성이입니다."

"오, 두성이! 그 애 가진 것이 좀 있나?"

"있기는 뭐가 있어요. 내 딸년이 별짓을 다 해서 두성이를 먹여 살리고 있지요."

"허어, 그래? 그럼 자네에게 제대로 보태주지도 못하겠구먼?"

"예? 보태주다니요. 혹시 술값이라도 주지 않을까 해서 찾아가면 그년이 제 코가 석자라는 식으로 엄살만 잔뜩 부리는데 친자식이 아니라서 더한 것 같아요.”

“그래. 맞아. 그 딸이 의붓딸이지?”

“예, 죽은 마누라가 데리고 왔지요.”

“그래? 그렇다면 여보게 좋은 수가 있네.”

“예? 좋은 수라뇨?”

“자네가 한 번 힘을 쓰기만 하면 술과 밥에 젖을 수 있는 일이 있는데…… 어떤가? 해 보겠나?”

“무슨 일이지요? 내가 할 수 있는 일이라면 하고말고요. 대관절 무슨 일이요? 어서 말해 보슈.”

“그것이 다른 게 아니라 자네도 알고 있지는 모르겠지만, 내 작은집이 얼마 전에 가지 않았나?”

“예? 진주집이 없어졌다고요?”

“진주집은 그대로 있지. 다 늙은 것이 어디로 가겠나. 대구집 이야기를 하는 거야.”

“아! 작년에 데려왔다는 대구집이 갔다는 거요? 도대체 왜 간 거지요? 어딜 덜된 데가 있어서 내쫓은 건가요? 아니면…….”

“허어, 이 사람! 혼자서 떠들어 대지 말고 내 말을 좀 들어.”

“그럽시다. 어서 말씀하슈.”

“그래서 내가 자네에게 특별히 청하는데, 다른 게 아니라 자네의 의붓딸 말일세. 그 애를 내게 보내게.”

“예? 시집 가서 탈없이 살고 있는 그 애를 말이요? 그건 내가 할 수 있는 일이 아니오. 그리고 그년이 제 서방을 웬만큼 좋아하는데 될 말이 아니오.”

“바로 그거야, 이 사람아. 남편을 잘 섬기는 것이 마음에 들어 내가 탐을 내게 된 거야.”

“하지만, 그런 계집은 천지에 많을 텐데, 하필이면 그 애를 탐내시오? 사방에 그득한 것이 계집들이잖소. 그러니 다른 여자를 택하시오. 그러면 내가 목을 잡고 끌어서라도 데려와서 호방님께 바치겠소. 우리 어머니라도 끌어오리다.”

“허어, 이 사람 실없는 말을 다 하는군. 나는 지금 진정으로 말하고 있는 거야.”

딱쇠는 원래 못된 짓은 하나도 빼는 것 없이 저지르고 다닐 뿐만 아니라 걸핏하면 공주읍이 떠들썩해지도록 싸움질을 하며 돌아다니는 자였다. 그래서 누구나 딱쇠라는 말만 들어도 고개를 돌리며 도망갈 지경이었다. 시집간 딸과 그녀의 남편 임두성은 특히 더 그러했다.

딱쇠가 하루 걸러 찾아와서 ‘술 사 오너라’ ‘노름할 밑천을 대다오’ 하는 통에 진저리를 내고 있었던 것이다.

그러니 그런 딱쇠가 이치에 맞는 말을 한다고 해도 들을지 말지 한데 옳지 않는 말을 한다면 들을 리가 만무했다. 물론 무지한 딱쇠도 그 정도의 생각은 했기에 ‘좋소, 내가 한번 해 보겠소.’ 하면서 대들지 못했던 것이다.

그래서 김 호방은 ‘아무래도 이 놈이 돈 구경을 해야 마음이 통하겠군!’ 하고 생각하며 구렁이 잔등 같은 엽전 스무 냥을 꺼내 딱쇠에게 주면서

“여보게, 이걸로 한 잔 더 하시게. 나는 볼일이 좀 있어서 이만 일어나야겠네.”

하고 말했다. 그랬더니 딱쇠의 태도가 슬그머니 바뀌어졌다.

“하지만 말이오. 아무리 내가 못할 일이 없는 딱쇠이긴 하지만, 그건 웬만큼 어려운 일이 아니요.”

"허어, 어려운 일이기에 자네에게 부탁하는 것이지, 쉬운 일이라면 무엇 때문에 자네에게 부탁하겠나. 그러니 잔말 말고 일을 잘 만들어 보게."

"알겠소. 하지만 이 스무 냥으로 뭘 어떻게 하라는 거요. 내가 빈털터리로 지내는 놈이기는 하지만 돈 스무 냥쯤은 있어도 그만, 없어도 그만이요."

"이런 딱한 사람 같으니, 오늘만 날이고 내일은 날이 아닌가? 내가 지금 자네에게 줄 돈을 준비해 온 것이란 말인가? 갑자기 만났기에 우선 가지고 있는 돈을 조금 주는 걸세."

"그래요? 그럼 사례비를 얼마나 주실 거요? 이왕에 말이 나왔으니 확실하게 정합시다."

"암, 당연히 그래야지. 성사만 시킨다면 자네가 원하는 액수만큼 주겠네."

"에이, 성사시킨 후에라는 말은 믿지 못하겠소. 그러니 지금 당장 정해 주시오."

"아따, 그 사람 의심도 많군, 그럼 내일 내 집에 들르게. 한 백 냥 주면 되겠나?"

"그렇게 하시우. 그럼 내일 들르리다."

일이 그렇게 결정되자, 딱쇠는

'이게 웬 횡재냐. 역시 사람이 아주 죽으라는 법은 없는 거야. 한데 그년을 어떻게 구워 삶아야 할까?'

하고 입속말로 중얼거리며 딸의 집으로 향했다.

"얘야, 안에 있느냐?"

딱쇠가 거적문을 열면서 부르자, 방 안에 있던 그의 의붓딸은 '철렁'하고 가슴이 내려앉는 것을 느끼며, '에그, 저 망나니가 또 오셨군'

하고 입속말로 중얼거렸다.

하지만 한동안 아비와 자식의 사이로 살았기에 억지로 웃으면서

"어서 들어오세요."

하고 반겼다.

"그래."

"그런데 어디서 또 그렇게 술을 잡수셨어요?"

의붓딸이 묻자 딱쇠는 아랫목에 앉으면서 대꾸했다.

"많이 마시지는 않았다. 그런데 두성이는 어디 간 거냐?"

"조금 전에 잠깐 다녀오겠다면서 건너 마을에 갔어요. 이제 곧 올 거예요."

"그래? 그거 참 잘 됐다. 실은 내가 너에게 은밀히 할 말이 있어서 왔다."

"예?"

"생각해 보니 그 동안 내가 너무나 너를 괴롭혔다. 그래서 오늘부터 술을 끊고 노름도 하지 않겠다고 결심했다. 그러니 내 말을 믿어 주겠니?"

"원, 아버지께서도 참! 부모와 자식 사이에 믿고 안 믿고가 어디 있어요."

"그래, 네 말이 맞다. 한데 말이다. 네가 너무나 고생하면서 사는 걸 보니 내 마음이 항상 편하지가 않다."

"아버지. 그건 또 무슨 말씀이세요? 세상 사람들 사는 것이 다 그렇지요. 저처럼 고생하지 않는 사람들이 몇 명이나 되겠어요."

"아니다. 너만큼 똑똑한 아이라면 큰 집에서 얼굴에 분단장을 하면서 살아야 한다. 그런데 이게 무슨 꼴이냐. 이런 움막 같은 집에서 흙투성이가 되어 살고 있으니…… 너무나 딱한 일이다."

"에그, 아버지, 난데없이 왜 그런 말씀을 하세요? 많이 취하셨군요. 저는 뒷집에 잠깐 갔다가 올 테니 누워서 한숨 주무세요."

의붓딸이 자리를 뜨려고 하자, 황급히 딱쇠가 다시 술냄새를 풍기며 말했다.

"나가지 말고 거기 좀 앉아라. 내가 정작 해야 할 이야기를 아직 못했다. 다른 게 아니라 아까도 말했지만, 네가 고생하면서 사는 걸 보니 내 가슴이 너무나 아프구나. 그래서 말이다……."

"에그, 또 그런 소리를 하시네. 그러지 말고 좀 누우시라니까……."

"아니야. 눕는 것이 문제가 아니라, 너 성 안에서 살고 있는 김 호방을 알지?"

"알지요. 그런데 그 사람이 어쨌다는 말이에요?"

"그 김 호방이 글쎄, 너에게 반했다는구나. 그러니 네가 고개를 한 번만 끄덕이기만 하면 너의 신세가 단번에 바뀔 수 있는 거다."

"에그머니나! 술이 취했으면 잠이나 자시라는데 그런 말을 하는 것이우? 내가 못된 잡년이란 말이에요? 아무리 친자식은 아니지만, 내가 잘못된 생각을 하면 '못된 짓을 하면 안 된다'고 나무래야 하는 것이 아버지의 도리인데, 그게 무슨 당치도 않은 말이우?"

의붓딸이 크게 놀라며 화를 냈지만 딱쇠는 계속해서 말했다.

"얘야, 철딱서니 없는 소리는 그만 해라. 지금 세상이 어떤 세상인지 아냐? 돈만 있으면 못할 짓이 없는 세상이야. 여북하면 '돈만 있으면 처녀 불알도 살 수 있다'는 말이 생겼겠니. 그러니 깊이 생각해 봐라. 네가 그렇게 하면 당장에 김 호방네 집 안주인이 되어 호강을 할 수 있게 되는 거다."

"그렇겠지요. 내가 잘 되기를 바라는 아버지의 마음에 대해서는 고맙게 생각해요, 하지만 말이우, 내가 혼인한 지 얼마 안 되는 데다가

임 서방이 돈은 없지만 사람이 얼마나 착한가요? 그러니 내가 과부가 되기라도 했다면 아버지의 말에 따를 수도 있겠지만 시퍼렇게 살아 있는 서방을 놔 두고 다른 데로 간다는 것이 말이나 되는 소리인가요? 그러니 다시는 그런 말씀을 하시지 마오."

"오냐, 알았다. 듣고 보니 네 말이 맞구나. 그럼 나는 이만 간다. 내일 또 오마."

비척거리면서 일어나 밖으로 나간 딱쇠는 '카악-' 하고 가래침을 뱉고는 초저녁의 어둠 속으로 걸어가기 시작했다. 그리고 뒤에 남아 길게 한숨을 내쉬며 곰곰이 생각하는 표정을 짓고 있던 두성의 어린 처는 너무나 기가 막혔는지 방바닥에 엎드려 목을 놓고 엉엉 울기 시작했다.

울음소리에 이웃집 아낙네들이 우르르 몰려와 말렸기에 겨우 진정하기는 했지만 생각을 하면 할수록 너무나 분하고 원통해서

"에그, 남들은 부모가 곱게 길러서 과년하면 고르고 고른 신랑에게 시집을 보내면서 백 년 동안 변함없이 잘 살라는 축수를 빌건만 이년의 팔자는 어찌 이렇게 사나워서 천하에 못된 잡놈을 의붓아비로 삼게 되어 이렇게 무참한 일을 당한단 말인가."

하고 넋두리를 하면서 한참 동안 흐느껴 울었다.

그런데 건너집에서 사는 복순네가 갑자기 숨이 턱에 닿아서 거적문을 젖히고 뛰어 들어오며 소리쳤다

"이봐 새댁 큰일났어. 지금 임 서방이 저 앞의 개울 둑 위에 쓰러져 있어."

"예?"

두성의 처가 깜짝 놀라며 두 눈을 크게 뜨자 복순네가 다시 소리치듯이 말했다.

"어서 가 봐, 어서! 온몸이 피투성이가 되었으니 죽었는지도 몰라. 어떤 몹쓸 놈이 그렇게 만들었을까?"

그제서야 비로소 흩어진 머리를 주섬주섬 틀어얹은 두성의 처가 허겁지겁 달려가 보았더니 과연 사랑하는 남편 두성이 둑 위에 무참히 쓰러져 있었다.

"아, 여보!"

두성의 처가 어쩔 줄 몰라 하며 울부짖자 뒤따라 온 이웃 사람들이 힘을 합쳐 두성을 집으로 옮겨다 눕히고 급히 의원을 청해 왔다. 진찰을 끝낸 의원이,

"누군가가 뒤에서 칼로 여러 번 깊이 찔렀기에 다리가 크게 상하기는 했지만 생명에는 지장이 없소이다."

라고 말했기에 두성의 처는 비로소 안심하며 얼마 후에 정신을 차린 남편에게 물었다.

"누가 당신을 찌른 거지요?"

그러자 두성은 힘없이 머리를 저으며 작은 소리로 대답했다.

"모르겠어. 날이 어두워지고 있었고…… 그 자가 복면을 하고 있었기에……."

"그래요?"

"이상한 일이야. 나는 이제까지 살아오면서 남에게 칼을 맞을 정도로 나쁜 짓은 하지 않았는데……."

그 말을 듣는 순간 두성의 처는 자기도 모르게 순간 짚이는 데가 있었다. 하지만 내색을 하지 않으며 일단 남편의 몸을 회복시키는 데만 온 힘을 쏟아야 한다고 생각했다.

두성의 처는 남편의 약값을 마련하기 위해 거의 매일같이 발을 동동 구르며 돌아다녔다. 그러는 동안 한두 달이 지나가고 두성의 상처

도 서서히 아물었다. 하지만 다리 하나는 쓸 수 없는 병신이 되어 걸음을 제대로 걷지 못했는데, 그즈음에 두성의 처는 한 입 건너 두 입 건너서 들려온 놀라운 소문을 듣게 되었다. 그것은 두성의 다리를 칼로 찌른 범인은 딱쇠이며, 그가 김 호방에게서 돈 백 냥을 받은 뒤에 어딘가로 사라졌다는 소문이었다.

때문에 두성의 처는 사고가 났었던 날 순간 떠올렸던 자기의 생각이 맞았다고 확신하며,

'틀림없어. 나를 과부로 만들어 김 호방의 첩으로 보내기 위해 내 남편을 해치고 백 냥을 받은 뒤에 어딘가로 몸을 숨긴 거야. 내가 병신이 된 남편과 헤어지면 시치미를 떼고 다시 나타나겠지!'

하고 생각했다.

그래서 이를 북북 갈며 의붓아비 딱쇠를 찾아 남편의 원수를 갚으려고 했다. 하지만 남편을 보살피면서 막일까지 하며 약을 사느라고 꾸어서 쓴 돈을 갚느라고 하루하루를 정신없이 보내야 했다. 때문에 원수를 갚는 일은 고사하고 날이 갈수록 빚만 늘어갔으며, 그 동안 빌려 쓴 돈 일곱 냥을 당장 갚으라는 독촉까지 받게 되었다. 물론 갚지 못하면 그 돈의 액수는 새끼를 쳐서 더욱 늘어갈 것이다.

두 부부는 결국 서로 손을 잡고 눈물을 흘리면서 의논한 끝에 그들의 집을 빚 대신 채권자에게 주기로 했다. 그리하여 작은 보퉁이 하나를 머리에 인 두성의 처가 작대기를 짚은 두성을 부축하고 정처없는 길을 떠나게 되었다.

하지만 산 입에 거미줄을 칠 수는 없고 하루에 한 끼니는 먹어야 했기에 문전 구걸을 하게 되었는데, 그나마도 공주 땅에서 벗어나지 않아야 나을 것 같았기에 장판에서 돌아다니다가 밤이 되자, 빈 가게 안으로 들어가 밤을 보냈다.

그 날 밤. 임두성은 눈에서 흐르는 눈물을 손등으로 닦으며
"팔자가 왜 이리 기구하단 말인가? 나는 내 팔자 때문에 이렇게 되었다지만, 자네까지 이렇게 못할 짓을 시키니 딱해서 못 보겠네. 차라리 그 때 그놈이 나를 죽여 주었으면 좋았을 텐데...... 허어!"
하고 한탄했다. 그러자 두성의 처는 남편의 등을 다독거리며 목소리에 힘을 주어서 말했다.

"에구, 그런 말은 하지 마시우. 사람이 살다가 보면 이런 일 저런 일 다 당하는 거지. 설마 영영 이러겠어요. 언젠가 때가 오면 우리도 잘 살게 되겠지. 나야 다리와 팔이 성하니 어려울 것이 뭐가 있겠어요. 당신이 다리를 못 쓰게 된 것이 원통할 뿐이지. 그놈을 만나기만 하면 내가 멱을 물어서 죽이고 간을 꺼내서 씹어먹을 거예요."

"여보. 제발 그런 말은 하지 마. 그렇게 흉한 말을 왜 입에다 담는 거야. 아무리 우리가 죽게 되었어도 그런 악한 사람은 되지 않아야 해. 그렇지?"

"옳은 말씀이요. 하지만 웬만큼 분해야지요."

"자아, 그런 소리는 그만 하고 어서 눈이나 붙이세. 그나저나 요새는 이런 데서라도 지낼 수 있지만 겨울이 되면 추워서 어떻게 하지?"

"별 걱정을 다 하시우. 그 때가 되면 어떻게 살 수 있는 수가 생기겠지. 그러니 어서 주무시기나 해요."

이처럼 임두성 부부는 서로 위로하면서 장바닥 가게에서 이틀 밤을 보냈다.

다음 날 두 부부는 아침부터 북문 밖으로 나와 길가에 앉아서 오가는 행인들에게 한푼 두푼 구걸을 했다. 그런데 옆에 있는 버드나무 숲속에서 흉악하게 생긴 거지떼가 우르르 몰려나오더니 그 중의 한 놈이 시비를 걸었다.

“허어. 이것들이 여기가 어디라고 버젓이 앉아있어. 썩 일어서지 못해?”

“예예, 보시다시피 다리 병신이외다. 그저 이렇게 동냥을 얻어 목숨을 보전하고 있으니 살려주시우, 여러분…….”

임두성이 사정을 설명했지만, 그 놈은 들은 척도 하지 않으며 큰 소리로 말했다.

“허어, 우리가 대대로 거지 동냥짓을 해 왔지만, 너희들처럼 경위 없는 짓은 하지 않았다. 그러니 헛소리 말고 어서 썩 물러가. 어? 이것들 보게. 애들아, 이것들을 저리로 끌어다가 버려라.”

다음 순간 거지 떼가 무슨 물건을 다루려는 것처럼 두 부부에게 달려들었다. 지나가는 행인들은 두 손을 비비면서 거지들에게 애원하는 젊은 부부의 모습을 망연히 바라보고 있었다. 때문에 도와주고 싶은 생각은 간절했지만 상대가 워낙 흉악한 거지 떼였기에 두려워하며 슬금슬금 뒷걸음질을 치기만 했다.

그 때 마침 양녕대군이 공주의 경치를 구경하며 그 곳의 인정과 풍속을 살피려고 동행인들과 함께 금강 가를 향해 걸어가다가 그 같은 광경을 목격하게 되었다. 그런데 잠깐 보기에도 임두성 부부가 불쌍해 보였을 뿐만 아니라, 그들의 행색이 거지같아 보이지 않았기에 이상하게 생각하며 앞으로 나아가 두성의 팔을 잡아서 끄는 거지의 손을 지팡이로 치면서 일갈했다.

“이놈들아, 피차간에 모두 구걸하며 지내는 모양인데, 무슨 일로 몸이 성치 않은 사람을 그렇게 잡아끌면서 야단이냐? 썩 놓아라.”

그랬더니 그 거지가 양녕대군을 힐끗거리면서 투덜댔다.

“영감님은 모른 체 하시우. 이런 무법자는 버릇을 고쳐 주어야 하니까.”

"글쎄, 그 사람이 무엇을 잘못했기에 그러는 거냐? 그렇다면 말을 해 보아라."

"그러지요. 글쎄 어디서 굴러먹던 것들인지 모를 이 연놈들이 아무런 인사 한 마디도 없이 여기에 나타나 구걸을 하고 있으니…… 세상에 이런 법이 어디에 있단 말이요."

"오, 무슨 말인지 알아듣겠다. 그럼 내가 저 사람들을 대신해서 인사를 할 테니 그만 용서해 주거라."

"그렇게 해 주신다면 용서해 줄 수 있지요."

"고맙다."

양녕대군은 봉이에게 시켜 거지들에게 돈 한 냥을 내주게 하고는 임두성 부부를 불러 사정을 물었다 그랬더니 두 사람은 함께 머리를 숙이며 "누구신지 모르겠지만 정말 고맙소이다."라고만 말했다. 때문에 양녕대군은 두 남녀에 대해서 더욱 이상하게 생각하며 다시 한 번 그처럼 봉변을 당하게 된 사정이 무엇이냐고 물었다.

결국 임두성 부부의 사정에 대해 소상히 들은 양녕대군은

"듣고 보니 딱한 일이로군! 두성이는 아무쪼록 보물보다 소중한 아내를 끔찍하게 위해 주어야 하느니라. 자네의 아내는 나이가 어리지만 정렬이 지극한 여인이야."

라며 두성의 처를 칭찬한 뒤에 친필로 쓴 편지를 그에게 주면서 다시 말했다.

"원님께 가서 이 편지를 전하면 무슨 말씀이 있을 것이다."

그래서 임두성 내외는 그 길로 당장 관아로 갔는데, 그 편지는 원님에게 전해 지지 못했다. 왜냐 하면 김 호방이 중간에서 가로챘기 때문이었다.

눈치 빠른 김 호방은 원님이 시킨 것처럼 꾸며 그들이 살았던 집을

찾아주고 돈 열 냥을 따로 주어 두 부부가 어려움을 면할 수 있게 해 주었다. 그렇게 하여 양녕대군의 편지로 인해 드러나게 될 자기의 치부를 감춘 것이다.

임두성 부부는 원님에게 보내는 편지를 써서 준 사람이 양녕대군이라는 사실을 그로부터 얼마 후에야 알게 되었으며, 그 때부터 아침 저녁으로 정화수를 떠놓고 북향 사배를 하며 양녕대군이 행복하기를 축원했다고 한다.

벼슬을 받은 노복

인조반정(仁祖反正)을 성공시키는 데 있어서 공을 세운 신하들이라면, 우선 이귀(李貴)와 이시백(李時白), 이시방(李時昉) 삼부자를 첫손가락으로 꼽지 않을 수 없다.

특히 이귀의 큰아들 이시백은 저봉 송 선생이나 백사 이항복 같은 이들이 처음 보자마자 사랑하게 되어 어렸을 때부터 무릎에 앉히고 머리를 쓰다듬으며,

"이 아이의 장래의 명세와 복록은 우리 따위가 감히 따르지 못할 정도일 것이다."

라고 말했다는 이야기가 전해진다.

이 이시백의 아내가 되는 윤 씨도 또한 보기 드문 어진 부인이었는데, 두 사람이 결혼하게 된 이면에는 다음과 같은 매우 흥미진진한 이야기가 전해지고 있다.

호남 땅에 윤 씨라는 성을 가진 젊은 유생이 있었다.

그는 부모에게서 물려 받은 약간의 전토와 노비들을 거느리면서 글을 배우는 등 과업에 힘썼으나 성공을 보지 못하고 병을 얻어 젊은

아내와 딸 하나를 남긴 채 일찍 죽고 말았다.

윤생은 동기간이 하나도 없는 외로운 신세였지만, 그의 내외 친척들은 상당히 많았다. 그가 세상을 떠나자 평소에는 그다지 왕래가 없었던 친척들까지 찾아와 분란을 일으켰다. 대들보가 없어진 그 집의 가산과 전토에 욕심을 내어 제각기 점탈하려는 염치 없는 욕심들 때문이었다.

그리하여 윤생의 재산은 아무런 이유도 없이 그들에게 뜯기는 바가 되었고 과부와 어린 딸에게는 상처밖에 남지 않게 되었다. 따라서 젊은 과부는 너무나 억울한 운명 앞에서 비관하다가 차라리 목숨을 끊어 망부의 뒤를 따라야겠다고 생각하기에 이르렀다.

그런데 이 집안에는 대대로 내려온 계집종들 가운데 '순금'이라는 이름을 가진 여인이 있었다. 이 여인은 윤생의 조부 때 들어온 억쇠라는 종을 남편으로 맞아 자식들 셋을 낳았으나 하나도 제대로 기르지 못했는데, 그 동안 윤 씨의 집안은 주인이 수대에 걸치면서 바뀌었으며 두 부부 역시 어느덧 예순 살이 가까워지는 무의무탁의 노물이 되고 말았다.

그들은 전처럼 일하지도 못하면서 주인집의 의식주만 축내는 존재들이었기에 다른 종들의 천대가 극심했지만, 윤 씨는 선대부터 부리던 사람들이었기에 그대로 있게 하며 먹여주고 있었다.

그러던 차에 집안이 풍비박산이 되자 젊은 것들은 사방으로 뿔뿔이 달아났는데, 억쇠 부부만은 타오르는 의분을 금지 못하며 끝까지 주인집을 버리지 않겠다고 약속하게 되었다. 또한, 밤낮으로 통곡하는 과부의 울음소리에서 그녀가 죽으려고 한다는 느낌을 받고는 안으로 들어가서 만류하며 말했다.

"일이 이미 이렇게 되었으니 아씨께서 아무리 비통해 하신다고 해도 돌아가신 주인님이 다시 살아오실 수 있겠습니까? 황송한 말씀이오나, 목숨을 끊어 저세상으로 가신다고 해도 주인님의 영혼이 반겨주지 않을 것이외다. 오직, 부모를 모두 잃는 어린 아가씨의 불행만 커질 뿐이며 끝내 윤 씨 집안은 망하게 될 것입니다. 그러니 힘든 일이겠지만 마음을 돌리셔서 아가씨를 훌륭하게 키워 좋은 사위를 맞아야 하실 것이며, 한편으로는 근친 양자를 만드셔서 윤 씨 댁의 문호와 제사가 끊어지지 않도록 하셔야 될 것이라고 생각합니다.

물론 그러자면 먼저 기울어진 가산을 다시 일으켜야 할 것인데, 소인이 비록 용렬하오나 세상 물정을 약간은 짐작하오며, 아직도 20년 정도는 무슨 일이든지 할 수 있는 근력이 있사오니 어느 정도의 밑천만 내주시면 외방으로 장사를 하러 다니면서 이익을 걷어들여 상전댁의 식읍을 공급하겠나이다. 그리고 소인의 계집도 조석지공은 물론이요, 논을 얻으면 농사의 뒤를 치를만 하오니 모든 일은 우리 양주에게 맡기시고 아씨께서는 모름지기 몸을 보양하시며 아가씨를 양육하시어 뒷날에 무궁한 행복을 누리시도록 힘써 보심이 좋을 것입니다."

이에 윤 과부는 적이 안심이 되었고 새로운 용기를 내어 시집 올 때 장만했던 옷가지와 패물들을 판 돈을 억쇠에게 주어 늙은 그에게 일가의 운명을 부탁하게 되었다.

그리하여 억쇠의 놀라운 활약은 시작되었다.

윤 과부에게서 장사 밑천을 받아 쥔 그의 얼굴에는 쾌심의 미소와 비장한 결심의 빛이 함께 떠올랐다. 그것은 자기가 생각하고 있는 자신의 역량을 시험할 수 있게 된 기쁨 때문이었으며, 한편으로는 3대에 걸쳐 윤씨 집에서 받은 평생의 은혜를 갚을 수 있는 기회를 얻었기 때문이었다.

억쇠라는 인물은 실로 뛰어난 힘과 수완을 가지고 있었지만, 미천한 신분으로 태어났기 때문에 단 한 번도 제대로 능력을 발휘하지 못하고 남의 집 종이 되어 묻혀서 살던 보석과도 같은 인물이었다.

억쇠의 사업은 생칠(生漆 : 불에 달이지 않은 옻칠) 무역으로부터 시작되었다. 이어서 그는 닭의 꽁지와 말총 등의 품목을 취급하다가 나중에는 약재와 과실 등의 품목으로 바꾸어 무역을 했는데, 그 때마다 큰 이익을 얻고는 했다.

그는 경향 각지의 대처와 큰 시장들과 쉴 새 없이 왕래하면서 왕성하게 활동한 결과 수년이 채 지나지도 않아 삼남 방면에 있어서 이름 높은 거상이 되었다.

그는 1년에 한 번씩은 반드시 집에 돌아와 윤 과부에게 결산 내용을 보고하며 이익금을 바쳐 전답을 장만케 했으며 개인적으로는 한 푼도 쓰지 않았다.

그렇게 하기를 7~8년 동안이나 계속하자 윤 과부는 어느 새 만석 거부의 가세를 이루게 되었다.

언젠가 집에 돌아온 억쇠는 윤 과부와 상의하여 근친들 중에서 양자를 맞아 주인 집의 후사를 세우게 하고는 이렇게 말했다.

"이제는 소인의 나이도 많아져서 마음먹은 대로 행동하기가 어려울 뿐만 아니라, 상전 댁의 가세도 이만하면 만족할 정도가 되었으니 오늘부터 사업에서 손을 떼었으면 합니다. 그리고 아가씨의 연령이 장성하였으니 이제 사위를 얻어야 할 것입니다. 소인이 장사하러 다닐 때 서울 남촌 모처에 있는 적당한 집 한 채가 팔리게 된다는 소식을 듣고 그것을 사서 수리하고 장식해 놓았으니 하루 속이 서울로 이사하셔서 아가씨의 혼인 준비를 하시기 바랍니다."

그렇게 되어 윤 과부의 서울 생활이 시작되었고, 한창 자라는 나이인 소녀는 듣고 보아서 얻는 지식을 넓히게 되었다.

윤 과부의 딸은 자라면서 더욱 아름다워졌을 뿐만 아니라 자질이 총명하여 여자로서 갖추어야 할 법도에 있어서 능하지 못한 것이 없었으며, 더욱이 그녀의 정숙한 언동과 인후한 천성은 참으로 요조숙녀로서의 자격을 갖추고도 남았다.

때문에 윤 과부가 서울로 온 지 얼마 지나지 않아 그의 딸이 현명하고 아름답기에 사모하여, 또는 윤 과부의 가세가 부유한 것을 탐하여 통혼을 청하는 중매 노파들의 왕래가 많아지게 되었는데, 그들 중에는 상당한 명문의 집 자제들도 있었다.

하지만 윤 과부는 그것들을 모두 거절했다. 오직 억쇠가 추천하는 신랑감이어야 사위로 삼겠다는 결심을 했기 때문이었다.

한데 억쇠가 아무리 뛰어난 머리를 가지고 있다 해도 그의 신분은 결국 남의 집 종 출신이었기 때문에 사대부들의 집에 자유롭게 출입하면서 신랑감을 구할 수가 없었다. 그래서 억쇠는 묘안을 짜냈다. 과일 장수로 차리고서 날마다 사대부들의 집을 호별 방문한 것이다.

그렇게 하기를 거의 1년 동안이나 계속했으나 그는 적당한 신랑감을 찾지 못했다. 때문에 그는,

"이상하기도 해라. 왕기는 한양 산천에 왕성하거늘 어찌하여 세속 명가의 자제들 중에 이처럼 인물이 없는 것일까?"

하고 중얼거리며 탄식했다.

하지만, 그의 일념은 그쯤에서 좌절되지 않았다.

'우리 댁의 아가씨는 참으로 복덩어리이다. 그와 같은 숙녀가 세상에 나왔으니 당연히 그의 짝이 될 만한 큰 인물이 나와 있어야 이치에 맞을 것이다.'

라는 신념을 가지고 있었기 때문이었다.

억쇠는 계속해서 배(梨)를 넣은 망태기를 어깨에 메고 사대부들이

모인 사랑을 찾아 다니며, "도련님, 배를 좀 사서 잡수시오. 값싸고 맛 좋은 꿀배올시다." 하고 장사로 배필을 찾는 일과를 거듭했다.

그러던 어느 날, 평동에 있는 어느 집에 들어선 억쇠는 드디어 큰 보배라도 발견한 것처럼 입이 귀밑까지 찢어졌다. 그가 그토록이나 찾아 헤매던 헌헌장부(軒軒丈夫 : 외모가 준수하고 지혜로운 사내)를 발견했기 때문이었다.

그는,

'아! 등잔 밑이 어둡다더니…… 우리 댁 작은아씨의 새 서방님이 될 재목이 여기에 계신 것을 모르고 1년이 다 되는 동안 헛고생만하고 다녔구나!'

하고 생각하며 그 집의 작은 주인인 듯한 총각도령 앞에 배 망태기를 내려놓고는 사라고 권했다.

총각은 억쇠가 내미는 배 하나를 깎아서 맛있게 먹더니,

"과연 맛이 좋고 값도 싸구먼. 하지만 지금은 가지고 있는 돈이 없으니 외상이라도 좋다면 두고 가게."

하고 말하자, 억쇠는 빙긋이 웃으면서 대답했다.

"예, 그러지요. 도령님께서 좋아하시는 과일을 내일부턴 얼마든지 가져다 드릴 테니 부담없이 드십시오. 소인이 비록 배 장수를 하고 있지만, 이것을 팔아먹고 사는 처지는 아니오니 얼마든지 드시고, 훗날 출세하신 뒤에 한꺼번에 갚아주셔도 좋습니다."

"허허, 그래? 자네는 농담을 잘 하는군!"

"농담이라니요. 진담이올시다."

"허허, 진담이라…… 그럼 그렇게 하지."

그렇게 되어 억쇠는 다음 날부터 날마다 그 집에 출입했다. 과일을 외상으로 주면서 그 집이 평산 부사(平山府使) 이귀의 집이며, 그 총

각은 이귀의 장남으로서 당년 25살이 된 이시백이라는 사실을 알게 되었다. 또한 그 집의 내력과 가규 범백(家規凡百)을 일일이 답사한 뒤에 어느 날 이귀를 만나 윤 씨 규수에 대한 일을 자세히 설명하고는 큰 자부로 삼아 달라고 간청했다.

그리하여 오래지 않아 두 사람의 혼인은 성립되었으니 윤 과부의 딸이 훗날 연양부원군(延陽府院君)의 정경부인이 될 운명이 맺어졌다. 또한 이사백은 억쇠라는 뛰어난 참모까지 얻게 되었다.

인조반정이 끝난 뒤 공신들에 대한 훈공행상이 있었는데 언평 이귀는 부원군을 봉하여 정품 보국숭록(輔國崇祿) 대부에 봉해졌고 연양 이시백과 연성 이시방 형제도 백면서생으로서 2품 계급에 올라 모두 광명을 입었다.

한데, 억쇠는 이 때 항상 이시백의 참모로 있으면서 밀모에도 참가하여 유익한 현책을 많이 제공했는데, 거사 전후의 시기인 3~4일 동안 어디론가 사라져 보이지 않았다. 이시백이 나중에 알아보았더니 그는 거사가 실패했을 때에 대비하여 여러 척의 배를 아무도 모르게 양화(楊花) 나루터에 대기시켜 놓는 작업을 하고 있었던 것이니, 거사가 잘못되면 선조의 손자인 능양군(綾陽君 : 인조)을 모시고 바다로 나가서 섬으로 피해 후일에 재기하기를 꾀했다는 것이다.

이처럼 치밀하게 조처한 억쇠의 생각과 배포에 대해서는 이시백 부자 모두가 놀라지 않을 수 없었다.

억쇠는 또한 일찍이 상전인 윤 씨 부인에게서 받은 아내 순금의 노비 문서를 태워버렸기에 보통의 평민 부부가 되어 있었는데, 이 같은 그의 전후 행동이 상청에까지 입문되자, 왕위에 오른 인조는 그의 충성심에 감탄하여 절충첨지(折衝僉知) 직위를 내려 그의 명예를 표창했다.

그 때 억쇠는 이미 70여 세의 늙은이가 되어 있었지만 근력은 장정들보다 못하지 않았는데, 임금의 은혜로운 명을 받게 되자 황공 감격하여 대궐을 향해 무수히 배례하며 눈물까지 흘리면서 기뻐했다.

하지만 그는 아내에게,

"남의 집 종이었다가 평민이 된 것만도 주인 댁의 은덕에 의한 것이거늘 어찌 감히 상을 받았다고 의관을 차리고 세상에서 양양하기를 바랄 것인가?"

하면서 죽을 때까지 관자를 달고 첨지 행세를 하지 않았다고 한다.

용 마

중국 당나라 때의 대문장가 한퇴지(韓褪之)가 쓴 「잡설(雜說)」이라는 글에 다음과 같은 귀절이 있다.

'세상에는 백락이 있은 뒤에라야 천리마가 있다.'

'백락'이란, 중국 역사상 말을 가장 잘 볼 줄 알았다는 사람의 이름이다. 따라서 이 글은 아무리 좋은 말이라도 백락과 같은 알아줄 수 있는 사람이 있어야만 인정을 받을 수 있다는 뜻을 가지고 있다.

물론 한퇴지는 말(馬)에 국한시켜서 이런 말을 한 것은 아니요, 인간 세계에 있어서도 그를 알아주는 사람이 있어야만 빛을 발할 수 있다는 비유로 한 말이었을 것이다.

한데, 어쨌든 간에 보통 사람들이 어느 말이 좋은 말인지 알아보는 것은 매우 어려운 일이었던 모양이다.

조선시대에 말을 잘 보기로 유명했기 때문에 백략이라는 별명을 얻었던 사람이 있었는데, 금양위(錦陽尉)로 있었던 박미(朴瀰)라는 분이었다.

누구에겐가 배워서 알게 된 것인지, 혹은 어떤 비밀스러운 책을 읽고서 잘 알게 된 것인지, 아니면 말과의 기이한 인연을 가지고 태어났기에 저절로 그렇게 된 것인지 그 까닭은 알 수 없었지만, 그가 어떤 말이든간에 척 보기만 하면 좋고 나쁜 것을 구분하는데 있어 조금도 틀림이 없었기에 남들이 그를 백락이라고 불렀다.

길을 가다가도 그럴 듯한 말이 보이기만 하면 돈을 아끼지 않고 사들여 그의 마구간에는 수십 필의 말들이 매어져 있었고, 말을 사거나 팔려는 사람들은 으레 금양위를 찾아와 선을 한 번 보이고 흥정에 나서고는 했다.

한데 금양위는 그처럼 많은 말들 중에서 옛 사람들이 천리마라고 불렀던 것과 같은 좋은 말을 지금껏 단 한 필도 찾아내지 못하고 있었으며, 그 때마다 답답해 하곤 했다.

어느 날 그가 볼 일이 있어 왕십리 부근을 지나가고 있었는데 젊은 종놈 하나가 거름흙을 잔뜩 실은 뼈만 앙상한 말을 채찍질하며 끌고 가는 것을 보게 되었다. 말이라면 어떤 것이나 범연히 보아 넘기지 않는 그였기에 본능적으로 그 말을 향해 시선을 던졌는데, 그의 눈은 갑자기 놀라움으로 인해 빛을 발했다.

그는 이윽고,

"맞아, 틀림 없는 용마다."

하고 중얼거리고 나서 종놈에게 말을 걸었다.

"여보게, 그 말을 내게 팔지 않겠나?"

"예? 이놈을 말입니까? 이놈이 제법 구실을 할 것이라고 생각했는데, 그게 아니더군요. 어쨌든 팔 수는 있지만 말이 말 같아야 말이지요."

종놈이 얼떨떨하며 중얼거리자 금양위는 다그치듯이 말했다.

"그렇다면 내게 팔게. 돈 대신 말을 원한다면 우리 집에 가서 마음에 드는 놈과 바꾸어도 좋네."

"그, 글쎄요."

종놈은 잠시 망설였다. 바꾸는 것이 좋기는 하지만, 그것보다 좋은 말을 줄 리는 없을 테고, 그것보다 못한 말이라면 그 따위는 더더욱 필요하지 않았기 때문이다. 바꾸지 않고 판다면 받는 돈이 헐값일 거라는 생각이 들었다.

"허허, 내가 느닷없이 바꾸자니까 이상하게 생각하는 모양인데 서운치 않게 값을 줄 테니 나와 함께 우리 집으로 가 보세."

"예."

그리하여 종놈은 앞장서서 걷는 금양위를 따라가게 되었다.

금양위의 집에 이른 종놈은 그의 마구간을 둘러보게 되었는데 단번에 두 눈이 휘둥그레졌다.

흑갈색 말, 흰 말, 타는 듯한 갈색 말, 그야말로 굉장한 말들이 저마다 잘 빠진 몸매를 자랑하고 있었던 것이다.

"저쪽에 있는 흑갈색 말이 어떤가? 어느 놈에게도 뒤지지 않는 놈이니 저놈을 끌고 가고 자네 말을 마구간에 넣어주게."

"아니, 나리. 저렇게 훌륭한 말을 쓸모가 없어 거름이나 나르는 이 말과 바꾸시겠단 말씀입니까?"

"그래. 그 말을 네게 맡겨두면 점점 더 말라 비틀어져서 결국에는 죽고 말게야. 말을 볼 줄 아는 사람이 보살펴야 살아남을 수 있지. 그쪽은 그쪽 대로 좋고, 나는 나 대로 보살필 수 있는 말이 생겨서 좋으니 아무 말 말고 끌고 가게. 자네 주인도 저 흑갈색 말을 보면 입이 함지박만큼 벌어질 테니 걱정하지 말고 가게."

종놈은 말을 보살피는 재미를 얻기 위해 바꾼다는 말이 그럴듯하게 들렸는지 더 이상 사양하지 않았다. 마구간의 말들을 보니 금양위가 한 말은 거짓말이 아닌 것 같다고 생각되었던 것이다.

금양위는 종놈이 돌아간 뒤에 흐뭇해 하는 얼굴로 그 말을 바라보면서 중얼거렸다.

"보아하니 이놈은 무슨 병이 들어 앓는 바람에 이렇게 마른 것 같아. 그런데 못 쓰게 된 말로 알고 거름흙이나 나르게 하다니, 뼈대와 눈망울만 봐도 명마인 것을 알 수 있는데 말이야. 오늘부터 잘 보살펴 살을 찌워야겠다."

그리고는 즉시 마노(馬奴)에게 명하여 약재를 섞은 먹이를 주도록 일렀다.

그런데 그 이튿날 아침, 하인 하나가 달려 와서

금양위에게 말했다.

"저어, 어영청(御營廳)의 병졸 옷차림을 한 자가 와서 나리를 뵙겠다는뎁쇼."

"어영청? 마졸이더냐?"

"그건 잘 모르겠습니다."

"그래? 어쨌든 들어오라고 해라."

금양위는 그제서야 그 말라 비틀어진 말은 혹시 어영청의 군마였던 말이 아니었을까 하고 생각했다.

잠시 후, 군졸 하나가 빠른 걸음으로 들어오자 금양위는,

"무슨 일이기에 이런 시간에 찾아왔는고?"

하고 호령하듯이 물었다. 그랬더니 군졸은 마당에 꿇어 엎드리며 대답했다.

"소인이 죽을 죄를 지었으니 용서해 주십시오."

"그대는 도대체 누군가? 난데없이 나타나서 용서해 달라니 무슨 말인가?"

금양위가 의아해서 묻자, 그는 잔뜩 겁먹은 목소리로 말했다.

"소인은 보시다시피 어영의 마졸이온데 흥인문(興仁門) 밖에서 살고 있습니다. 실은 며칠 전에 채마밭을 가꾸려고 열 닷 냥을 주고 보잘것 없는 말 한 필을 사들여 거름을 실어 내라고 일꾼에게 시켰습지요. 그런데 이 어리석은 놈이 나리댁에서 말을 훔쳐 오고서 나리의 말과 바꾼 것이라고 엉뚱한 거짓말을 하고 있습니다. 그래서 집에 가두어 놓고 이렇게 급히 달려왔습니다. 아무쪼록 관대한 처분을 내려주십시오."

금양위는 너무나 어이없어 하며 말했다.

"하여, 난 또 무슨 일이라고…… 자네의 생각이 지나쳤네. 그 말은 그 녀석이 훔친 것이 아니라 정말로 내가 바꾼 걸세."

하지만 마졸은 다시 머리를 조아리며 말했다.

"그저 황송할 뿐입니다. 나리께서 넓은 은덕을 베푸시어 그놈의 죄를 따지지 않으려고 하시지만 그럴 수야 있겠습니까. 그 녀석을 제 집에 둔 것은 저의 잘못이오니 소인에게 벌을 내려주십시오."

그는 금양위가 일부러 종놈의 잘못을 눈감아주는 것이라고 생각했는지 더욱 쩔쩔맸다.

"허어, 정말이라니까. 그 말은 내가 천 냥을 주고 샀어도 싸게 산 말이야. 우리 집에서 기르던 말은 칠백 냥밖에 안 되니까. 오히려 내가 헐값으로 빼앗은 것이나 다름없는데 그게 무슨 소린가?"

"예?"

금양위는 마구간으로 들어가 말 한 필을 끌고 나오며 말했다.

"이 말의 값은 삼백 냥 정도는 될 거야. 이것까지 가져 가면 천 냥은 치른 셈이니까, 자네가 너무 손해 보는 일은 아닐 걸세."

한 필을 더 가지고 가라니 마졸은 또 한번 놀라지 않을 수 없었다.

금양위가 하는 것으로 보아 종놈이 훔친 것 같지는 않았지만, 사실이 라고 믿기도 어려웠다.

"나리, 농담은 이제 그만 하시옵소서."

"내가 농담을 한다구? 흐음, 자네가 마음속으로는 아직 서운한 모양이로군. 그렇다면 한 필을 더 주겠네."

금양위는 다시 마구간으로 들어가 다른 말 한 필을 더 끌어내면서 말했다.

"이놈은 오백 냥은 주어야 살 수 있을 거야. 세 필이면 값이 천오백 냥이 되겠지? 이만하면 나도 할 만큼 한 셈이니, 여러 소리 그만 두고 어서 끌고 가기나 하게."

마졸은 결국 더 이상 입을 열지 못한 채 그 말들을 끌고 가지 않을 수 없었다.

금양위는 그 날부터 있는 정성을 다해서 그 말라 비틀어진 말을 보살폈다. 그 같은 노력이 헛되지 않아 그 말은 한 주가 다르게 살이 오르기 시작했고 눈망울에도 생기가 돌았다.

한 달이 지나고 두 달이 지나자, 말은 어느덧 금양위의 말들 중에서 가장 모양새가 좋은 용마로 바뀌어졌다.

그로부터 얼마 후, 금양위는 친자식처럼 정이 든 용마를 마부로 하여금 끌게 하고는 궁궐로 갔다.

당시의 상감은 유명한 폭군 광해군(光海君)이었다.

광해군은 그 날도 역시 대낮인 데도 불구하고 얼근하게 술에 취해 편전에서 궁녀들을 희롱하고 있었는데,

"금양위 박위가 명마를 진상하겠다고 끌고 왔습니다."

라는 도승지의 보고를 듣자, 즉시 들어오게 했다.

광해군 앞에 이른 금양위는 정중하게 배례하고 나서

"이 말은 천하에 둘도 없는 명마이옵니다. 소신이 성심껏 길러서 끌고 왔사오니 어영청에 매어 두셨다가 급히 소용될 때 쓰십시오. 한 가지 덧붙여 아뢰는 것은 다른 명마들처럼 성질이 고약하니 타옵실 때는 조심하십시오."

"고맙구나. 그대의 말대로 하겠느니라."

어전에서 물러나온 금양위는 즉시 어영청에 용마를 넘기고 나서 집으로 돌아갔다.

어영의 마구간에서 살게 된 용마는 그 곳의 숱하게 많은 말들 중에서도 뛰어나게 늠름한 모습을 자랑했다.

그런데 용마는 날이 갈수록 가을밤에 서리를 맞는 풀잎처럼 기운이 빠지면서 제대로 힘을 쓰지 못하게 되었다. 제대로 먹기는 하면서도 밤이나 낮이나 두 눈만 껌벅거리며 우두커니 서 있기만 했다. 소리 한 번 지르는 일도 없었고, 마졸들이 시험 삼아 타 보려고 끌어왔지만 움직이려고 하지 않았다.

때문에 마졸은 못마땅해 하며 떠들어 댔다.

"이놈의 말, 이름만 용마이지. 당나귀 새끼만도 못해."

"누가 아니래나. 말이라는 놈은 사람이 고삐를 잡기만 해도 앞발을 쳐들면서 달리려고 하는데. 이놈은 끌고 때려도 인왕산 바윗돌처럼 꼼짝도 하지 않으니……."

그로부터 몇 달이 지난 뒤였다.

새벽 달빛이 차갑게 비치는 어느 날 밤이었는데, 느닷없이 궁장(宮薔)이 떠나갈 듯한 커다란 소리가 어영 마구간 쪽에서 들려왔다. 때문에 궁궐 안에서 깊이 잠들었던 많은 사람들이 깜짝 놀라며 잠에서 깨어났다.

그 중에서 가장 크게 놀란 사람은 광해군이었다.

"얘, 이게 무슨 소리냐?"

잠자리에서 벌떡 일어나 나인에게 묻는 그의 눈이 왕방울처럼 커져 있었다.

"네, 급히 알아보았더니 마구간에서 용마라는 놈이 갑자기 크게 소리를 지르는 것이라고 하옵니다."

"뭐? 용마가 울부짖은 거라고……."

놀랐던 가슴이 어느 정도 진정되자, 광해군은 씨익 웃으면서 나인에게 말했다.

"으음, 그놈을 데려오기만 하고 내가 바빠서 한 번도 타 보지 않았더니 몸이 근지러워져서 그랬던 거로군. 얘야, 마졸에게 일러두어라. 오늘은 친히 내가 용마를 타고 궁 안을 한 바퀴 돌테니 그런 줄 알라고……."

"네. 그리하겠사옵니다."

광해군은 날이면 날마다 주색에 빠져 있었기 때문에 그 때까지 한 번도 용마를 타 보지 않고 있었다. 때문에 놀랍도록 큰 울음소리를 듣고서야 비로소 생각했던 것이다.

'옛부터 영특한 짐승은 사람을 알아본다고 했으니, 그 놈이 궁궐 안에 들어온 후 한 번도 주인을 태워 보지 못해서 그러는 것이다'라고…….

그 날 아침, 수라상을 물리고 난 광해군은 간단한 옷차림을 하고 밖으로 나갔다.

마졸이 끌어다 놓은 용마에 덩실 올라앉은 그가 보통의 말을 타는 것처럼 고삐를 잡아채자 용마는 고개를 터억 쳐들더니 네 말굽을 번갈아 가며 들었다가 놓았다. 그러고는 천천히 걸어가기 시작했는데 후원의 연못가에 이르자 별안간 몇 걸음인가 바르게 달리더니 '히힝-'

하고 울부짖었다.

이어서 앞발을 들며 몸을 곧추세우더니 몇 번인가 솟구치는 바람에 광해군은 그만 중심을 잃고 떨어지며 연못 속에 빠지고 말았다. 그러자 용마는 눈 깜박할 사이에 번개처럼 궁장을 뛰어넘어 어디론가로 사라지고 말았다.

물귀신 모양이 되어 연못 속에서 기어나온 광해군은 화가 머리 끝가지 치밀어

"그 놈의 말을 당장 잡아다가 사지를 갈기갈기 찢어라."

하고 호령했다.

하지만, 그로부터 사흘이 지나도록 용마를 잡아오기는커녕 어디로 갔는지 행방을 알아내지도 못했다.

용마를 찾지 못하자, 광해군은

"금양위라는 놈을 대신 잡아들여라."

하고 명령했다. 연못 속에 빠진 화풀이를 하지 못했기 때문이었다.

이윽고 잡혀 들어온 금양위가

"그러하옵기에 소신이 미리 조심하시라고 아뢰지 않았사옵니까?"

하고 말했으나 광해군은 용서하려고 하지 않았다.

"이놈! 네가 역심을 품고 계획적으로 광마(狂馬)를 과인에게 바친 것이 아니었단 말이냐? 천하에 둘도 없는 명마가 어찌 과인을 몰라보고 이런 욕을 보인단 말이냐? 광마를 명마라고 속인 네놈의 죄는 백 번 죽어 마땅하다. 저놈을 당장 형장으로 끌고 가 목을 베어라."

금양위는 너무나 어이없어 하며 말했다.

"억울하옵니다. 신이 어떻게 감히 역심을 품었겠습니까?"

"듣기 싫다. 어서 저놈을 새남터로 끌고 가서 목을 치라니깐!"

광해군이 다시 소리치며 옥좌에서 일어서자 형조판서가 급히 아뢰

었다.

"마마. 금양위가 지은 죄는 백 번 죽어도 마땅하오나, 지금 그의 목을 베시면 앞으론 정말로 명마가 있어도 두려워서 바치지 않으려는 자가 생기게 될지도 모르오니 벼슬을 빼앗고 멀리 귀양을 보내는 것이 어떠하오리까? 우신(愚臣), 형을 맡고 있는 자로서 그것이 가장 적절한 조치라고 생각하옵니다."

"그래?"

당장 금양위의 목을 쳐서 화풀이를 하고 싶었지만, 그렇게 하면 앞으로 명마를 바치지 않으려는 자들이 생길지도 모른다는 말에 광해군은 생각을 바꿔어

"그렇다면 태장 백 대를 쳐서 정배 보내라."

라고 어명을 내렸다.

뜻하지 않았던 사건으로 인하여 하루 아침에 정배살이를 하게 된 금양위의 심사는 무척이나 괴로웠다. 눈만 뜨면 보게 되는 황량한 시골 구석이 마음에 들지 않아서가 아니라, 폭군 광해군의 생각이 어느 날 갑자기 바뀌어 사약을 내릴지도 모른다는 공포감 때문에 하루 해를 넘기는 것이 삼 년을 보내는 것처럼 길게 느껴졌다.

물론 한양에 있는 가족들을 생각할 때도 가슴이 아팠지만, 모처럼 얻어서 애지중지하며 보살핀 용마 생각을 하면 몸부림치고 싶도록 마음속 한구석이 허전했다.

원래라면 그런 종류의 말은 세상에 흔히 있는 것이 아니오, 설사 있다고 해도 알아보는 사람을 만나지 못하면 보통의 짐승만큼보다 더 천대를 받게 마련이었다. 그런데 무슨 인연이 있어서였는지 그놈이 눈에 띄였고 장차 때가 오면 크게 한 번 쓸 곳이 있으리라는 기대를 하고 있었는데, 물이 마른 개천에 용이 도사리고 있는 골이 되었으니

생각할수록 답답했다.

금양위가 알고 있는 바에 의하면 아무리 말이라도 그런 종자는 사람보다도 영리하며 아무에게나 부림을 당하지 않는다고 했다. 그 놈이 비록 궁 안으로 끌려들어가기는 했지만, 용마라는 것을 알면서도 부릴 만한 사람이 없었기에 그런 심술을 부린 것 같았다. 고삐를 채웠다고 해서 마음대로 부릴 수 있는 말이 아니었던 것이다. 때문에 그는 문득,

'그렇다면 용마는 옛 주인인 나를 얼마나 그리워하고 있을 것인가?' 하고 생각하며 힘없이 창가에 기대어 서 있었는데, 어디선가 갑자기 '쏴아–'하는 바람 소리와 함께 군마가 급히 달리는 듯한 말굽소리가 들려왔다.

금양위가 이상하게 생각하며 놀라는 순간 무엇인가 담장을 휙 넘어서 들어와 마당에 떨어지는 소리가 났다.

깜짝 놀라며 밖을 내다보던 금양위는 신발도 미처 신지 못하고 두 팔을 벌리며 마당으로 뛰어내려갔다. 그곳엔 천만 뜻밖에도 비단 안장에 금줄 굴레를 한 용마가 우뚝 서서 머리를 주억거리고 있었기 때문이었다.

"아니, 네가 여기에 웬일이냐?"

금양위는 눈물을 글썽이면서 콧소리를 내는 명마의 목덜미를 어루만지며 반가워했다.

"네가 기어이 나를 찾아왔구나, 영특하기도 하지."

주인의 말을 알아듣기라도 한 것처럼 용마는 '흥흥!' 하고 소리를 내면서 입술을 실룩거렸다. 하지만 그 같은 반가움은 잠깐 동안만 가져야 하는 기쁨에 불과했다.

비단 안장과 금줄 굴레를 벗기는 금양위의 손은 부르르 떨렸고 커

다란 두려움이 그의 온몸을 굳어지게 만들었다. 지금쯤 궁중에서는 계속해서 용마를 찾고 있을 것이고, 고을의 군수는 이틀이나 사흘에 한 번씩 사람을 보내 그의 행동을 살피고 있었으니, 용마가 이 곳에 온 것을 알게 되면 그야말로 당장에 한양에 사람을 보내 보고를 할 것이고, 이어 벼락이 떨어지게 될 것이 뻔했다.

때문에 금양위는 자기를 찾아온 용마가 원망스러워졌다. '차라리, 보지 않았으면 더 좋았을 텐데…….' 하는 마음이 생겼다. '하지만, 이미 문 밖에 와 있으니 이 노릇을 어떻게 해야 좋을까?' 하고 생각하며 어쩔 줄을 몰라 했다.

한참 동안 생각하던 그는 한 가지 방법을 생각해 냈다

'그래, 그렇게 해 보자.'

금양위는 영특한 용마가 자기의 마음을 알아준다면 시키는 대로 할 것이라고 생각하며 자식에게 말하듯이 중얼거렸다.

"얘야. 죽지 않으려면 내가 시키는 대로 해야 한다."

마치 용마는 그렇게 하겠다는 듯이 뒤 귀를 쫑긋 세우면서 눈을 떴다가 감았다가 했는데, 어쨌든 간에 금양위는 자기가 마음먹은 대로 해 보는 수밖에 없었다.

그가 귀양살이를 하는 초라한 집의 뒤에는 뽕나무 밭이 있었는데 언덕 밑의 외진 곳이어서 사람들의 발길이 별로 닿지 않았다.

금양위는 반나절을 더 걸려 그 밭의 한 구석을 파내느라고 무척이나 땀을 흘렸다. 그리고는 용마를 끌어다가 그 웅덩이 속에 집어넣어 목 부분만 땅 위에 나오게 하고는 짚단들을 세워 그것을 가렸다. 한데, 용마는 그 일이 끝날 때까지 아무런 소리도 내지 않았다.

금양위는 동이 트기 전인 첫새벽과 사방이 어두워지는 저녁 때가 되면 용마에게 끓인 죽을 갖다 주면서 똑같은 말로 타일렀다.

"많이 힘들겠지만 참고 살아가다가 보면 좋은 일이 생길 수도 있지 않겠니? 그러니 꼼짝 말고 가만히 있어."

그 때마다 용마는 맥이 빠져 게슴츠레해진 두 눈을 크게 뜨면서 주인의 얼굴을 바라보곤 했다.

그로부터 몇 해나 되는 세월이 흘렀다.

그러는 동안 금양위는 이제나 저제나 하면서 반가운 소식이 오기를 기다리다가 지칠대로 지쳤으니 그의 마음속이 얼마나 답답했을 것인가는 말할 것도 없지만, 몸을 구덩이 속에 숨기고 숨 한 번 제대로 쉬지 않으며 한결같이 지내온 용마도 어지간히 고통스러웠을 것이다. 아무리 충직한 사람이라도 감당하지 못할 일을 일개 짐승이 순종하며 해내는 모습을 보면서 금양위는 너무나 대견하게 여기며 감탄했다.

그런데 어느 날 아침이었다.

용마가 별안간 산을 무너뜨릴 것 같은 외마디 소리를 냅다 지르면서 웅덩이 속에서 뛰어나와 금양위가 거처하는 방 앞으로 달려오더니 우뚝 섰다.

소스라치게 놀란 금양위는 '그러면 큰일난다'라고 몇 번이나 타이르면서 뽕나무 밭으로 다시 가자고 이끌었으나 용마는 그대로 버티고 선 채 꼼짝도 하지 않았다. 때문에 금양위는,

'허어, 나의 운수도 다한 모양이다. 그렇지 않다면 이 놈이 갑자기 왜 이러는 거지?'

하고 생각하며 깊은 슬픔에 잠겼다. 그리고 '아무래도 나라에서 사약을 내리려나 보다'라고 추측했다.

이윽고 그는 부랴부랴 방 안으로 들어가 한양에 있는 가족들에게 보낼 유서를 쓰려고 붓을 들었는데, 저절로 솟구치는 눈물을 억제할 수가 없었다.

그런데 유서를 다 쓰기도 전에 사람들이 어지럽게 걸어오는 소리가 들려왔다. 그가,

'아, 드디어 올 것이 왔구나!'

하고 생각하는데, 문 밖에서 그를 부르는 소리가 들렸다.

"금양위, 계시오?"

"뉘시오?"

그가 애써서 침착하려고 하며 방문을 열었더니, 과연 틀림 없는 선전관(宣傳官)이 부사들을 거느리고 즐비하게 서 있었다. 그런데 웬일인지 사약을 든 자는 보이지 않았다. 때문에 담담한 목소리로,

"선전관이시구려. 어명을 받들 테니 유서를 쓸 시간을 주시오."

하고 말했다.

'사약을 내리는 대신에 참수형(斬首刑)을 집행하려나 보다'라고 생각하면서…….

그러자 선전관이 소리치듯이 말했다.

"금양위, 무슨 말씀을 하시는 거요? 어명이오. 사면이오!"

"예? 사면이라고요?"

금양위는 얼떨떨해 하며 반문했다. 그 말이 쉽사리 믿어지지 않아서였다. 그 때 대문 옆으로 비켜 서 있던 용마가 다시 한 번 하늘까지도 울릴 것처럼 큰 소리로 울었다.

"크엉- 크어엉-"

"그렇소. 하지만 광해주가 내린 사면령은 아니오. 한양에서는 지금 김유·이귀 등의 충신들이 반정을 일으켜 폭군 광해를 몰아내고 새로 임금님을 모셨소. 만조백관들이 어지시기로 이름난 정원군(定遠君)의 아드님 능양군(陵陽君 : 인조)을 추대하신 거요. 그러니 새 상감마마의 사면령이오."

"오오, 그래요? 하늘이 무심치 않으셨구려."

금양위는 가슴 벅찬 감동으로 인해 더 이상 말을 잊지 못했다.

"자아, 어서 한양으로 가십시다."

선전관이 재촉했기에 금양위는 서둘러 한양을 향해 떠나게 되었다.

그는 처음으로 용마를 타고 천 리 길을 올라가면서 새삼스럽게 생각했다. 자기에게 닥칠 일을 미리 알려준 용마의 능력은 너무나 신비하다고.

한데, 금양위가 집에 돌아온 다음 날 뜻밖의 일이 생겼다.

당시에는 조정에 큰 일이 있을 때마다 중국에 사신을 보내서 알리는 절차가 정해져 있었다. 그래서 사신이 주장(奏章)을 가지고 떠난지 여러 날이 되었는데, 주장 가운데 몇 마디 말을 고쳐야 되는 것을 뒤늦게 알게 되어 큰 소동이 벌어지게 되었다. 날짜를 따져 보니 사신이 사흘 후면 의주(義州)에서 압록강을 건너게 되어 사람을 보낸다 해도 사흘 안에는 도저히 그들을 따라잡을 수 없었기 때문이었다.

사신을 그대로 보낸다면 우리 나라 조정이 창피를 당하게 되기에 어떤 방법을 써서라도 사신 일행이 강을 건너기 전에 만나서 처리해야 하는데 묘책이 없었기에 중신들이 모두 크게 걱정하고 있었다.

그런데 한 사람이 묘안을 생각해 냈다.

"금양위가 기르고 있는 용마를 빌려서 타고 가면 사흘 안에 도착할 수 있을 텐데, 워낙 귀한 말이라 빌릴 수 있을지 모르겠소."

"맞아! 그거 참 좋은 생각이오. 아무리 귀한 말이라도 나라의 중대한 일 때문이라면 빌려주지 않을 리가 없지. 한데, 그 용마가 정말로 그렇게 빨리 달릴 수 있을까?"

"아, 그럼요. 하루에 오륙백 리는 거뜬하게 달린답니다."

"그래요? 그렇다면 됐소이다."

정승과 판서들은 그 길로 당장 금양위를 찾아가 그간의 사정을 설명하고 용마를 빌려 달라고 부탁했다. 물론 금양위는 두말 하지 않고 승낙하면서 말했다.

"제가 오랫동안 용마를 보살피며 키운 것은 이처럼 나라에 큰 일이 생겼을 때 쓰기 위해서였습니다."

그리하여 금군(禁軍) 중에서 날쌔고 영리한 자 하나를 골라 그 날로 용마를 타고 떠나게 했는데, 다른 사람이 타는 것을 싫어하는 용마도 나라의 중대한 일 때문에 가는 사람이라는 사실을 알아서였는지 순순히 그를 태웠다.

바로 그 때, 금양위가 그 사람에게 말했다.

"여보게, 이 말은 보통 말들과는 다르니 내가 시키는 대로 다루어야 하네. 의주에 도착하여 내리면 이 말을 커다란 나무에 매어 놓게. 그러면 사흘 동안 흰 거품을 토할 거야. 그 때 비로소 먹을 것을 줘야 하는데 처음에는 부드러운 풀을 주고, 사흘이 지난 뒤에 죽을 끓여서 주게. 그리고 또 사흘이 지난 뒤에 다시 타도록 하게. 내가 한 말을 잘 기억해 두었다가 꼭 그대로 해야지, 깜빡 잊고 실수를 하면 큰일 나게 되네. 알았지?

"네. 잊지 않고 그대로 행하겠나이다."

하고 대답한 금군이 고삐를 당기자 용마는 먼지를 '화악!' 일으키며 시위를 떠난 화살처럼 달려가기 시작했다.

용마는 과연 천하에 두 필이 있을 수 없는 뛰어난 명마였다. 금군을 태운 용마는 밤이나 낮이나 쉬지 않고 이틀 반나절 동안을 계속해서 달려 의주로 접어들었다.

전날 저녁에 도착했던 사신 일행이 마악 압록강을 건너려고 나섰을 때 금군은 사나운 바람처럼 용마를 몰아 그들 앞에 나타났다. 하지만 그는 물 한 모금 마실 겨를도 없이 온몸의 힘을 다해서 달려와 탈진된 상태였기 때문에 말에서 내리자마자 그 자리에 꼬꾸라지며 정신을 잃고 말았다.

때문에 사신을 따라온 마부가 급히 다가가서 금군을 안아서 일으켰으나 그는 정신을 차리지 못했다. 그러자 돌연한 사태를 지켜보고 있던 사신이 말했다.

"한양에서 뭔가 급한 사연이라도 가지고 온 모양이니 허리에 찬 것을 끌러보게."

"예."

하인이 허리에 차고 있는 보자기를 풀어보니 아니나 다를까 문서가 들어 있었다.

그래서 사신이 그 문서를 받아 읽으려고 하는데 금군을 태우고 온 말이 요란하게 소리를 지르며 발을 굴러댔다. 그러자 사신이 하인에게 말했다.

"여봐라, 저 말이 배가 고파서 저러는 것 같으니 어서 먹을 것을 줘라."

"예."

하인은 용마를 마구간으로 끌고 가서 보통 말들이 먹는 먹이를 주었다. 그랬더니 용마는 사흘씩이나 굶은 데다가 갈증까지 심해서였는지 마구 먹어 대기 시작했다.

그런데 그로부터 잠시 후, 용마가 갑자기 '커억-'하고 소리를 내면서 옆으로 쓰러지고 말았다. 그리고는 다시 일어서지 못하며 영영 눈을 감아버리고 말았다. 하지만 그것을 보고 크게 놀라는 사람은 하나도 없었다. 먼 길을 달려오느라고 피로가 누적되어 죽었을 거라고만 생각했다.

한참만에 정신을 차리며 눈을 뜬 금군은 용마가 보이지 않는 것을 느끼며 소리치듯이 물었다.

"말, 내가 타고 온 말은 어디에 있소?"

"이제야 정신을 차리셨군. 그 말은 없어졌소이다."

"예? 없어지다니요?"

금군이 깜짝 놀라며 반문하자 사신의 마부가 시큰둥하게 대답했다.

"아, 글쎄 그놈이 너무 많이 먹는 것 같다 했더니 갑자기 쓰러졌소이다. 그리고는……."

"아이구, 뭐라구요? 아, 이걸 어쩌면 좋담!"

금군은 자기도 모르게 눈물을 흘리면서 탄식했다. 한양에서 떠날 때 금양위가 그처럼 간곡히 말했는데도 깜빡 정신을 잃는 바람에 용마를 죽게 만들었으니 돌아갈 면목까지도 없어진 것이다. 그가,

"그 말은 금양위 박 대감이 아끼면서 기르던 용마라오."

하고 말하자, 사람들은 그제서야 크게 놀라며 소리쳤다.

"아니, 뭐라고요?"

"그 말이 박 대감의 용마라고요?"

하지만 상황은 이미 엎질러진 물처럼 되어 있었다. 백 년에 한 번 정도나 나타난다는 용마를 다시 살릴 수는 없었다.

금양위는 용마를 의주로 보낸 뒤부터 어쩐지 마음이 놓이지 않아 항상 걱정을 했다. 떠난 지 보름이 지나도 용마에 대한 소식이 없자 그의 걱정은 더욱 커졌다.

스무 날 만에야 비로소 돌아온 금군이 그의 앞에서 머리를 조아리며 사연을 아뢰자 금양위는 땅이 꺼질 것처럼 한숨을 쉬면서 뜨거운 눈물을 흘렸다. 그리고 하나뿐인 자식을 잃은 것보다 더 애통해 하는 마음으로 정성을 다해서 용마의 시체를 풍악에 묻었다.

보은의 구름다리

선조대왕(宣祖大王) 16년(1583년), 오래 전부터 뜻을 이루지 못한 채 한 해를 보내고 또 해가 저무는 조정의 급박함 속에 종계개록(宗系改錄)의 승인을 이 해에는 꼭 얻어보자며 명나라도 떠난 사신들이 통주(通州)에 도착했을 때의 일이다.

통주는 북경(北京)에서 30리 밖에 떨어지지 않은 곳이었는데, 피로에 지친 사신 일행은 조정으로부터 받은 사명(使命)의 완수 여부가 새삼스럽게 걱정되었다.

그 때의 역관으로 정부사(正副使)를 따라간 사람은 외국어 학당에서 공부하던 서생 홍순언(洪純彦)이었다.

통주에 도착한 날 그는 자기의 책임의 중대함을 다시 한 번 통감하며 근심에 싸여 시간만 보내다가 너무도 답답하여 거리로 나왔다.

이국의 거리를 걸어가는 홍 역관은 머리 속에 가득 찬 타향에서의 울적한 심회가 풀리지 않아 호젓한 선술집으로 들어섰다.

몇 잔의 술을 마시고 나온 통주의 모습은 밝은 달빛 때문이었는지 몹시도 아름다웠다.

길거리의 여기저기에 내어 걸린 청루의 울긋불긋한 등불들이 명멸하듯 흔들리고 있었다. 술에 취한 그는 정신없이 한 걸음 두 걸음 발길을 옮겼다.

어느덧 고요히 잠들기 시작한 통주의 밤거리는 오고가는 사람들의 발자취조차 드문드문해지고 있었다.

홍 역관은 얼근히 술에 취했기에 자기도 모르게 등불이 휘황하게 비치는 어느 청루 앞에 이르렀다. 집집마다 문 앞에 달려 있는 청사초롱불 밑에는 간판이 붙어 있었고, 그 밑에는 백 냥 방, 2백 냥 방, 4백 냥 방이라는 글자들이 쓰여져 눈길을 끌었다.

홍 역관은 가격표를 훑어보며 이 집에서 저 집으로 발을 옮겼다.

그처럼 한참 동안 걷던 그는 어느 집 문 앞에 이르렀을 때, 문득 발을 멈추었다.

그 집의 가격표에는 '천 냥'이라고 쓰여져 있었다.

"천 냥! 천 냥!"

혼잣말을 하던 역관은 도대체 어떻게 생긴 기생이 있길래 천 냥이나 받을까? 하는 엉뚱한 호기심이 생겼다.

'천 냥짜리라면 얼마나 어여쁜 기생일까? 큰 부자의 재산이 되는 돈인데, 그것을 기생과 하룻밤 놀고 가는 데 쓸 놈이 있을까?'

원래 홍 역관은 글도 잘 하지만 활과 칼도 잘 쓰는 풍류객이었다.

때문에 그 곳을 그대로 지나칠 수가 없었다.

문 앞에서 한동안 서성대던 그는 이윽고 문 안으로 쑥 들어섰다.

그랬더니 웬 노파가 그를 맞아주었다. 노파는 그를 쳐다보더니 말없이 어떤 방으로 인도했다.

그는 방에 들어가 앉아 천 냥짜리 기생의 모습을 머리 속에 멋대로 그리면서 호기심에 가득 차 마음까지 설레이고 있었다.

방 안은 이상하게도 기생집이라고 했지만, 어쩐지 기생집 같아 보이지 않았고, 마치 어느 고관집 안방 같은 안정감이 감돌았다.

걸려 있는 족자를 위시한 방 안의 장식품들이 품위있어 보였고 자기 앞에서 공손히 행동을 취하는 노파도 결코 기생의 뚜쟁이처럼 보이지 않았다.

노파가 엽차를 내오더니 공손히 따랐다. 그리고 약간 웃음을 지으면서

"상공님, 잠깐 동안만 기다리십시오."
하고 말하고는 일어나 안으로 들어갔다.

홍순언은 노파의 뒷모습을 바라보면서 알 수 없다는 듯 흐린 빛을 잠깐 얼굴에 띠었다.

'천 냥? 천 냥?'

그는 마음속으로 또 한번 너무나도 큰 액수를 그려 보았다.

그러나 술이 취했는지라,

'에라, 어차피 외국에 와서 쓰는 것이니 만 냥을 쓰나 천 냥을 쓰나 마찬가지가 아닌가!'
하는 호기가 불쑥 생겨 만사를 잊고 이제 곧 들어올 기생에 대해서만 생각하기로 했다.

'필시 선녀 같으리라.'

홍순언이 잔뜩 기대를 걸고 있는데 문이 살며시 열렸다. 그러나 나타난 것은 아름다운 선녀가 아니라, 좀 전의 그 노파였다.

노파는 새삼스럽게

"손님, 오늘 밤 이 곳에서 주무시고 가실 거지요?"
하고 공손하게 물었다.

그러자 홍순언은 빙그레 웃으며

"그야 이 집에 들어온 이상 두말 할 필요가 있겠소?"
하고 대답했더니 노파는 다시 나가면서
"내가 이 집에 온 지 일 년만에 처음으로 이렇게 오시는 손님이 계시니, 필연코 아씨의 소원을 풀 때가 되었나 보옵니다."
하고 알 수 없는 말을 중얼거렸기 때문에, 홍순언은
'허, 소원이라니 그게 도대체 그것이 무엇일까?'
하고 생각하지 않을 수 없었다.
이윽고 발소리가 나더니 방문이 열렸다.
그러나 들어온 것은 기대하던 천 냥짜리가 아니라 열댓 살난 어린 소녀였다.
"저 아씨께서 안으로 모시고 오라고 하시어 왔습니다."
홍순언은 이제야 드디어 천 냥짜리 기생 구경을 하는구나 하고 생각하며 두루마기를 털어 입고 소녀의 뒤를 따라 갔다.
소녀는 조그마한 복도를 지나더니 후원을 향해서 걸어갔다.
홍 역관이 그 뒤를 따라 들어가 보니 뒷곁에 기와집이 한 채 있는데, 처마 끝에 청사 초롱이 서너 개나 달아 놓아 대낮처럼 환해서 눈이 부셨다.
그 눈부신 빛 속에서 칠보 단장으로 화장을 한 여자가 좌우에 시녀를 거느린 채 홍순언를 맞이하여 엶은 웃음을 머금고 서 있었다.
홍순언은 그 여자를 보는 순간
"과연 천하 일색이로구나."
하고 감탄의 말을 토했다.
홍순언이 그 여인에게로 가까이 가자, 그녀는 고개를 숙이면서 말없이 방문을 열었다.
다음 순간 홍순언은 호화찬란한 방 안을 살펴보면서 객실에서의 것과 똑같은 인상을 받았다.

아무리 다시 봐도 그것은 어느 고관댁의 귀한 손님으로 온 것이지 기생과의 하룻밤 놀이에 돈 천 냥을 버리려고 온 듯한 생각이 전혀 들지 않는 분위기였다.

홍순언은 여자에게 웃음으로 답하고 방으로 들어갔다.

방 안에서 잠시 이모저모를 살피고 있으려니까, 여자가 시녀들을 각기 자기들의 처소로 물러가게 한 다음 조용히 들어섰다.

밝은 등불 밑에서 보니 정말로 우아하고 아름다운 자태였다. 양귀비를 몇 백 명 갖다 놓아도 무색하리만큼 절묘한 미모를 가진 여인이었다.

여자의 눈초리는 기생처럼 느껴지는 데가 하나도 없었다. 몸가짐도, 태도도 역시 그랬다. 여자는 양가의 깊은 별당에서 고이 자란 규중의 처녀 같았다. 이윽고, 선녀와 같은 그녀가 사뿐히 그의 앞으로 다가서며 절을 했다.

공손히 절을 한 여인은 윗목에 도사리고 앉은 채 아무런 말도 없이 발끝만 내려다보고 있었다.

이십 세 가량이 되어 보이는 그림 같은 여자는 이제 마악 피려는 꽃송이와도 같은 청순함이 깃들어 있었다.

그 아름다운 꽃송이가 이제 모질고 사나운 비바람에 휩쓸려 그대로 으스러지고 마는 순간이 닥쳐온 것이다.

홍 역관은 기생이 어쩌면 저렇게도 어엿한 규중 처녀 같을까 하는 생각과 또한 천 냥이라는 엄청난 가격의 수수께끼에 대해서 혼자서 궁금해 하며 그녀의 황홀한 자태에 정신을 빼앗기고 있는데, 여자가 침묵을 깨며,

"상공께서 이렇게 누추한 곳을 찾아주시니 감사한 말을 어찌 다 하

겠습니까?”
하고 입을 열어 말을 한 후 고개를 들었다.

“원, 별 말을 다 하는구려.”

홍 역관은 그렇게 대답을 하기는 했는데 수줍음을 띤 그 여자를 지금부터 어떻게 상대해야 할 것인가 하고 생각하니 심하게 가슴만 뛰었다.

여자는 어딘지 모르게 호락호락하게 넘어갈 것 같지 않은 고귀한 분위기를 가지고 있었으며, 마치 돌로 깎아 놓은 듯한 자세로 다소곳하게 앉아 있을 뿐이었다.

말없이 한참 동안 그녀를 바라보던 홍 역관은 그 숨막힐 듯한 시간을 없애려고 말을 꺼냈다.

“내 낭자의 이름을 일찍 듣고, 한 번 보려고 하였으나 멀리 외국에 있는 고로 그 뜻을 이루지 못하다가 이제야 함께 자리하여 그대의 얼굴을 대하게 되었소이다. 너무 늦은 감이 있으나 앞으로는 자주 만나기로 합시다. 그런데, 그대처럼 범상치 않은 여인이 이런 곳에 있다는 것은 매우 이상한 일 같다는 생각이 드는구려.”

그 말을 들은 여자는 아무런 말도 없이 한참 동안 고개를 숙이고 있더니 벽을 향하여 돌아앉아 두 어깨를 들먹이기 시작했다. 울고 있는 것이었다.

때문에 홍 역관은 더욱 이상하다는 생각이 들었다.

도대체 무슨 곡절이 있길래 천 냥이라는 막대한 돈을 아끼지 않고 객고를 풀러온 자기에게 아무런 말도 없이 저토록 우는 꼴을 보이는 것일까?

“내가 큰 돈을 내고 여기에 들어온 것은 여러 날 동안의 여행으로 피곤해진 몸을 풀어보기 위해서인데, 이렇게 손객의 마음을 불편하게 만드는 까닭은 도대체 무엇이요?"

무슨 곡절이 숨어 있으리라고 생각한 홍 역관은 그렇게 물었다.

여자는 슬며시 돌아앉으며 흐르는 눈물을 씻더니,

"대단히 죄송하옵니다. 소녀처럼 불미한 계집에게 은 천 냥을 주시는 고귀한 분에게 마음이 흡족하시도록 유쾌하게 못 모시고 이처럼 요사스런 눈물을 보였으니 뭐라고 사과할 도리가 없사옵니다."

하고 서두를 꺼낸 다음 다음과 같은 사연을 말했다.

"이제 천 냥을 아끼지 않으시는 분에게 뭣을 숨기겠습니까? 사실인즉 소녀는 기녀(妓女)가 아니옵니다. 이 나라 호조시랑(戶曹侍郎)의 어엿한 딸이옵니다. 그러나 피치 못할 사정으로 이천 냥을 쓸 곳이 생겼사온데, 약한 계집의 몸으로 어찌 그런 큰 돈을 마련할 수 있겠습니까? 집을 팔면 천 냥 가량은 되지만, 나머지 천 냥은 구할 도리가 없기에 부득이 몸을 팔려고 그런 현판을 내걸었던 것입니다.

몇 백 냥씩으로 나누어 손님을 받는 것 보다는 차라리 처녀의 몸으로 한 손님을 받아서 곤경을 면하고 천 년 만 년 그 손님을 따라가 살려고 이렇게 한 것이옵니다. 그러면 인간된 도리에 조금도 부끄러울 게 없겠다는 생각이 들었기 때문이옵니다.

그리고 제가 우는 이유는 상공은 타국인이라, 제가 이 밤만 모시면 영원히 헤어지게 되는 것이 가슴 아프고, 언제까지나 상공 앞에 있으면서 모시지 못하는 것 또한 서글퍼서 그런 것입니다. 부디 용서하여 주옵소서."

홍순언은 그 말을 듣고 깜짝 놀라지 않을 수 없었다.

'처녀라? 피치 못할 사정이라?'

그렇게 속으로 뇌까리다가

"그 피치 못할 사정이라는 게 뭔가?"

하고 물었다.

"이것은 우리 집안의 흠이 되는 이야기옵니다만, 이제 뭣을 속이겠습니까. 소녀의 아버지께서 호조시랑으로 계실 때 어느 나쁜 사람에게 속아 국고금 이천 냥을 소비하셨사옵니다. 그리고 그 죄로 옥에 갇히고 나니 어찌 그 이천 냥이라는 큰 나랏돈을 변상하여 부친을 구할 수 있겠습니까? 생각다 못해 결국은 제 몸을 팔기로 한 것입니다. 이제 그 이야기는 하지 마시고 상공 덕분에 내일이면 부친께서 무사히 나오시게 되었으니 이 밤을 유쾌히 쉬시옵소서."

낭자는 그렇게 말하고 명랑한 빛을 띠웠다.

홍 역관은 그 안타까운 사정과 처녀의 효성, 또 그처럼 무서운 결심에 태산 같은 동정심이 솟구쳤다. 그리고 자기도 모르게 커다란 물결 같은 감동이 가슴 속에서 넘실거리는 것을 느꼈다.

"나는 그런 사연이 있는 줄을 꿈에도 몰랐소이다. 하늘에서 내신 효녀에게 잠시나마 불칙한 마음을 품은 내가 잘못이었소. 자, 여기 이천 냥이 있으니 이것으로 고생하시는 부친을 구하시오."

홍 역관은 그렇게 말하면서 허리에 차고 있던 천 냥짜리 전대 두 뭉치를 풀어놓았다.

그리고 볼일을 다 보았다는 듯이 일어서려고 했다.

여자는 눈이 둥그레졌고 다음 순간에는 깜짝 놀라며 말했다.

"상공님! 이 같은 돈을 아끼지 않고 이 천한 몸을 위해 동정해 주시니 감사합니다마는 떠나신다는 것은 부당한 줄로 아옵니다."

"아니오. 이 돈은 내가 주는 것이 아니라 하늘이 그대의 효성에 감격하여 주는 것이니 그리 알고 너무 부담스럽게 생각하지 마시오."

홍순언이 기여이 뿌리치고 떠나려고 하자, 그녀는

"정 그러시다면 제 말 한 마디만 듣고 가시지요."

하고 애절하는 것이었다. 때문에 그는 할 수 없이 자리에 앉았다.

낭자는 그제서야 소매를 놓고 말했다.

"그냥 가시겠다면 아버지를 구해 주신 상공을 수양아버지로 삼겠사오니 존함을 말씀해 주시옵소서. 그러면 저의 집 가보에 올려 이 아름다운 일을 후대에까지 전하겠사옵니다."

"나는 감히 이름을 댈 만한 사람이 못 되오. 그저 홍 역관으로만 아시면 되지요."

라고 말한 홍 역관은 아무런 미련도 없이 그 집에서 나왔다. 낭자는 울면서 문 앞까지 나와 그를 전송하였다.

홍 역관은 공관으로 돌아와서 자리에 누웠으나 쉽게 잠이 올 리가 없었다. 나라의 돈을 이천 냥이나 헛되이 썼으니 어찌 마음이 괴롭지 않을 수 있을 것인가.

다음 날 조양문을 지나 명나라 정부에 들어간 사신 일행은 며칠 동안 묵으면서 '종계개록'에 대해서 백방으로 운동을 했으나 결국 뜻을 이루지 못한 채 성과없이 귀국하게 되었다.

본국에 도착한 홍 역관은 나랏돈 낭비가 화근이 되어 죄를 입고 금부에 갇히고 말았다.

그러나 나라에서도 그의 의협심 때문에 저질러진 잘못을 어느 정도 동정하여 즉시 처형하지 않고 세월을 끌었다.

세월은 빨라서 홍 역관이 옥에 갇힌지 어느덧 3년이 지났다.

나라에서는 다시금 '종계개록' 때문에 사신들을 명나라에 보내기로 조의(朝議)가 결정되었다.

여러 번에 걸쳐서 실패한 까닭에 임금은 엄중한 교지를 내렸다.

그 교지는 바로 역관에게 내린 것인데, 그로 인해 역관들은 입맛을 잃을 지경이 되고 말았다.

"이번 정사에는 황정욱(黃正彧), 부사로는 김계휘(金繼輝)가 정해졌는데 일이 잘 되고 못 되는 책임은 결국에는 정부사에게 달렸다고는 하나 말을 옮기는 역관에게도 또한 큰 책임이 있는지라. 만일 이번에도 또 성사시키지 못하고 오면 역관의 목을 벨 것이다."

라는 명이 내렸기에 역관들은 하루도 마음이 편할 날이 없었다.

백 중에서 구십구는 잘 되지 않을 것이 너무나도 뻔하니 역관으로 선택된다면, 그것은 바로 사형 선고를 받는 것과 다를 바가 없었다.

역관들의 근심은 점점 높아졌다. 다른 때 같았으면 제각기 자기가 가려고 운동을 했었겠지만은 이번은 저마다 가지 않게 되도록 운동을 하는 판이었다.

그렇게 근심에 싸여 지내던 어느 날, 역관들이 모인 자리에서 한 사람이 "이런 때 홍 역관이 있었으면." 하면서 탄식했다.

그러자 모든 역관들은 불현듯이 홍 역관을 생각했다. 하지만 그는 이미 옥중에 갇혀 있는 사람이었다.

"그렇지만, 그렇게 하면 되겠군."

한 역관이 다시 말을 하다가 말끝을 흐려 버렸다.

그 역관의 말을 듣던 다른 역관들은 저마다 눈에서 빛을 발하며 생기가 올랐다. 그들이 잠시 후에 만들어낸 의견은 이러한 것이었다.

홍 역관은 이왕 옥에 갇혀 죽고 말 몸이니 우리가 어느 정도의 돈을 모아 그가 탕진한 국고금 이천 냥을 변상해 주고 그로 하여금 이번 길의 역관으로 가도록 만들자는 뜻이었다.

다음 날 역관들은 이천 냥을 마련하여 홍 역관은 출옥되게 하였다. 따라서 친구들의 따뜻한 정성으로 자유로운 몸이 된 줄 알았던 홍 역관은 다시금 눈앞에 가로막힌 난관을 받아들여야 만했다.

"자네들이 나를 구해준 보답으로 이번 역관은 내가 맡겠다. 모든 것은 천명에 맡길 것이니 나의 앞길이나 축원해 주게."

그는 동지들에게 그런 말을 남기고 다시금 수만 리나 되는 명나라로 떠났다.

통주는 홍 역관에게 있어서 평생 동안 잊을 수 없는 곳이었다. 사신 일행은 통주에 도착하여 공관에서 하룻밤을 쉬고 다음 날 일찍 명나라의 수도인 조양문 안으로 들어갔다. 그런데 그들 일행의 눈에 이상한 광경이 보이게 되었다. 조양문 앞에서부터 길 양편으로 비단을 깔아 놓고 재인(才人)과 악인(樂人)들이 앉아 흥겹게 악기를 연주하며 그들을 환영하는 것이었다.

홍 역관은 전에도 물론 사신으로 왔었지만, 그처럼 굉장한 환영을 받지는 못했었다. 그들 일행은 어리둥절해지지 않을 수 없었으며, 자기네들이 아닌 다른 귀빈이 어디서 오는 것을 환영하는 줄로만 알았다. 그런 생각을 하면서 울긋불긋 굉장한 장치들을 두루 살피며 길을 걸어가고 있는데, 저쪽에서 금은으로 화려하고 호화스럽게 단장한 수레 하나가 나타나 그들 앞에 이르러 우뚝 멈추더니 안에서 풍채가 좋은 명나라 고관 한 사람이 내렸다. 그리고는,

"홍 역관이 어느 분이신가요?"

하고 묻는 것이었다.

정사, 부사를 다 젖혀 놓고 역관부터 찾는 그 이상한 행동 때문에 일행은 눈이 둥그레졌다.

홍 역관은 무슨 죄라도 지은 것처럼 어쩔 줄을 모르며 앞으로 걸어나가

"네, 소인이 홍 역관이옵니다."

하고 대답했다.

그런데 거기서 너무나 놀라운 일이 벌어졌다.

큰 나라의 위풍당당한 재상이 일개 조그마한 나라의 사신인, 그것도 말단인 홍 역관에게 넓죽 엎드려 큰절을 하는 것이 아닌가?

홍 역관은 얼떨떨해진 상태로 잠시 어쩔 줄 모르다가 맞절을 깍듯이 했다.

"장인께서 원로에 오시느라고 얼마나 수고하셨습니까?"

그 대관의 입에서 떨어진 이 뜻밖의 말은 우리 나라 사신들 일행은 물론 그 곳에 구경하러 나왔던 명나라 백성들의 눈을 휘둥그렇게 만들었다.

홍 역관은 아닌 밤중에 홍두깨 격으로 튀어나온 그 말이 마치 도깨비에 홀린 사람처럼 되었으며 사태를 제대로 파악할 수가 없었다.

"누구시온지, 소인을 어찌 장인이라고 부르시옵니까?"

"물론 그렇게 말씀하시는 것이 당연하겠지요. 자세한 이야기는 후에 조용한 자리에서 올리기로 하고 어서 수레에 오르십시오. 저의 집에서 기다리는 사람이 있사옵니다."

대관은 그렇게 말하며 수레에 타기를 권했다.

기다리는 사람이라니 그게 도대체 누굴까? 하는 의심이 솟구쳤다.

그는 홍 역관의 소매를 끌어 수레에 태우면서 정사나 부사에게는 미처 아무런 말 한 마디도 못한 것에 대해서 정중히 사과했다.

수레에서 그 대관은 이윽고 말했다.

"저는 예부시랑(禮部侍郎 : 지금은 외무급 문교장관) 석성(石星)이올시다. 장인님께서 3년 간이나 우리 나라에 오시지 않기에 무척이나 궁금하게 생각했습니다."

그 말을 들은 홍 역관은 또 한 번 크게 놀랐다. 도대체 이러한 대관이 어떤 연유로 자신을 대하는 것일까 몸둘 곳을 몰라 했다.

어느덧 수레는 궁궐처럼 으리으리한 집 앞에 이르렀다. 그것이 예부시랑의 집이었다.

홍 역관은 그저 그가 하라는 대로 행동할 뿐이었다.

화려하게 꾸며져 있는 복도를 지나 객실까지 그를 안내한 석 시랑은 계집애가 내온 차를 권하면서

"자세한 이야기는 제가 여쭙는 것보다 잠시 후에 나와서 말씀드릴 사람이 있으니 그 때까지 조금만 기다려 주시지요."

하고 말하더니 안으로 들어갔다.

'잠시 후에 나와서 말씀드릴 사람이라니?'

홍 역관이 궁금함을 금치 못하고 앉아 있었는데 사람이 걸어오는 발소리가 들리더니 이윽고 문이 열렸다.

그리고 아름다운 귀부인 하나가 시녀들을 앞뒤에 거느리고 들어왔다. 이어 그 귀부인의 뒤를 따라서 석 시랑도 벙글벙글 웃으면서 들어왔다.

홍 역관은 들어오는 귀부인의 얼굴을 얼핏 쳐다보다가 마치 전기에 감전된 사람처럼 입 속으로 외마디 소리를 질렀다.

"앗!"

그 여인은 3년 동안 옥중 생활을 하게 한 바로 그 당사자였다.

홍 역관은 눈 앞에 삼 년 전에 통주에서 있었던 그 하루 저녁의 일이 생생하게 떠올랐다.

귀부인의 눈에서 넘친 눈물이 그녀의 볼을 적시고 있었다. 그것은 은인을 만나게 된 기쁨으로 인한 눈물일 것이다.

홍 역관의 눈에도 기뻐하는 빛이 역력했다.

"아버님, 그간 존체 건안하셨는지요."

"아니! 이게 누구요? 그래 부친께서는 무사하시고 건강하신지?"

"아버님 덕택에 모든 일이 무사히 해결되고, 저도 예부시랑의 아내

가 되었습니다. 아버님이 도와주시지 않았다면 우리 집 일은 어떻게 되었을 것인지 예측할 수도 없습니다."

말을 제대로 맺지 못한 그녀의 얼굴은 또다시 감격에 휩싸이고 홍 역관 역시도 그런 감격의 순간이 있을 것이라고는 상상도 하지 못하고 있었다.

석 시랑은 두 사람을 번갈아 바라보며 자기 아내를 구해준 알지 못하는 조선인에게 끝없는 감사의 뜻을 표했다.

그 날 밤 석 시랑의 집에서는 명나라 조정의 백관들이 구름같이 모여서 역사에 없던 대연회가 벌어졌으며, 그들은 홍순언의 의협 자선심에 뜨거운 사의를 표했다.

홍 역관은 아침에 마련해준 찬란한 마중이 자기를 위한 것이었던 것을 다시 한 번 생각하면서 감격의 눈물을 흘렸다.

정, 부사도 홍 역관의 간청으로 석 시랑의 집에서 함께 묵으면서 호화로운 대접을 받았다.

물론 '종계개록'은 석 시랑의 주선과 만조백관의 찬성으로 무사히 승인을 받았기에 그들은 융숭한 대접을 받으며 편한 마음으로 나날을 보냈다.

여러 차례에 걸쳐 사신들이 건너와서도 결코 얻지 못했던 '종계개록'이 홍 역관의 자선으로 인해 단번에 이루어졌던 것이다. 때문에 함께 갔던 정부사도 기뻐하며 어쩔 줄 몰라 했다.

그들은 그 후에 석 시랑의 안내로 북경과 고적 명승지를 두루 구경하고 귀국 여정에 올랐다.

홍 역관 일행이 떠날 때도 석 시랑 부처는 조양문 밖에까지 전송을 나왔으며, 그의 아내는 「보은」이라는 글자를 수놓은 비단 3백 필을 내주며

"아버님! 은혜를 갚기 위해서 드리는 것이오니 받아주시옵소서."
하고 말하면서 헤어지는 것을 너무나 섭섭해 했다.

"이번 일은 모두 자네의 공일세."
하고 말하며 무한한 감사의 뜻을 표한 정부사 등 사신 일행 또한 홍 역관에게 새삼스럽게 감사의 뜻을 표했다.

일행이 압록강 근변에 이르렀을 때 뒤에서 빠르게 달려오는 발굽 소리가 나더니 그들 앞에 다다른 관리가 말고삐를 당기며 말했다.

"석 시랑께서 보내시는 비단 3백 필을 가지고 왔으니 받아주십시오."

그것은 조양문 밖에서 홍 역관이 사양하고 받지 않았던 그 선물 비단이었다. 이번에 대사명의 뜻을 완수하게 해준 것만도 감사한데 값진 비단까지 어찌 받겠느냐며 또다시 사양했으나 결국에는 그들 부부의 정성을 생각해서 받아 가지고 다시 돌아섰다.

선조는 오랜 세월 동안 이루지 못해 걱정하던 '종계개록' 문제가 무사히 마무리 지어진 것을 크게 기뻐하며 용안에 만족해 하는 웃음의 빛을 담았다. 더욱이 홍 역관에게 얽힌 이야기를 듣고는 많은 상을 내리고 당릉군(塘陵君)을 봉했다.

이 이야기는 하나의 전설이 되어 오랫동안 전해졌는데, 선조 25년 임진왜란 때 명나라로 청병하러 갔을 때도 이 당릉군이 역관으로 들어갔다고 한다.

그리고 때마침 석 시랑이 백만 대군을 마음대로 흔들 수 있는 병부상서(兵部尙書) 벼슬에 올라 있었기에 손쉽게 교섭이 되어 이여송의 군대가 파견 나와 크게 도움을 주었다는 것이다.

공신들과 여공명

충청도 공주는 54군을 관할하는 감영이 자리잡고 있는 곳이다.

이 곳에 서모(徐某)라는 퇴역 이방이 살고 있었는데, 장사를 시작한 지 몇 해 지나지 않아 공주에서 제일 가는 부자라는 소리를 들을 정도로 많은 재산을 모았다.

그에게는 이 세상의 무엇보다도 사랑하는 막내딸이 있었다. 얼굴도 잘 생기고 어려서부터 총명했기에 그녀의 부모는 이따금 '이 같은 자식이 아들로 태어났으면 얼마나 좋을까?' 하고 생각하며 안타까움에 한탄하곤 했다.

그녀는 나이가 15~6세에 이르게 되자, 당연히 통혼하는 집안들이 사방에서 답지하게 되고, 한편으로는 각 읍의 수령과 명사 양반들이 그녀를 양첩(良妾 : 양민 출신 첩)으로 삼고 싶다는 뜻을 표했다.

그것들 중에는 그녀의 부모가 적당하다고 생각되는 혼처가 몇 군데 있었다. 하지만 당사자인 처녀는 번번히 거절하며 응하지 않았다. 때문에 그녀는 스무 살이 넘도록 처녀의 몸으로 있었으며, 그의 부모가 어느 날, 크게 걱정하면서

“여기도 싫다, 저기도 싫다고 하는 동안 네 나이가 어느덧 스무 살이 넘었으니 참으로 딱한 일이다. 우리가 너를 귀여워하기 때문이라고는 해도 처녀가 부끄러운 줄도 모르고 그 사람에게는 시집을 가겠느니 안 가겠느니 하고 말하는 행동부터가 잘못된 일이 아니냐? 어째든, 지난 일들은 모두 덮어두기로 하고 네가 원하기만 하면 어느 집에라도 보내줄 테니 솔직하게 말해 보아라. 도대체 네가 고르는 남편감은 어떤 남자냐?”

하고 묻자 딸이 대답했다.

“제가 공연히 부모님의 말씀에 따르지 않는 것이 아닙니다. 전에 말씀하신 몇 군 데가 모두 아전의 며느리가 아니면 일반 장사치의 아내 자리거나 그보다 한층 더 떨어지는 남의 집 첩 자리였으니, 그것은 제가 원하는 것이 아니었기에 거절했던 것입니다. 이제 저에게 원하는 남자가 누구인지 말하라고 하시니 말씀드리겠습니다. 저는 제 남편이 될 사람으로 우리 집에서 살고 있는 기축이 총각 외에는 없다고 생각하오니 아무쪼록 그 사람에게 시집을 보내 제가 그의 아내가 되도록 해주세요.”

“뭐?”

“기축이에게…….”

두 부부는 너무나 어이없어 하며 딸의 정신이 이상해진 것이 아닐까 하고 생각했다.

그럴 수밖에 없는 것이 기축이는 그들의 집에서 머슴살이를 하는 총각의 이름이기 때문이었다. 그는 자기의 고향이 어디인지, 자기의 성이 무엇인지도 모르면서 떠돌아다니는 젊은이에 불과했다. 오직 임진년 난리통에 부모를 잃은 것 같았고, 그 때의 나이가 네 살이었으므로 기축년에 태어난 것이 분명하기에 ‘기축이’라는 이름이 생겼을 것이라고 짐작할 뿐이었다. 그가 공주에 들어오기까지의 내력은 기축이 자신도 모르고 있었다.

어쨌든, 간단히 말하자면 기축이는 4~5살 정도 되었을 때부터 이곳저곳으로 떠돌며 유리걸식을 하다가 열두어 살 때 공주로 들어왔고, 서모 씨 덕분에 죽을 목숨을 건져 살아나게 되었으며, 그 후부터 그 집에서 문서 없는 종 노릇을 하고 있는 총각이었다.

기축은 성품이 매우 미련했으나 정직한 면에 있어서는 짝이 없을 정도의 젊은이였다. 뿐만 아니라 힘이 세어 뒤엉켜서 싸우는 두 마리의 황소를 맨손으로 떼어놓을 정도의 장사였다.

때문에 주인은 그를 상당히 믿으며 사랑했지만 아끼는 딸이 좋은 혼처들을 모두 물리치고 하필이면 나이도 몇 살 정도나 많고, 무식하고, 미련하고, 근본과 성명도 모르는 걸인 출신의 자기 집 머슴에게 시집 가기를 원하니 친부모가 아니라고 해도 너무나 기가 막혀 말이 나오지 않는 일이었다.

하지만 딸의 결심이 워낙 굳었기에 그녀의 부모는 결국 두 사람의 혼인을 승낙하고 말았다. 하지만 그것에는 한 가지 조건이 붙어 있었다. 즉, 승낙하기는 했지만 자기 집 하인에게 딸을 주었다는 것은 서 장사에게 있어서 자존심이 상하는 일이며, 또한 남부끄워서 눈 앞에 두고 볼 수가 없다는 것이었다. 따라서 적지 않은 재물을 줄 테니 소식이 들리지 않을 먼 곳으로 가서 살라는 조건이었다.

어쨌든 기축은 행운아가 되었다고 말하지 않을 수 없었다. 나이 삼십이 다 된 그의 형편으로는 젊은 아내를 얻어 살게 되리라고는 생각도 하지 못했는데, 자진해서 아내가 되겠다는 여자는 상전댁의 어여쁜 작은 아씨이며, 많은 돈까지 주면서 멀리 가서 자유롭게 살라니 그야말로 호박이 넝쿨째 떨어진 격이었다.

그래서 기축은 자기가 혹시 꿈을 꾸고 있는 것이 아닐까 하고 몇 번이나 생각했다. 하지만 그것은 꿈이 아닌 엄연한 현실 속에서 일어난 놀라운 일이었다.

서 장사의 집에서 나온 두 부부는 서울로 올라가 서대문 밖에 집 한 채를 장만했는데, 기축의 아내는 무슨 생각에선지 술집을 차렸다.

하지만 주위에 있는 하고 많은 술집들이 이미 단골손님들을 잡고 있는 틈에 끼인 상태였기에 그 술집들과 경쟁을 하려면 그들에게는 없는 특색이 있어야 할 것이었다.

그래서 기축의 아내는 술과 안주가 다른 집보다 좋으면서 값은 싸게 받는 방법을 택하며 자기가 직접 손님 접대를 했다. 뿐만 아니라 술 마시러 오는 사람들 중에서 장차 큰 인물이 될 것 같아 보이는 불평객들에게 특별한 대우를 해주었다. 즉, 그들은 항상 술값이 없어 쩔쩔매는 눈치였기에 얼마든지 외상술을 주었던 것이다.

"술과 안주가 좋고 여주인의 인물도 역시 뛰어나고 친절하며, 또한 손님에 따라 외상술도 준다."
라는 소문이 삽시간에 주객들 사이에 퍼졌으며 손님들이 들끓기 시작했다.

장사가 제대로 되기 시작하자 기축의 아내는 불평객들의 주간한담(酒間閑談)을 엿들으며, 그들의 목적과 희망이 무엇인지 알아보려고 노력했다.

그들 중에 묵동(墨洞)에서 사는 김정언(金正言)과 이 좌랑(李佐郎) 등의 일단의 무리가 있었는데, 눈치 빠른 그녀는 그들은 분명히 색깔이 다른 사람들이라고 판단했다. 그들은 술집에 함께 와서 수군거리며 밀의를 하는 날들이 많았는데, 그녀는 김정언의 이름은 「유」이고 좌랑의 이름은 「귀(貴)」라는 것도 알게 되었다.

당시 정권을 잡고 있는 이들은 대북파(大北派)였으며, 김유와 이귀는 서인에 속하는 사람들이었다. 때문에 정권의 그늘에서 추방당한 그들은 당연히 불평이 많아졌고 그 같은 불평을 해소시키기 위해 무슨 수단인가를 취하려고 하는 움직임을 그녀는 느낄 수 있었다.

그녀는 지금 이 불평객의 거두들에게 신세를 베풀어 주면, 그리고 다행스럽게 그들이 정권을 잡는 날이 오게 된다면 현재로서는 막연하기만 한 가지의 꿈이 이루어질 수도 있다는 생각을 했다.

'이 양반들을 잡아두어야 한다.'

그것은 어쩌면 일장춘몽으로 끝나버릴 계산인지도 모를 일이었지만, 그녀는 자기의 계획대로 일을 추진해 나가기로 했다.

그들의 생각을 좀 더 확실하게 알아볼 필요가 있다고 생각한 기축의 아내는 어느 날 김유에게,

"우리 저 이가 일자 무식이라 술값 치부까지도 일일이 소인이 하자니 너무나 힘이 들어요, 생원님께서 수고스럽겠지만, 저 사람을 매일 아침마다 댁으로 보낼테니 글을 좀 가르쳐 주세요. 그러면 신세는 잊지 않겠습니다."

하고 청했는데, 김유는 그 집에 줄 외상값이 적지 않았는 지라 쾌히 승낙했다.

이튿날 아침이 되자, 그녀는 어떤 책의 첫 장이 아닌 곳을 표시를 해 가지고 남편에게 주면서 말했다.

"엊저녁 때도 말씀드렸지만, 오늘부터 김정언 댁에 가서 글을 좀 배우도록 하세요. 한데, 여기 표시를 한 곳부터 가르쳐 달라고 말씀드리세요. 그렇게 하면 안 된다고 말씀하시더라도 굳이 고집을 부리면서 떼를 쓰세요."

"알았소. 그렇게 하지."

순순히 대답한 기축은 책을 옆구리에 끼고 김유의 집으로 갔다. 그런데 그는 얼마 지나지 않아 잔뜩 성이 나서 돌아왔다.

"아니, 왜 벌써 오세요?"

그녀가 묻자 기축이 책을 방바닥에 던지며 대답했다.

"여보, 오늘부터는 김정언인가 하는 그 사람에게 외상술을 주지 말아요."

"네? 왜요?"

그녀가 생긋 웃으면서 다시 묻자, 기축이 식식거리면서 투덜거렸다.

"세상에, 뭐 그런 배은망덕한 인간이 어디에 또 있을까? 밀린 술값이 아마 백 냥도 넘지?"

"도대체 왜 그런 말씀을 하는 거냐고요?"

"아, 글쎄 그것이…… 당신이 표시를 한 곳부터 가르쳐 달라고 했더니 안 된다고 말하더니만, 화를 벌컥 내면서 당장 집으로 돌아가라는 것이 아니겠소. 세상에 어찌 그런 사람이 다 있지?"

"그래요? 듣고 보니 김정언 님이 좀 지나치셨군요. 어쨌든 그만하면 알겠어요. 김정언 님이 이따가 여기로 오실테니, 제가 왜 그랬느냐고 따지겠습니다."

"암, 당연히 그렇게 해야지요,"

그녀가 표시를 한 부분은 「통감 제4권」에 쓰여져 있는, 옛날에 곽광(霍光)이 창읍왕(昌邑王)을 폐하던 내용이 있는 글이었다. 다시 말하자면 지금 이 나라의 임금이 옛날의 창읍왕처럼 무도하니 김정언 일파가 그 때의 곽광을 본받아 광해군을 폐하려는 것이 아니냐고 물었던 것이었다.

과연 그날 오후가 되자, 김유가 혼자 술집으로 와서는 팔짱을 낀 채 뒷방으로 들어갔다. 기축의 아내가 술상을 차려 가지고 들어갔더니 김정언이 힐끗 그녀를 돌아보면서 물었다.

"자넨가? 거기서부터 가르치라고 표시를 해서 보낸 사람이?"

"……."

"그렇지?"

"예."

기축의 아내가 작은 소리로 대답하자, 김정언은 다시 물었다.

"처음으로 글을 배우는 사람이 거기서부터 하는 공부를 감당할 것이라고 생각했나?"

"……."

"어째서 대답을 하지 않는가?"

"글자가 아니라 글의 뜻을 배우라고 보냈던 것이옵니다."

"뭐?"

김정언이 어이없어 하는 표정을 짓자, 그녀는 이윽고 머리를 숙이고는 입을 열어 말했다.

"원생님, 사실대로 말씀드리겠습니다. 소인네 같은 무식한 것이 무엇을 알겠습니까마는 생원님은 옛날의 곽광과 같은 분일 것이라고 믿고 있사옵니다. 그러니 소인을 속이지는 마십시오. 이 나라의 백성들 중에 지금의 이 난정(亂政)에 심복할 사람이 하나라도 있겠습니까. 그러니 백성들을 도탄에서 구해 주소서. 앞으로 뭔가 밀의할 일이 생기면 이 방을 빌려드릴 테니 조금도 걱정하지 말고 사용하십시오. 이 집은 술집이라 누가 드나들어도 의심받을 염려가 없사옵니다. 이곳저곳으로 다니시며 의논을 하면 남들의 의심을 받게 되지 않겠습니까. 그리고 일이 잘 된다고 해도 소인네 같은 천한 백성이 가히 높은 벼슬을 바라겠습니까. 오직, 당신네의 거사가 훗날 성취되면 하다못해 선달 자리 하나라도 얻어주시면 고맙게 생각하겠습니다."

그것이 바로 김유에게 청하는 부탁이었는데, 김유는 아무런 대꾸도 없이 묵묵히 듣고만 있었다. 하지만 잔잔하게 미소짓는 얼굴을 보면서 그녀는 그가 승낙했다는 뜻을 깨달았다.

그 후부터 이귀와 김유의 일행은 더욱 잦게 그녀의 술집에 드나들게 되었다. 올 때는 항상 따로따로였지만, 한 방에 모여서 밀의를 나누곤 했는데, 그 때부터 그들은 기축의 아내를 여공명(女公明)이라고 불렀다.

그들은 그 동안 술값을 한 번도 내지 않았다. 아니, 그들이 어쩌다 돈이 생겨 술값을 치르려고 해도 기축의 아내가 한사코 받지 않았다.

그들은 언젠가 그녀와 의논한 끝에 기축으로 하여금 능양군(稜陽君)의 시중을 들게 했는데, 정직하고 힘이 장사인 그는 능양군을 호위하는 자로서는 더없는 적임자였다.

능양군은 이귀, 김유, 이괄 등의 서인들이 꾀하는 일이 성사가 되는 날 왕으로 추대하려는 이였다. 기축은 능양군과 이귀 일당 사이의 연락을 취하는 일도 했는데, 생김새가 워낙 하인 꼴이었는지라 그의 행동은 그다지 의심스러워 보이지 않았다.

1623년 3월 14일, 반정에 성공한 서인들은 임금 광해군을 폐하고 능양군을 왕으로 세웠다.

그로부터 3일 후, 논공행상을 할 때 기축은 9등 훈신으로 완계군(完溪君)에 봉해졌는데, '기축(己丑)'이라는 이름은 너무 초라하니 '기축(起築)'으로 고치라는 새 임금의 친명으로 이름을 바꾸었다.

또한 그 후에 성이 없어서야 되겠느냐면서 이씨 성을 하사하여 이기축이라고 부르게 되었다. 그리고 그의 아내는 공이 더 컸다면서 일품 정경부인을 봉했으니 실로 흔하지 않은 이야기라고 말하지 않을 수 없다.

청렴을 잃지 않은 선비 홍기섭

때는 헌종(憲宗) 시절이었다.

서울 계동 막바지에 홍기섭(洪耆燮)이라는 양반이 살고 있었다. 그는 일찍이 참봉이라는 미관말직에 있었기에 조반석죽의 생계조차도 이어가기가 어려웠다. 그런데 이 말직이나마 오랫동안 지키지 못했기에 생계가 너무나 막연해져 삼순구식(三旬九食 : 30일 동안에 아홉끼니만 먹는 다는 뜻으로 몹시 가난함을 이르는 말)을 하는 것조차 쉽지 않게 되었다.

그래서 먹는 날보다 굶는 날들이 더 많았다. 슬하에 있는 어린 자식들은 방바닥에 나자빠져 발버둥치며,

"어머니 밥 줘! 아버지 밥 줘!"

하고 졸라대고는 했다. 때문에 홍기섭 부부는 당연히 자식들보다도 더 굶주리면서 지내지 않을 수 없었다.

한데, 그의 집 대문만큼은 가난한 집에 어울리지 않게 큼지막했다. 그래서 이 대문 앞은 낮에는 걸객들이 끌었고, 밤에는 도둑들이 들곤 했다. 하지만 살림살이가 너무나 가난했기에 찬밥 한 숟가락 얻어간

걸객이 없었고, 쌀 한 톨 훔쳐간 도둑놈 역시 한 명도 없었다.

그런데 어느 날 밤에도 도둑놈이 하나 들어오게 되었다. 하지만 그의 눈에도 역시 훔쳐 갈만한 물건이 눈에 띄지 않았다. 그리하여 마지막으로 부엌에 들어가게 되었는데 그 곳에 있는 것이라고는 다 깨진 밥솥 하나와 몇 개 있는 사발과 탕기, 보시기, 숟가락들 뿐이었다. 그래서 도둑놈은,

"대문이 큼직해서 들어왔는데, 젠장 이럴 수가 있나. 훔쳐 갈만한 물건은 그나마 이 밭솥 밖에 없구먼……."

하고 중얼거리며 솥뚜껑을 열어보았더니 솥 안에는 아무것도 들어 있지 않았고, 방 안에서는 때마침 아이들이 밥을 달라고 칭얼거리는 소리가 흘러나왔다. 때문에 그는,

"쯧쯧, 아이들이 저렇게 우는 걸 보니 이 집에서는 오늘 온종일 한 번도 밥을 짓지 못한 모양이다. 오늘 밤에는 아무래도 훔치는 것 대신에 주고 가야 할 것 같다."

하고 다시 중얼거리고는 허리에 차고 있던 전대에서 돈 일곱 꾸러미를 꺼내 솥 안에 넣고 뚜껑을 덮은 뒤 담을 넘어 사라지고 말았다.

홍기섭은 비록 굶주리면서 살기는 했지만, 매일 아침마다 일찍 일어나 냉수로 세수를 하고는 인근에 있는 친척들이나 친지의 집을 찾아다니는 버릇이 있었다. 때문에 도둑놈이 다녀간 다음 날 아침에도 다른 때처럼 일찍 일어나 여종을 불렀다.

그래도 양반의 집이었기에 종이라는 것이 있기는 있었던 모양이다.

어쨌든 여종은 주인 나으리께 세숫물을 올리려고 부엌으로 들어갔고 무의식 중에 솥뚜껑을 열어보고는 깜짝 놀라며 소리쳤다.

"나으리! 아씨!"

홍기섭 부부가 매우 의아해 하며,

“왜 그러는 거냐? 무슨 변고라도 생겼느냐?”
하고 물었더니 여종이 부엌에서 뛰어나오며 큰 소리로 말했다.
“글쎄, 쇤네가 솥뚜껑을 열어보았더니 그 안에 돈이 일곱 꾸러미나 들어있네요.”
하지만 기섭과 그의 아내는 그 말을 곧이 듣지 않으며 대꾸했다.
“그게 도대체 무슨 소리냐? 네가 하도 굶주려서 헛것을 보았나보구나!”
“그런가 보군요, 딱하게도…….”
“아녜요! 정말이라니까요! 아씨가 직접 가셔서 보세요.”
“그래?”
기섭의 아내가 그제서야 이상하게 생각하며 부엌으로 가서 솥 안을 보았더니 과연 돈꾸러미가 있었기에
“네 말이 맞구나! 그런데 이게 도대체 웬 돈일까?”
하고 중얼거렸다.
어느 샌가 돈을 꺼내 놓고는 신이 나서 떠들어 대고 있었다.
“아씨, 틀림 없는 돈이지요? 쇤네는 착하신 이 집 식구들이 굶주리며 지내는 까닭에 신명(神明)이 가엾게 여기시고 이 돈을 보내신 것이라고 생각합니다!”
“글쎄다.”
“그나저나 아씨, 이 돈으로 어서 쌀과 나무를 사고 고기와 생선도 좀 마련해서 잡수시는 게 좋겠어요. 분부만 하시면 제가 당장 가서 사 오겠습니다.”
“글쎄다. 하지만 그보다 먼저 이 돈을 나으리께 가져다가 보인 후에 처분을 기다리는 것이 옳지 않겠니?”
“하긴…….”

여종이 그 말이 옳다고 생각하며 그 돈을 안방으로 가지고 갔더니 홍기섭도 역시 얼떨떨해 하며
“허어, 꽤나 많은 돈이로구나!”
하고 중얼거리고는 한동안 입을 다물었다.
그의 아내가 곁에서 눈치를 살피고 있다가 조심스럽게,
“여보, 우선 이 돈으로 쌀과 나무를 사다가 아이들에게 밥이나 지어 먹입시다.”
하고 말하자, 홍기섭은 정색을 하며 대꾸했다.
“그렇게 할 수는 없소. 이 돈은 신명이 내린 것이라고 생각하는 건 잘못된 일이오. 반드시 이 돈을 잃은 사람이 있을 것이오. 그러니 손대지 말고 잘 싸두었다가 주인에게 돌려주어야 하오. 오늘은 종일 집에 있으면서 돈을 찾으러 올 사람을 기다려야겠소.”
그는 여종으로 하여금 먹을 갈게 한 뒤에 백지 한복판에……

若有失錢者 來此而覓去
만일 돈을 잃은 사람이 있다면 이 집에 와서 찾아가라.

라고 써서는 대문에 붙이도록 했다. 그 때까지도 그의 자식들은 배가 고프다면서 칭얼대고 있었다.
전날 밤에 홍기섭의 집에 침입했던 도둑은 유군자(劉君子)라고 불리는 자였다. 그는 원래 미천한 집안의 소생으로서 돈도 없고 배운 것도 없었기에 밤이슬을 맞는 일을 생업으로 삼고 있는 도둑이었다.
전날 밤에 홍기섭의 집 부엌에 있는 솥 안에 넣고 간 돈도 실은 그가 재동에서 대금업을 하는 김가의 집에 침입하여 훔친 돈이었다. 즉, 그는 훔친 돈을 허리에 차고 한 번 더 도둑질을 하려고 홍기섭의

집에 침입했다가 그 중의 반에 해당되는 일곱 꾸러미를 내놓은 것이었다.

따라서 그는 나머지 돈만 가지고 집으로 돌아갔다.

유군자의 아내는 남편이 빈 손으로 오는 것을 보자,

"오늘도 소득이 없었던 모양이구려!"

하고 말을 걸었다. 그래서,

"아니야, 소득이 괜찮았어."

라고 대답하면서 허리에 찼던 전대를 끌러놓았더니 아내가 좋아라 하면서 물었다.

"이게 다 돈이요? 누구네 집에서 훔쳤소?"

"쉿, 작은 소리로 말해. 남들이 들으면 어쩌려고……."

유군자는 호신용 겸 협박용으로 몸에 지니고 다니는 육모방망이를 꺼내 아내로 하여금 잘 간수하도록 한 다음 투덜대듯이 말했다.

"오늘은 재수가 꽤나 좋았는데 실수입은 반밖에 되지 않아."

"예? 그게 도대체 무슨 소리유?"

아내는 전대 속의 돈을 꺼내 세어보더니 다시 물었다.

"이 돈이 모두 일곱 꾸러미인데, 이것이 반이라면 오늘의 수입은 열네 꾸러미였다는 이야기가 아니오? 그럼 나머지 일곱 꾸러미는 어쨌다는 거예요?"

"오늘은 초저녁 때부터 재동 김가네 집을 노리고 있었지. 그리다가 밤이 깊어졌을 때 금고가 있는 김가의 방에 침입했는데, 때마침 금고가 열려 있기에 힘 들이지 않고 돈을 꺼냈지. 돈은 얼마든지 더 훔칠 수 있었어. 하지만 전대가 너무 무거워지면 담을 넘는 것이 쉽지 않았기에 열네 꾸러미만 챙겨서 밖으로 나왔다네……."

"그런데 왜 일곱 꾸러미만 가지고 왔느냐고 묻고 있잖수."

"그렇게 된 것에는 까닭이 있지. 그 집에서 나와 재동 막바지 쪽으로 가다가 보니 대문이 그럴 듯해 보이는 집이 있더구만. 그래서 다시 그 집에 침입했지. 그런데 막상 들어가서 보니 훔칠 만한 물건이 하나도 없더라 이거야. 하지만, 그래도 뭔가 있겠지 하고 생각하며 부엌 안으로 들어갔더니 말이야……."

유군자가 돈이 줄어들게 된 사정을 설명하자, 그의 아내는 크게 놀라면서 푸념을 했다.

"아니, 뭐라고요? 일곱 꾸러미나 넣어주었단 말예요? 당신은 활빈당(活貧黨)으로 나선 사람이 아니잖아요. 우리는 미천한 백성으로서 먹고 살 길이 없어서 목숨을 내 걸고 도둑질을 해서 연명하고 지내니 우리보다도 더 불쌍한 사람이 어디에 있겠어요. 정말로 불쌍해서 도와 주려고 그랬다면 한 꾸러미만 줄 것이지 일곱 꾸러미나 줄 필요가 어디 있어요?"

"당신의 말에도 일리는 있어. 하지만 그까짓 한 꾸러미나 두 꾸러미의 돈으로 무엇을 한단 말인가? 어쨌든 푸념은 그만하게. 하룻밤만 나가서 움직이면 그 정도의 돈은 채울 수 있으니……."

"듣기 싫어요. 당신은 죽을 때까지 도둑질만 하겠다는 거유? 자식들의 장례를 생각해서라도 이제 그만둬야지!"

아내는 그렇게 말하며 홍기섭의 집에 돈 일곱 꾸러미를 던지고 온 것을 계속해서 원통하게 여겼다.

유군자는 다음 날 저녁때 홍기섭의 집 앞으로 갔다. 그리고 대문에 붙어 있는 문제의 종이조각을 발견했다.

하지만 그는 일자무식인 사람이었기에 그 종이에 쓰여진 글을 읽을 수 없었다. 그래서 대문 앞에서 서성대면서 누군가 나오기를 기다렸다.

때마침 그 집의 여종이 나오기에 유군자는 앞으로 다가서면서 물었다.

"처자는 이 댁에 있는 사람인가?"

"그렇습니다."

"이 댁은 누구의 집인가?"

"홍 참봉이라는 분의 댁입니다."

유군자는 대문에 붙어 있는 종이조각을 가리키면서 다시 물었다.

"저기에 쓰여져 있는 글이 무슨 뜻인지 처자는 아는가?"

"저는 무식해서 읽지를 못해요. 하지만 주인 나으리께서 말씀하시는 것을 들었기에 무슨 뜻인지 알기는 해요."

"그래?"

"알고 싶으세요?"

"그러니까 묻는 것 아니냐."

"실은, 오늘 새벽에 제가 부엌에 들어가서 보니 밥솥 속에 돈 일곱 꾸러미가 들어 있었어요. 그래서 주인 나으리께서 그 돈을 거두어 두신 후 '돈을 잃은 사람이 있다면 이 집에 와서 찾아 가라'라고 써서 붙인 것이라고 생각해요. 제 말이 틀리지 않을 것예요."

그 말을 들은 유군자는 잠시 눈을 감고 뭔가 생각하는 표정을 짓다가 천천히 눈을 뜨고는 말했다.

"이 세상에 그런 분도 계셨구나. 한데, 주인 나으리를 좀 뵐 수 있을까?"

"글쎄요. 안에 들어가서 물어봐야지요."

여종은 그렇게 대답하고는 안으로 들어갔다. 잠시 후 유군자는 그 집 안에서 홍기섭과 이야기를 나누게 되었다.

그 자리에서 유군자는,

"소인은 나으리 앞에 헌신할 만한 인간이 되지 못합니다. 그런데도 이렇게 뵙게 해주시니 황공무지하오이다. 소인은 미천하고 빈한한 집의 소생으로서 도둑질을 해서 계집과 자식을 먹여 살리고 있는 놈이올시다."
하고 말한 뒤에 자기가 돈을 놓고 간 사정을 설명하며 비록 더러운 돈이지만, 그것을 거두어 달라고 청했다.
그러자 홍기섭은 정색을 하며 말했다.
"그대의 뜻은 고맙게 받아들이겠다. 하지만 그대가 두고 간 돈은 받지 못하겠다."
유군자가 다시.
"그럴 수도 없습니다. 속된 일이라고 생각하지 마시고 거두어주십시오."
하고 말하며 애원했으나 홍기섭은 끝내 듣지 않으며 언성을 높여 대꾸했다.
"안 돼! 가져 가야 해."
유군자는 결국 더 이상 애원하기를 단념하며,
"나으리님은 정말로 고결한 어른이십니다. 오늘에야 말로 진짜 양반님을 뵙게 되었습니다. 나으리 댁의 종노릇을 할 생각이오니 부디 받아주시옵시오."
하고 말했다. 그랬더니 홍기섭은 다시금 정색을 하며 그를 타일렀다.
"허어, 우리 집안 사람들도 굶주리고 있는데 그대까지 굶주리게 만들라는 소리인가? 지금의 그 청은 인정상 들어주지 못하겠네. 그러니 오늘부터라도 좋은 사람이 되기 위해 노력하게."
하지만 유군자는 순순히 듣지 않았다.
"소인은 굶주리게 된다고 해도 나으리 댁에서 종 노릇을 하겠습니다. 내일부터 이 집에 와 있으면서 나으리의 시중을 들겠습니다."
라고 말한 뒤에 일곱 꾸러미의 돈을 가지고 돌아갔다.

홍기섭의 청렴함은 그 후 세상에 널리 알려졌으며, 그의 손녀는 훗날에 이르러 헌종(憲宗)의 비가 되었다. 그리하여 그의 아들은 익풍부원군(益豊府院君)이 되어 등장하게 되고, 그 자신은 한 도의 감사가 되어 만년이 매우 행복했다고 한다.

형장에 핀 꽃

병자년 섣달, 호인들이 별안간 쳐들어와서 생긴 난리인 '병자호란'으로 인해 이 나라는 서울 장안 안팎을 물론 경기도 일원인 강화도까지 물끓듯이 발칵 뒤집혔다가 인조 임금이 호인들 앞에서 굴욕적인 항복을 하여 겨우 조용해졌다.

서울 장안이 한창 어수선해진 틈을 타서 살인, 강도, 도박 등 못된 짓들을 하는 부랑자들을 교묘하게 잡아 명성을 떨치던 김완식(金完植)이라는 포도군관이 있었는데, 그 이듬해인 정축년 9월 보름 무렵에 이 사건은 발생했다.

그 날, 김 포도군관이 부하 한 사람을 데리고 종로 네거리에서 광교 쪽으로 순찰차 가고 있었는데, 저쪽에서 포졸 한 명이 숨을 헐떡이며 달려오더니 허리를 굽히며 말했다.

"에그, 마침 잘 만났습니다. 큰일이 났으니 잠깐 봐 주십시오."

"무슨 일인데 그러나? 싸움인가? 부부 싸움 같은 것이라면 보고 싶지 않아."

"그런 게 아니라 사람이 죽었습니다."

"사람이 죽었다면 염쟁이나 부를 일이지, 뭘 보라는 건가?"

"   저어, 다방골에서 사는 변 첨지가 갑자기 죽었기 때문에……."

"누가 죽였나?"

"허어, 군관님도 참…… 누가 죽였는지 알면 군관님께 여쭐 것이 뭐가 있겠습니까? 누가 죽였는지 모르기에 큰일났다는 거지요."

"그래? 그럼 아직 아무도 손을 대지 않았나?"

"웬걸요. 저 백목다리께의 박 군관님이 오시기는 했지만, 진범이 누구인지 알아내지 못하고 있어서 야단입니다."

포도청 포교들의 풍속은 원래 다른 사람이 먼저 큼직한 사건에 손을 대면 아는 체하지 않도록 되어 있었다. 하지만 박 군관이라는 사람은 김 포교군관과는 세교가 있는 집안 사람이었을 뿐만 아니라, 한편 포교가 된 지 얼마되지 않은 나이가 어린 자였기에 매우 당황하고 있을 것 같았기에,

"그래? 그렇다면 어서 가 보자."

하고 대답하며 급히 달려갔다.

김 포교가 변 첨지 집에 이르러서 보니 그 집은 안팎이 모두 발칵 뒤집혀져 있었다. 여러 사람들이 모두 눈을 휘둥그렇게 뜨고 들락날락하는 것을 곁눈질로 살펴보던 김 포교는 박 포교에게 조사한 결과를 물어보았다. 하지만 박 포교는 제대로 파악하고 있는 것이 하나도 없었다.

변 첨지라는 사람이 장안에서 첫째, 둘째로 칠 정도의 큰 부자였기에 그 집에서 일하는 사람들만 해도 살림을 맡아보는 사람, 서사, 잔심부름꾼, 하인배들 등까지 모두 30명이 넘어 와글거리고 있었으며 그 외에 아침 저녁으로 드나드는 사람들이 하도 많았기에 어디에서부터 손을 대야 할지 몰라 정신이 얼떨떨하기만 할 뿐이었다.

그런 판에 경험이 많고 수완이 좋은 김 포교가 나타난 것이기에 그는 안도하는 한숨을 내쉬면서 말했다.

"상좌님, 정말로 잘 오셨습니다. 아직까지는 뭐라고 확실하게 말씀드릴 수가 없습니다마는, 범인이 누구인지 대강 짐작은 갑니다."

"그래? 그것이 누군가?"

"네, 변 첨지가 자식이 없어서 수양아들로 데리고 있던 원식이라는 자와, 변 첨지의 처조카가 되는 최순재, 두 놈들 중 하나가 아닐까 합니다. 조사해 본 결과 원식이는 얼마 전부터 변 첨지가 매우 미워하여 벌써부터 장가를 들이려고 혼인할 집까지 정해 놓았으면서도 아직까지 장가를 들이지 않고 처조카인 최순재만 매우 사랑했던 모양입니다. 그러니까 제 생각에는…… 이 집은 현금을 도두 각 전방에 맡겨 놓고 쓰는 터여서 변 첨지가 남들을 원통하게 만들 성품을 가진 사람도 아니어서 그에게 원한을 품을 사람도 없을 것 같으니……."

"음, 그럴 수도 있겠군. 어디 내가 한 번 조사를 해볼까?"

김 포교는 먼저 선대 때부터 그 집에서 일을 보고 있다는 한 늙은이를 별실로 불러서 물었다.

"영감님의 생각으로는 변 첨지가 죽음으로 해서 제일 득을 보게 되는 자가 누구일 것 같소? 수양아들인 원식이요? 아니면 처조카인 최순재요?"

하지만 김외장이라는 노인은 입만 벙긋거리면서 아무런 대답도 하지 않다가 마지못해 이렇게 말했다.

"이 늙은 것은 그렇지 않아도 요즘 정신이 오락가락하는 판에 이런 변괴까지 당하고 보니 머리를 기둥에 탁 부딪힌 것처럼 정신이 더욱 없어졌소이다. 그러니 이 늙은이에게는 아무것도 묻지 말아주십시오. 하느님이 명명히 내려다보시니 죄를 지은 놈이 저절로 나타나겠지요."

그리고는 더 이상 입을 열지 않기에 김 포교는 할 수 없이 그를 내보내고 원식이를 불러 조사했는데, 그는 사람됨이 매우 온순하고 나약했다. 뿐만 아니라 말을 하면서 계속 눈물을 흘리는 것으로 보아 아무리 수양아비라고는 해도 그처럼 무자비한 짓을 했을 사람이라고는 보이지 않았다.

하지만 변 첨지가 죽은 날 밤에는 집에 없었다고 변명하면서도 그 시간에 어디에 있었다는 것은 끝까지 말하지 않는 점이 매우 괴이했다. 때문에 얼르기도 하고 달래기도 했지만 끝까지 말하지 않는 것이 수상해서 집안 사람들에게 그가 그 날 집에 없었느냐고 물어보았더니 모두들 밤늦게 들어왔는지는 몰라도 자기들이 잘 때까지는 보이지 않았다고 대답했다.

그래서 김 포교는 최순재도 불러 조사하게 되었는데, 그는 원식이에 비해서 매우 똑똑하고 영리해 보였다. 그는 묻는 말에 대해서 명확하게 대답했는데, 그날 밤에 오궁골에 있는 어떤 기생의 집에서 잤다는 말을 할 때는 매우 부끄러워하는 태도를 보이기까지 했다.

김 포교는 즉시 그 기생집에 사람을 보내 알아보았더니 기생이 '언제 갔는지는 모르겠으나 초저녁에 와서 술을 마시고 잔 것은 확실하다.'라고 대답했다는 것이었다. 김 포교는 계속해서 두 사람이 사용하는 궤짝들을 조사해 보았는데, 원식이의 궤짝 안에는 피묻은 식칼 한 자루가 있었고, 순재의 궤짝 안에는 이렇다 하게 여겨지는 물건이 하나도 없었다. 때문에 그는 박 포교에게,

"여보게 내가 생각하기에는 원식이놈이 수상하니 자네가 본청으로 데려다가 본격적으로 심문을 해서 결말을 지워 버리게."

하고 말하게 되었다. 그래서 박 포교는,

"역시 제 생각과 같으시군요."

라고 대답하고는 즉시 포도 군사에게 시켜서 원식이를 본청으로 끌고 가도록 했다. 그리고는 박 포교와 함께 종로 뒷골로 가서 술을 한 잔 마시고 헤어졌다.

김 포교는 얼큰하게 취해 우대에 있는 자기 집을 향해 돌아가면서 그 날 자기가 처리한 사건에 대해서 다시 한 번 생각했다. 나이가 이제 겨우 스무 살 남짓한 그야말로 장래가 구만리 같은 젊은이의 생명이 좌우되는 중대한 사건이기 때문이었다.

그래서 그는 자기가 혹시 소홀하게 처리한 부분이 없지 않을까 하고 새삼스럽게 다시 한번 조사한 내용에 대해서 생각했는데 뒤늦게 그의 머리 속에 날아들며 느껴지는 것이 있었다.

다시 말하자면,

'순재라는 놈이 기생집에서 잤다면 일찍 일어났든 늦게 일어났든 간에 기생도 함께 일어나 보냈어야 자연스러운 일이 아닌가? 어느 때 갔는지는 모르겠으나 초저녁에 와서 술을 마시고 잔 것은 확실하다고 말한 것은 어쩐지 좀 이상하지 않은가?'

라는 생각이었다.

하지만 그 같은 의문은 이내 그의 머리 속에서 사라졌다. 원식이가 그 날 밤에 잠을 잔 곳을 말하지 않는 수상한 점을 보였는데다가 범인을 살해하기 위해 사용한 것으로 보이는 증거품인 칼이 이미 발견되었기 때문이다. 따라서 그는,

"나로서도 이제 더 이상 어쩔 수가 없어!"

하고 중얼거리며 집으로 향하는 발길을 재촉했다.

한편 박 포교는 변원식을 포청에 가두어 놓고 정식으로 다시 수사를 했다. 그리하여 석 달이나 걸려서 조서를 꾸며 포장의 승인을 받아 그의 사형 집행일을 무인년 정월 17일로 정하게 되었다. 그런데

박 포교도 역시 심성이 착한 사람인데다 그런 일을 처음으로 처리하는 것이었는지라 마음이 편하지 않았다.

무엇보다도 자기 손으로 젊은 청년의 목숨을 끊는다는 것이 마음에 걸렸으며 아무리 생각해도 그가 수양아비를 죽였다는 것이 믿어지지 않았다. 하지만 그가 자백을 한 후에 진범이라고 생각되는 새로운 용의자가 나타나지도 않았기에 조사 결과를 뒤집을 수가 없었다.

김 포교도 역시 원식의 사형이 결정되었다는 소식을 전해 듣자 다시 한 번 가슴이 섬뜩해졌다. 따지고 보면 자기가 그를 진범이라고 지목한 당사자이기 때문이었다.

그러는 중에 어느덧 14일이 되어 집집마다 집안 식구들이 모두 모여 즐겁게 웃으면서 정월 대보름을 맞아 쉬게 되었다. 하지만 김 포교는 어쩐지 가슴 한 구석이 빈 것 같은 기분에 빠져 술 한 잔을 데워서 마시고 있었는데 부하 포졸이 불쑥 들어오면서 빠르게 말하는 것이었다.

"어, 추워! 그나저나 군관님, 저 오늘 불쌍한 사람 하나를 봤어요."

"불쌍한 사람들이 어디 하나 둘인가? 누구를 보았다는 건가?"

"저어 그게, 변원식과 정혼한 여자라는데요. 정말로 꽃같이 예쁜 그 색시가 포청 안으로 뛰어들어와 변원식이 억울하게 죽게 되었으니 살려 달라고 아우성을 치는 것을 군졸들이 내몰아 엉엉 울면서 돌아갔어요."

"그래?"

김 포교는 그렇지 않아도 변원식의 사형 집행일이 가까워져서 기분이 뒤숭숭하던 차에 그런 이야기를 듣게 되자 기분이 더욱 울적해지기에 술 한 잔을 단번에 들이키고는,

"자아, 추우니 너도 한 잔 마셔라."

하면서 사발에 술을 가득 따라서 내밀었다.

바로 그 때, 그의 집 대문 앞에서 갑자기 여자의 울음 소리가 나더니 교군 한 채가 안마당에 들어와 놓였다. 그리고는 그 속에서 예쁘게 생긴 처녀 하나가 나오더니 그의 앞에 엎드리며 울음이 섞인 목소리로 말했다.

"이런 모습으로 뵈옵는 것이 매우 부끄럽고 황송하옵니다. 저는 변원식이와 정혼한 자이온데, 그에 대해서 자세히 조사해 보니 그는 변첨지의 수양아들이 아닌 친아들이며, 그날 밤에 마포 강가에서 사는 의부 박홍보의 집에서 잔 것이 확실합니다."

"아니, 뭐라고?"

김 포교가 놀라며 눈을 크게 떴다. 말을 잇는 그녀의 목소리는 매우 격해지고 있었다.

"이 세상 사람들 중에 자기를 낳아준 친부모를 죽일 놈이 어디 있겠사옵니까. 그가 자기가 잠 잔 곳을 말하지 못한 것은 의부 박홍보가 세상에 드러내지 못할 일을 가지고 있었기 때문이며, 변 첨지의 마누라가 자기 조카에게 그 집 재산을 주려고 원식이를 미워한 까닭에 아버지처럼 자기도 뒤따라 죽으려고 했었기 때문입니다."

"좀 더 자세하게 이야기하라."

"변 첨지의 아내는 생산을 못하는 몸이면서도 투기는 대단하여 변첨지가 어떤 기생의 몸에서 얻은 원식이를 마포에서 생선 장수를 하는 박홍보라는 사람에게 맡겨서 기르게 했습지요. 때문에 변 첨지는 그 아들을 잘 길러 달라고 먹을 것과 돈을 많이 주었는데, 덕분에 살림이 넉넉해진 박홍보는 장사를 때려치우고 못된 자들과 어울리며 노름판을 전전하게 되었답니다. 그러다가 어떤 사람과 싸우다가 뺨을 한 번 쳤는데, 그 사람에게 살이 갔는지 시름시름 앓다가 죽었다는 거예요. 때문에 박흥보는 그것이 살인 사건으로 확대되지 않을까 걱정하며 시골로 도망을 갔다는 겁니다."

"그래서?"

"이리저리 도망쳐 다니던 박흥보는 10년 만에 다시 서울로 오기는 했지만, 세상의 소문이 무서워 드러내놓고 나다니지 못하고 원식이 하고만 남몰래 만나고는 했지요. 원식이는 변 첨지가 살해당하던 날 밤에도 의부 박흥보의 집에 있었지요. 하지만 박흥보가 그런 사정이 있는 사람이었는지라 그에게 무슨 불똥이라도 튀게 되지 않을까 하여 잠잤던 장소를 말하지 못했던 것이랍니다. 그러니 김 군관님께서 이처럼 억울한 사정을 잘 살피시어 억울한 사람 하나를 살려주십시오. 제가 어찌 털끝 만큼이라도 거짓말을 하겠습니까?"

긴 설명을 끝낸 처녀가 이윽고 목을 놓으며 엉엉 울기 시작하자 김 포교가 길게 한숨을 내쉬고 물었다.

"잘 들었다. 그런데 그런 내력을 어떻게 해서 알게 되었느냐?"

그랬더니 여자는 울음을 멈추면서 벌떡 일어나더니 항변하듯이 말했다.

"제가 지금 이런 꼴이 되었는데 이것저것 가릴 것이 뭐가 있겠습니까? 미친년처럼 되어가지고 의논할 데가 있으면 어디라도 찾아 다니며 백방으로 제 남편이 될 사람의 일에 대해서 알아보려고 했지요. 그랬더니 저의 이종사촌 오라버니가 되는 최준모라는 이가 제 처지가 불쌍하다면서 발벗고 나서서 조사하여 알게 된 것입니다. 지금 별감으로 다니는데, 그의 집 역시 이 우대이니까, 한 번 불러 자세히 물어 보시고 죄 없는 사람을 꼭 살려주십시오."

"오 그래? 알았으니 색시는 이제 그만 집으로 돌아가지."
하고 대답한 김 포교는 마음속으로 중얼거렸다.

"으음, 하마터면 큰일날 뻔했다. 그렇지 않아도 답답하던 차에 이런 이야기를 들으니 속이 다 시원해지는군. 그런데 어쩌지 날짜가 너무 촉박해."

김 포교는 서둘러 옷을 갈아입고 부하 포도 군졸과 함께 포청을 향해 내려가다가 포졸 하나를 오궁골에 보내 기생 계월이를 잡아오도록 명했다.

그가 포청에 들어가 앉아있으려니까 기생 계월이가 연행되어 왔는데, 얼굴이 창백해진 채 부들부들 떨고 있었다.

김 포교가 빙그레 웃어 보이며,

"계월아, 그토록 겁내지 말고 거기 앉아라. 그리고 내가 너에게 물어 볼 말이 있는데 바른대로 대답하면 곧 보내주겠다. 알겠지? 그러니까 사실대로 이야기해야 돼."

하고 말하자, 그녀는 잔뜩 겁먹은 얼굴로 대답했다.

"그럼요. 제가 어느 앞이라고 감히 거짓말을 하겠어요."

"그럼 묻겠다. 작년 그믐에 최순재라는 놈이 너의 집에서 자지 않았는데도 잤다고 말해 달라는 부탁을 받고 거짓말을 했지?"

계월이는 잡혀 올 때부터 그 일 때문이 아닐까 하는 생각을 했었다. 또한 그즈음에 최순재가 돈을 물 쓰듯이 하면서 수천 냥을 들여 자기를 데려다가 살림을 차리겠다고 하는 판이었기에 어떻게 해야 좋을까 하고 생각하다가 더듬거리면서 말했다.

"거짓말을 한 것이 아녜요. 자기는 잤어요."

"으음, 자기는 잤는데 어쨌단 말이냐? 언제 갔는지는 모르겠다는 이야기냐?"

"예, 초저녁 때 분명히 자기는 했는데 언제 갔는지는 모르겠어요."

"그래?"

김 포교가 두 눈을 부릅뜨면서 옆에 놓았던 육모방망이를 꽈악 쥐었다가 놓으며 호령했다.

"이년아, 입술에 침이나 바르고 그런 거짓말을 해라. 이 몽둥이로 얻어맞아 뼈다귀 하나가 부러져야 사실대로 말하겠다는 거냐? 아무리 소견 없는 계집년이라지만 속이 빤하게 들여다보이는 그런 거짓말을 해? 이년아, 생각을 좀 해 봐라. 기생년이 손님을 끼고 자다가 그 손님이 밤중이건 새벽이건 아침이건간에 일어나서 간다고 하면 따라 일어나 대문 앞까지는 가서 전송하는 것이 당연한 일인데, 너는 같이 자던 손님이 언제 갔는지 알지도 못하고 식식거리면서 잠만 잤다는 거냐? 그리고 순재라는 그놈 말이다. 초저녁부터 기생년을 끼고 자다가 네년도 알지 못하게 슬그머니 일어나 돌아갔다니 그놈은 밤이슬을 맞으러 다니는 도둑놈이었단 밀이냐? 공연히 딴소리 하지 말고 바른대로 말해라."

"……."

계월이가 놀란 얼굴이 되면서 아무런 대꾸도 하지 못하자 김 포교가 껄껄대면서 말했다.

"계월아, 내가 이미 다 알아보고서 너의 한 마디를 들어보려는 것이니 순순히 한 마디만 해라. 그러면 간단하게 끝날 일인데 공연히 시간을 끌다가 얻어 맞으면 너만 여러 날 고생하게 된다."

계월이는 김 포교가 그처럼 달래자 더 이상 발뺌을 하면 정말로 혼이 나겠다는 생각을 하며 자기가 뱉었던 말의 내용을 바꾸었다.

"제가 죽을 때가 되어 큰 잘못을 저질렀습니다. 실은 그 날, 최순재가 저의 집에 와서 자지 않았습니다. 그 사람이 너무 간곡하게 부탁하기에 무슨 일인지도 모른 채 거짓말을 했었던 것이오니 제발 목숨만은 살려주세요."

"진작 그렇게 말할 것이지."

김 포교는 서둘러 계월이가 자백한 내용을 토대로 새 조서를 만들어 놓고 미리 잡아다가 다른 곳에 두었던 최순재를 불러다가 계월이와 대질시켰다. 그리고는 계월이의 자백서 내용을 읽어준 뒤에,

"너 이놈, 이렇게 되었는데도 자백하지 않을 거냐? 바른대로 다 말해라. 내가 다 알고서 묻는데도 바른대로 말하지 않으면 네게 돌아갈 것은 이것뿐이다. 너 변 첨지가 죽던 날 계월이 집에서 자지 않았지? 우선 그것부터 대답해라."

"……."

최순재가 침묵을 지키자 김 포교는 육모방망이를 들어 그의 어깨를 후려치면서 소리쳤다.

"이놈아, 어서 대답해. 또 무슨 거짓말을 꾸미느라고 우물거리는 거야?"

김 포교가 한 번 더 후려치려고 육모방망이를 들어올리자 순재가 왼손으로 어깨를 감싸쥐면서,

"그렇지 않습니다. 저 계월이년이 겁이 나서 횡설수설하는 것이지 제가 거짓말을 하는 것이 아니올시다."

라고 웅얼거리며 계월이를 슬쩍 돌아보는 것이 아무래도 무슨 눈짓을 하는 모양 같았기에 박 포교는 방망이로 그의 어깨를 또 한 번 내려치며 소리쳤다.

"이놈아, 똑바로 앉아서 여기를 봐, 슬슬 어디를 보는 거야? 네가 아무리 발뺌하려고 해도 명명한 가운데 하늘이 내려다보신다. 너 이놈, 네 고모년과 부동이 돼서 변 첨지의 재산을 모두 차지하려고 그를 칼로 찔러서 죽이고 그 칼을 원식이가 쓰는 그릇 속에 몰래 넣었지? 모든 죄를 원식이에게 덮어씌우려고 네가 저지른 짓이 분명한데

끝까지 거짓말을 할 작정이냐?"

"거짓말을 하는 것이 아니라니까요."

최순재가 앙칼진 목소리로 대꾸하자 김 포교가 결국 벌컥 화를 내면서 포도 군사들을 불러 명했다.

"아무래도 안 되겠다. 이놈을 데려다가 매질을 한 바탕 쳐대라."

그렇게 되어 최순재는 밧줄에 묶여 매달린 채 심하게 매를 맞게 되었는데 매에 못 이겨 정신을 잃으면서도 자기가 범인이라는 사실을 인정하지 않았다.

그 날 밤, 자정이 훨씬 넘어서 자기 집으로 갔던 김 포교는 다음 날 아침에 변원식과 정혼한 처녀와 이종사촌이 된다는 별감 최준모를 불러 변원식에 대한 진술한 서류를 꾸몄다. 그리고는 포청으로 가서 최순재의 자백을 받아내고자 했다.

깐깐하고 앙칼진 성격을 가지고 있는 최순재는 그 날도 역시 자기는 범인이 아니라고 우겼다. 하지만 두 번이나 더 매질을 당해 기진맥진해지자 할 수 없이 범행을 자백했는데 때는 정월 열엿샛날 밤이었다. 그리고 박흥보도 변원식과의 관계에 대해서 소상히 진술했는데 그렇게 한 때도 역시 공교롭게도 열엿샛날 밤이었다.

김 포교는 그날 밤을 꼬박 지새면서 최순재의 자백서와 최준모와 박흥모의 진술서를 정리했다.

그리하여 다음 날 아침에 서류 일체를 포장에게 제출해 놓고 변원식의 사면장이 떨어질 때를 기다리게 되었다.

그 날은 변원식의 사형집행일이었으며 집행 예정 시간은 오시였다.

때문에 서소문 밖에 위치한 사형장에는 사시쯤 되었을 때 사형 집행관을 비롯한 모든 관원들이 모두 다 모였으며, 변원식은 「살부강상죄인」이라는 명패를 달고 수레에 실려 도착했다. 그리하여 관원들이 모든 기구를 갖추어 놓고 오시가 되기를 기다리는데 난데없이 어떤 혼인 행렬이 형장으로 들이닥쳤다.

등롱꾼들이 좌우로 벌려 선 가운데 들어선 보교 한 채가 형관 앞에 내려지더니 그 속에서 낭자족두리에 활옷을 갖추어 입은 신부가 나왔다. 그녀는 형관 앞에 엎드리더니 울음 섞인 목소리로 말했다.

"형관님 널리 통촉하소서. 저는 이 자리에서 사형을 당하게 된 변원식과 정혼한 자이옵시다. 대례는 치르지 않았지만 한 번 정혼한 내외간이니 남편이 죽는데 여자 혼자서 살아서 무엇하오리까. 이 자리에서 전안예식이나 치른 뒤에 저도 함께 죽여 주소서."

처녀를 물끄러미 내려다보던 형관은 그 광경이 너무나 가련하여 차마 거절하고 내쫓을 수가 없었다. 그래서 여러 부하 관원들과 의논을 하게 되었으며 일단 포장에게 보고하여 하회를 기다렸다가 처단하는 것이 마땅하다는 의견이 채택되었다.

그리하여 급히 보고서를 만들어 보내고 대답을 기다리게 되었는데 오시가 지나 미시가 다 될 때까지 소식이 오지 않았기에 형관 이하 관원들은 좌불안석으로 하늘만 올려다보고 있었다.

한편, 김 포교도 그 때 포장의 사면장이 떨어지기만을 학수고대하고 있었는데, 포장은 포장대로 이처럼 중대한 사건을 소홀히 처리할 수 없었기에 그가 올린 서류의 내용을 한 자 한 자 빠지지 않고 읽으며 냉정하게 검토했다.

그렇게 하여 비로소 결재를 내리고 사면장을 써 주었는데 미시가 거의 다 되어서였다.

때문에 김 포교는 말을 타고 달려가며,

'허어, 시간이 너무 지체되었어. 이미 사형을 집행했는지도 모르겠는걸! 그렇게 되었다면 낭패로다!'

하고 크게 걱정했다.

그가 사형장 앞에 이르면서 보니 천만다행으로 그 때까지 형이 집행되지 않은 것 같았다.

때문에 그는,

"사형 집행 중지!"

하고 소리치면서 형장으로 뛰어들어 형관에게 사면장을 전했다.

그렇게 되어 젊은 나이에 억울하게 목이 잘릴 뻔했던 변원식은 천우신조로 다시 청천백일을 보게 되었다.

그의 아내가 될 처녀가 형장에 나타나 시간을 끌지 않았다면, 그는 결백이 밝혀지기 전에 사형을 당했을 것이었다.

때문에 세상 사람들은 그녀를 '형장에 핀 꽃'이라고 말하며 두 사람이 오랫동안 행복하게 살기를 진심으로 축원했다.

소꿉동무의 사랑

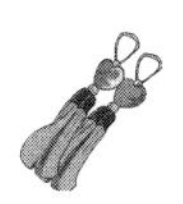

병자호란이 겨우 끝나 국정이 차츰 정돈되어 갔지만 지방에서는 그 때까지도 술렁이는 민심이 가라앉지 않고 있었다. 오랜 난리에 부대끼던 백성들이 각처에서 일어나는 불한당 떼의 만행에 시달리게 되었기에 빈민들의 숫자는 더욱 많아지기만 했다.

그 같은 상황을 일컬어 화불단행(禍不單行 : 재앙이란 늘 겹쳐 오게 됨을 으르는 말)이라고 한다.

충청도 면기 고을의 읍내서 서남 쪽으로 5리 정도 가면 경뜰(京坪)이라는 작은 부락이 있다. 그 곳에는 한양 사람들의 논과 밭이 많기 때문에 그와 같은 지명이 생기게 되었다고 한다.

그 부락의 변두리로 떨어진 곳에 작고 후락한 초가집 두 채가 있었다. 그 중에서 조금 작은 집이 황 진사댁이라고 불리는 집인데 황 진사는 이미 작고했기에 그의 아들 황우경(黃寓儆)이 아내와 딸과 함께 살고 있었다.

겨울이 시작되는 시월 하순의 어느 날이었다.

날씨가 온종일 음산하더니 밤이 되면서 비가 내릴 것 같기도 하고 눈이 내릴 것 같기도 한 품이 아무래도 그대로 흐린 채로만 있을 것 같지가 않았다.

나무들을 흔드는 바람 소리가 요란했고 그럴 때마다 문풍지가 울렸다. 저 멀리에서 개가 짖는 소리가 들리고 사립문이 문기둥에 부딪치는 마른 소리도 들렸다. 그리고 울타리를 맞대고 있는 박부여(朴扶餘)의 집에서는 완호(完鎬)가 글을 읽는 소리가 들려왔다.

황 진산의 집 아랫목에는 사십 남짓한 부인이 팔베개를 하고서 이부자리 위에 누워 있고, 그의 앞에서는 십팔구 세 정도 되어 보이는 처녀 명숙이가 등불을 돋우고서 버선을 깁고 있었다.

명숙은 어머니가 잠들었는지 보려고 곁눈질하면서 바늘 든 손을 멈춘 채 넋을 잃은 듯이 글 읽는 소리에 귀를 기울였다. 그 소리는 날마다, 밤마다 듣는 소리였다. 하지만 그날 밤에는 이상할 정도로 명숙의 마음을 흔들며 괴롭히고 있었다.

'아아…… 완호는 지금 무슨 생각을 하며 책을 읽고 있을까?'

그 때 잠든 것 같았던 어머니가 가늘게 눈을 뜨면서 말했다.

"너, 바느질은 하지 않고 뭘 그렇게 생각하고 있는 거냐?"

"예? 자…… 잠깐 쉬는 거예요."

명숙이는 놀란 얼굴이 되어 다시 바느질을 하면서 어머니의 표정을 살폈다. 그리고는 희미하게 웃어 보였다. 그러자 어미가 다시 말했다.

"쓸데없는 걱정은 하지 말고 그만 자자…… 밤이 꽤 깊었어."

"예."

잠시 후 어머니는 잠이 들었지만 명숙은 바늘을 놓은 채 그 자리에 그대로 우두커니 앉아 있었다. 밖에서는 여전히 바람 소리가 요란했고, 글을 읽는 소리는 바람을 타고 계속해서 들려왔다.

돌이켜 생각해 보면 십여 년 전에 있었던 꿈같은 추억이었다. 나이

일곱 살이 되면 남녀가 한 자리에 같이 앉지 않는다는 예의범절을 일상생활에 있어서의 절대적인 규칙으로 알고 있었던 그들의 부모는 어렸을 때의 소꿉동무요, 자라서는 글동무이던 둘의 사이를 겨우 열살 때 격리시켰다.

그런 규칙에 대해서 써 놓은 책들이 두 집에는 많이 쌓여 있었던 것이다. 아랫마을의 집들은 가을에 추수를 해서 양식을 그득하게 쌓아 놓았지만, 이 두 집에서는 양식 대신에 조상 전래의 책들만 방구석에 그득하게 쌓여 가난을 미덕으로 삼는 터였다.

두 집안에서는 그것을 양식 이상으로 소중히 여겼다. 양식은 먹는 대로 소비되지만 책은 몇 대를 두고 써먹어도 소비되기는커녕 닳지도 않는 보물이라고 생각하면서 두 집 사람들은 옷도, 밥도, 집도, 영화도 모두 다 그 책 속에서 나오는 것이라고 믿었다.

'그렇다면 이번에 아버지가 하시는 일도 그 책의 가르침에 따르시는 것일까?'

아버지는 항상 일거수일투족이 그 책들의 가르침에서 벗어나면 안 된다고 말했으며 그렇게 행동해 오고 있었다. 하지만……

명숙은 다시 한 번 생각해 보았다.

'아버지는 지금 제대로 된 일을 하고 계시는 것인가?'

나이 삼십이 될 때까지 무릎을 꿇고 앉아 글을 읽고, 몇 번이나 과거에 실패를 하고, 이제는 이 집 저 집으로 문객질을 하러 다니면서 갖은 아첨을 다하다가 그래도 벼슬을 얻을 수 없으니까, 겨우 안출한 것이 그것이었단 말인가?

명숙은 이불 속에서 분명히 들었던 것이다. 열흘 전에 서울에서 돌아온 아버지가 어머니에게 했던 소리를.

"할 수 없소. 이 참판이 먼저 말한 것이니 못 이기는 척하며 그렇게 해버립시다. 재상의 집에 후취를 주고 벼슬을 얻는 가난한 선비가 세상에 어디 나 하나뿐이겠소? 그렇게 하면 남행으로 수령 한 자리는 줄 거요. 명숙이도 가난한 선비에게 시집가는 것보다는 나을 것이고……."

그 말을 들은 어머니는, "하지만…… 하지만……." 하면서 꺼림칙해 했다. 그러나 얼마 후에는 아버지의 뜻에 따르겠다는 반응을 보였다.

명숙이는 생각을 계속했다.

'그러니까 아버지는 딸을 주고 벼슬을 살 생각을 하고 계신 것인데, 어제 저녁때 부담말에 한 바리 실려온 그 많은 돈을 보면 아버지는 이미 돈과 나를 바꾸신 것이란 말인가? 물론 그 돈은 이 참판이 벼슬을 주기에 앞서 궁한 선비에게 준 돈인지도 모르고 마음이 들뜬 아버지가 슬그머니 받아 내려보낸 것인지도 모른다. 하지만 그렇다고 해도 벼슬과 돈을 받고 딸을 내주는 것은 달라질 수 없는 사실이다. 그런데 우리 집에 있는 책에는 그런 일을 해도 좋다고 쓰여져 있는 것일까?'

완호의 아버지 박부여는 명숙의 아버지와는 막역한 벗이었다. 명숙의 아버지보다 여덟 살이나 나이가 위였는데도 벗이 되어 한 집안 식구처럼 지냈다.

명숙이 열 살이 된 해 정초에 박부여에게 세배를 하러 갔을 때 전에도 그랬던 것처럼.

"아저씨, 세배하러 왔어요, 세배 받으세요."

하고 아양을 떨면서 절을 했더니, 그가 큰 소리로,

"네 이년, 아저씨가 될지, 시아버지가 될지 어찌 알고 아저씨라고 부르는 거냐? 응?"

하고 말했다. 그 옆에는 명숙의 아버지와 완호도 앉아 있었다.

"여보게, 그렇지 않은가? 그나저나 이제는 둘이 다 열 살이 넘었으니 서로 놀지 못하고 내외를 하게 해야 되겠군!"

박부여가 다시 말하자 명숙의 아버지가 웃으면서 답했다.

"당연히 그래야지. 하지만 명숙이년이 하루라도 자네 집에 안 오고 배기겠나? 어쨌든 명숙이의 시아버지가 되어주게."

그 후부터 명숙은 완호네 집에 가지 않았다. '남녀칠세 부동석'이라는 말이 어지간히 무서웠고 어른들도 감시하는 태도를 보였기 때문이다.

하지만 완호는 가을이 되면 뒷동산에서 따온 아람이 굵은 밤을 어른들 몰래 울타리 구멍으로 넣어 명숙에게 주었고, 명숙은 봄이 되면 울 안에 있는 벽도화가 피면 탐스러운 가지를 꺾어 완호에게 넘겨 주고는 했다.

어른들이 감시하기는 했지만 두 집이 울타리 하나를 사이에 두고 있었기에 자주 얼굴을 볼 수 있었는데 두 사람은 그 후에도 어쩌다 서로 눈이 마주치게 되면 수줍어하면서 마주 웃곤 했다. 그러면서 열 살이 되었던 해의 정초에 아버지들끼리 했던 말씀이 언젠가 이루어질 것이라고 굳게 믿었다.

그런데 3년 전에 완호의 부친이 갑자기 세상을 떠난 뒤부터 두 집 사이에 커다란 변화가 생겼다.

완호의 집은 얼마되지 않는 살림으로 장사를 지내고 상중에 하는 모든 예식을 치르고 나자 생활하기가 몹시 어려운 지경에 이르게 되었다.

그 때부터 명숙은 완호를 자주 만날 수 없었고, 설사 만나게 되어도 웃으면서 맞는 명숙의 표정에 비해 풀이 죽은 완호의 표정은 너무나 침울했다. 명숙은 완호가 아버지를 잃은 비애로 인해 그렇게 되었다고 생각하며 안쓰러워했다.

어쨌든 그 후부터는 가을에 아람이 굵은 밤이 열려도, 봄에 붉은 벽도화가 피어도 그들의 선물은 서로 교환되지 않았다.

또, 그렇게 생각해서 그런지 두 집 아버지들의 인연이 끊어지자, 그토록이나 자별하던 어머니들의 사이도 차츰 멀어졌다.

그런 중에 명숙의 어머니가 완호의 어머니에게 자랑 삼아 자기 딸이 서울에 있는 재상 집으로 시집가게 되었다고 말했다. 그러자 완호의 어머니는 단번에 얼굴이 새파래졌다.

하긴, 완호와 명숙은 서로 결혼하게 될 것이라고 지나칠 정도로 믿고 있었다. 실은 그들이 열 살이 되었을 때 두 아버지가 농담을 한 후 구체적으로 정혼한 적은 없었다. 또한 두 아버지는 그 때 그렇게 하면 좋을 것이라고 생각했을 뿐이며, 다른 집안과 혼인을 해도 크게 잘못된 일은 아니라고 생각했다.

하지만 당사자인 완호와 명숙은 모두 훗날에 자기들은 당연히 부부가 될 것이라고 생각하고 있었던 것이다.

어머니가 완호의 모친에게 그 이야기를 한 뒤부터 완호는 전과 다르게 밤늦게까지 글을 읽었다. 아마도 그 일로 인해 크게 흥분했으며 받은 상처로 분발하는 것 같았다. 밤마다 자정이 될 때까지 글을 읽는 완호, 그 같은 행동은 뭔가를 암시하는 것 같다고 생각되었기에 명숙은 마음이 편치 않았다.

물론 명숙의 어머니는 완호에 대한 딸의 생각을 눈치 채고 있었기에 밤마다 완호를 단념하라고 설득하고 있었다. 하지만 그 때까지도 명숙은 다른 곳으로 시집 가겠다는 생각은 하지 않는 터였다.

밤은 어느덧 깊어져 있었다. 지금은 바람 소리와 완호의 글을 읽는 소리도 끊어지고, 깊이 잠든 어머니의 숨소리만 간간히 명숙의 귀에 들려왔다.

괴로워하던 명숙은 결국 살며시 뒷문으로 열고 밖으로 나갔다. 울타리를 헤집고 완호의 방으로 가기 위해서였다. 때마침 완호의 모친은 친가에 환갑 잔치가 있어서 출타 중이라고 들었으니 집에는 완호 혼자만 있을 것이다. 그러니 완호를 만나 아버지가 저지른 잘못에 대해서 사과하여 격앙된 그의 마음을 가라앉힌 뒤에 굳게 먹은 자기의 생각에 대해서 말하고 싶었다.

하지만 명숙은 걱정이 되었다. 십중팔구는 완호가 "내가 아무리 죽게 되었지만, 옛날에 했던 약속을 어긴 야비한 사람의 딸과는 얼굴을 마주치기도 싫다."라면서 자기를 내쫓을 것만 같았다.

'그렇게 될 거라면 차라리 가지 않는 것이 낫지 않을까? 아니야, 그래도 만나야 해.'

명숙은 몇 번인가 생각을 되풀이하다가 완호가 자는 방의 들창께로 가 보았다. 하지만 처녀의 몸으로 이미 불을 끄고 잠자리에 든 완호를 깨우는 것은 쉽게 할 수 있는 일이 아니었기에 그대로 돌아서고 말았다.

"얘, 완호야. 어서 나와서 문 열어라!"

"예? 예……."

완호는 어머니가 부르는 소리를 들으면서 벌떡 일어났는데 방 안은 캄캄했다. 때문에,

'아니 왜 이런 밤중에 돌아오셨을까?'

하고 생각하며 머리를 갸우뚱했는데, 그를 부르는 어머니의 목소리는 다시 들려오지 않았다.

'으응? 내가 꿈을 꾼 것이었나? 쯧쯧…….'

완호는 혀를 차면서 다시 자리에 누워 젖혔던 이불을 끌어당겨서

덮고 눈을 감았다. 하지만 그 때 갑자기 들려오는 남자의 목소리에 놀라며 두 눈을 크게 떴다.

"어서 문을 열어! 방망이로 부수기 전에."

그 소리는 옆집에서 들려오고 있었다. 잠시 후 문짝이 부서지는 소리와 함께 여자들의 비명소리가 들려왔다. 깁(명주실로 바닥을 좀 거칠게 짠 비단)을 찢는 것 같은 무척이나 절박한 목소리였다.

그것은 분명히 명숙의 집 안방에서 들려오는 소리였다. 완호의 가슴은 두근거리기 시작했고 온몸은 와들와들 떨렸다. 명숙이란 존재는 자기의 손 밖으로 벗어난 여자지만 바로 이웃에서 사는 사람이다.

야밤에 들이닥친 무리는 명숙의 집에 돈바리가 들어간 것을 알고서 찾아온 불한당 떼였다.

완호는 다시 생각했다.

'내 꼴이 이처럼 비참하게 되기는 했지만, 그건 명숙이 때문이 아니다. 모르는 체 할 수는 없다.'

완호는 두 손에 힘을 주었다. 그리고 마루에 있는 다듬잇방망이를 쥐고 뒷문으로 나가 울타리를 비집고 명숙의 집 뒤곁으로 들어섰다.

방 안에서 '절그럭 절그럭' 소리를 내면서 돈을 나르는 소리가 나고 있었다. 인기척으로 보아 네다섯 놈이 들어온 듯 싶었다.

잠깐 뭔가 생각한 완호는 자기 집으로 들어가 삼(麻)으로 꼰 빨랫줄을 찾아 허리에 칭칭 감고는 다시 명숙이네 집 뒤곁으로 가서 창 아래에 서 있다가 느닷없이 큰 소리로 외쳤다.

"이놈들아, 어려울 게 뭐냐? 삼십 명이나 와서 이 집을 에워싸고서도 안에 있는 불한당 댓놈을 못잡아? 그럼 잘 지키고 있다가 빠져 나와 도망치는 놈이 있으면 모두 때려 죽여라. 나 혼자서 들어갈 테니…… 위급해지면 소리를 지르겠다."

그리고는 벼락치듯이 방망이로 뒷창을 부수고 방 안으로 뛰어들어가 발을 구르면서 호통을 쳤다.

"이놈들, 너희들은 독 안에 든 쥐다. 목숨이라도 건지려면 순순히 묶여라."

완호는 허리에 감고 있던 밧줄을 끌렀는데 어슴푸레한 등불에 비친 삼베밧줄은 얼핏 보기에 오랏줄 같았다.

완호는 거침없이 움직이며 당황하고 있는 불한당 여섯 놈을 모두 묶었다. 그런 다음에 방 밖으로 끌고 나가면서 또 큰 소리로 외쳤다.

"그대로 이 집을 에워싸고 있어라. 이놈들의 패거리가 먼 곳에서 망을 보고 있다가 달려올지도 모르니까."

완호는 굴비 두릅처럼 한 줄로 내리엮은 불한당 여섯 놈을 그 집의 광 속에다 몰아넣고는 문에다 고리를 걸었다. 그리고는 다시 방 안으로 들어갔더니 그제서야 방 안의 모습이 자세하게 그의 눈에 들어왔다. 그럴 수밖에 없는 것이 조금 전까지는 불한당을 잡는 데에만 온 신경을 썼기에 다른 것은 살펴볼 여유가 없었던 것이다.

완호가 보니 두 모녀는 묶인 모습으로 방구석에 있었는데, 그 중에 명숙은 짊어지고 갈 짐처럼 멜빵까지 걸어 놓아져 있는가 하면 열려진 벽장 문 아래 방바닥에는 많은 돈이 흩어져 있었다.

완호는 곧 그들 모녀의 결박을 풀어놓고는 서둘러 아랫마을로 달려가서 장정 몇 사람을 불러와 만일의 경우에 대비하기 위해 명숙의 집으로 가서 광을 지키게 했다. 이어서 연기읍으로도 사람을 보내 그 같은 사건에 대해서 관가에 고하게 했다.

때문에 밤이 채 새기도 전에 읍에서 포교가 달려와 불한당들을 끌고갔고, 날이 밝자 완호도 읍에 있는 관가로 가서 그들을 잡게 된 경위를 설명했다.

관가에서 불한당들을 심문해 보니 그들은 그 전날 밤에는 죽산 군수의 집에 침입하여 돈 삼백 냥과 많은 재물을 약탈했을 뿐만 아니라 군수의 딸까지 업고 도망친 죄질이 매우 나쁜 놈들이었다.

피해를 당한 죽산 군수의 장인은 당시에 이름이 높았던 이조판서 정 아무개였다.

죽산 군수는 그 때 완호의 손을 잡고서 그의 지략과 용맹을 칭찬했으며 자기의 딸을 찾게 된 것에 대해서 크게 감사했다. 완호가 그 날 밤에 한 일은 명숙을 구했을 뿐만 아니라 관가와 죽산 군수의 큰 공이 되기도 했던 것이다.

또한 그로부터 수일 후에 시골집에 내려온 명숙의 부친도 그 일에 대해서 알게 되었고, 명숙은 그 사건을 계기로 해서 완호에게 시집을 가지 못하면 죽어 버리겠다는 뜻을 분명히 아버지에게 밝혔다.

그러자 명숙의 부친은 딸을 구해준 완호의 은혜에 감사하며, 또한 그의 용맹과 지략에 대해서 새삼스럽게 감탄하며 생각을 바꾸었다. 그리하여 돈바리를 다시 말에다 실어 서울로 보낸 뒤에 이 참판에게 가서 딸과 아내가 끝끝내 반대한다는 핑계를 대고 혼인과 벼슬 얻기를 모두 단념해 버렸다.

그 이듬해 봄에 완호는 과거를 보러 서울로 올라갔는데, 그 때의 시관은 공교롭게도 죽산 군수의 장인인 이조판서 정 아무개였다.

완호의 실력이 좋아서였는지 시관의 사사로운 정이 작용했기 때문이었는지 완호는 스물두 살이라는 나이에 장원급제를 했다. 그리고 수년 후에는 정4품의 당당한 요직에 서게 되면서 쟁쟁하게 이름을 날리게 되었다.

과거가 행해진 후에 이조판서 정 아무개는 완호에게 자기의 손녀, 즉 죽산 군수의 딸과 혼인할 생각이 없느냐고 물었다.

그러자 완호는 넉넉한 집에서 잘 배운 그 처녀를 사양했다.

"이미 정혼한 곳이 있다."

고 대답한 것이다. 그리고는 즉시 시골집으로 내려가 성대한 예식을 갖추어 소꿉동무였던 명숙을 아내로 맞았다.

한

그 때까지 도깨비의 정체를 직접 본 사람은 아무도 없었지만, 만일 그런 요물이 정말로 있다면 그놈은 황주(黃州) 고을 객관에 숨어 있는 것이 틀림없다고 황해도 일대 사람들은 모두 수군거렸다. 그 집에 달걀귀신이 붙었거나 도깨비가 웅크리고 있지 않다면, 그 곳에 드는 사람마다 모두 뻣뻣한 송장이 되어서 나올 리가 없다는 것이었다.

오가는 사신들의 행차라든가 점잖은 손님들을 으레 객관에 머물게 되어 있는데 황주에서만은 항상 비어 있었다. 집을 지은 지 반년도 못 되었을 때 새로 부임하는 안주(安州) 목사가 첫손님으로 들게 되었는데 저녁때까지만 해도 호탕하게 웃으며 술을 마셨던 그가 이튿날 아침에 보니 이렇다 할 기척도 없이 송장으로 변해 있었다.

물론 그런 일이 생긴 것이 한 번뿐이라면 도깨비가 숨어있다고까지 말할 것이 없겠지만, 그 후에 객관에서 하룻밤을 머물게 된 손님마다 똑같은 변을 당했던 것이다.

네댓 번 송장을 치우고 난 다음부터는 대낮에도 도깨비들이 득실거리는 집이라고 소문이 났다. 그래서 아무도 얼씬거리지 않으며 텅 비워둔 지 여러 달이 되었는데 소문이 어찌나 무섭게 퍼졌던지 울던 아이들도 객관으로 잡아가겠다고 을러대면 울음을 뚝 그칠 정도였다.

그런 집인 줄도 모르고 황주를 지나가는 행차마다 '이 고을에선 객관만 지어 놓고 손님에게 제공할 줄 모른다.'고 불평을 하고는 했다.

중종 35년(1540년)에 천추사(千秋使 : 조선시대에 중국 황후의 생일을 축하하기 위해 보내던 사신)가 되어 연경으로 행차하는 창양군(昌陽君) 조광원(曹光遠)도 그러한 불평객들 중의 하나였다.

그가 황주에서 하룻밤을 묵고 가게 되었는데 객관이 아닌 영문 안의 별실로 안내되었다. 때문에 창양군은 불쾌해 하며 황주 군수에게 물었다.

"황주에도 객관이 있을 텐데 어째서 이리로 인도하는가?"

"예. 객관이 있기는 하오나 오랫동안 사용하지 않고 있습니다."

"어째서? 객관이 있다면 당연히 그것을 써야지."

창양군은 군수가 게을러 수리하지 않았거나 번거롭게 접대하기가 귀찮아서 그러는 것일 거라고 생각했다.

"안 쓰는 게 아니라 못 쓰고 있습니다."

"못 쓰다니? 그럴 정도로 퇴락했단 말인가?"

"아닙니다. 아뢰옵기 황송하오나 집은 새로 지었는데 난데없이 웬 요귀가 들어 사람들을 해치고 있기 때문입니다."

"요귀? 그게 무슨 소린가?"

전임 황주 군수들은 송장을 치울 때마다 번번이 좌천을 당하거나 호되게 경을 치르고는 했다. 때문에 신임군수는 마음 속으로 '누가 그 놈의 객관에 기름을 붓고 불이라도 질러주었으면 속이 시원해지겠다.'고 생각하고 있었기에 창양군에게 그 동안 있었던 일을 하나도 빠뜨리지 않고 자세히 설명해 주었다.

하지만 그랬는데도 불구하고 창양군은 짧게 말했다.

"나는 오늘 밤 그 객관에서 묵겠다."

"예?"

신임 군수는 당황하지 않을 수 없었다. 객관에서 자면 다음날 아침에 송장으로 변해서 나오게 될 것이 틀림없고 그렇게 되면 자기도 무사하지 못할 것이 분명한데 창양군이 땅고집을 부리니 가슴이 답답해졌다. 하지만 상관의 명이니 거스를 수가 없었다.

할 수 없이 군수는 부하들을 시켜 오랫동안 비워 두었던 방을 쓸고 닦고 불을 지피게 하고는 행차를 옮겨 모셨더니 창양군이 주위를 휘이 둘러보고 나서 수염을 쓰다듬으며,

"이렇게 좋은 객관을 쓰지 않다니…"

하고 중얼거렸다. 하지만 군수는 뭐라고 대꾸할 말이 없었다. '오늘 밤에 세상을 하직하려고 공연히 억지를 부린다.'고 속으로 원망하며 비웃기만 했다.

심부름을 하는 고을의 아전들도 모두 한심스러워했다.

'지금은 술상을 차려 들어가지만, 이 밤이 지나면 송장을 들고 나와야 할 것이니 끔찍스럽다'고들 생각하며 수군거렸다.

"사람의 운명은 과연 알 수 없는 것이로군!"

"맞아, 아무리 사실대로 여쭈어도 곧이 듣지 않으시니 어쩔 수 없지 않은가."

"섶을 지고 불 속으로 뛰어드는 것과 똑같다."

이윽고 밤이 깊어져 모두 돌아가자 창양군은 홀로 등불과 벗하며 위엄을 갖추고 앉아 있게 되었다. 그는 정신을 가다듬으며 혹시 수상한 기척이 나는 것이 아닌가 하고 신경을 쓰며 긴장된 자세를 흐트러뜨리지 않고 앉아 있었다.

스스로 자신을 믿었기에 큰소리를 치며 객관으로 옮겨 오기는 했지만 요귀가 나와서 사람들을 해쳤다는 말이 아무런 근거가 없는 이야기라고 생각되지는 않았다. 그런 일이 있기는 있었기에 군수가 그처럼 겁을 내면서 말렸던 것이지 공연히 그랬을 리가 없다고 생각했다.

하지만 그는 창대처럼 곧고 차돌처럼 야무진 성격을 가진 사람이었기에 요귀가 나타난다는 소리를 듣고도 코웃음을 쳤지만, 막상 홀로 객관에 앉아 있게 되고 보니 요귀가 나타나기를 기다려지는 마음과 정말로 요귀가 나타나면 그놈을 어떻게 처치해야 할까 하는 생각이 뒤섞여 머릿속이 어수선해졌다.

그는 힘이 남보다 억세지도 않고, 남들이 갖지 못한 신통한 재주를 품고 있는 것도 아니었다. 그가 믿는 것은 오직 한 가지 자신의 정직한 마음과 행실뿐이었다. 옛글에서도 '사(邪)가 정(正)을 범하지 못한다'라는 말이 있기는 하지만 청천백일 같은 심사만 있으면 아무것도 두렵지 않다는 그의 자부심은 원체 강했다.

밤은 어느덧 자정이 넘은 것 같았는데 괴괴한 적막만이 깊은 물 속처럼 그득할뿐 티끌 하나 움직이는 기색도 없었다. 누워서 잠들 수도 없었기에 그는 『주역(周易)』을 꺼내 「계사(繫辭)편」을 낮게 소리내어 읽기 시작했다.

그런데 그가 책을 석 장째 넘기려고 했을 때 갑자기 '쏴아-' 하는 소리와 함께 창문이 덜컹거렸다. 그래서 창양군이,

'드디어 요귀가 나타나는 것인가?'

하고 생각하며 긴장했는데 바람 소리는 다시 잠잠해졌다. 또 한 번 세찬 바람 소리가 들려오면서 등불이 당장이라도 꺼질 것처럼 심하게 흔들렸다.

창양군은 정신을 가다듬으며 두 눈을 똑바로 떴다. 바깥에서 나는

바람 소리는 여전히 요란한데, 이윽고 천장의 대들보가 부러지는 것처럼 '뚜둑- 뚝' 하는 커다란 소리가 나기에 '요귀라는 것이 정말로 있기는 한 모양이구나!' 하고 생각하며 입술을 질근 깨물었다.

대들보가 부러지는 것 같은 소리가 몇 번이나 계속해서 들려왔는데, 이번에는 '타악-' 하는 소리를 내면서 뭔가 방바닥에 떨어지는 것이 있어서 쳐다보았더니 앙상한 뼈다귀였다.

'으응? 웬 뼈다귀……?'

창양군이 이상하게 생각하며 뼈다귀를 노려보는데 한 개가 또 떨어졌다. 좀 더 굵은 뼈다귀였다.

그런가 했더니 계속해서 셀 수도 없이 많은 잔뼈와 굵은 뼈들이 쏟아지다시피 방바닥에 떨어져 그득하게 쌓였다. 그리고 마지막으로 '따악-' 하고 큰 소리를 내면서 방바닥에 떨어진 것은 보기만 해도 끔찍스러운 해골바가지였다.

"헉-"

창양군은 저절로 머리끝이 쭈뼛해지며 자신의 이가 '바드득-' 하고 갈리는 소리를 냈다. 다음 순간 뼈다귀들이 쌓여 있는 자리에 얼굴이 창백하고 머리를 풀어헤친 수심이 가득한 젊은 여인의 모습이 그의 눈에 들어왔다. 때문에 그는,

"어떤 요물이기에 감히 사람을 괴롭히느냐? 썩 물러가지 못하겠느냐?"

하고 호령했다. 하지만 속으로는 크게 당황하지 않을 수 없었다.

여인은 요염하게 느껴지는 고운 얼굴을 숙이며 창양군에게 절을 하면서 말했다.

"천한 계집의 원한을 풀 길이 없었사온데, 오늘에야 대감님을 뵈옵고 골수에 사무친 한을 풀까 하옵니다."

맑고 또렷한 목소리였기에 창양군은 거듭 놀라움을 금치 못했다.

"그게 무슨 소린고?"

"예, 소녀가 억울한 죽음을 당했기에 존엄한 행차가 자나가실 때마다 하소연하려고 방 안에 나타났으나 저의 해괴한 행색 때문에 놀라 모두들 기절한 채 다시 일어나시지 못한 까닭에 소원을 풀 수가 없었나이다. 다행히 대감께서는 오늘 끝까지 지켜보고 계시니 천지신명이 소녀를 도와주시는 것이라고 생각합니다."

그 말을 들으니 창양군은 요귀의 정체가 무엇인지 짐작이 갔기에 비로소 안심하며 웃었다.

"그래. 너의 원한이라는 것이 뭐냐?"

기생 춘도(春桃)는 열아홉 살이라는 나이에 비해서는 숙성한 편이었다. 홀어머니 밑에서 자라 열네 살 때 관방기생으로 뽑히게 되었는데 마음씨가 착하고 야무졌으며 다른 기생들처럼 교태를 부리며 돈을 끌어 모으지 않았기에 주위 사람들의 평이 좋았다.

춘도는 열일곱 살이 되던 해 봄부터 수청을 들게 되었는데 삼 년 동안 몰라볼 정도로 얼굴이 활짝 피고 아랫도리가 확 퍼져 의젓한 색시처럼 돋보였기에 누구나 열아홉 살로 보지 않았다. 그래서 춘도가 치맛바람을 날리며 아문을 드나들 때마다 아전과 관노놈들이 넋을 빼앗기며 침을 흘렸는데, 그 중에서도 스물 다섯 살인 갑돌이라는 총각 관노놈은 춘도에게 홀딱 반해 속을 태우게 되었다.

하지만 춘도의 손목 한 번 잡아볼 수가 없었기에 가끔 엉큼한 생각을 품고 한밤중에 춘도의 집 담밖을 몇 바퀴씩 돌면서 담장을 넘어가려고 하기도 했다.

하지만 그 집에서 기르는 삽살개가 어찌나 영악한지 담장 가까이 가서 부시럭거리는 소리만 내도 잽싸게 달려나와 사납게 짖어대는 바람에 겁이 나서 뜻을 이루지 못했다.

어느 날 어두워질 무렵엔 그 삽살개를 달래려고 고깃덩어리를 품고 성큼 담 위로 올라갔는데, 그놈의 강아지가 눈치도 없이 깡충깡충 뛰어오르며 요란하게 짖어댔다. 때문에 미처 고깃덩어리를 꺼내기도 전에 문을 벌컥 열고 나온 춘도의 어머니가

"왜 그러느냐? 도둑놈이 엿보기라도 하느냐?"

하면서 사방을 살피기에 그대로 도망쳐 모처럼 기도했던 일마저 허사고 되고 말았다.

"어휴, 어떻게 해야 그년을……."

춘도의 얼굴이 눈 앞에 떠오를 때마다 갑돌이놈은 억제할 수 없는 욕정 때문에 두 다리가 비비 꼬였다. 하지만 새침한 춘도는 어쩌다 마주치게 된 갑돌이가 입을 씰룩거리며 눈짓을 해도 아는 척도 하지 않았다. 때문에 호랑이라도 맨주먹으로 잡을 만한 힘이 있어 생기가 넘치던 갑돌이놈은 서리를 맞은 풀대처럼 기운이 없어지게 되었고 친구들은 그를 놀렸다.

"저 자식, 장가를 못 가서 저래."

"못난놈, 밤길에 툭툭 차이는 것들이 계집인데, 아무거나 하나 골라 잡지 못하고……."

그런 말을 들을 때마다 갑돌이놈의 가슴은 더욱 답답해졌다. 그가 짝사랑하는 여인은 오직 춘도 하나뿐이기 때문이었다.

그러던 중 그의 머릿속에 한 가지 묘안이 떠올랐다.

'옳지, 그렇게 해야겠군!'

춘도가 수청을 들러 객관에 들어간 뒤 밤을 새우며 지키고 있다가 보면 한 번쯤은 뒷간에 가는 그녀를 만날 수 있게 될 테니 거절당하는 한이 있더라도 그 때 자기의 마음을 전해야겠다고 생각한 것이다.

객관에 있다가 뒷간에 가려면 일단 마당으로 내려와 후원으로 돌아가야 했기에 마음 먹기에 따라 무슨 짓이라도 할 수 있는 기회였다.

수청을 들기 위해 춘도가 객관에 들어가는 날마다 갑돌이는 가슴이 부풀어오르곤 했다. 인적이 끊어질 때쯤부터 마당 구석에 있는 복숭아 나무 밑에 웅크리고 앉아 이제나 저제나 하면서 방문이 열리는 소리가 나기만을 기다리며 밤하늘의 별들을 세어보는 중에 지루한 밤이 깊어갔다.

멀찍이 바라보이는 객관의 불빛이 꺼지고 나면 갑돌이는 자기도 모르게 숨이 가빠졌다. 벌거벗은 춘도의 몸이 객관에서 묵는 손님에게 희롱당하는 모습을 상상하면 불현듯 큼지막한 돌을 들어 방 안에다 던지고 싶다는 충동이 일었다. 기다려도 아무런 기척이 없으면 '도대체 어떻게 된 연놈들이기에 밤새도록 뒷간 출입을 한 번도 하지 않는 것일까?' 하고 역정을 내며 주먹으로 가슴을 쳤다.

그렇게 하기를 사흘째 되던 날 밤이었다. 갑돌이놈은 '오늘 밤에도 허탕을 치는 것이 아닐까?' 하고 걱정하면서도 '오늘 밤엔 한 번은 나오겠지' 하는 은근한 기대를 품고 복숭아 나무 밑에 쪼그리고 앉아 있었다.

얼마나 지났을까, 밤하늘의 북두칠성이 꼬리를 감춘 것으로 보아 밤이 어지간히 깊어진 모양이었는데, 바로 그 때 '드르륵-' 하고 방문이 열리는 소리가 들려왔다. 동시에 갑돌이놈의 가슴은 방망이질을 하는 것처럼 심하게 울렁거렸다.

갑돌이는 어둠 속에서 살며시 목을 길게 뽑으며 전방을 살폈다. 하지만,

"에헴-"

하는 기침소리를 들으면서 긴장감이 탁 풀렸다. 무려 사흘 밤을 새우

며 기다렸는데 밖으로 나온 사람이 춘도가 아니라 춘도를 끼고 온갖 농탕을 다 했을 양반녀석이라는 것을 알게 되자 울컥 화가 치밀었다.

당장 달려가 원수 같은 놈의 목을 눌러 죽여 버리고 그가 누워 있던 자리에 대신 들어가 춘도의 알몸을 안고 싶었다. 하지만 그렇게 하면 자기의 목숨이 온전하지 못할 것이기에 꾹 참았다.

닭이 두 회, 세 회나 울 때가지 객관 안에서는 다른 기척이 없었다. 사흘째 밤도 결국 헛물만 켠 것이다.

갑돌이가

'설마 오늘도…….'

하고 생각하며 나흘째가 되는 밤을 새우게 되었는데, 그의 귀가 쫑긋 세워졌다. '드르륵-' 하고 방문을 여는 소리가 들려왔기 때문이었다. 갑돌이가 어둠속을 꿰뚫어 보니 이번에는 과연 춘도였다.

"에그머니!"

섬돌 아래로 내려서던 춘도는 어둠 속에서 갑돌이와 마주치자 작은 비명소리를 냈다.

"놀라지마. 나야."

"나라니?"

"가…… 갑돌이야."

"밤이 깊었는데, 여긴 뭐하러 왔어?"

"응, 그게 저어…… 찾을 물건이 있어서……."

"별일이 다 있군. 찾는 게 뭔데?"

"응, 그게 저어……."

갑돌이가 하는 대답이 너무나 흐리멍텅했기에 춘도는 어이없어 하지 않을 수 없었다. 모르는 녀석도 아니요, 아문을 드나들 때마다 유심히 자기를 쳐다보며 눈을 찔끔거리던 녀석이었기에 한바탕 욕을 해

주고 싶었지만 방에서 잠자고 있는 손님이 깰까봐 꾹 참았다.

"뭔지 모르지만 내일 밝으면 찾도록 하고 그만 돌아가요."

"응, 그래야겠어."

갑돌이가 말은 그렇게 하면서도 엉거주춤하며 춘도의 기색만을 살피고 있었는데, 춘도는 그런 줄도 모르고 후원 쪽으로 걸어가기 시작했다.

춘도가 볼일을 끝내고 뒷간에서 마악 나왔을 때였다. 씨근거리는 거센 숨소리가 귓가에 들린다고 느끼는 순간 커다란 몸이 그의 앞을 막았다.

"누구야?"

갑돌이일 것이라고 짐작하면서도 '이놈이 왜 뒷간까지 따라왔을까?' 하고 의아해 하며 야무지게 소리를 질렀다.

"이봐, 춘도야! 내 말을 좀 들어봐."

"무슨 말을 들으라는 거야?"

춘도가 발끈 성이 난 목소리로 내뱉자 갑돌이가 가쁜 숨소리로 더듬거리며 말했다.

"그렇게 화부터 내지 말고…… 내 말을 좀 들어봐."

"글쎄, 무슨 말이냐니까?"

"저…… 저어…… 내가 춘도 생각을 얼마나 했는지 알아?"

"뭐? 그게 도대체 무슨 소리야?"

춘도는 정말로 어리둥절해지지 않을 수 없었다. 갑돌이 무슨 뜻으로 그런 말을 하는 것인지 얼핏 판단이 되지 않았다.

"이봐, 내 이야기를 좀 들어봐."

"글쎄, 그 이야기가 뭐냐니까? 나 원 참, 별꼴을 다 보겠네."

춘도가 더 이상 상대하지 않고 걸어가려고 하자, 갑돌이가 거침없이 그녀의 옷소매를 잡아 당기며 손목을 잡았다. 갑돌이의 손은 불덩이처럼 뜨겁게 달아올라 있었다.

"왜 이래? 이거 못 놔?"

뿌리치는 춘도의 목소리에는 냉기가 어려 있었다. 하지만 갑돌이는 춘도의 손목을 잡은 손에 더욱 힘을 주었다.

"이봐, 춘도……."

왼손으로 슬쩍 춘도의 허리를 감는 갑돌이의 목소리가 떨렸다.

춘도는 그제야 비로소 갑돌이놈의 속셈을 알게 되었다. 너무나 기가 막혔지만 목소리를 낮추며,

"왜 자꾸 이러는 거야? 여기가 어딘 줄 알고……."

하고 말했다. 토라진 태도를 보이며 쏘아붙이기만 하면 그가 무슨 짓을 할지 몰라서였다.

"춘도야……."

갑돌이는 가쁘게 숨을 몰아쉬면서 이름만 불러놓고는 더 이상 말이 없었다.

"왜 그래?"

"춘도야……."

"글쎄, 말을 하라니까."

다음 순간 갑돌이는 하라는 말은 하지 않고 춘도를 와락 끌어안으며 그녀의 얼굴에 자신의 얼굴을 마구 비벼댔다. 입술을 찾는 모양이었다. 하지만 춘도는 미꾸라지처럼 요리조리 목을 비틀어 대며 좀처럼 허락하지 않았다. 갑돌이의 팔을 꼬집으면서 악을 썼다.

"안 돼! 이러지 마!"

하지만 갑돌이는 듣지 않았을 뿐만 아니라,

"소리 지르지 말고 가만 있어."

하고 말하더니 춘도의 몸을 두 손으로 들더니 연못가의 풀밭으로 걸어갔다. 그리고는 풀밭에 내려놓으며 자기도 함께 그녀의 몸 위에 쓰러졌다.

갑돌이놈이 하는 짓이 심상치 않음을 알아챈 춘도는 그제야 비로소 겁을 내며 비명을 질렀다.

“사…… 사람 살류!”

밤하늘을 찢는 것같은 비명소리가 나자 갑돌이는 춘도의 치맛자락을 와락 잡아채 입에다 처넣었다.

“컥- 컥억-”

춘도는 몸부림을 치면서 저항했다. 일이 그렇게 되자 갑돌이놈은 어떻게 해서든지 끝장을 보는 수밖에 없다고 생각했다.

갑돌이놈은 사나운 짐승처럼 춘도에게 덤벼들었다. 하지만 쉽사리 뜻대로 되지 않았다. ‘요까짓 년쯤이야.’ 하고 대수롭지 않게 생각했는데 몸부림치며 저항하니 온몸에서 진땀이 솟았다. 더욱이 한 손으로는 춘도의 입을 막고 있었기에 제대로 힘을 쓸 수가 없었다.

그런데 얼마동안 그처럼 발악을 하던 춘도의 팔과 다리가 갑자기 축 늘어졌다. 때문에 갑돌이놈은 온몸에 소름이 끼치는 것을 느끼며 그녀의 몸에서 떨어졌다. 그리고는 그녀의 가슴에 귀를 대어보았더니 숨소리는 들리지 않고 싸늘해지는 기운만이 느껴졌다. 그러자 갑돌이놈은 겁이 덜컥 났다.

‘죽은 것 같아. 이걸 어쩐다?’

하지만 그의 머릿속에는 아무런 생각도 나지 않았기에 허둥대기만 했다.

‘이대로 놔 두고 도망쳐?’

하지만 그건 안 될 말이었다. 밤이 지나고 아침이 되면 당장 아문이 떠나갈 것처럼 야단 법석이 일어날 것이고 꼬리를 잡히면 신세가 끝날 것이었다. 그러니 쥐도 새도 모르게 감쪽같이 처리해 버리는 것이 가장 좋은 방법이라고 여겨졌다.

'그런데 어디에 버려야 하지?'

생각을 계속하던 그의 머릿속에 문득 묘한 방법이 떠올랐다. 연못 언저리의 수챗구멍 위에 걸쳐져 있는 넓죽한 바윗돌이 생각난 것이었다.

갑돌이놈은 수챗구멍 앞으로 다가가 시근벌떡거리며 바윗돌을 한쪽으로 끌어당겨 놓고는 춘도의 시체를 들어다가 수챗구멍 안에 넣고는 바윗돌을 원래의 모양처럼 덮었다. 그리고는 뒤도 돌아보지 않고 객관 밖으로 나가 자기 집으로 가서 아무런 일도 없었던 것처럼 태연하게 잠자리에 들었다.

객관에서 잠을 잔 다른 고을 원님은 창밖이 훤해질 무렵에 잠이 깼는데 당연히 옆에 누워 있어야 할 춘도의 모습이 보이지 않자 괘씸하게 생각하며,

"고약한 계집, 수청을 드는 몸이니 볼일이 있더라도 아침상 심부름이나 하고서 갈 것이지 새벽에 살짝 빠져 나가다니……."
하고 중얼거렸다.

해가 중천에 떴는데도 춘도가 나타나지 않자 제일 먼저 이상하게 생각한 사람은 그의 어미였다.

'　　이런 적이 없었는데…… 오늘 아침부터 술자리가 벌어진 건가?'

그럴 수도 있겠다고 생각되어 크게 걱정하지 않았는데, 그 날 저녁때가 되어도, 밤이 깊어도, 그 이튿날 아침까지도 아무런 소식이 없자 술을 많이 마셔서 병이 나더니 누워서 앓고 있는 것이나 아닌가 하고 생각했다.

그래서 아문이 열리기를 기다렸다가 이 사람 저 사람 닥치는 대로 만나 수소문해 보았지만 딸의 행적에 대해서 아는 사람이 없기에 갔음직한 곳을 모조리 찾아 뒤졌지만 딸 춘도의 그림자를 보았다는 사람은 없었다.

무당과 판수의 집도 찾아가 점도 수없이 쳐 보았지만 속이 시원해지게 해결해 주는 말은 한 마디도 들려주지 않았다. 누군가의 꾐에 빠져 시골로 끌려갔을 것이라는 둥, 석 달 동안 기다리면 무슨 소식이 있을 것이라는 둥, 종잡을 수 없는 말들 뿐이어서 춘도의 어미는 거의 미칠 지경이 되고 말았다. 열흘이 지나고 보름이 지나도 소식이 아득해지자 춘도가 뭔가 사연이 있어 소리없이 자취를 감추었다는 소문이 온 고을 안에 쫙 퍼졌다.

관가에서도 동리마다 통문을 돌려 행방을 찾았으나 춘도의 행적이 알려질 까닭이 없었다.

춘도가 하소연을 끝내고 온데간데없이 사라지자 창양군은 놀랍고도 신기하게 생각하며 의분을 참지 못해 몇 번이나 주먹을 움켜쥐었다. 보이지도 않는 갑돌이라는 놈을 무섭게 쏘아보면서 잠을 이루지 못하며 긴 밤을 꼬박 앉아서 세웠다.

날이 뿌옇게 밝아오자 창양군은 후원에 있는 연못가로 가서 수챗구멍 위에 커다란 바윗돌이 놓여져 있는 것을 확인했다.

때마침 군수가 아전을 앞세우고 잔뜩 굳어진 얼굴로 송장을 치우려 나타났다. 문 밖에서 몇 번인가 기침 소리를 냈지만 방 안에서 아무런 기척이 없자 역시 요귀에게 죽은 것이라고 생각하며 방문을 열어보다가 말고는 눈이 휘둥그레졌다.

'으응?'

자리를 펴 놓은 방 안이 텅 비어 있기 때문이었다. 그래서 '이번엔

요귀가 몸뚱이까지 삼킨 모양이다'라고 생각하며 멍해진 얼굴로 서 있는데 등 뒤에서,

"일찍 왔네그려."

하는 소리가 들리기에 군수는 '움찔'하고 놀라며 돌아보았다. 그랬더니 창양군이 서 있었는데 정말로 살아 있는 몸인지 의심이 되어 아무런 대꾸도 하지 못하고 빤히 쳐다보기만 했다.

"내가 요귀에게 홀려 어디로 간 줄 알았지?"

창양군이 묻자 군수가 얼떨떨해 하며 반문했다.

"정말로 죽지 않으신 건가요?"

"이렇게 멀쩡히 살아있지 않은가? 그보다 오늘 중요한 일을 한 가지 해야겠네. 아전에게 형틀을 차려 놓고 기다리라고 하게."

"예?"

군수의 머릿속은 더욱 혼란스러워졌다. 자기가 없는 요귀를 있다고 억지를 쓰며 거짓말을 했기에 죄를 다스리려는 것이 아닐까 하고 생각하니 전신이 아찔해졌다.

"형틀은 왜?"

"응. 좀 쓸 일이 생겼으니 지체할 것없이 당장 처리하도록 하지. 이 고을의 기안(妓案)을 즉시 가져오게. 그리고 관노들 중에 갑돌이라는 놈이 있지? 그놈을 당장 잡아오도록 하게."

"예, 예."

무슨 일을 하려는 것인지 짐작이 되지 않았기에 군수는 한참 동안 망설이며 머뭇거렸다.

"왜 그러고 있나? 빨리 내가 말한 대로 하지 않고……."

"예."

상관의 명령이니 하라는 대로 할 수밖에 없었다.

그래서 갑돌이놈을 잡아서 꽁꽁 묶어 형틀 앞에 꿇어 엎드리게 했더니 그의 얼굴은 단번에 새파랗게 질렸다. 갑돌이는 혹시 그 일이 들통 난 것이 아닐까 하는 생각에 등골에 식은땀이 뱄지만, 객관에 묵은 자가 알 까닭이 없는데 이상하다고 생각했다.

이윽고 심문이 시작되자 갑돌이는 시치미를 떼며 자기는 아무런 죄가 없다고 말했다. 그러자 창양군이

'그렇다면 네놈이 한 짓을 보여주겠다.' 라고 말하고는 수챗구멍 안에 있는 시체를 꺼내 오게 했는데 기이하게도 그 시체는 조금도 썩지 않은 말짱한 모습을 그대로 유지하고 있었다.

그제야 갑돌이놈은 흐느껴 울면서 '죽여줍시오' 라고 말하며 머리를 땅바닥에 떨어뜨렸다.

춘도의 장사를 치르고 난 뒤부터 객관에서 도깨비들이 술렁거린다는 소문은 없어졌다. 실로 기이한 사건이라고 말하지 않을 수 없다.

수수께끼 살인사건

박부길(朴富吉)과 이득천(李得天)이라는 두 청년은 서로 가까운 친구였는데, 그들의 아버지도 할아버지도 역시 가깝게 지냈던 친구 사이였다. 그들의 할아버지들은 개성의 이웃 동리에서 살면서 평생 동안 사이 좋게 지냈으며, 그들의 부친들도 같은 동리의 앞 윗집에서 살게 되면서부터 한 집안 식솔들처럼 가깝게 지낸 이웃사촌이었다.

그런데 두 집에는 공통된 걱정거리가 한 가지씩 있었다. 박씨 집에는 슬하에 삼남매가 있었는데, 아들을 일찍 잃어 두 딸만 기르고 있었고, 이씨 집에는 그나마 딸 하나도 없었기에 항상 한탄하면서 지냈다.

그런데 정말로 신기하게도 순조 말엽인 어느 해, 같은 달, 같은 날 이른 아침에 박씨 집에서 득남을 했고, 저녁 때는 마흔 살이 넘은 이씨의 부인이 첫아들을 낳았다. 그들이 바로 부길과 득천이었던 것이다.

같은 날 앞서거니 뒤서거니 하면서 태어난 두 아이는 모두 골격과 이목이 준수했다. 하지만 그들의 운명은 서로 크게 달랐다.

득천이 겨우 여덟 살이 되던 해 늦가을에 그의 모친이 병을 얻어 세상을 떠났는데, 그로부터 두어 달 후에는 부친도 갑자기 앓기 시작하더니 친구인 박씨를 불러 유언을 남겼다. 그가 박씨의 손을 잡고 눈물을 흘리며,

"아무래도 나는 더 살 것 같지가 않네. 인명은 재천이니 어쩔 수가 없지만, 오직 한 가지 깊은 한(恨)이 되는 것은 늦게 얻은 득천이가 성장하는 것을 못 보고 눈을 감아야 하는 일이네. 내가 이제 죽으면 내게는 골육지친이 없는 까닭에 득천이의 양육을 부탁할 데가 없네. 그러니 미안한 일이지만 득천이가 커서 독립할 때까지 필요로 하는 모든 힘든 일을 자네가 해주었으면 하네. 우리가 성만 다르지 친형제와 같으니 그렇게 하겠다고 약속해 주게. 그래야 내가 안심하고 눈을 감겠네!"

라고 말하자, 박씨도 눈물을 머금으면서 쾌히 승낙했다.

"굳이 그런 말을 하지 않아도 내가 신경을 쓸 것이네. 자네 아들을 내 아들처럼 생각하며 모든 것을 가르칠 테니 그런 걱정은 하지 말게. 형제처럼 지내던 자네가 나에게는 아들 하나를 더 주고 가니 슬픔 중에서도 든든하고 기쁘다는 생각이 드네."

다음 날, 이씨는 다시 돌아오지 못할 황천길로 떠나고, 득천은 겨우 양친의 얼굴을 기억할 수 있는 나이에 하늘과 땅 사이에 의지할 곳 없는 천애의 고아가 되고 말았다.

하지만 다행스럽게도 뒷집의 박씨가 친아버지와 다름없는 애정으로 그를 키워주었고, 그의 부인과 두 딸, 그리고 동갑인 부길이도 역시 그를 한 가족처럼 여겼다. 그리하여 고인의 혼을 위로해 주겠다는 마음으로 온 정성을 기울였기에 득천은 별 탈없이 성장했다.

그러는 동안 득천은 이씨 부부를 큰아버지, 큰어머니라고 부르게

되었으며, 그들 역시도 득천을 가엾게 여겨 친아들 부길이와 다름없이 길렀다. 뿐만 아니라 죽은 친구의 유산을 성심껏 관리해 주었다. 일푼 일리의 출납이라도 반드시 따로 꾸민 장부에 기록하면서 훗날 득천이 성장하여 독립할 수 있는 자본금으로 삼을 수 있도록 그에게는 말해 주지 않고 재산을 저축하여 증식시켰다.

또한 있는 힘을 다해서 노력해야 한다는 신념을 어린 그의 머리 속에 항상 주입시켰다. 따라서 원래부터 남보다 총명하던 득천의 장사를 하는 능력은 날로 빠르게 향상되었다. 그는 성장하면서 박씨의 점포에서 부길과 함께 일하고 있었던 것이다.

득천의 나이가 이십여 세 되었을 때, 비로소 박씨가 그를 불러서

"이제 네가 홀로 움직여 집안을 다시 일으켜야 할 때가 되었다고 생각되니 이것을 받아라."

하며 그에게 남겨진 유산과 그 동안 가지고 관리하고 있던 장부 일체를 내주었는데, 그 돈이 수만금이나 되었다.

박씨는 계속해서 말했다.

"이제는 속히 장가를 들어 가도(家道 : 집안에서 마땅히 지켜야 할 도덕적 규범)를 세우고 처자를 거느려 한 집안의 어른이 되어도 아무런 염려가 없는 자격을 갖추었다. 내가 죽기 전에 너의 집이 재흥되는 것을 보아야 저승에 갔을 때 네 부친께 부끄럽지 않을 것이니 속히 결혼하기 바란다."

그리고는 자기가 십여 명의 신부 후보자들에 대해서 적은 명부를 주면서 그 중에서 한 처자를 고르라고 했다. 때문에 득천은 다시 한 번 머리를 조아리며 그가 베풀어주는 은혜에 대해서 감사했다.

그로부터 얼마 후 득천은 아름다운 신부를 맞아 결혼했으며 박씨 부부가 환진갑을 지낸 뒤에 세상을 떠나자 부길과 함께 3년 집상(執

喪 : 부모의 거상 중에 예절을 지키는 것)의 효성을 다했다.

그 후 어느 날 득천은 부길에게 말했다.

"큰아버님 덕분으로 망했던 내 집이 부흥되었지만, 나는 이것으로 만족할 수가 없소. 그래서 여기서 그리 멀지 않은 연안(延安) 읍내로 가서 내 새 점포를 개설하여 장사를 시작했으면 하오. 물론 형님을 본점 주인으로 섬기면서 모든 일을 상의하며 영업을 할 것이며 상품과 자금이 필요할 때는 형님께 와서 부탁하겠소. 또 한 가지 내 아내를 형님이 잘 감독해 주시다가 혹시 무슨 일이라도 생기면 사람을 보내 알려주시오. 그러면 집사람도 모르게 형님댁으로 와서 지도를 받겠소. 그렇게 하겠다고 승낙해 주시오."

부길은 물론 승낙했고 득천은 연안읍으로 가서 자기의 점포를 운영하기 시작했는데, 그는 원래 영리하고 많은 경험을 쌓았으며 풍부한 자금력까지 가지고 있었기에 그의 사업은 날로 번창해 갔다.

비유해서 말하자면 뿔과 날개가 있는 범처럼 왕성하게 일했으니 그의 사업은 성공하지 않을 수 없었다. 점포를 연지 2년 후에 계산해 보았더니 그의 자본금은 두 배 정도로 늘어나 있었다. 때문에 그는 이따금 집에 돌아가는 것을 잊은 채 돈벌이에 열중했으며,

'이대로만 가면 큰 실수를 하지 않는 한 마흔 살이 되기 전에 백만장자가 될 것이다.'

라고 생각했다.

때문에 개성의 본집에 있는 아름답고 젊은 그의 아내는 공규(空閨 : 오랫동안 남편이 없이 아내 혼자서 거처하는 방)를 지키면서 많은 날들을 고독하게 보내다가 어떤 청년의 꾀임에 빠져 유부녀로서 넘어서는 안 될 금단의 선을 넘어서고 말았다.

여자는 원래부터 옛 사람들이 말했던 것처럼 수성(水性)을 가지고

있는 음양의 존재이다. 때문에 일단 시냇물에 떨어진 꽃잎은 물결에 실려 그것이 가는 곳까지 가야 한다. 자기 스스로 그 물결에서 헤어 나오지 못하는 운명을 가지고 있다.

득천의 아내도 마찬가지였다. 이십여 세의 여인으로서 모란처럼 풍염한 아름다운 여인이었으니 얼굴값을 하지 않을 수 없었다. 하긴, 그녀가 얼음이나 옥처럼 자기의 몸을 지키려고 했어도 벌과 나비 같은 탕아들이 못 본 체 그대로 지나치지는 않았을 것이다.

그녀가 처녀 때 이웃집에서 살던 청년과 길을 가다가 우연히 해후한 것이 기연의 시작이 되었다.

그 청년은 전에 처녀였던 득천의 아내를 짝사랑하다가 매파를 놓아서 여러 번 구혼했었으나 뜻을 이루지 못했던 사람이다. 그런데 우연히 다시 만나게 되자 별의별 수단을 다 동원해서 목적을 이루는 데 성공했는데 여자 쪽에서는 오랜 기갈 끝에 얻게 된 순간적인 해갈이 만족스럽지 않았다. 만족스럽기는커녕 갈증이 더욱 심해졌다.

하지만 행랑채에는 선대부터 살아온 늙은 비복(婢僕 : 계집종과 사내종)들이 살림을 하고 있었고 시골에서 데려온 안잠지기 과부어멈도 있었다. 뿐만 아니라 담을 사이에 둔 박부길의 집 사람들도 있었기에 멋대로 행동을 할 수가 없었다. 그들 모두가 그녀의 감시자들이었기 때문이다.

그러자 궁리 끝에 남편에게 사람을 보내서 조르고 하소연하여 당직꾼 같은 안잠지기 과부어멈은 많은 위로금을 주어 시골로 보내는데 성공했으나 좌우 행랑채에 있는 늙은 남녀들만은 제거할 수 있는 방법이 없었다.

그런데 다시 생각해 보니 굳이 그렇게 하지 않아도 될 것 같았다. 비복들은 이미 늙었고 그들의 자녀들은 나이가 어려 밤이 되면 정신없이 잠에 취해 버렸기에 과히 두려워하지 않아도 되었다.

또한 집 주위의 담 높이는 한 길 반이나 되었으며, 뒷집의 앞 사랑 화초밭 앞에 뒷간이 있어 그 주위를 석류나무들로 둘러싸고 있었는데 공교롭게도 그곳의 담은 높지가 않았다. 뿐만 아니라 거기에 있는 큼직한 소나무가 이쪽 후원에 있는 살구나무 한 그루와 서로 맞대어 있었기에 밤의 어둠을 이용해 뒷집의 변소 뒤로만 들어서면 쉽사리 담을 넘어 득천의 집으로 들어올 수 있었다. 그것은 밀회 장소로 갈 수 있는 더없이 편리한 지름길이었다.

그래서 저녁때 뒷집의 대문이 닫히기 전에 몰래 숨어든 탕남은 변소 뒤에 숨어 있다가 어둠을 이용해 담을 넘어 득천의 집안으로 들어가 내실에서 밤새도록 탕녀와 함께 즐기다가 새벽이 되면 담을 넘어 사라지곤 했다.

이 같은 음녀와 탕자의 밀회는 집안 사람들이 아무도 모르는 가운데 오랫동안 계속되었다. 박부길 역시 항상 신경을 쓰기는 했지만 그런 일이 있는 것을 전혀 눈치채지 못했다.

그가 이따금 찾아가면 득천의 아내는 더없이 정숙한 태도로 응대하면서 꼭 필요한 대답만 했고, 그 집의 가복에게 득천의 아내에 대해서 넌지시 물어보면 정색을 하면서 다음과 같이 대답했다.

"우리 댁 아씨 같은 요조숙녀는 일찍이 본 적이 없습니다. 기껏해야 일 년에 한두 번 친정댁에나 가시지 어디 출입이나 하십니까. 가끔 이웃집에 가실 때는 반드시 열여섯 살된 제 딸과 함께 가시고 길어야 담배 한 대 피울 시간 안에 돌아오십니다. 그래서 소인과 자식놈도 아씨가 부르시기 전에는 함부로 안에 들어가 마당을 쓸거나 장작을 패지도 않습니다. 한창 젊은 아씨께서 어쩌면 그렇게 단정하고 인후하신지 모르겠습니다. 주인 서방님과 함께 계셔서 아기씨를 많이 낳으셔야 할 텐데…… 오직 그것만이 소인의 걱정거리입니다.”

때문에 박부길은 소개를 끄덕이면서 중얼거렸다.

“그래. 그 사람이 득배(得配 : 배필을 얻는 것)를 참 잘 했어. 그러니 그 집이 잘 될 수밖에…….”

그런데 어느 날 초저녁 때였다.

박부길이 변소에 들어가 있었는데 변소 뒤쪽에서 누군가가 담을 넘어가는 기척이 있었다. 때문에 매우 이상하게 생각하며 다음 날 아침에 일찍 일어나 뜰앞의 화초밭 쪽을 내다보다가 깜짝 놀라지 않을 수 없었다. 해사하게 생긴 젊은 남자가 득천의 집 후원에서 살구나무 가지를 잡고 담 위로 올라와 자기 집 뜰로 내려서더니 변소 뒤로 해서 대문 밖으로 번개처럼 사라졌기 때문이었다.

하지만 확실한 증거를 확보한 것은 아니었기에 박부길은 날마다 어두워지는 저녁때와 새벽이 되면 감시하기를 게을리하지 않았다. 그랬더니 그 사람이 방심했기 때문인지, 담을 넘는 날들이 너무 많았기 때문인지 박부길은 변소 뒤에 있는 소나무가 흔들릴 때마다 젊은 남자가 담을 넘어가는 것을 몇 번이나 볼 수 있게 되었다.

박부길은 결국 편지를 써서 연안읍에 있는 이득천에게 보냈는데 편지 내용은 다음과 같았다.

「긴급하게 자네와 상의할 일이 생겼으니 자네의 집에도 알리지 말고 내 집으로 오게.」

인편으로 받은 그 편지를 읽은 득천은 한동안 뭔가 깊이 생각하더니 신임하는 점원에게 말했다.

“급한 볼일이 생겨 송도에 다녀와야겠다. 그러니 며칠 동안 점포를 잘 지키게.”

“예.”

득천은 즉시 노새를 끌어내 길을 떠날 채비를 한 뒤에 예리한 단도 한 자루를 몸에 지녔다. 그리고는 다시 점원을 불러 웃는 얼굴로,

"송도로 가려고 했는데 몸이 매우 불편하다. 아무래도 평산 온천에 가서 이삼 일 정도 쉬었다가 와서 다시 송도로 가야겠다. 그리고 아무래도 여기서 살림을 해야겠으니 팔려는 집이 있으면 흥정을 해 놓게. 대금은 본점에서 돌아온 뒤에 치를 것이네. 가족이 곁에 없으니깐 매사에 불편하기 짝이 없어."

라고 말하고는 송도로 떠났다.

그날 밤은 보름께였기에 달빛이 밝아 밤을 새면서 길을 갈 수 있었다. 이른 새벽에 송도에 이른 득천은 아무도 모르게 박부길의 집 안으로 들어갈 수 있었다.

득천이 "무슨 일로 급히 불렀느냐?"고 물었더니, 박부길은 하인에게 "아직 앞문을 열지 말아라."라고 말하고는 사랑채로 가면서 중얼거렸다.

"잠시 후면 보게 될 것이 있네."

사랑방 창에 붙여진 유리 조각을 통해 밖을 내다보던 박부길이 이윽고 말했다.

"저게 보이나?"

"뭐가……?"

"자네의 집 살구나무 가지가 흔들리면서 웬 사람이 담 위로 올라섰는데 우리 집 대문이 열리지 않았기에 담 아래로 도로 내려갔어. 그렇지?"

"글쎄, 난 아무것도 보지 못했는데. 형님이 혹시 헛것을 본 게 아니오?"

"허어, 내가 왜 헛것을 보고 자네를 불렀겠는가? 바쁜 사람을……."

"하지만, 형님이 보았다는 것을 나는 보지 못했으니 그것이 헛것이 아니고 무엇이겠소"

"에이, 그만두세. 저녁때 다시 보면 될 것이니 오늘은 종일 술이나 마시면서 그 동안 쌓인 이야기나 나누세."

"그럽시다."

그래서 박부길은 문지기에게 분부해서 그 날은 손님이 찾아와도 안에 알리지 않게 했다. 또한 득천이 왔다고 함부로 발설하지 못하게 하고는 조반을 먹은 뒤에 온종일 술을 마시면서 많은 이야기들을 주고 받았다.

어느덧 저녁때가 되자, 박부길은 다시 사랑방의 유리 구멍을 통해 변소와 화단 부근을 지켜보다가 갑자기 말했다.

"저걸 보게. 저래도 내 말이 틀렸는가?"

"무엇을 보라는 거요. 이제 보니 형님은 도깨비에게 홀리신 것 같소. 나는 아무것도 보이지 않으니 내일 새벽에 다시 한 번 보기로 합시다. 그래도 내 눈에 아무것도 보이지 않으면 도깨비의 장난인 것이 분명하오. 그렇지 않아도 요즈음 그쪽으로 이사를 가려고 집을 흥정하는 중이니 곧 식구들을 데려가 형님의 신경이 안정되도록 해 드리겠소. 하하하……."

"이 사람아, 자네의 눈에 탈이 생긴 거지. 내 신경이 뭐가 잘못되었단 말인가?"

그렇게 말하며 끝내기는 했지만 박부길은 매우 의아해 하는 표정을 지었다. 하지만 득천은 싱긋 웃으면서 원망하듯이 말했다.

"형님 덕으로 우리 부부가 지척에 있으면서도 생홀아비와 생과부가 되었으니 참으로 딱한 일이요."

"허어 이 사람아, 도깨비 장난이 아니라니까. 내일 새벽엔 맑은 정신으로 밖에 나가 좀 더 가까운 곳에서 보도록 하세. 그러면 확실하게 볼 수 있을 거야"

"그렇게 할 것까지야 있겠소. 그나저나 아무리 생각해도 형님이 헛것을 보시는 것 같으니 아무래도 굿을 해야겠소."

"이 사람아, 굿을 해야 할 사람은 자네야. 벌써 청맹(靑盲 : 겉으로 보이게는 멀쩡하나, 실상은 보지 못하는 눈)이 되면 너무나 아까운 일인데!"

두 사람은 그날 밤에도 곤죽이 되도록 술을 마시고는 실컷 자고 나서 새벽부터 또다시 유리창을 통해 밖을 살폈다.

이윽고 박부길이 득천의 옆구리를 손가락으로 꾹 찌르면서 그의 귀에 입을 대고 속삭였다.

"보게. 저 자가 지금 담 위에 있는데 오늘도 보이지 않는단 말인가? 누군가가 후원까지 따라 나와 배웅을 하고 있는 거야. 그렇지 않고서야 저렇게 오랫동안 담 위에 있을 이유가 없지 않은가?"

"허어, 형님은 정말로 신경이 잘못되었구려. 도대체 담 위에 뭐가 있다는 게요?"

득천이 말하자, 박부길이 너무나 답답하다는 듯이 짜증을 내면서 반문했다.

"진짜로 자네의 눈에 탈이 났네. 자네가 지금 거짓말을 하는 것이 아니라면…… 한데, 그건 그렇고. 지금 저들이 말하는 소리도 들리지 않는가?"

"헛것이 이야기하는 것을 어떻게 들을 수 있겠소?"

"허어, 이 사람, 이제 보니 귀까지 멀었군."

그 때 그들의 귀에 들려오는 목소리가 있었다.

"오늘 밤에도 꼭 와야 해요. 이삼 일 후에 남편이 온다니까."

"남편이 왜?"
"글쎄, 갈아입을 옷을 가질러요. 또 행랑아범에게서 들으니 집을 장만한다는군요. 그러니 나를 데리러 오는 게 아니겠어요."
"그러면 갈 거요?"
"가지 않으면 어떻게 하겠어요."
"하긴 그렇겠군. 어쨌든 저녁때 다시 오겠소."
"그렇게 알고 기다리겠어요."
대화가 끝나면서 남자가 종종걸음으로 그 곳에서 떠나는 소리가 났다. 이어서 후원에서 거니는 작은 발소리가 들리더니 갑자기 여자의 커다란 목소리가 이른 아침의 정적을 깼다.
"아범, 잠이 깼으면 들어와서 풀을 좀 뽑게. 연안에 다녀 와서 몹시 고단한 모양이군!"
물론 득천 역시 담장 위에 있었던 청년을 보았고, 그가 음부와 함께 나눈 대화도 들었다. 하지만 자기는 아무것도 보지 못하고 아무런 말도 듣지 못했다면서 말했다.
"형님께선 헛것을 보고서 제게 기별하신 것이요. 형님의 친절함은 참으로 고맙지만 내가 아무리 정신을 차리고 보아도 보이지 않고 들으려고 해도 들리지 않으니 어찌합니까. 어쨌든 폐일언하고 내 안사람을 하루라도 빨리 데려갈 테니 너무 신경을 쓰지 마십시오. 형님께 너무 미안하오. 나는 지금 곧 연안의 점포로 돌아가겠소. 하지만 형님의 고마운 뜻은 죽을 때까지 잊지 않으리다."
득천이 자리에서 일어나자 박부길은,
"아니야. 오히려 내가 미안하게 되었네, 그리고 자네가 이사를 가면 나는 매우 섭섭하지만, 그렇게 해야 마땅할 것이니 나로서는 말리지 못하겠네. 어쨌든 내가 너무나 의심이 많아서 자네가 공연한 수고를 했네."
하면서 조반을 든 뒤에 떠나라고 했다.

득천은 송도로 올 때 이미 결심한 바가 있었기에 사양하지 않고 아침밥을 먹은 뒤에 작별 인사를 하고 박부길의 집에서 나왔다.

새벽길을 오가는 행인들이 몇 명 있기는 했지만, 그들은 노새를 끌고가는 득천의 얼굴을 볼 수 없었다. 득천이 삿갓을 깊이 눌러쓰고 있었기 때문이다.

득천은 자기 집이 있는 동리에서 멀리 벗어난 뒤에야 노새를 타고서 연안 쪽을 향해서 갔다. 하지만 그 곳에서 좀 떨어진 곳에 있는 외딴 주막 앞에 이르자 다시 노새의 등에서 내려왔다. 그리고는 주막 안으로 들어가 주인에게 돈 열 냥을 주면서 "갑자기 병이 생겨 길을 갈 수 없으니 약을 먹고 조용히 쉬다가 밤에 가겠소."라고 말했다.

주인은 후한 돈을 받았기에 득천을 자기 집 내실에서 쉬게 해 주었을 뿐만 아니라 약을 지어다가 달여 주고 사람들이 근접하지 못하게 해 주었다.

득천은 그 동안 자기 아내의 필법을 흉내내어 유서 석 장을 써서 안주머니에 간직하고는 다시 밤이 되기를 기다렸다.

해가 서산에 지자 약을 먹고 누워 있는 척 하던 득천은 몰래 방에서 빠져나와 송도로 달려갔다. 그리고는 간부놈이 그랬던 것처럼 박부길의 집 변소 뒤로 가서 담을 넘어 자기 집 안채로 들어갔다.

그가 창문을 통해 안방 안을 들여다보니 두 남녀는 이별을 아쉬워하는 사랑놀이를 하다가 지쳤는지 세상 모르고 잠들어 있었다.

살며시 문을 열고 안으로 들어선 득천은 먼저 탕아의 어깨를 잡아 일으키면서 단도로 그의 복부를 찔러 단번에 죽여 버렸다. 이어서 계집의 머리채를 잡아당겼다.

"헉!"

'확' 풍기는 피비린내를 느끼면서 윗몸을 일이킨 계집은 소스라치게 놀라며 눈 앞에 있는 득천을 바라보았다. 하지만 전신을 와들와들 떨기만 할뿐 "죽을 죄를 지었으니 용서해 달라"든가 "죽여 달라"는 말을 하지 않았다. 득천을 보고는 순간 정신이 반 이상 나간 듯했다.

이윽고 득천이 냉기가 어린 목소리로 말했다.

"이년, 네가 지은 죄는 네가 잘 알 것이다. 이 자리에서 당장 너를 죽여 죄의 대가를 치르게 해야 마땅할 것이다. 하지만 그렇게 하면 우리 집안이 패가 망신하는 것은 물론이거니와 너의 친정에까지 누를 끼칠 것이고 너는 후세까지 음부, 간부라는 욕을 면치 못하게 될 것이다. 그러니 내가 시키는 대로 해라. 그렇게 하면 어차피 죽기는 해도 여러 사람이 당할 욕을 면하게 해줄 뿐만 아니라 너는 음부가 아닌 열녀로 변할 수 있다. 그러니 먼저 목욕 재계부터 해라."

"……."

계집은 아무런 대답도 하지 않았다. 하지만 득천의 말에 따르지 않을 수 없었다.

계집이 목욕을 끝내고 방 안으로 들어오자 득천은 먼저 탕아의 손목을 자르고 이어서 계집의 젖가슴을 단검으로 도려냈다. 그리고는 계집을 사당으로 데리고 가서 단도로 목을 찔러 죽이고는 이미 준비한 유서를 옆에 놓아 계집이 자살한 것처럼 꾸며 놓고는 주막으로 돌아와 노새를 끌어내어 타고 연안으로 향했다. 물론 그 같은 일은 너무나도 조용하면서 은밀하게 치러졌기에 그의 집 비복들 중에서 눈치 챈 사람이 아무도 없었다.

이튿날 아침, 해가 중천에 올랐는데도 안채에 있는 주인아씨가 기침(起寢 : 기상)하는 기색이 없었다. 때문에 이상하게 여긴 행랑어멈이 안으로 들어가서 보니 실로 처참하기 짝이 없는 일이 벌어져 있었다. 선혈이 낭자한 방 안에 웬 젊은 놈이 죽어 있었다. 뿐만 아니라 그 옆에 분리된 그 자의 손과 여자의 유방 부분이 팽개쳐진 듯이 놓여져 있었다. 행랑어멈은 이어서, 사당 안에서 죽어 있는 주인아씨의 시체를 발견했다.

"으아아악-"

뒤늦게 질러대는 행랑어멈의 비명소리에 놀란 행랑채 식구들과 뒷집 박부길네 식구들, 그리고 이웃에서 사는 사람들이 순식간에 벌떼처럼 모여들었다.

그들이 방안을 보니 아무래도 공규를 지키는 젊은 아낙을 노린 젊은 탕아가 한밤중에 침입해서 겁탈하려고 하자, 기개 높은 득천의 아내가 평소에 지니고 있던 비수(匕首)로 그를 죽이고 그에게 더렵혀진 자기의 유방과 그의 손목을 자른 귀에 사당으로 가서 사죄한 뒤에 자결한 것이 분명했다.

늙은 비복은 땅을 치면서 통곡했다.

"아이고, 아이고, 불쌍하기도 하셔라. 우리 아씨가 이게 웬일이요. 하룻밤 사이에 이런 모양이 되시다니…… 서방님이 연안에 새 집을 마련하고 데리러 오신다는데…… 며칠을 넘기지 못하고 이런 참변을 당하시다니…… 하느님도 무심하셔라. 부처님도 무심하셔라."

그 곳에 모인 사람들 중에서 눈물을 흘리지 않는 사람은 거의 없었다. 득천의 부인이 그처럼 죽어다는 소문은 순식간에 송도 안에 퍼졌으며 많은 사람들이 그녀의 죽음을 진심으로 애통하게 여겼다.

물론 그 같은 전후 사실은 관가를 통해 조정에까지 알려졌으며 그녀의 정렬(貞烈 : 부녀의 바르고 절개가 굳은 행실)을 길이 빛내도록 하기 위해 열녀문이 세워졌다.

당시에 연안으로 돌아갔던 득천은 달려와 대성통곡했다. 장례를 치른 득천은 그 동안 뒤치닥꺼리를 하느라고 노고를 아끼지 않았던 이웃 사람들에게 정중이 사례한 후 그 곳에서 더 이상 살고 싶은 생각이 없다고 말하고 연안으로 떠났다. 때문에 동네 사람들은 모두 득천을 동정했다.

그들은 모두 사건의 내막을 모르고 있었다. 하지만 오직 한 사람 박부길만은 사건의 내막을 알고 있었다. 그는 오묘하게 골치 아픈 일을 처리한 득천의 비범함에 새삼스럽게 놀라며 경탄했다.

'과연 대단한 사람이야! 그 때 시치미를 떼면서 딴 소리만 하기에 이상하다 했더니……. 그런 깊은 생각이 있었기에 그랬었구먼! 결국 집안에는 작은 흠 하나도 남기지 않고, 여러 사람들까지 곤욕(困辱 : 심한 모욕)에서 벗어날 수 있게 했으니 어느 누가 그렇게 할 수 있을 것인가. 정말로 속이 깊고 대담한 사람이야'

그 후 득천은 음란한 아내에게 크게 데었기 때문에 재혼하기를 한사코 마다했다. 하지만 박부길이 몇 번이나

"여보게, 지난 일에 구애받지 말고 어서 속히 재취하게. 외아들인 자네가 아직까지 아들을 얻지 못했으니 어찌 조상의 영(靈)을 뵐 수 있겠는가. 나보다 몇 배, 몇 백 배 생각이 깊은 자네니깐 어련히 잘 알아서 하겠지만. 이 일만은 형인 내가 한사코 권하는 것이니 내 소원을 풀어주게."

라고 권하자, 더 이상 고집을 부리지 않고 얼마 후 재혼하여 아들과 딸을 얻었으며 사업도 더욱 번창했다.

이 이야기는 어디까지나 사실에 근거하여 만들어진 것이다. 여러 가지 사정을 고려하여 가명(假名)을 사용했다고 한다.

흑두 유령

조선 왕조 순조(純祖)때 있었던 무시무시한 이야기다.

당시에 포도대장으로 있던 석영서(石榮瑞)는 양반 계급에 있었던 사람으로 아름다운 소실까지 두고 있었다. 소실들은 대개 곱고 아름다운 미모를 갖고 있었다는 것은 새삼스럽게 다시 말할 것도 없는데, 주씨(朱氏)라고 했다.

그런데 그 소실의 집은 장안에 있지 않고 문 밖에서도 많이 떨어진 곳에서 살고 있었다. 비록 장안에서 상당히 떨어져 있기는 하였으나 저택만큼은 크고 넓었다. 서쪽으로 세칸이나 되는 방이 있고 남쪽에는 큰 사랑이 있었는데, 사랑방에는 포도청에 다니는 나졸 한 사람이 임시로 거처하고 있었다.

그 나졸의 이름은 성욱(聖旭)이라고 했는데 사고무친(無親)하여 올 데 갈 데가 없어 그 집에 기식하고 있는 형편이었다. 안방에는 소실인 주씨가 살고, 두 몸종인 달례와 곰례가 함께 기거하며 집안 살림을 도왔다.

소실 주씨는 미모가 고운 여인인지라 그 몸종인 달례와 곰례도 또

한 예쁜 젊은 여자들이었다. 그들 네 사람이 크고 넓은 집에서 함께 어울려 살고 있었다.

석영서는 한 달에 네댓 번 소실의 집을 다녀갈 뿐 다른 날에는 문안에 있는 본처의 집에서 지냈다. 대개의 무반들이 그러했지만 석영서도 남에게 지지 않는 호색가였음은 다시 말할 것도 없다. 그렇듯 호색가였기 때문에 여기서 소개하는 사건이 발생했는지도 모른다.

그 날 밤은 마침 포도대장인 석영서가 올 날이었다. 때문에 소실 주씨는 전에도 그랬던 것처럼 몸단장을 하지 않을 수 없었다.

거울에 자기 모습을 비추어 화장을 끝낸 주씨는 웬지 마음이 언짢고 서글펐다. 그녀는 거울에 비친 얼굴로 해죽이 웃어 보았다. 그윽한 웃음 속에 그래도 아직은 다 사라지지 않은 아름다움이 남아 있는 듯해서 은근히 마음이 든든해지기도 했다. 저녁밥을 할 때가 다 되었건만 달례와 곰례는 어디로 갔는지 보이지 않았다.

"이년들 돌아오기만 해 봐라. 당장 물고를 내던가. 이 집에서 쫓아버릴 테니까."

하고 화를 내면서 화장을 다 끝냈을 무렵이었다. 밖에서 대문을 여닫는 소리가 삐걱! 하고 들려왔다.

'영감께서 오시나 보군.'

그녀는 초롱에 불을 밝혀 가지고 밖으로 나왔다. 그런데 문을 닫는 소리가 분명히 났는데도 불구하고 아무도 보이지 않았다. 사방이 고요하기만 했다. 그녀는 어쩐지 무섭다는 생각이 들었다. 그 때 마침 바람 부는 소리가 들려왔기에 부인은

'문 소리가 아니라 바람 부는 소리였구나!'

하고 생각하면서 방으로 들어와 일찍 자리를 보려고 벽장 문을 열었다. 그 순간 소실은,

"으악!"
하고 외마디 비명을 지르면서 나자빠지고 말았다.

거기에는 놀랍게도 무참하게 가슴을 찔려 선혈이 낭자한 몸종 달례가 쓰러져 있었던 것이다.

소실은 가까스로 정신을 수습한 다음 몸을 일으켜 밖으로 뛰어나갔다. 그러면서 고함을 질렀지만 그 소리는 모기 소리만큼도 나오지 않았다.

밖으로 도망치려고 마루로 뛰어나왔을 때 그녀는 거기서 다시 한 번 놀라지 않을 수 없었다. 검은 수건으로 얼굴을 가려 누구인지 분간할 수 없는 구척 신장의 괴한이 우뚝 서 있는 것이 아닌가. 때마침 떠오른 달빛을 받아 그 괴한이 쥐고 있는 칼이 시퍼렇게 번쩍거렸다. 그 괴한은 한참 동안이나 그녀를 쏘아 보았다.

그녀는 무서워서 더 이상 참을 수가 없었다. 그대로 걸음아 나 살려라 하고 바깥 사랑채로 달려 나갔다. 나졸 성욱의 방문을 열고 황급히 들어간 부인은 그 자리에 쓰러져 게거품을 물면서 혼절해 버리고 말았다.

잠을 자고 있던 성욱은 깜짝 놀라서 일어나 촛불을 켰다.

"웬일이십니까?"
하고 소실에게 물었으나 부인은 아무런 반응도 보이지 않았다. 이미 쓰러져 게거품을 뿜으며 눈의 흰자위만 허옇게 드러내 놓고 기절해 있었던 것이다.

성욱은 몹시 당황하였으나 침착하게 정신을 가다듬고는 이윽고 그녀를 안고 벽장 안으로 들어가 지하실로 내려갔다. 그 곳은 벽장을 통해 들어갈 수 있는 밀실이었다.

성욱은 그 곳에 그녀를 내려놓았다.

그 지하실은 원래 그 집을 지은 유 진사라는 사람이 임진왜란 동안 전 가족과 함께 숨어 있었던 곳인데, 그 구조에 대해서 아는 사람은 많지 않았다. 그 지하실 옆에 또다른 지하실이 있다는 말이 있었으나 그것이 어디에 있는지는 아무도 몰랐다.

성욱은 소실을 반듯이 눕혀 놓고는 부싯돌로 불을 붙였다. 어두웠던 주변이 환해지자 쓰러져 있는 여인의 모습이 한층 더 아름다워 보였다. 아직도 탄력이 있어 보이는 그 불룩한 유방과 가느다란 허리, 그리고 핼쑥해진 얼굴 등이 너무나 고혹적인 자태를 드러냈다.

'기절해 있지 않은가, 이건 하늘이 준 좋은 기회가 아닐 수 없다.'

그의 마음 속에서 슬그머니 음흉한 생각이 일기 시작했다.

'칼로 한 번 물 벤 듯.'

'한강에 배 지나간 자리나 마찬가지가 아닌가?'

성욱은 노총각으로서 나이 삼십이 가깝도록 아직 여자를 모르고 있는 위인이었다. 그 어두운 지하실은 성욱에게 그것을 가르치기에 안성맞춤인 장소였는지도 모른다. 평소에도 주인인 주씨에게 딴 생각이 없었던 것은 아니었다. 하지만 포도대장이라는 직함이 너무나도 두려워 감히 한 번도 그런 기회를 엿볼 수 없었던 것이다.

그는 한 팔로 그녀를 일으키는 체 하면서 가슴에 꼭 껴안아 보았다. 가슴이 두근두근했지만, 그 순간 불 같은 야욕이 그의 전신을 휘감았다. 그는 후들후들 떨리는 손으로 여자의 유방을 다듬어 보았다. 엷은 저고리 아래로 만져지는 탄력있는 그것을 그냥 씹어 먹고만 싶었다. 그의 정염은 더욱 불타 올랐다.

그는 드디어 불타는 성욕의 포로로 변해 버리고 말았다. 그의 손은 빠르게 여자의 하반신으로 내려갔다. 그의 손이 그녀의 치마와 속옷을 벗겼다. 이어서 그는 굶주린 맹수처럼 여자에게 덤벼들었다. 그리하여 마악 여자와 최후 관문에 볼 일을 보려는 순간이었다.
그때 그는 갑자기 등골이 서늘해짐을 느끼면서 본능적으로 뒤를 돌아다보았다. 그리고는 소스라치게 놀라며 허겁지겁 일어나 뒤로 물러섰다.
검은 두건을 쓴 괴한이 차가운 눈으로 그를 쏘아보고 있는 것이 아닌가. 그 괴한은 꼼짝도 하지 않고 성욱을 노려보고만 있었다.
성욱은 포도청 안에서도 담력 있는 포교로 알려진 위인이었다. 본능적으로 그는 무사다운 태도로 돌아왔다.
“이놈! 도대체 너는 귀신이냐? 인간이냐?”
괴한은 아무런 대꾸도 하지 않았다. 두 사람은 한참 동안 서로의 눈에서 불이 날 것처럼 상대를 노려보기만 하고 있었다. 이윽고 성욱이 잽싸게 지하실 한쪽 구석에 세워져 있던 낡은 창을 꼬나쥐고는,
“받아랏!”
하고 소리치면서 괴한을 향하여 내뻗었다.
그런데, 당황해서 그랬는지 그 창은 괴한의 복부에 이르기도 전에 소실의 허벅다리를 스치면서 상처를 냈다. 그 순간의 아픔 때문인지 그녀는 정신을 차리면서 눈을 떴다. 그리고 그 괴한을 보더니 별안간,
“악!”
하고 비명을 질렀다. 그리고는 이어서,
“저게 누구야? 옥채유(玉採裕)잖아!”
“귀신이다!”
“귀신이다!”
하면서 악을 써 댔다.
그녀가 말한 옥채유는 전 남편의 이름이었다.

옥채유는 황해도에서 이방 노릇을 하다가 서울에 와서 포도청에 출사했던 자였다. 그들은 우연한 인연으로 서로 사귀게 되어 둘이 다 사고무친인 것을 알게 되었으며, 그것이 동기가 되어 부부가 되었다. 정다운 부부였다. 늦게 만난 그들은 실로 금실지락(琴瑟之樂)을 즐기면서 살았다.

주씨의 미모는 보통이 아니었다. 누구나 한 번 보면 반하지 않을 사람이 없을 만큼 곱고 아름다운 여인이었다. 따라서 이 사건은 그녀의 미모로 말미암아 발생했는지도 모른다.

'나에게는 과분하도록 아름다운 여인이다.'

옥채유는 그렇게 생각하면서 있는 정열을 다 기울여 주씨를 사랑했다. 또한 그녀도 외로운 사람이었기에 그 남편을 아꼈다. 그러나,

'예쁜 계집 치고 나쁜 행실 없는 계집 없다.'

는 옛말은 그녀에게 있어서도 예외는 아니었다.

옥채유는 어느 날인가부터 아내에 대한 알 수 없는 의문을 품게 되었다. 우선 부인이 끼고 있는 난데없는 가락지부터가 그랬다.

"그 가락지는 어디서 났소?"

부인은 한동안 말이 없다가,

"저어, 우리 어머니가 돌아가실 때 저에게 주신 거예요."

하고 대답했는데, 옥채유는 그 말이 곧이 들리지 않았다. 부인은 그렇게 말하고는 해쭉이 웃기까지 했는데, 그 웃음은 뭔가 곡절이 있는 연막임이 분명했다.

그 때부터 그가 귀가하면, 그녀가 집에 없는 때가 잦아졌다.

"어디 갔었소?"

하고 물으면, 그녀는

"친구네 집에서 놀다가 오는 길예요."

하고 대답했지만 그 말에는 어딘지 어색한 데가 숨어있었다.

그러던 어느 날 포도청에 나갔더니 직속 상관인 포도대장 석영서가 그를 불렀다. 의아해 하는 눈으로 대장을 쳐다보았더니 그가,

"자네 오늘 저녁때 우리 집에 왔다 가게."

하고 말했다. 옥채유는 이상한 일도 있다고 생각했지만,

"가서 뵙겠습니다."

하고 공손히 대답할 수밖에 없었다.

그는 저녁 때가 되어 포도청이 파하자 곧바로 대장의 집으로 갔다. 그랬더니 문 앞에서 파수를 보던 포교가,

"자네 무슨 일로 여기에 왔나?"

하고 물었다.

"왜 여기는 내가 못 올 덴가?"

"허어, 그런 말이 아니라."

"그러면?"

"뻔히 알면서 뭣 하러 왔느냐는 말이야?"

"알길 뭘 알아?"

"이 사람, 다 알고 있으면서……."

"아닌 밤중에 홍두께 같은 소리를 하는군."

"그럼 아직까지 모르고 있었단 말인가?"

"무슨 말인가? 도대체……."

"자네의 처가 대장의 처소에 와 있는 걸 모른다는 거야?"

"아아니, 그게 정말이야?"

"정말로 모르고 있었나?"

"그게 정말인가?"

"쉿!"

"그럴 수가……."
하고 웅얼거리는 옥채유의 온몸에서는 이미 뜨거운 피가 끓어오르고 있었다.

그는 칼자루를 불끈 쥐고는 문 안으로 들어섰다. 아무것도 겁날 것이 없었다. 대장이 아니라 상감마마라 하더라도 겁나지 않았다. 의가 아닌 짓을 한 인간이기 때문이었다. 그의 기세는 당장에 대장의 목을 자를 것처럼 살벌했다.

그런데 집 안에 들어선 그의 분노를 더욱 치솟게 만드는 일이 생겼다. 방 안에서 포도대장 석영서의 목소리와 함께 자기 아내의 간드러진 목소리가 들려온 것이다.

그는 문 앞으로 다가서면서,

"대단히 황송하옵니다만 대장께서 잠깐만 문을 열어주십시오."
하고 요구했다. 그의 가슴이 두방망이질치고 있었다.

"오냐, 알았다. 잠깐 사랑방으로 들어가 있게. 알겠느냐."

"문을 열어주십시오."

그의 요구는 자못 강경했으며 분노는 극도에 이르고 있었다.

"대장, 이리 나와서 칼로 겨누어 봅시다. 남의 아내를 유혹해다가 간음하는 것도 상관의 직책에 있습니까?"

옥채유는 드디어 포도대장의 방 앞에서 긴 칼을 뽑아들었다.

"이런, 고얀 놈 같으니라고. 네깐 놈이 여기가 어디라고 감히……."

옥채유는 다시 음성을 높여,

"너 같은 놈은 칼로 대해 주는 수밖에 없다. 빨리 칼을 잡고 나와 생사를 가르자. 눈깔이 멀쩡하게 살아 있는 남편이 있는 계집을 유혹해다가 간통하는 놈도 상관이냐?"

"게 누구 없느냐? 당정 저놈을 붙잡아서 처치해라!"

"칼을 잡고 결판을 내자니까! 어서 나오너라!"

분통이 터진 옥채유가 방 문을 향해 칼을 던졌다. 그것은 문설주에 박히면서 몇 번인가 흔들렸다.

이어서,

"그놈을 묶어라!"

하는 포도대장의 호통 소리가 다시 터져 나왔다. 동시에 포교들이 와락 달려들었다.

"그놈을 뒷산으로 끌고가 죽인 다음 결과를 보고하라."

옥채유는 포교들에게 묶이면서 발악을 했다.

"이 벼락을 맞아 죽을 놈아! 내 죽어서 귀신이 되어서라도 원수를 갚고야 말 테다. 그리고 듣거라! 이년아, 너 같은 부정한 계집도 그냥 두지 않을 테니 그리 알아라!"

그는 드디어 뒷산으로 끌려갔고 얼마 후에 포교들이 피 묻은 칼을 가져다가 대장에게 바쳤다.

"그래, 그놈의 피가 이것이냐?"

"그렇사옵니다."

"수고들 했다."

그 날 밤 포도대장이 주씨에게 더욱 폭포와 같은 애정을 쏟았다는 이야기는 다시 말할 것도 없는 일이다.

그리하여 옥채유는 저세상으로 가고 말았다. 때문에 이 세상에 다시 나타날 수 없었다. 그런데 그로부터 4년이나 지난 오늘, 그가 유령처럼 나타난 것이다. 창을 다시 꼬나쥔 성욱은

"받아라!"

하고 소리치면서 공격했다. 검은 두건의 괴한도 칼을 뽑아들면서 응수했다. 하지만 창을 휘두르는 성욱을 당할 수 없다고 생각했는지 슬

그머니 뒷걸음질 치면서 몸을 피했다. 이어서 모닥불이 꺼지면서 지하실 안은 갑자기 캄캄해졌다.

'어렵쇼.'

성욱은 움찔하면서 사방을 휘휘 둘러보았다. 그랬더니 지하실 구석에 있는 또다른 굴의 입구 같은 것이 어슴프레하게 보였다. 성욱은 자기도 모르게 그 곳으로 살금살금 다가갔다. 이상한 습기가 섞인 괴괴한 냄새를 풍기는 토굴이었다.

그러한 토굴이 그 곳에 연결되어 있는 줄은 그도 그 때까지 알지 못하고 있었다. 성욱은 이윽고 그 안으로 발을 들여 놓았다. 얼마쯤 들어갔더니 무엇인가 뭉클하고 발길에 채이는 물체가 걸렸다.

공포가 그의 몸을 엄습했다. 다음 순간 그는,

"으응?"

하면서 놀랐다. 자세히 만져보니 부드러우면서 차가운 감촉이 손끝에 느껴졌다. 사람의 살결이 분명했다. 그는 오싹해지는 한기를 느끼며 부싯돌을 그어 불을 만들어 보았다.

"헉!"

그것은 여자의 시체였다. 더욱이 발가벗은 여자의 알몸이었다. 자세히 들여다보던 그는 갑자기,

"곱례다!"

하고 소리쳤다. 그것은 주씨의 몸종 곱례의 시체였던 것이다.

성욱의 머리 속은 갑자기 혼란스러워졌다. 흥건히 괸 선혈이 새삼스럽게 비린내를 풍겨왔다. 성욱은 시체에서 멀어지기 위해 뒤로 한 발 훌쩍 뛰었다. 한데, 그가 내려설 때의 무게 때문이었는지 땅바닥이 갑자기 '푹' 하고 꺼졌다. 그와 동시에 그의 몸은 아래로 미끄러졌다. 어둠 속의 내리막길로 계속해서…….

그로부터 얼마나 시간이 흘렀는지 모른다. 뭔가에 부딪치는 바람에 나자빠지며 정신을 잃었던 성욱이 의식을 회복하며 가늘게 눈을 떴더니 눈 앞에서 훤하게 동이 트고 있었다.

'후우, 내가 죽지는 않았구나!'

눈을 들어 주위를 살피니 그는 큰 강 가에 누워 있었다.

'대체 여기가 어디지?'

그는 그 지하실에서 얼마나 멀리 떨어진 곳까지 어둠 속에서 헤매었는지 가늠할 수가 없었다. 옷에는 피와 물이 흠뻑 배어 있었다. 옆구리가 시큰하기에 만져보니 깊은 상처가 나 있었다.

'귀신에게 당한 상처로구나.'

그는 간밤에 겪은 일이 마치 꿈 속에서 있었던 일만 같았다. 혼이 나간 사람처럼 퀭해진 눈이 되어 주씨의 집으로 돌아왔다. 집 가까이 와서 보니 포교들이 분주히 드나들고 있었다. 그들은 초췌해진 모습의 성욱을 보더니 의아해 하는 표정들이 되었다. 이상한 얼굴들을 하였다.

포도대장 석영서도 이미 와 있었다.

"아니, 자네 성욱이 아닌가?"

"네, 그러하옵니다."

"어찌된 일인가?"

"한강에서 잠을 자고 돌아오는 길이올시다."

"한강이라니?"

"네, 그러하옵니다."

"무슨 말을 하는 것인지 모르겠구나."

성욱은 일단 간단하게 대답했다.

"옥채유란 귀신과 싸웠을 뿐입니다. 그 외의 이야기는 마님께 들으셨겠지요?"
"그래 대강은 들었다마는……."
"그대로입니다."
"지하실에서 없어진 것이 확실한가?"
"그러한 줄로 아옵니다."
"지금부터 지하실을 샅샅이 수색하겠다."
"그놈이 아직까지 거기 있겠습니까?"
"그래도 수색은 해야겠지."
포교 대여섯 명이 흑두 괴한을 찾으러 지하실로 다시 들어갔다.
"으흐흐!"
"무서우냐?"
"무섭진 않다만."
"그럼?"
"혹시."
"검은 귀신을 만날까 봐?"
"검은 귀신이 옥채유라지?"
"그렇다네."
"젠장, 하늘 무서운 줄 모르고 남의 계집을 건드리더니."
"쉿!"
듣고 있던 포교가 손가락을 입에 갖다 대면서 더 이상 말하지 말라는 시늉을 했다.
지하실에는 아무것도 없었다. 깊숙히 자리잡고 있는 것은 짙은 어둠뿐이었다.
"무당 노릇 삼십 년에 목이 없는 귀신은 처음이라더니."
"그래, 도둑 잡기 십 년에 별 일을 다 보는구나."

"글쎄 말이야. 한 번 보았으면 좋겠다."

"뭐? 그런 소리 하지 마. 무서우니까."

지하실 안으로 들어간 그들은 잠시 후 전날 밤에 성욱이 빠져들어간 깊은 굴 같은 장소를 발견하였다.

"허어, 별놈의 지하실이 다 있군."

"여긴 마굴이었어!"

"아무래도 저 안에 그놈이 숨어있을 것같아."

"글쎄!"

그들은 제각기 한 마디씩 씨부렁거리면서 조심조심 그 안으로 들어가 보았다.

"저 물 소리!"

하고 한 사람이 문득 중얼거렸다. 그들은 그 곳에서 옆으로 빠지는 또 하나의 샛길 같은 것을 발견하였다.

"허어, 이놈의 굴 속은 사통 팔달이다."

"무슨 놈의 굴이 이렇게 복잡하담."

그들이 그 뚫어진 굴 속을 한동안 더듬어 가다보니 굴은 이윽고 어떤 우물가에 다다르며 끝났다. 그것은 그 집 뒤쪽에 있는 우물이었는데, 그 우물 부근에 피묻은 옷들이 어지럽게 흩어져 있었다.

"이게 누구의 옷이지?"

그들은 한동안 그 피 묻은 옷을 들여다보다가 소스라치게 놀라면서 소리쳤다.

"달례와 곰례의 옷이다."

"맞아!"

그들은 얼떨떨해 하면서 한동안 서성대기만 하다가 수색을 중단하고 일단 집으로 돌아왔다.

포도대장은 소실을 껴안은 채 방 안에서 보고를 듣고는 주씨에게 물었다.

"평소에 몸종 아이들에게서 이상한 점을 느끼지 못했소?"

그러자 주씨는,

"그런 기색은 조금도 없었습니다."

하고 대답하고는 덧붙여서 말했다.

"이따금 벽장에 두어둔 헌옷 나부랭이와 음식이 없어진다고 말하는 것을 듣기는 했습니다만."

그러자 주씨의 집에는 그 날부터 포교들의 삼엄한 경계가 펼쳐지게 되었다.

어느 날 포도청으로 성욱이가 석영서를 찾아왔다.

"무슨 일로 왔나?"

"그 흑두의 유령 말입니다.

"그래."

"그게 유령이 아닌 것 같습니다."

"그래?"

"그것이 유령이었다면 그놈과 접전했을 때 그 놈의 칼에 맞은 소인의 몸이 상했을 리가 없지 않습니까?"

"그러면 무엇 같은지?"

"달례와 곰례년이 저지른 일이 아닐까 생각됩니다."

"왜 그렇게 생각하나?"

"마님이 의복과 음식이 종종 없어진다고 말했다는데, 그것이 아무래도 수상하옵니다."

"왜?"

"그들 배후에 누군가 있다고 생각합니다."

"간부들이란 말인가?"
"그렇사옵니다."
"흠."
"그 사나이는 지하실에서 몰래 숨어 살았고 계집들이 의복과 음식을 갖다 주었던 것 같습니다."
"그뿐인가?"
"아니올시다. 그리고 또……."
"무엇인가?"
"그놈은 종년들을 건드리다가 욕심을 내어 마님까지 노리게 된 것이 아닐까요?"
"그렇다면 그 시체들은 왜 하나는 벽장에 있고 다른 하나는 지하실에 있었을까?"
"그 문제는 아직 풀리지 않았습니다만."
그 사건으로 인해 주변 마을의 인심은 매우 흉흉해졌다. 그 흑두의 유령을 직접 보았다는 사람도 나타났다. 그러던 어느 날 주씨 집의 경비가 다소 누구러진 틈을 타서 대낮에 그 흑두의 유령이 나타났다.
"으악!"
하고 그녀가 고함을 지르는 바람에 휴식을 취하고 있던 포교들이 뛰어 들어왔다. 유령은,
"우우우!"
하는 우는 것 같은 소리를 연발하면서 사라졌다. 때문에 그녀는 겨우 목숨을 건질 수가 있었다.
그런지 얼마 지나지 않아 포도대장이 소실을 위로할 겸 그녀의 집으로 왔다. 오랜만에 저녁밥을 함께 먹고 대장이 잔잔한 목소리로 말했다.

“요즘은 아예 벙어리가 되었구먼?”
“황송할 뿐입니다.”
“옥채유에 대한 세상 소문이 어떠하오?”
“대감은 모르시겠지만 온 장안이 시끄러운 것 같습니다.”
“시끄러워 봤자 별 일 있을라구.”
그런 말을 주고 받는 동안 밤이 깊어지기 시작했다. 포도대장 석영서는 이윽고 은근한 목소리로 말했다.
“좀 더 있다가 갈까?”
“대감 좋으실대로.”
“나는 어째 요즈음 잠이 통 오지 않누만.”
“그러세요?”
바로 그 때였다. 느닷없이 벽장 속에서 분명한 목소리로
“남의 아내를 빼앗은 놈이 잠이 제대로 오겠느냐?”
하는 소리가 들려왔다.
“헉!”
소실은 불에 덴 것처럼 놀라며 석영서의 가슴팍으로 파고들었다.
석영서는 한동안 떨고만 있다가 머리맡에 놓여 있는 큰 칼을 뽑아 들고 일어서면서 소리쳤다.
“너는 도대체 귀신이냐? 인간이냐?”
“후훗! 글쎄 이미 네게 죽은 몸이니 사람일 수는 없겠지.”
포도대장은 등골에 차가운 땀이 주욱 흐르는 것을 느끼며 다시 내뱉었다.
“ . 네 정체는 옥채유냐? 유령이냐? 대체 이 곳엔 무엇 때문에 온 거냐?”
“무엇 때문에 왔는지 한 번 알아 맞춰봐라.”

"뭐가 어쩌고 어째? 이 귀신 같은 놈!"

석영서가 벽장을 향해 칼을 겨누었다.

"귀신 같다고? 귀신이 아니란다. 이놈아."

"귀신이 아니라고?"

"사람 같은 귀신이란다. 흐흐흐."

기분 나쁜 웃음소리가 다시 흘러나왔다. 이어서 벽장 문이 사악 열리더니 검은 그림자가 모습을 나타냈다. 방바닥으로 내려서는 그의 손에는 칼이 쥐어져 있었다. 석영서가 먼저 말했다.

"이 곳은 좁으니 마당으로 나가자."

"이놈, 좁은 곳을 싫어하는 놈이 비좁은 남의 계집 구멍은 왜 자꾸만 찾는 거냐?"

그 말을 들은 포도대장의 얼굴은 빠르게 달아올랐다. 마당으로 나간 두 사람의 싸움이 벌어졌다.

"에잇!"

하고 외치면 한 편에서

"에잇!"

하고 응수하고,

"이놈아!"

"죽어랏!"

하고 소리치면서 칼을 휘둘렀다. 행인지 불행인지 포교들은 그때 밖에 있었기에 둘이서 싸우는 모습을 보지 못했다.

"하앗!"

하고 소리치면서 석영서가 흑두 괴한의 가슴을 향해 칼을 내리치려는 순간,

"하하하! 하하핫!"

흑두 괴한은 통쾌하다는 듯이 웃었고, 석영서는 어쩔 줄 몰라 하며 뒤로 물러섰다. 다음 순간 흑두 괴한의 칼이 '번쩍' 하면서 빛을 발하는가 했더니 포도대장의 허리띠가 끊어지면서 속옷까지 베어졌다. 그리하여 바지가 흘러내린 그의 아랫도리는 벌거숭이가 되고 말았다. 그가 크게 놀라며 바지를 잡아올렸을 때 흑두 괴한의 모습은 이미 사라지고 종적이 묘연했다.

그제서야 보고만 있던 소실 주씨가 자지러지게 비명을 질러댔고, 그 소리에 포교들이 우루루 몰려왔다.

포교들은 지하실 안을 샅샅이 수색했으며 우물로 통하는 지점에서 여복을 입은 남자 하나를 잡았다. 그러나 그는 육십 살이 넘어 보이는 송장 같은 노인이었다.

그 날부터 석영서는 얼굴을 들고 사람들 앞에 나타나지 못하게 되었다. 일국의 포도대장이 유령과 싸우다가 발가벗겨졌다는 소문이 온 장안에 퍼졌기 때문이다. 그리하여 유령을 잡기는커녕 유령에게 당했다는 죄목으로 그만 박탈 파직되고 말았다. 그리고 그로부터 얼마 후 주씨 부인도 스스로 자진하여 숨을 거두고 말았다.

그 후 백인추(白仁秋)라는 이가 새로 포도대장에 임명되었다.

새로 포도대장이 된 백인추는 공개된 석상에서,

"내가 반드시 흑두 유령을 잡고야 말겠다."

라고 말하며 굳은 결의를 표시하였다. 그리하여 물 샐 틈 없는 수색을 계속하고 있었는데, 어느 날 그의 앞으로 편지 한 장이 날아 들어왔다.

그는 편지를 읽어 나가다가 소스라치게 놀라지 않을 수 없었다.

포도대장님 귀하

요즘 대단히 애쓰십니다.

대장님은 이 편지를 읽으며 크게 놀라게 되실 겁니다. 하지만 이제 모든 사건은 끝나고 말았습니다. 그리고 이 편지가 대장님 손에 들어갈 때쯤이면 저는 이미 죽어서 시체가 되어 있을 것입니다.

실은 세상을 소란하게 만들었던 것은 유령이 아니었습니다. 살아 있는 인간 옥채유였던 것입니다.

석영서는 저를 죽이라고 부하들에게 명령했을 때, 동료였던 포교들 중의 하나가 그 일의 옳음이 나에게 있으니 저를 죽일 까닭이 없다고 하면서, 칼로 자기의 팔을 찔러서 나온 피를 칼에다 묻혀 석영서에게 보였던 것입니다. 그리고 계집에 빠져 정신이 없었던 그는 그것이 제가 죽으면서 흘린 피로 알았던 것입니다.

저는 산 속으로 도망쳐 들어갔습니다. 그 후 사 년 동안을 원수를 갚기 위한 검술 연습에 소비했습니다. 그리고 드디어 석영서에게 복수하기 위한 칼을 들었던 것입니다.

원래 저의 처가 거처하고 있던 집의 구조를 저는 잘 알고 있었습니다. 한강으로 통하는 길, 그 길은 임진왜란 때 왜놈들이 유씨 집에 쳐들어오자 유씨 집의 가족들이 모두 한강에 가서 죽기 위해 걸었던 길입니다. 그리고 그 옆의 벽에 큰 돌이 있는데 그것을 열면 또 다른 큰 굴이 나타납니다. 그 곳이 제가 있던 곳이며, 계속해서 좀 더 들어가면 다른 굴이 또 하나 나타나는데 그 곳은 포교들이 잡았다는 여자 옷을 입고 죽은 노인이 있었던 곳입니다. 임진왜란이 끝난 뒤 미처 탈출하지 못한 왜놈이 숨어서 살아왔던 곳입니다. 음식은 제 처의 집에서 훔쳐다가 먹었고, 의복은 몸종들의 의복을 훔쳐 입으면서 살았던 거지요.

그리고 몸종 이야기가 나온 김에 마저 말씀드리지요. 그 여자들은 그날 우물가에서 목욕을 하고 있었습니다. 그 때 석영서가 뒷켠에 있는 문으로 들어오다가 그녀들을 보았던 것입니다. 발가벗은 처녀를 보자 그만 흉칙한 생각에 빠져 있는 그를 보고 두 몸종은 깜짝 놀라 떨고 있다가 달아나기 시작했습니다. 석영서가 그들을 따라 쫓아간 것은 분명합니다. 처녀들이 뒷벽에 기대자 돌문은 저절로 열려졌습니다. 그 돌문은 조금만 밀어도 잘 열리는 문이었으니까요. 그리하여 그들은 그리로 들어가고 석영서도 그 뒤를 따라 들어갔던 것입니다. 그렇게 되어 뛰어가다가 달례는 석영서에게 잡히고 곱례는 다시 돌문을 열고 왜놈이 거처하는 곳으로 도망쳤던 것입니다. 석영서가 달례를 괴롭히려고 하자 그녀는 최후의 힘을 다해서 석영서의 옆구리에서 칼을 뽑아 그의 왼쪽 어깨를 찔렀습니다. 때문에 석영서의 어깨에는 지금도 상처가 남아 있습니다. 어쨌든 그로 인해 화가 머리끝까지 치민 석영서는 그만 그 칼을 빼앗아 가지고 달례의 가슴을 난도질해서 죽이고는 겁이 나서 포도청으로 도망치고 말았던 것입니다.

한편 왜놈이 거처하는 곳으로 피했던 곱례는 곧 왜놈에게 들키고 말았습니다. 왜놈은 옷을 찢어 곱례의 입을 틀어막아 고함을 지르지 못하게 하고 밖에 나와 달례의 가슴에 박힌 칼을 뽑아 가지고 와서는 자기의 비밀 거처가 탄로날 것을 두려워하여 곱례의 가슴을 찔러 죽여 버렸던 것입니다. 그리고는 내버릴 곳이 마땅치 않았기에 오른편 문쪽으로 갔었던 거지요. 바로 그 문이 제 처가 사는 방의 벽장으로 통하는 길이었으니까요. 그리하여 왜놈은 곱례의 시체를 벽장에 버리고 도망치게 되었건 겁니다.

이만하면 사건의 진상을 자세히 알게 되셨을 것이라고 생각합니다. 내 처는 양심의 가책을 받아 자살하였고 석영서도 지금쯤은 죽었을 것입니다. 석영서는 제가 처치했는데 거꾸로 매달아 놓고 동맥을 끊어 놓았으니깐 말입니다. 바로 제 집의 방에서요.

이제 제가 할 일은 다 끝났습니다. 저는 제 외조부의 가솔들처럼 강물로 뛰어들겠습니다. 지하실에서 통하는 강물 속으로 말입니다. 저는 이 나라의 죄인인 살인범이니 마땅히 죽어야 하지 않겠습니까. 그리고 더 살고 싶은 욕망도 없습니다. 그러면 이만 줄이고 끝마치겠습니다.

흑두 유령으로부터

긴 편지를 다 읽고 난 포도대장 백인수는 즉시 부하들을 동원시켜 강물에 빠져 죽은 옥채유의 시체를 건져 오도록 했다.

그리고 석영서의 집에 갔었던 포교들의 말에 의하면, 그들이 도착했을 때 석영서는 이미 다량의 출혈로 죽어 있었다는 것이었다. 왼쪽 어깨에 칼자국이 있더라는 보고도 겸해서였다.

너무나도 이상했던 흑두 괴한 사건은 그렇게 되어서 결말을 보게 되었던 것이다.

춘보와 팔뚝집

엄청나게 긴 담장과 솟을대문이 있는 것으로 보아 높은 벼슬아치의 집인 것이 분명했다.

집의 담장을 끼고 예쁘장하게 생긴 처녀 하나가 걸어가고 있었는데, 그 처녀는 바로 이 판서댁의 여종인 옥섬이였다. 그런데 아까부터 옥섬이의 뒤를 따라오는 한 남정네가 있었다.

무명옷 차림에 패랭이를 쓴 것으로 보아 신분이 낮은 장사치 같았다. 사내는 우락부락하게 생겼을 뿐만 아니라, 나이도 서른이 훨씬 넘어 보였다.

대문 앞에 다다른 옥섬은 기다리고 있었던 것처럼 보이는 늙은 여종과 한동안 무슨 이야기인가 나누다가 안으로 사라졌다. 그러자 길 모퉁이에 멈춰서서 두 사람을 지켜보고 있던 남정네는 후다닥 뛰어오며 굳게 닫힌 대문을 뚫어지게 바라보았다.

그는 제법 오랫동안 대문 앞에 서 있었다. 하지만 드나드는 사람이라고는 하나도 없었고, 어느덧 날이 저물기 시작하고 있었다. 잠시 후 그는 천천히 돌아서면서 갑자기 까치발을 하고 담장 안을 슬쩍 훑어보았다.

커다란 집안의 뜰은 그저 평화롭고 조용하기만 했다. 많은 별채 중의 어느 방에서 다듬이질을 하는 소리만 끊어졌다가 이어지면서 한가롭게 들려올 뿐이었다.

해가 거의 질 무렵에야 자기 집에 돌아온 사내는 저녁밥을 먹을 생각도 하지 않고 방바닥에 벌렁 드러누웠다. 그런데 바로 그 때 밖에서 그를 찾는 목소리가 있었다.

"여보게 춘보, 안에 있나?"

"……."

아무런 대답도 하지 않았더니 목소리의 주인공이 방문을 열었다. 그의 친구인 박 서방이었다.

"이 사람아, 방에 있으면서 왜?"

"……."

"왜 대답을 하지 않는겨? 무슨 일이라도 생겼나?"

"아니야!"

그제서야 춘보가 퉁명스럽게 대답하자 박 서방이 다시 물었다.

"그런데 왜 그려? 장사는 이제 때려치운 거여?"

"……."

"난 며칠째 보이지 않기에 의지까지 없는 홀아비가 소리 소문 없이 저승길을 떠난 줄 알고 초상치러 주려고 왔구먼."

박 서방이 농담을 던지며 방 안으로 들어왔는데, 춘보는 그래도 꼼짝도 하지 않은 채 천장만 멀거니 올려다보고 있었다.

"허어, 이 사람……."

다시 한 번 농담을 꺼내려던 박 서방은 입을 다물었다. 며칠 만에 보는 춘보의 얼굴은 헐쓱하게 야위어져 있었기 때문이다.

"어디 아픈겨?"

"……."

"허어 참, 별일이네. 고뿔 한 번 앓지 않던 사람이 웬일이랴? 그나저나 어디가 아픈겨?"

그제서야 김춘보가 한숨을 섞으면서 말했다.

"여보게, 나를 좀 살려주게."

"무, 무슨 병인데 그려?"

"무슨 병인지 말하면 고쳐주겠나?"

"고칠 수 있는 병이라면 고쳐줘야지. 한데 도대체 무슨 병이여?"

"저어, 그것이 무슨 병인고 하니……. 아니여, 차마 내 입으로는 말하지 못하겠구먼."

"여보게 춘보, 도대체 무슨 병이야? 애기를 해 보라구. 그래야 고치든지 말든지 할 거 아녀?"

박 서방이 답답해 하며 핀잔을 주자 김춘보는 천천히 몸을 일으키며 말했다.

"그럼 내가 이야기를 할 테니, 자네의 귀를 좀 빌리자구."

"자, 마음대로 해."

그렇게 되어 김춘보가 박 서방의 귀에 대고 무슨 말인가 열심히 하기 시작했는데, 듣고 있는 박 서방의 표정이 여러 가지로 변했다.

이야기를 다 듣고 난 박 서방은 어처구니 없다는 듯이 피식 웃으며 말했다.

"맞아, 그것도 병은 병이구먼! 하지만 그런 병이라면 고칠 수 있는 사람은 자네밖에 없다구. 늘그막에 얻은 상사병이니 말이여."

"이봐, 비웃지 말라구. 자네도 당해 보면 나처럼 될 거야."

"글쎄, 그나저나 괜히 헛물 켜지 말고 내가 시키는 대로 하게."

"어떻게?"

"그러니깐 말하자면……. 돈냥이나 쥐어주면 입 하나라도 덜지 못해서 걱정인 가난한 집 처자를 구할 수 있지 않은감? 그렇게 해서 새 장가를 들라구."

"아니 왜? 내가 방금 말한 것은 되지 않는단 말인가? 나이 차이가 많아서?"

"아녀."

"그럼 뭐야? 내가 못 생겨서?"

"그게 무슨 상관여."

"그럼 어째서 안 된다는 거여?"

김춘보가 짜증을 내며 말하자, 박 서방이 혀를 차면서 대답했다.

"이 사람아, 생각을 좀 해 보게. 그 여자가 이조판서 댁의 종이라며? 그래서 안 된다는 거여."

"그래서 안 된다니?"

"허어, 답답하긴……. 물론 방법이 아주 없는 것은 아니지."

"그래? 그 방법이 뭔가?"

김춘보가 희색을 띠면서 묻자, 박 서방이 턱을 어루만지면서 말했다.

"첫 번째 방법은, 그 댁에 찾아가서 여종 아무개와 혼례를 올리고 싶다고 밝히고서 속량전(贖良錢 : 종의 신분을 면하게 하여 양민이 되게 하는 돈)을 후하게 낼 테니 종문서에서 빼달라고 부탁하는겨."

"그게 잘 될까? 부르는 것이 값일 텐데……."

"그래서 성사되기가 어렵다는 거 아녀."

"그럼, 두 번째 방법은 뭔가?"

"그건 말여, 아무개 여종과 혼례를 올려주면 이 댁의 종이 되겠다고 말하는 거여. 그러면 아마 얼씨구나 하고 허락할 거여."
"그렇겠군. 그거 좋은 방법일세."
"좋기는 뭐가 좋아? 종이 되는 데도 좋아?"
"그런건 아무래도 좋아. 그 처자와 살게만 해준다면 종살이를 해도 좋아."
"허어, 자네 미쳐도 아주 단단히 미쳤구먼, 그래 그 종년을 여편네로 얻으려고 자자손손 모두 종놈으로 만들겠다는 거여?"
박 서방은 기가 막힌다는 듯이 중얼거렸다. 그리고나서는 더 이상 할 말이 없는지 돌아갔다.
혼자 남게 된 김춘보의 심정은 착잡했다. 친구인 박 서방의 말은 맞는 것이었지만, 그는 그렇게 해서라도 옥섬이를 아내로 맞고 싶었다. 하지만 그렇게 하는 것은 말도 되지 않는 미친 짓이었다.
이튿날 아침이 되자 춘보는 무슨 생각에선지 새우젓과 어리굴젓이 동여진 지게를 지고 길거리로 나섰다.
그는 조금도 한눈을 팔지 않고 이조판서 댁의 솟을대문 옆으로 가서 목청을 높여 외치기 시작했다.
"새우젓 사려! 어리굴젓 사려!"
그는 담장을 따라 몇 번이나 왔다갔다 하면서 소리를 질렀는데도 아무런 반응이 없자, 이번에는 자라처럼 담장 안으로 목을 길게 빼면서 소리쳤다.
"새우젓 사려! 어리굴젓 사려!"
그랬더니 얼마 지나지 않아 대문이 열렸다. 그래서 얼른 뛰어가 보니 옥섬이가 나와 있었다.
하지만 그녀는 춘보에게 볼일이 있어서 나온 것이 아니라 삼태기에 담긴 쓰레기를 두엄더미에 버리려고 나온 것이었다.

그런데, 옥섬이 앞에 이른 춘보는 느닷없이 씨익 웃으며,
"나는 춘보라는 사람이여, 김춘보!"
하고 말하고는 휘익 돌아서서 걸어가기 시작했다. 때문에 옥섬이는 빠르게 멀어지는 그의 뒷모습을 지켜보면서 한동안 어리둥절하지 않을 수 없었다. 그녀는 이윽고,
"별 사람을 다 보겠네!"
하고 중얼거리며 대문 안으로 들어갔는데 그 같은 춘보의 괴상한 짓은 다음 날에도 되풀이되었다, 아니, 바람이 부는 날이나, 비가 오는 날이나, 눈이 오는 날이나 단 하루도 빠지지 않고 계속되었다.
그런 비가 내리기 시작하던 어느 날 아침이었다.
옥섬이와 함께 쓰레기를 버리러 나왔다가 그런 광경을 보게 된 늙은 여종이 도망치듯 안으로 들어서는 옥섬이에게 물었다.
"누구여?"
"누구라뇨?"
옥섬이가 시침이를 떼며 대꾸하자 늙은 여종이 다시 물었다.
"지금 그 사람 말이여."
"저도 모르겠어요."
"뭐야? 모르는 사람에게 그런 말을 해?"
그러자 옥섬이는 손가락으로 자기의 머리를 가리키며,
"아마 여기가 살짝 탈이 났나 봐요."
"뭐여? 미친 사람이라구?"
"호호호, 저런 짓을 하기 시작한 지가 하루 이틀이 아니라구요. 내가 나가기만 하면 바람처럼 달려와서 자기 이름만 불쑥 말하고는 뒤돌아보지도 않고 도망치지 뭐예요."
"그래?"

늙은 여종은 잠시 뭔가 생각하는 표정을 짓더니 혼잣말처럼 중얼거렸다.

"옳아, 그 남정네가 분명히 뭔가 꿍꿍이속이 있는 게여."

"꿍꿍이속이라뇨?"

"요 맹추야, 그것도 몰라? 너한테 자기 이름을 귀에 박히도록 알려 두었다가 뭔가 연분이 닿으면 어떻게 해 보려는 것이란 말여. 내 말이 틀림없어."

"아니, 뭐라고요?"

너무도 어이 없는 일이라고 생각했는지 크게 벌어진 옥섬이의 입은 한동안 다물어지지 않았다. 늙은 여종은 그 모양이 우스웠는지 놀리듯이 말했다.

"괜찮구먼 그랴. 텁텁하게 생긴 것이……."

"아줌마!"

"소리 지르지 말고 잘 해 봐. 잘 해 보면……."

"흥, 그런 작자에게 시집을 가느니 차라리 콱 죽어 버리지."

"아니 이것아, 그 사람이 어때서?"

"듣기 싫다니까요!"

화가 나서 쏘아붙인 옥섬이는 색색거리면서 안으로 부리나케 걸어가기 시작했다. 늙은 여종은 그 모습을 지켜보면서 다시 중얼거렸다.

"흥, 저게 얼굴이 제법 반반한 것만 믿고서… 저러다가 언제 한 번 큰코 다치지, 쯧쯧……."

옥섬이는 빠른 걸음으로 뛰어들어와 중문 앞을 마악 지나고 있었다. 그런데 열려진 문틈을 통해 이 판서의 아들 이 도령이 단정히 앉아 글을 읽고 있는 모습이 보이자, 그 자리에 멈추어 섰다.

"쏴아아–"

빗줄기가 소리를 내면서 점점 굵어지고 있었다. 하지만 추녀 아래에 선 옥섬이는 낙숫물에 옷이 젖는 것도 모른 채 홀린 것 같은 얼굴로 이 도령을 계속해서 바라보고 있었다.

장마철도 아닌데 아침부터 내리던 비는 그 날 밤까지도 그치지 않았다.

옥섬이는 떨고 있는 호롱불 옆에 앉아 뭔가 깊이 생각하는 표정을 짓고 있었다.

한쪽에선 바느질을 하고 있던 늙은 여종이 고개를 들면서 물었다.

"옥섬아, 뭘 그렇게 생각하고 있는겨?"

"……."

"얘, 옥섬아!"

늙은 여종이 다시 부르자 옥섬이는 얼굴을 들며 그녀의 얼굴을 빤히 쳐다보았다.

"아니, 왜 그러고 있는겨?"

"아무것도 아녜요."

옥섬이가 시큰둥하게 대답하자 늙은 여종은 다시 물었다.

"아무것도 아닌데 왜 그러고 있는겨?"

"제가 어때서요?"

"어떻긴…… 처량해 보여서."

"흥, 모르시면 잠자코 계시기나 해요."

옥섬이가 쏟아주자 늙은 여종은 다시 입방아를 찧었다.

"말하지 않아도 알어. 요 몇 달 사이에 엉덩이가 확 퍼진 걸 보니 어서 시집을 보내야 쓰겠구만."

"……."

옥섬이가 아무런 반응을 보이지 않자 늙은 여종이 물었다.

"덕보가 어뗘?"
"네?"
옥섬이는 그제서야 어이없어 하는 얼굴이 되며 콧방귀를 뀌었다.
"호호호…… 그 얼간이 같은 덕보에게 시집을 가라고요?"
"왜? 덕보가 어때서 그려? 심덕 좋겠다. 힘깨나 쓰겠다, 뭐가 어때서?"
"누가 어떻댔어요?"
"그렇게 빼지 말구. 빨랑 손을 써. 유월이한테 뺏기기 전에……."
"흥, 그런 미련퉁이는 유월이나 가지라지요, 뭐……."
"그럼 만돌이는 어뗘?"
늙은 여종이 다른 종의 이름을 대자 옥섬이는 기가 막혀서 말도 나오지 않는다는 표정을 지었다.
"아니, 만돌이가 어때서 그려? 눈치 빠르고 싹싹하고……."
"그러니 나 같은 것이 감히 쳐다볼 수 있겠어요?"
"흥, 싫으면 그만 둬. 만돌이도 덕순이가 잔뜩 눈독을 들이고 있으니까."
늙은 여종은 심통이 난 목소리로 말했는데, 그녀의 질문은 거기서 끝나지 않았다.
"영식이는 어뗘? 곱상하게 생겼고 찬찬하잖아……."
"흥, 그런 샌님도 싫다니까요."
"그래?"
늙은 종은 비로소 정색을 하며 따지듯이 한 번 더 물었다.
"그럼, 너 어떤 남정네가 좋다는 거여?"
"말하면 중신이라도 서 주실래요?"
"못 설 것도 없지 뭐."

늙은 여종이 대꾸하자 옥섬이가 빠르게 말했다.

"도련님 같은 분이라면, 전……."

"뭐여?"

이번에는 늙은 여종이 어이없어 하는 표정이 되었다. 하지만 옥섬이는 그런 것은 무시한 채 계속해서 나불나불 지껄여댔다.

"도련님은 너무너무 잘 나셨어요. 그런 분하고라면 하루만 살다가 죽어도 한이 없겠어요."

"무시라, 정말 무시라. 너 지금 제 정신으로 하는 소리냐? 넌 니가 뭔지도 모르는 거여?"

"모르냐니? 뭘요?"

"너는 이 집의 종이여, 종. 상전의 눈에는 우리가 뭘로 보이는지 아냐? 정신 차려 이것아. 못 올라갈 나무는 쳐다보지도 말랬어. 누울 자리를 보고 발을 뻗어야지!"

"훗훗, 제 걱정은 하지 마세요."

"으이그, 이것아, 뱁새가 황새를 따라가다가는 가랑이가 찢어진다는 말도 듣지 못했냐?"

늙은 여종이 온갖 좋은 말로 타일렀지만 옥섬이는 들은 척도 하지 않고 있다가 갑자기 벌떡 일어났다.

"어머나, 내 정신 좀 봐!"

"으응? 왜 그려?"

"작은사랑에 가야 해요. 도련님의 자리를 펴드려야 하는데 깜빡 잊고 있었어요."

옥섬이가 꼬리를 치는 것처럼 엉덩이를 살랑살랑 흔들며 밖으로 나가자 지켜보고 있던 늙은 여종은 얼굴에 가득하게 근심하는 빛을 드리우면서 중얼거렸다.

"큰일났군. 저렇게 헛바람만 잔뜩 들었으니……."

작은사랑 앞에 이른 옥섬이의 가슴은 어느 샌가 두근거리기 시작하고 있었다. 방 안에서 들려오는 글 읽는 소리와 비가 쏟아지는 소리가 한데 어울려 묘한 조화를 이루고 있었다. 옥섬이는 한동안 방 안의 동정을 살피다가 작게 헛기침을 했다.

"밖에 누구냐?"

하는 소리와 함께 방문이 열리며 이 도령의 얼굴이 나타났다. 옥섬이가 당황하며 고개를 숙이자, 이 도령의 물었다.

"거기서 뭘 하고 있는 거냐?"

그러자 옥섬이는 기어들어가는 목소리로

"네에, 도령님 잠자리를……."

하고 중얼거리며 조심스럽게 방 안으로 들어갔다.

옥섬이는 일부러 느릿느릿하게 침구를 폈다. 그러면서 슬그머니 이 도령의 모습을 훔쳐보았다. 이 도령은 그녀를 거들떠보지도 않은 채 다시 글 읽기에 열중하고 있었다. 그러는 이 도령이 옥섬이는 무척이나 야속했다. 하지만 늙은 여종이 말했던 것처럼 그와 자기의 신분은 하늘과 땅 차이 만큼이나 차이가 있었다.

때문에 울적해진 기분으로 일을 끝낸 뒤에,

"하오면 도련님, 편히 쉬세요."

하고 말하고는 뒷걸음질로 물러가려고 했다. 한데, 바로 그 때 이 도령이 갑자기 말했다.

"잠깐 섰거라."

"네? 네에……."

옥섬이가 '움찔'하고 놀라면서 그 자리에 서자, 이 도령이 부드럽게 말했다.

"이리 가까이 오너라."
옥섬이는 잠시 머뭇거리다가 그의 앞으로 다가가 다소곳이 앉았다.
"쇤네가 뭐 잘못한 것이라도……?"
잠시 옥섬이가 고개를 숙이면서 물었더니 이 도령이 미소 지으면서 말했다.
"옥섬아, 어째서 나를 옛날처럼 스스럼없이 대하지 않는 거냐? 우리는 어릴 때 다정한 소꿉동무였지 않느냐?"
그 말에 옥섬이는 갑자기 감격스러워하며 떨리는 목소리로 대답했다.
"　　　천한 종년이옵니다. 하온데, 어떻게 지체 높은 도련님께……."
"그렇기는 하겠군. 그렇다면 말이다. 우리끼리 있을 때만이라도 옛날처럼 대하기로 하자."
"정말로 고마운 말씀이옵니다. 하지만 어찌 단 둘이서만 있다고 해도 감히……."
얼굴을 들고 도령을 쳐다보는 옥섬이의 눈에는 어느새 이슬이 맺혀 있었다.
옥섬이는 급기야 눈물을 떨구기 시작했다. 그런 모습을 보자 이 도령도 마음이 언짢아졌는지 다독거리듯이 말했다.
"울지 마라. 그리고 앞으론 우리 두 사람만 있을 때는 양반이니 상놈이니 하면서 따지지 말자. 알겠니?"
"아, 도련님!"
옥섬이는 감동이 더욱 커졌는지 어깨까지 들먹이면서 한껏 흐느껴 울었다. 이 도령은 그녀가 너무 가엽다고 생각했는지 손목을 잡으며 말했다.
"손이 참 곱구나!"

이 도령에게서 위로를 받고 손목까지 잡히게 되자 옥섬이의 가슴은 큰 잘못이라도 저지른 사람처럼 쿵쾅거리며 뛰었다.

이 도령은 옥섬이의 얼굴과 몸을 살피면서 다시 말했다.

"알 수 없는 일이야. 네가 이렇게 활짝 핀 것을 아직까지 모르고 있었다니……."

그 말을 듣자 옥섬이는 너무나 황홀해졌다.

"옥섬아, 너도 소꿉장난하던 시절이 생각나느냐?"

어깨까지 어루만지며 묻자 옥섬이는 고개만 살짝 끄덕여 보였다.

"그 때, 나는 신랑 노릇을, 너는 각시 노릇을 했었지?"

옥섬이는 다시 고개만 끄덕이자 이 도령이 말했다.

"그렇게 고개짓만 할 거니? 말을 해야지."

"네에, 도련님……."

"허허, 도련님이라는 소리는 빼라니까……."

"네에……."

두 사람은 밤이 깊어지는 줄도 모르고 달콤한 말들을 주고 받았는데, 그러는 동안 두 사람의 몸은 서서히 뜨거워졌다.

이 도령이 더 이상 참을 수 없다는 듯이 옥섬이의 몸을 와락 끌어안자 그녀는 저항하지 않으며 그의 품에 안겼다. 한동안 옥섬이를 안고 있던 이 도령은 그녀를 이불 위에 쓰러뜨리고는 옷을 벗기기 시작했다. 그러자 옥섬이는 불빛 아래에 드러나는 자기의 젖가슴을 보면서 다급하게 말했다.

"불을…… 불을 꺼 주세요."

"그래, 알았다."

이 도령이 입으로 불어 호롱불을 끄자 칠흑 같은 어둠이 두 사람을 에워쌌다.

한데, 아까부터 그 광경을 엿보고 있는 여종이 있었다. 뒷간에 갔다가 돌아오던 덕순이였다.

그녀는 두 사람이 하는 짓과 이야기를 낱낱이 보고 듣고는 너무나 놀라 한동안 벌어진 입을 다물지 못했다. 방 안에서 두 사람의 높아진 거친 숨소리가 들리기 시작하자, 덕순이는

'어머나! 어머나!'

하고 작은 소리로 내뱉다가 도둑고양이처럼 소리없이 움직이며 어둠 속으로 사라졌다.

덕순이가 곧바로 달려간 곳은 이 판서의 부인이 있는 안방이었다.

여종 덕순이에게 이야기를 듣고 난 부인은 경악하며 큰 소리로 물었다.

"아니, 그…… 그게 사실이냐?"

"네, 마님. 쇤네가 두 눈으로 똑똑히 봤사옵니다."

너무나 기가 막히는지 부들부들 떨기만 하던 부인은 이윽고,

"내 이것들을 당장……."

하고 웅얼거렸다. 그리고는 당장 달려가 요절을 내려는지 안고 있던 아기를 내려놓고는 벌떡 일어났다. 하지만 그녀는 이내,

"아니지, 그렇게 해 봤자 누워서 침 뱉기지."

하면서 힘없이 주저앉아 한탄하기 시작했다.

"이럴 수가 있나. 그놈이 가문에 먹칠을 해도 유분수지. 과거 볼 날이 멀지 않았으니 글공부에만 전념하라고 그토록이나 신신당부를 했거늘……."

한동안 푸념을 하던 부인은 이윽고 정색을 하며 덕순이에게 말했다.

"내 너에게 일러둘 말이 있느니라."

"뭔데요? 마님……."

"만약 이 이야기가 새어나서 소문이 나게 되면 네년을 혼낼 게야."

"그런 일이라면 걱정하지 마세요."

너무나도 살기가 풍겨지는 말에 덕순이는 오들오들 떨면서 대답했다. 이어서 모른 체 하는 것이 좋을 공연한 짓을 했다고 생각했다. 하지만 상황은 이미 쏟아진 물처럼 되어 있었다.

한편, 작은사랑에서는 안방에서 난리가 난 줄도 모르고 이 도령과 옥섬이가 이불 속에서 속삭이고 있었다.

"옥섬아, 정말로 원망스럽구나."

"뭐가요?"

옥섬이가 이 도령이 하려는 말을 짐작하면서도 모르는 체 하면서 물었다.

"왕후장상의 씨가 따로 없다고 했거늘, 도대체 누가 양반이니 상놈이니 하는 것을 만들었단 말이냐?"

"도련님, 난데없이 그런 말씀을 왜 하세요?"

"그런 것만 없다면 우리 두 사람이 떳떳이 혼인하여 백년해로 할 수 있을 게 아니냐?"

이 도령이 너무나 안타깝다는 듯이 말하자 옥섬이는 너무도 고마워서 그의 가슴에 얼굴을 파묻고 울먹였다.

"도련님, 그런 말씀을 듣는 것만으로도 저는 기뻐요."

"허어, 어째서 그렇게 약한 소리를 하느냐? 모든 일은 사람이 하는 것이니 마음먹기에 따라 불가능하다고 말하는 일이 이루어질 수도 있느니라."

이 도령은 깊은 슬픔에 빠지려는 옥섬이를 위로하며 그녀의 설익은 육체를 마음껏 탐했다.

옥섬이는 그럴 때마다 고통을 느끼며 신음을 토했다. 하지만 고통보다 몇 배나 큰 기쁨이 있었기에 그녀는 그 같은 고통을 즐기며 이길 수 있었다.

다음 날 아침.

옥섬이는 새벽같이 일어나 집 안팎 청소를 끝내고는 쓰레기를 버리려고 대문 밖으로 나갔다.

역시나 어디서 기다렸다가 나타났는지 모를 춘보가 그녀 앞으로 다가서더니 매일 그랬던 것처럼 꾸벅 절을 하고는,

"나는 춘보라는 사람이여, 김춘보!"

라고 말했다. 그리고는 바람처럼 저쪽으로 사라졌다.

"흥, 별꼴이야!"

옥섬이는 항상 그랬던 것처럼 콧방귀를 뀌면서 돌아섰다.

이 도령과의 사랑에 빠진 옥섬이는 자기가 여종이라는 사실을 잊고 있는 것 같았다.

그즈음 사랑에서는 이 판서가 긴 담뱃대를 입에 문 채 청지기와 마주 앉았다.

"계속하게."

이 판서가 카랑카랑한 목소리로 말하자 청지기는 굽은 허리를 더욱 굽히며 물목을 말했다.

"예, 진양 군수 한갑식은 돈 천 냥과 특산물 한 마바리를 보내왔굽쇼. 변산 고을 수령 유치수는 돈 오백 냥과……."

"뭐? 오백 냥?"

"예."

"흐음, 오백 냥이라……."

하고 뇌아리던 이 판서는 매우 불쾌하다는 듯이 장죽으로 재떨이를

치며 재를 떨었다.

"예. 오백 냥과 건어물 열 두름을 보내왔굽쇼. 원산 사람 배재봉은 돈 삼천 냥과 금두꺼비 한 마리를 보내왔사옵니다."

"금두꺼비?"

이 판서가 눈을 크게 뜨면서 묻자 청지기가 비단 주머니에서 꺼낸 금두꺼비를 이 판서에게 들어보이며 말했다.

"예, 바로 이겁지요, 대감. 나으리의 막내아드님께서 첫돌을 맞는 기념으로 진상하니 노리개로 드리라굽쇼. 금 여덟 냥으로 만들었다니 값으로 쳐도 꽤 나갈 것입니다요."

금두꺼비를 만져보던 이 판서가 물었다.

"그 자의 청이 무엇이든가?"

"예, 글줄이나 읽은 선비로서 지방 고을의 수령노릇이라도 해 봐야 체면이 서지 않겠냐면서, 물산이 풍부한 고을을 맡겨주시면 그 은혜를 잊지 않겠노라고……."

"허허…… 물산이 풍부한 고을이라?"

"예. 대감 마님."

"허허허……."

갑자기 기분이 좋아졌는지 이 판서는 큰 소리로 웃어대며 금두꺼비를 어루만졌다.

이 판서의 막내아들 돌잔치 날이 하루 앞으로 다가와서 집 안팎이 음식 준비를 하느라고 떠들썩했는데, 그 때 옥심이는 이 도령의 방을 치우고 있었다.

한창 정신없이 걸레질을 하고 있는데 누군가가 손바닥으로 엉덩이를 때리기에 돌아보니 언제 들어왔는지 모를 이 도령이 웃는 얼굴로 서 있었다.

"아이 참, 도련님도……."

옥심이는 애교있게 눈웃음을 치며 살짝 눈을 흘겨주었다.

"하하하, 놀랐느냐?"

"그럼요. 깜짝 놀랐어요."

"흐흐…… 옥섬아."

이 도령은 천천히 곁에 앉으며 옥섬이의 허리를 끌어안으려고 했다. 옥섬이는 짐짓 깜짝 놀라는 체하며

"도련님, 누가 보기라도 하면 어쩌려고 이러셔요."

하면서 은근히 몸을 뺐다. 이 도령이 더욱 몸이 달아오르는지,

"그럼 이따가 와 주겠느냐?"

하고 묻자, 옥섬이가 얼굴이 빨개지면서 말했다.

"벌건 대낮인데요?"

"왜? 대낮이면 어때?"

"아이 참, 도련님두……."

"괜찮아, 아버지는 입궐하실 테고 어머니는 돌잔치 준비 때문에 정신이 없으실 테니 한낮이지만 빈 집이나 다름없을 거다."

"하지만, 그래도……."

"오지 않겠다는 거냐?"

이 도령이 약간 짜증이 섞인 목소리로 다그치자 옥섬이는 눈웃음을 치면서 승낙했다.

"알았어요. 그렇게 하겠어요."

둘은 은밀한 약속을 한 뒤에 한동안 희희낙락하고 있었는데 밖에서는 몰래 그 광경을 엿보는 사람이 있었다. 역시 이번에도 덕순이였다.

옥섬이는 그 날, 한낮이 되도록 일이 제대로 손에 잡히지 않았다. 아침 나절에 이 도령과 했던 약속 때문이었다. 그녀의 머리 속에는

이 도령 생각만으로 가득 차 있었다.

시간이 가기만을 기다리며 사람들의 눈치를 보던 옥심이는 지금이다 싶었는지 재빨리 부엌으로 들어가 화채 한 대접을 떠 가지고는 살며시 사랑채로 향했다.

그런데 공교롭게도 뜰 한모퉁에서 남종인 덕보와 마주쳤다.

"에그머니!"

옥섬이는 너무 놀라 화채 쟁반을 떨어뜨릴 뻔했다. 그러자 덕보가 벙긋 웃으면서 놀렸다.

"아니 왜 그렇게 놀라지? 도둑질이라도 하다가 들켰나?"

"뭐라구, 도둑질? 이 미련퉁이가 보이는 게 없나? 누구한테 함부로……."

"아니, 같은 종들끼리 농담도 못 하냐?"

"뭐야? 같은 종들끼리……?"

옥섬이가 화를 내면서 할딱거리자 덕보는 한순간 의아해 하는 표정을 짓더니,

"마님이 찾으시니 어서 가 보기나 해라."

하고 말하고는 슬그머니 사라졌다. 때문에 옥섬이는 가슴이 철렁 내려앉았다.

'마님이 혹시 도련님과의 사이를 눈치채신 것이 아닐까?'

옥섬이는 떨리는 가슴을 애써서 진정시켰다.

마님이 있는 방으로 들어서면서 옥섬이는 무섭게 떨어질 불벼락을 기다렸다. 그런데 이상하게도 마님은 불벼락을 내리기는커녕 자상한 목소리로 말했다.

"왔구나. 거기 앉아라."

"네."

옥섬이는 얼떨떨해 하면서 꿇어앉으며 마님의 얼굴을 힐끗 살펴보았다. 한데 아무리 보아도 성난 표정은 발견할 수가 없었다.

때문에 비로소 안심하며 안도의 한숨을 내쉬었는데 마님의 자상한 목소리가 다시 들려왔다.

"옥섬아, 너 요즘 들어서 더 예뻐지는구나, 하긴 시집갈 때가 되었으니……."

그러자 가까스로 진정시킨 가슴이 다시 두근거리기 시작했다. 때문에 애매하게 웃으면서 물었다.

"마님, 무슨 일로 부르셨는지요?"

"너 도련님을 잠깐 좀 봐 주어야겠다."

"도련님을요?"

"그래. 마음 놓고 부탁할 애가 있어야지. 나는 잔치 준비하는 것을 둘러봐야 하니깐."

옥섬이는 비로소 안심하면서,

"마님의 분부대로 하겠사옵니다."

하고 말하며 머리를 숙였다. 그러자 마님은,

"도련님이 원체 순하니 잔칫일을 하는 것보다 수월할 게다. 잠이 깨면 이걸 주어라. 그러면 혼자서도 잘 노느리라."

하면서 금두꺼비를 내밀었다.

때문에 옥섬이는 놀라지 않을 수 없었다. 금두꺼비가 첫돌을 맞는 아이의 노리개라니, 그것은 종살이를 하는 옥섬이로서는 상상도 하지 못할 일이었다.

어쨌든 옥섬은 이 도령과의 약속을 지키지 못하게 된 것을 안타까워하며 잠자고 있는 아기 도령의 얼굴을 물끄러미 바라보았다.

잔치 준비를 하느라고 떠들썩한 소리가 부엌쪽으로부터 계속해서 들려오고 있었다. 그런데도 아기도령은 깰 생각조차 하지 않으며 계속 자고 있었고, 옥섬은 곁에 앉아 안절부절 못하고 있었다.

'도련님이 이제나 저제나 하면서 기다리고 계실 텐데, 어쩌면 좋지? 아기 도련님이 곤하게 자고 계시니 잠깐 다녀와도 괜찮지 않을까? 하지만…….'

망설이면서 생각하기를 되풀이하던 옥섬이는 이윽고 발딱 일어서더니 조심스럽게 문을 열었다. 그리고 밖으로 나가 주위를 살핀 뒤에 재빨리 중문을 빠져 나갔다.

그로부터 얼마나 지났을까.

다급하게 움직이는 발소리와 함께 중문 안으로부터 옥섬이가 나타나더니 아기가 있는 방으로 들어갔다.

옥섬이는 그 때까지도 자고 있는 아기의 모습을 보며 비로소 안심하는 얼굴이 되며 방바닥에 털썩 주저앉았다.

바로 그 때, 방문이 '드르륵' 소리와 함께 열어지며 마님이 들어섰다.

"아이가 보채지 않더냐?"

마님이 묻자 옥섬이는 태연하게 대답했다.

"아뇨, 깨지도 않고 아직까지 주무시네요."

"그래? 우리 아기가 자기의 돌잔치 때문에 바쁜 것을 아나 보구나. 어쨌든 애썼다. 그만 나가서 일손이나 거들도록 해라."

"예. 마님."

옥섬이가 공손히 절을 하고 뒤로 물러서려고 했을 때 마님이 뒤늦게 생각났다는 듯이 말했다.

"아 참, 옥섬아! 여기 놓아두었던 금두꺼비를 어디다 치웠느냐?"

"그, 금두꺼비요?"

"그래. 도련님이 깨면 노리개로 주라고 했잖느냐? 내가 여기에 놓은 것을 너도 분명히 보았지?"

그제서야 옥섬이는 정신이 번쩍 드는 것을 느끼며 방안 구석구석을 살펴보았다. 하지만 금두꺼비는 어디에도 없었다. 옥섬이의 얼굴은 단번에 새파랗게 질렸다.

"마님, 분명히 여기 있었는데……."

"그런데 왜 보이지 않지? 금두꺼비가 밖으로 기어나가기라도 했단 말이냐?"

마님의 얼굴이 굳어지고 있었다.

하지만 옥섬이는 뭐라고 대답할 말을 찾지 못했다.

한낮의 정사를 즐긴 뒤에 늘어지게 낮잠을 자고 있던 이 도령은 느닷없이 들려오는 비명 소리에 놀라며 번쩍 눈을 떴다.

"아아악-"

'으응?'

귀를 기울여 들어보니 금방이라도 숨이 넘어갈 듯한 비명소리는 분명히 옥섬이의 것이었다.

그는 벌떡 일어나 앉으며 빠르게 중얼거렸다.

"어떻게 된 거지? 어머니가 눈치를 채신 것일까?"

만돌이와 덕보가 오랏줄에 묶인 채 앞마당에 꿇어앉은 옥섬이를 주리 틀고 그 주위에는 많은 남녀 비복들이 일손을 놓고 모여 뜻하지 않았던 구경을 하고 있었다.

늙은 여종도 그들 틈에 끼어 있었는데 옥섬이의 참혹한 꼴이 가엽어서인지 외면한 채 서 있었다.

"아아악-"

대청마루에 앉아 있는 이 판서의 부인은 옥섬이의 비명이 그치기를 기다렸다가 이어서 호령했다.

"네 이년! 지금이라도 바른대로 말하면 목숨만은 살려주겠다. 어떤 놈과 눈이 맞아 멀리 도망치려고 금두꺼비를 훔친 것이냐?"

"마님, 정말이옵니다. 쇤네는 훔치지 않았습니다."

"호오, 끝까지 자백하지 않는 걸 보니 죽고 싶은 게로구나. 네년이 요즘 바람이 나도 단단히 난 것을 내가 모르는 줄 알고…… 어느 놈이야? 어서 대지 못할꼬!"

"……."

"어서 그놈의 이름을 대란 말이다. 금두꺼비를 건네 받은 놈의 이름을!"

"마님. 쇤네는 그런 짓을 하지 않았습니다. 정말이옵니다."

"으음, 독한 년 같으니, 저년이 아직도 혼이 덜 났나 보구나. 좀 더 주리를 틀어라."

"아아악-"

이를 악물고 아픔을 참으려고 했으나 도저히 그럴 수가 없었다. 옥섬이는 이왕 죽게 될 것이라면, 이 도령이나 한 번 더 보고 죽겠다고 생각하며 피를 토하는 것처럼 말했다.

"마님, 도련님을 한 번만 뵙게 해 주세요."

"뭐라구? 아니, 왜?"

"도련님이 오시면 알게 되시옵니다."

"그래?"

부인은 머리를 갸우뚱하며 뭔가 생각하더니 청지기에게 시켜 아들을 데려오도록 했다.

전갈을 받은 이 도령은 급히 달려왔는데, 마당 가운데에 쓰러져 있는 옥섬이를 보고 크게 놀랐지만 내색하지 않으며

"어머니, 소자를 부르셨사옵니까?"
하면서 머리를 조아렸다.

김씨 부인은 시치미를 떼고 물었다.

"그래, 저 앙큼스러운 것이 해괴한 소리를 해서 불렀다. 저년이 훔친 금두꺼비를 건네 받은 놈의 이름을 대라고 했더니 난데없이 너를 보게 해 달라는구나. 도대체 어떻게 된 일이냐?"

"아니, 뭐라고요?"

"이년 옥섬아, 도련님이 왔으니 눈을 들어 보아라."

마님의 명령에 파김치가 된 옥섬이가 고개를 들었더니 희미해진 시선 속으로 이 도령의 모습이 들어섰다. 그 순간 옥섬이는 설움이 왈칵 치솟았다.

이 도령이 태연한 체 하며 물었다.

"네가 나를 보자고 했느냐?"

"예, 도련님"

"무슨 연유로……."

"쇤네는 정말로 억울하옵니다. 그러니 도련님이 한 말씀만 해 주세요. 그 때 저와 함께 있으셨다고. 쇤네가 죽고 사는 것은 이제 도련님의 말씀 한 마디에 달려있습니다. 아니, 쇤네는 이대로 죽어도 좋으니 제발 억울한 누명만은 벗을 수 있게 해 주세요."

옥섬이의 애절한 말이 끝나자, 이 도령은 정색을 하면서 소리쳤다.

"뭐라고? 저게 갑자기 실성을 했구먼. 모르는 사람이 들으면 이상하게 여길 해괴한 소리를 지껄이다니……."

그 말을 들은 옥섬이는 한동안 자기의 귀를 의심했다. 그러다가 이 도령의 눈을 똑바로 쳐다보았는데, 그는 아랑곳하지 않으며 계속해서 말했다.

"어머니, 저 계집의 이야기를 듣고 소자를 의심하시는 것은 아니겠지요. 이래 뵈도 저는 글을 읽는 선비이옵니다. 그다지 잘난 놈은 못되지만, 천한 상것이나 건드려 가문을 욕되게 하는 못난 놈은 아니올시다."

너무나 뻔뻔스러운 이 도령의 말을 들은 옥섬이는 드디어 절망하면서 그의 얼굴을 무섭게 노려보았다. 그랬더니 그가 화를 벌컥 내면서 소리쳤다.

"뭣들 하느냐? 저 발칙한 것이 바른 소리를 할 때까지 주리를 틀어라. 누구에게 금두꺼비를 주었느냐?"

'아, 이…… 이럴 수가…….'

만돌이와 덕보가 다시 주리를 틀기 시작했다. 하지만 옥섬이는 어느덧 기운이 다했는지 비명도 지르지 못한 채 이를 악물기만 했다.

이 도령의 호령은 계속해서 떨어졌다.

"어서 말하라니까! 어느 놈에게 금두꺼비를 주었느냐? 어서 그놈의 이름을 대지 못할까!"

기가 막힌 일이라고 밖에 설명할 수 없는 상황이었다. 훔치지도 않은 금두꺼비이고 보니 그것을 받아 간 사람의 이름을 대지 못하는 것은 당연한 일이었다.

그것은 아들의 못된 버릇을 고치려고 덕순이로 하여금 금두꺼비를 숨기게 만든 마님도, 그 시간에 옥섬이를 불러들여 정사를 즐겼던 이 도령도 너무나 잘 알고 있었다. 그런데 모진 고문에 못 이긴 옥섬이의 입에서 엉뚱한 말이 흘러나왔다.

"김춘보에게 주었어요."

"뭐라구? 김춘보?"

"네."

"이제야 바른 말을 하는구나. 그래, 그 김춘보라는 놈이 사는 집이 어디에 있느냐?"

이 도령이 묻자, 옥섬이는 머리를 저으면서 대답했다.

"그건 몰라요."

"몰라? 또 거짓말을 할 작정이냐?"

"정말로 모르옵니다. 하지만 내일 아침이면 대문 앞에 나타날 것이옵니다."

그렇게 말한 옥섬이는 정신을 잃으면서 쓰러졌다.

이튿날 아침.

이 판서 댁의 대문 안에서는 덕보와 만돌이, 그리고 청지기 등이 이른 아침부터 몽둥이를 든 채 김춘보가 나타나기를 기다렸다.

그랬더니 얼마 후에 과연 덥수룩하게 생긴 새우젓 장사가 나타나더니 대문 앞에서 왔다 갔다 하는 모습이 보였다.

이윽고 그는 목을 길게 빼고는 담장 안을 들여다보았다. 바로 그때 대문을 활짝 열리면서 몽둥이를 든 자들이 뛰어나왔다.

"네 이놈, 꼼짝마라!"

"……?"

김춘보는 영문을 알 수 없었기에 두 눈을 껌벅이면서 서 있기만 했다.

"네 이름이 뭐냐?"

청지기가 묻자 김춘보가 대답했다.

"춘보구먼요. 김춘보……."

"분명히 네가 김춘보냐?"

"그렇다니까요."

"이놈이 맞다! 잡아라."

청지기의 말이 떨어지자마자 덕보와 만돌이가 양쪽에서 달려들어 춘보의 양 팔을 움켜쥐고는 안으로 끌고 들어갔다.

"이거 왜 이래유? 놔유!"

춘보가 저항했지만 그들은 들은 척도 하지 않으며 그를 끌어다가 마님과 이 도령 앞에 억지로 꿇어앉혔다. 그러자

이 도령이 먼저 불호령을 내렸다.

"내 이놈, 금두꺼비를 어쨌느냐?"

"예? 그게 뭔데유?"

춘보가 얼떨떨해 하며 반문하자, 이 도령이 다시 소리쳤다.

"이런 발칙한 놈 같으니, 옥섬이가 네놈에게 줬다고 불었는데도 속이려는 거냐?"

"예? 그게 무슨 소리래요?"

"얘들아, 이놈이 호된 맛을 보지 못해서 시치미를 떼나 본데 옥섬이년과 대질시켜라."

"예!"

청지기와 덕보 등이 다시 달려들어 춘보를 일으키더니 헛간으로 끌고 갔다.

헛간 속에는 차마 눈을 뜨고는 볼 수 없는 처참한 꼴이 된 옥섬이가 정신을 차리지 못한 채 쓰러져 있었다.

그 모습을 본 순간 춘보는 두 눈을 크게 뜨며 섬돌 위의 이 도령을 노려보았다.

"네 이놈, 어쩔 테냐? 당장 금두꺼비를 가지고 오지 않으면 금부에 넘겨 물고를 낼 테다."

이 도령이 더욱 화가 난 얼굴로 소리쳤다. 하지만 춘보는 그 말을 듣는 둥 마는 둥 하면서 옥섬이를 내려다보았다. 그리고는 곧 울 것

같은 얼굴이 되면서 이를 악물었다.

그러자 사태가 이상하게 진행되는 것에 당황한 이 판서의 부인이 슬그머니 끼어들었다.

"보아하니 너는 금두꺼비를 받지 않은 거 같구나. 그렇다면 저년이 그것을 딴 놈에게 주고서 만만한 너에게 뒤집어 씌우는 거야. 그렇지 않느냐?"

하지만 사건의 내막을 알 리가 없는 이 도령은 그 말에 극구 반대하면서 떠들어 댔다.

"어머니, 그게 무슨 말씀이십니까? 옥섬이 년이 분명히 이놈에게 줬다고 했거늘……."

"하지만 천에 하나 만에 하나라도 무고한 사람을 죄인으로 몰아 가문에 누를 끼치는 일이 생기면 안 되느니라."

바로 그 때, 침묵만을 지키고 있던 김춘보가 불쑥 두 사람의 대화에 끼어들었다.

"그 금두꺼비라는 것 말여유. 옥섬이가 분명히 그것을 김춘보에게 줬다고 했는감유?"

"어허, 그래서 네놈을 잡아들인 것이 아니냐!"

이 도령이 다시 윽박지르자 김춘보는 무슨 생각을 했는지 고개를 떨구며 말했다.

"맞아요. 그거 제가 받았구먼유. 그런데 그게 얼마나 큰 건가유?"

"금 여덟… 아니, 스무 냥으로 만든 것이다."

"그럼, 그 값을 물어내면 옥섬이의 목숨은 살려주시는 거지유?"

"그래, 금두꺼비만 찾으면 되니까."

"그럼 제가 물어내지유. 그렇게만 해주신다면 어떻게 해서라도 물어내지유."

김춘보는 그렇게 말하면서 쏟아지기 시작하는 눈물을 손등으로 닦았다. 이 판서의 부인은 마음에 찔리는 것이 있었기에 슬며시 외면하며 헛기침을 했다.

그 길로 곧바로 집에 돌아온 김춘보는 당장 자기의 가산을 모두 팔기 위해서 내놓았다.

누군가에게 그 소식을 들은 박 서방이 급히 달려와서 물었다.

"이 사람아, 도대체 어떻게 된 거여? 집이랑 밭떼기 조금 있는 것까지 다 내놓았다던데, 그게 정말여?"

"……."

방 한가운데에 멍하니 앉아 있던 김춘보가 대답 대신 고개를 끄덕이자, 박 서방은 믿어지지 않는다는 듯이 다시 물었다.

"아니, 그럼 그 보지도 못한 금두꺼빈가 금개구린가 값을 물어주려고 그러는겨?"

그러자 김춘보는 이윽고 엷은 미소까지 지으면서 다시 머리를 끄덕인 뒤에 말했다.

"옥섬이가 내 이름을 불러줬구먼!"

"뭐야? 네 이름을 왜 불러?"

"왜 불렀겠어? 자기를 살려줄 사람이 나밖에 없다고 생각했기에 부른 게 아니겠어? 옥섬이가 나를 그렇게 생각해 주었으니 얼마나 고마운 일이여."

"아따, 고맙기도 하겠다. 그려, 엉뚱한 사람을 걸고 넘어진 앙큼한 계집이 고맙다는 거여?"

박 서방이 콧방귀를 뀌고는 다시 말했다.

"보아하니, 자네 지금 제 정신이 아니구먼!"

"그게 무슨 소리여?"

"그렇잖구, 내 말을 들어보라고. 자네 재산이라곤 이 초가삼간하구 쥐꼬리만한 밭때기뿐이 아녀? 새 장가 들면 남 부럽지 않게 살겠다구 먹을 것 안 먹구 입을 것 안 입으면서 하루에도 수십 리씩 다리품을 팔아서 장만한 게 아닌감? 그런 피맺힌 재산을 손목 한 번 잡아보지 못한 계집 때문에 날린단 말여?"

"자네의 말은 고맙네만, 옥섬이를 위해서 없앤다면 하나도 아깝지가 않구먼. 쪽박을 차게 돼두 후회하지 않을 꺼여."

춘보의 말이 너무나 어린애의 말 같다고 생각했는지 박 서방이 크게 나무랐다.

"이런, 팔불출 같은 놈!"

"뭐여? 그럼 옥섬이가 죽든 살든 모른 체 하란 말여?"

"당연하지. 두 말 하면 잔소리지."

"그럼 자네는 사람 목숨보다 돈이 중하다는 거여?"

"중하다 뿐이여, 다른 사람 아닌 자네에게는 더욱…… 어쨌든 난 그만 돌아갈 테니 마음대로 혀."

박 서방이 내뱉듯이 말하고는 돌아서자, 김춘보도 벌떡 자리에서 일어서며 소리쳤다.

"그렇게 혀! 어서 가라구."

춘보 덕분에 살아난 옥섬이는 며칠 동안이나 누워서 앓았다 그러다가 겨우 몸을 추스리게 되자, 다른 때처럼 일을 하기 시작했다.

그 날도, 눈에 띄게 핼쓱해진 얼굴로 대문 밖에 나와 쓰레기를 버린 그녀는 그 자리에 그대로 서서 먼 하늘을 바라보았다. 김춘보 생각이라도 하는 것인지, 그녀는 금세 눈시울이 붉어졌다.

그 때, 늙은 여종도 쓰레기를 들고 나오다가 넋이 나간 얼굴로 서 있는 옥섬이를 발견했다.

"쯧쯧, 누굴 기다리는겨? 이것아, 살짝 정신이 나간 그 사람을 기다리는겨?"

늙은 여종이 빈정거렸지만 옥섬이는 전처럼 화를 내지 않으며 대꾸했다.

"얼굴이라도 한 번 봤으면 좋겠어요……. 고맙다는 말이라도 해주어야 속이 좀 편해질 텐데…"

그런 옥섬이가 애처롭게 보였는지 늙은 여종은 외면하고 돌아서며 혼잣말처럼 중얼거렸다.

"어여 들어가자. 그 날 이후로는 통 나타나지를 않더라. 기다려봤자, 헛일이여."

추웠던 겨울이 가고 새봄이 왔다.

때문에 이 판서네 집에서는 비복들이 총동원되어 집 안팎을 청소하느라고 부산했다.

옥섬이는 늙은 여종과 함께 이 판서의 방을 치우고 있었고, 삼월이라는 여종은 안방을 맡아 청소를 시작했다.

삼월이는 만돌이와 덕보에게 시켜서 무거운 옷장을 들어낸 뒤에 쌓여 있는 먼지를 털려고 했는데 바로 그 때, 그의 눈에 들어온 이상한 물건이 있었다. 먼지에 싸여 있는 작은 쇳덩어리였다.

"아, 이게 뭐지?"

삼월이가 궁금해 하며 먼지를 털어내자 놀랍게도 그것은 누런 금으로 만들어진 금두꺼비로 변했다.

"아, 아니? 이건……."

삼월이는 당장 기절이라도 할 것처럼 놀라며, 그것을 쥐고는 이 판서의 부인을 불렀다.

"마님, 마님! 금두꺼비를 찾았어요!"

그 소리를 듣고 누구보다 크게 놀란 것은 마루를 닦고 있던 옥섬이와 늙은 여종이었다.

금두꺼비를 찾았다는 말은 삽시간에 온 집 안에 퍼져 사랑채에 나가 있던 이 판사도 알게 되었다.

이 판서는 급히 안방으로 건너와서 부인에게 물었다.

"이게 도대체 어찌된 일이오? 옥섬이라는 아이가 훔쳐갔다고 말하지 않았소?"

"……."

"아니 왜 대답하지 않는 거요?"

이 판서가 다그치자 부인 김씨는 어쩔 수 없이 입을 열었다.

"실은 모두 내가 꾸민 일이었습니다."

"당신이 꾸몄다니?"

"큰 아이가 옥섬이에게 한눈을 팔기에 그 종년에게 누명을 씌워 단단히 혼을 내주고 큰 아이의 버릇을 고쳐주려고 그랬던 것인데……."

부인에게서 설명을 들은 이 판서는 벌컥 화를 내면서 말했다.

"아무리 그래도 그런 짓을 할 수가 있소? 나라의 대신 집에 여덟 냥짜리 금두꺼비가 있다는 이야기만 세상에 알려져도 부끄러운 일이거늘, 여덟 냥짜리를 스무 냥짜리라고 속여 무고한 백성의 재물을 빼앗았다는 이야기가 세상에 알려지면 내 꼴이 뭐가 되겠소?"

"……."

"에이, 집 안에서 하는 일들이 어째서 모두 그 모양인고……?"

이 판서가 쉽사리 화를 가라앉히지 않자, 부인은 몸둘 바를 모르며 당황했다. 그런데, 이 판서가 갑자기 무슨 생각을 했는지 청지기를 불렀다.

"예. 대감마님."

기다리고 있었던 것처럼 청지기가 쪼르르 달려오자, 이 판서는 잔뜩 굳어진 얼굴로 말했다.

"아랫것들에게 단단히 일러서 오늘 있었던 일이 밖으로 새나가지 않도록 하고 은밀하게 김춘보라는 자를 찾아서 데리고 오도록 하라."

그즈음 방에서는 늙은 여종과 삼월이가 누명을 썼던 옥섬이를 위로하며 소곤거리고 있었다. 방문 밖에서도 역시 여러 명의 여종들이 모여 웅성거리면서 마님과 덕순이를 못마땅하게 여기는 말들을 하고 있었다.

"글쎄 말이지. 삼월이가 금두꺼비를 찾았다고 소리치자, 마님과 덕순이년의 눈길이 딱 마주쳤는데, 두 사람이 모두 깜짝 놀라는 얼굴이었다는 거야. 그러니 뭔가 흑막이 있는 것이 분명해."

한 여종이 말하자, 다른 여종이 거들었다.

"정말 다행이야. 마침 사람들이 여럿 있을 때 그것이 나타났기에 망정이지. 그렇지 않았다면 옥섬이는 영영 도둑이라는 누명을 벗지 못할 뻔했어."

"맞아! 그러니까 옥섬이는 앞으로 삼월이를 상전처럼 모셔야 해. 그렇지? 호호호……."

그렇게 소근거리고들 있는데 만돌이와 덕보가 나타났다.

"그래, 어떻게 됐어? 모셔 온 거냐?"

그랬더니 둘은 뒤통수만 긁적이면서 아무런 대꾸도 하지 않았다.

"아니, 왜 대답을 안 해?"

늙은 여종이 재촉하자, 그제서야 만돌이가 천천히 입을 열었다.

"데리고 오지 못했어요."

"아니, 왜요?"

이어서 물은 것은 옥섬이었다.

"금두꺼비값을 물어내느라구 알거지가 되었는데, 어느 날 갑자기 그 동네에서 사라졌다는 거야."

그 말이 끝나자 덕보도 말했다.

"그럴 수밖에 없었겠지. 좋은 일을 했는데도 남들은 정신 나간 놈이라면서 손가락질을 하니, 소리 소문없이 사라지는 것밖에 방법이 더 있겠어?"

"아……."

옥섬이는 작게 소리를 내면서 탄식하더니 늙은 여종의 손을 잡으면서 울먹였다.

"이제 어떻게 해야 하지요? 은혜를 갚을 길이 없어졌으니……."

"흥, 잘 됐지 뭐. 은혜를 갚을 수도 없잖어. 남의 집 종 신세니 말이여. 허지만 너무 걱정하지 말어. 하늘이 무심치 않을 거구먼. 그 양반은 틀림없이 큰 복을 받게 될 거여."

늙은 여종이 그렇게 대꾸하고 있는데 청지기가 나타나더니 큰 소리로 말했다.

"옥섬이, 게 있느냐?"

"예."

"이리 오너라."

"예? 예……."

옥섬이가 어리둥절한 표정이 되며 청지기가 있는 쪽으로 걸어가자 그 모습을 지켜보던 비복들이 누군가가 중얼거렸다.

"또 무슨 누명을 씌우려고 저러는 거지?"

"글쎄 말예요."

옥심이는 청지기를 따라 안마당으로 들어갔다.

안방에는 이 판서가 혼자서 앉아 있었는데 한동안 옥섬이를 내려다보다가 물었다.

"네가 옥섬이냐?"

"네에, 마님."

옥섬이가 잔뜩 주눅든 목소리로 대답하자 이 판서는 다시 청지기를 불렀다. 그리고는,

"이걸 저 얘에게 주어라."

하면서 건네준 것은 커다란 봉투였다. 청지기에게서 그것을 받은 옥섬이는 의아해 하며 떨리는 목소리로 물었다.

"대감마님, 이게 무엇이옵니까?"

"그것은 금 스무 냥 값이 되는 어음이다. 아무데서나 돈으로 바꿔서 쓸 수 있는 거야."

"하온데, 이것을 왜 쇤네에게 주시옵니까?"

"김춘보를 찾을 수 없기 때문이니라. 그는 너를 위해 그 돈을 마련해 주었던 사람이니 훗날 그 돈을 너에게 주었다는 것을 알게 되면 반가워하면 했지, 다른 소리를 하지는 않을 것이다. 아울러, 네 억울한 누명을 씌웠던 잘못을 사죄하는 뜻으로 오늘부터 종 신세를 면하게 해줄 테니 나가서 잘 살도록 해라."

"네?"

옥섬이는 생각지도 못했던 너무나 놀라운 일이었기에 깜짝 놀라며 말했다.

"대감님, 고맙습니다. 정말 고맙습니다."

"고맙다는 말은 나보다 김춘보에게 해라. 금 스무 냥 값이면 새 출발할 수 있는 밑천이 될 것이다."

"대감 나으리, 이 은혜는 제가 죽은 뒤에까지도……."

쏟아지는 눈물을 닦을 생각도 하지 않으면서 옥섬이는 상전에게 마

지막 큰절을 올렸다.

"은인으로 생각해야 할 사람은 내가 아니라, 김춘보니라. 여봐라."

"예이."

"이 문서를 저 아이가 보는 앞에서 태워 버리도록 해라."

이 판서가 들고 있던 종문서를 청지기에게 건네주었다. 청지기는 하염없이 눈물만 흘리고 있는 옥섬이 앞에서 그 문서를 활활 태워 버렸다.

문서의 마지막 불길이 사그러지자 이 판서가 엄숙하게 말했다.

"너는 이제 우리 집 종이 아니니라. 장차 태어날 네 자식도 손자도 역시 종이 아닌 양민이니라. 알겠느냐?"

그로부터 3년이라는 세월이 흐르는 강물처럼 흘러갔다.

그즈음, 보신각 뒷골목에 '팔뚝집'이라는 이상한 이름을 가진 술집이 있었는데, 서울 장안의 술꾼들 뿐만 아니라 지방에서 올라온 나그네들에게도 큰 인기를 끌고 있었다.

그 곳은 물론 술값이 싸고 안주도 맛이 있어서였는데, 또 다른 한 가지 연유가 더 있었으니, 문틈으로 팔뚝을 내민 여인이 한 잔의 술을 따라 주기 때문이었다.

좀 더 설명하자면 그 집에서 술을 마시려면 그 술 한 잔을 먼저 받아야 자리를 얻을 수 있었다는 것인데, 고은 팔뚝을 가진 의문의 여인은 그처럼 술을 따를 때마다 문틈으로 몰래 술꾼들의 얼굴을 살핀다는 소문이 있었다.

방 안에서 섬섬옥수만 내밀어 술을 따르는 그 여인은 바로 옥섬이였다.

그녀는 매일 밤마다 장독대에 정화수를 떠놓고 촛불을 밝힌 채 김춘보를 다시 만나게 해 달라고 신령님께 빌었다. 하지만 그 때까지 그녀의 소원은 이루어지지 않고 있었다.

그런데 그 날 아침에 옥섬이가 잠에서 깨어나니 장독대 옆에 서 있는 팽나무가지에 날아온 까치 한 마리가 큰 소리로 우짖고 있었다.

때문에 그녀는 오늘은 기쁜 소식이 있을지도 모른다고 생각했다. 그리고 설레이는 가슴을 안고는 온종일 열심히 술을 따랐다. 한 손으로 술을 따르면서 눈으로는 술꾼의 얼굴을 열심히 살펴보았다. 하지만 그녀가 기다리는 김춘보는 여전히 나타나지 않았다.

그 날의 장사가 거의 다 끝나 갈 무렵이었다.

실망감만을 가득 안은 옥섬이는 피곤에 지쳐 멍하니 앉아 있었다. 그러다가 문득 문틈으로 보니 패랭이를 쓴 행색이 초라한 남자 하나가 천천히 안으로 들어오는 모습이 보였다. 아무래도 그가 그 날의 마지막 손님이 될 것 같았다.

그는 팔뚝집의 소문을 듣고 오기라도 했는지 어색해 하는 기색을 별로 보이지 않으며 주모에게 술을 청했다.

옥섬이는 주모가 가지고 온 술병을 들어 텁석부리 사나이에게 술을 따라 주면서 그의 얼굴을 보려고 했다. 하지만 머리에 눌러 쓴 패랭이에 가려서 얼굴을 볼 수가 없었다.

그런데 그 사나이가 술잔을 비우더니 턱을 쓰다듬기 위해 얼굴을 잠깐 들었다. 바로 그 순간 문틈으로 내다보고 있던 옥심이의 얼굴이 놀라는 표정으로 변했다. 그 사나이는 수염이 헝클어지고 입술이 부르튼 데다 몹시 여윈 모습이었으나, 옥섬이는 그 사람이 바로 춘보라는 것을 단번에 알 수 있었다. 모든 것은 다 변했으나 선량해 보이는 그의 눈매만은 변함이 없었기 때문이었다.

밖으로 내민 그녀의 손도 가늘게 떨고 있었는데, 그 손은 이윽고 들고 있던 호리병을 떨어뜨리고 말았다.

"타악-"

둔탁한 소리를 내면서 깨지는 호리병과 여인의 팔뚝을 번갈아 가며 바라보던 김춘보도 놀라는 기색을 보였다.

옥섬이는 가까스로 정신을 가다듬으며 옆에서 심부름하는 아이에게 말했다.

"얘, 만수야. 오늘은 손님을 그만 받을 것이니, 대문을 닫아 걸고 저 손님을 어서 안으로 모셔라."

그러자 김춘보는 돌연한 사태에 어리둥절해지며 더욱 크게 놀라지 않을 수 없었다.

김춘보는 뭔가 잘못된 것일 거라고 생각하면서도 아이의 안내를 받으며 내실로 들어갔다. 그러자 옥섬이는 그가 자리에 앉기를 기다렸다가 큰절을 올렸다. 이에 김춘보는 정말로 당황하지 않을 수 없었다. 놀란 김춘보는 절을 받지 않으려고 얼른 일어나면서

"아이구, 왜 이러시는 거유?"

하고 비명 비슷한 소리를 질렀다. 그러자 옥섬이는 끓어오르는 감정을 억누르며,

"김춘보 어른이신 것이 맞지요?"

하고 물었다.

"아, 아니…… 제 이름을 어떻게……?"

더듬거리면서 대꾸한 김춘보는 마치 도깨비에게 홀리기라도 한 것처럼 안절부절 못하고 있었다.

"어른께서는 지난 날 이조판서 댁의 종으로 있었던 옥섬이를 벌써 잊으셨나요?"

옥섬이가 그렇게 말하자, 김춘보는 그제서야 얼굴을 들고 다시 바라보더니,

“아, 아니, 옥섬이!”
하고 소리쳤다.

하지만 그는 자신의 입장을 뒤늦게 생각했기 때문인지 끓어오르는 감격을 억지로 참는 듯한 모습을 보였다.

옥섬이는 두 눈에 눈물을 머금으면서 말했다.

“저를 재생시킨 은인께서는 제 절을 받으시지요.”

다시 큰 절을 올린 옥섬이는 이윽고 그의 손을 덥썩 잡으며 그 동안 참고 참았던 오열을 한꺼번에 터뜨렸다.

밤이 깊어가고 있었다.

옥섬이는 김춘보의 손을 놓지 않은 채 지난날의 이야기를 모두 들려 주었다.

이야기를 다 듣고 난 김춘보는 길게 한숨을 내쉬면서 웅얼거렸다.

“아니, 그럼…… 나를 찾으려고 이 술집을 차렸단 말이오?”

“네. 어르신을 찾으려고 팔뚝만 내밀고 술을 따르면서 손님의 얼굴 살피기를 두 해가 넘도록 했는데, 오늘에야 드디어 소원을 풀었어요.”

“허허…… 그래.”

“그나저나 그 동안 어떻게 지내셨는지요?”

옥섬이가 묻자 춘보는 쓸쓸한 웃음만 날렸다.

“고생이 많으셨나 보군요?”

“쬐끔 했구먼. 안 되는 놈은 뒤로 자빠져도 코가 깨진다더니. 이걸 해 봐도 안 되고, 저걸 해 봐도 안 되더구먼…….”

김춘보가 당한 고생이 짐작되는지 옥섬이는 마치 자기가 그런 일을 당한 것처럼 고통스러워하는 표정을 지었다.

“이렇게 잘 되어 살고 있는 줄도 모르고 먼 곳에서나마 잘 사는 걸 보면 울적해진 마음이 풀릴까 해서 불원천지하고 왔는데…… 내일쯤이 판서 댁으로 가서 살펴보려고 했는데…… 고맙구먼! 이렇게 잘 되었으니 고맙구먼!”

김춘보도 역시 말로는 형연하기 힘든 감동이 북받치는지 더듬거리면서 장황하게 말했다.

그때 옥섬이가 미소지으면서 말했다.

“어르신네, 부탁할 것이 하나 있는데 들어주셔야 해요.”

“으응? 부탁이라니…… 무슨?”

“이젠 아무 데도 가시지 말고, 쇤네가 지아비로 모실 수 있도록 해주세요.”

“아니, 뭐라고?”

춘보가 두 눈이 휘둥그레지면서 얼떨떨해 하는 표정을 지었다.

“쇤네가 다행스럽게도 술장사를 해서 수만금의 돈을 모았으니 설마 평생 동안 호의호식시켜 드리지 못할까요. 하오니 더러운 몸이 되었지만, 쇤네를 거두어 주시려는지요?”

춘보는 너무나 감격했기 때문인지 오히려 도리질을 했다.

“안 돼! 그런건 안 될 말이구먼.”

“왜요? 혹시 그 사이에 재취라도 하셨나요.”

“그, 그런 건 아니구먼.”

“하오면, 왜 안 된다는 거지요?”

“그저 그냥…… 옥섬이가 너무 손해를 보는 것 같아서 말이야.”

“후훗…… 별 말씀을 다 하시네요. 어르신네는 누가 뭐래도 이 천한 것의 지아비가 되실 분입니다. 쇤네의 뜻을 받아주시는 거지요?”

옥섬이가 계속해서 애원하듯이 말하자, 김춘보는 더 이상 버틸 재간이 없었는지 천천히 머리를 끄덕였다.

그러자 옥섬이는,

"어르신네, 고맙습니다. 이젠 은혜를 갚을 수 있게 되어서 마음이 편합니다. 밖에 나가서 주안상을 보아오겠습니다."
하면서 일어서려다 말고 장롱문을 열어서 벌써부터 마련해 놓았던 비단옷을 꺼냈다.
"우선 이걸로 갈아입으시어요."
그리고는 바쁘게 부엌으로 나갔다.
하지만 춘보는 한동안 그대로 앉은 채 손등으로 눈을 비볐다. 자기가 지금 혹시 꿈을 꾸고 있는 것이 아닐까 하고 생각되어서였다.
춘보는 이윽고 몸을 일으켜 옥섬이가 내놓은 비단옷을 입더니 이리저리 움직이며 모양을 살폈다.
옥섬이는 그 때 주안상을 거의 다 차리고 있었는데 밖에서는 사람들이 떠드는 소리가 들려오기 시작했다. 때문에 심부름하는 아이를 불러서 물었다.
"만수야, 왜 이렇게 시끄러우냐?"
"술꾼들이 문을 열라고 아우성입니다."
"그러냐? 하지만 이젠 술 장사를 그만둘 것이니 잘 말씀드려서 돌아가시게 해라."
"한데, 그게……."
"왜?"
"그렇게 말씀드렸지만, 황 판서 댁 자제분인 황 진사 나리께서 자기가 상사병으로 죽는 꼴을 볼 거냐면서 듣지 않으십니다."
"그래도 돌아가시게 해라."
두 사람이 이야기를 나누는 동안에도 밖에서는 문을 두들기는 소리가 계속해서 들려왔다. 그리고 그 소리들은 행복한 꿈에 젖어들던 김춘보를 깜짝 놀라게 만들었다. 잔뜩 긴장한 김춘보의 머리 속에서 많

은 생각들이 빠르게 오갔다

방 안에서 서성거리던 김춘보는 이윽고 무슨 생각을 했는지 입고 있던 비단옷을 벗었다.

옥섬이는 정성껏 차린 주안상을 들고 방 안으로 들어서며

"어르신네, 옷은 다 갈아입으셨나요?"

하고 말했다. 그런데 당연히 있어야 할 김춘보의 모습이 더 이상 보이지 않았다.

"아니, 어르신네?"

눈을 동그랗게 뜬 옥섬이가 한쪽을 보니 비단옷이 그대로 놓여져 있어 잠시 당황해 하던 그녀는 이내 밖으로 뛰어나갔다. 이미 어둠이 깊어진 밤하늘에서 눈발이 휘날리고 있었다.

옥섬이는 어둠 속에 길게 이어진 담장길을 미친 듯이 뛰었다. 그러면서 비명을 질러대는 것처럼 소리쳤다.

"어르신네! 어르신네!"

정신없이 뛰어가다가 보니 전방에 눈사람처럼 우뚝 서 있는 물체가 있었다. 옥섬이가 가쁘게 숨을 몰아쉬면서 가까이 가서 보니 과연 김춘보였다. 울부짖는 것 같은 옥섬이의 목소리가 들리는 바람에 더 이상 발을 옮기지 못하고 서 있었던 것이다.

"어르신네!"

김춘보의 옷자락을 잡은 옥섬이는 너무나 야속하다는 듯이 엉엉 울었다. 김춘보의 눈에도 어느 샌가 흥건하게 눈물이 고여 있었다.

한데 다음 순간 김춘보는 옥섬이가 잡고 있는 옷깃을 화악 당겨서 빼더니 어둠 속으로 다시 도망치기 시작했다.

"아니! 어르신네?"

옥섬이가 의아해 하며 다시 뒤쫓아가기 시작했지만 쏜살같이 도망

치는 김춘보는 빠르게 그녀의 시야에서 사라져갔다.

얼마나 뛰었을까?

춘보의 얼굴은 함박눈과 눈물이 섞여 범벅이 되어 있었다.

그는 천천히 걷기 시작하며 중얼거렸다.

"난 가야 혀, 옥섬이를 참으로 아낀다면 나처럼 못난 놈은 없어져 줘야 해. 행복하게 살 수 있게 된 옥섬이의 앞길을 막는 걸림돌이 되지 않아야 혀."

손등으로 얼굴의 물기를 닦은 그는, 그 때까지도 옥섬이의 목소리가 들려오는 듯한 뒤쪽을 길을 돌아보고는 함박눈이 퍼붓는 어둠 속으로 계속해서 걸어갔다.

그토록이나 원했던 소망이 이루어졌는데도 불구하고 그것을 모두 버리고서…….

이 이야기는 지금으로부터 백이십여 년 전, 한양의 운종가 보신각 건너편, 그러니까 현재 국세청 뒤쪽 골목 안에 있었다는 '팔뚝집'이라는 술집에 얽힌 이야기다.

팔뚝집은 그 당시 장안에 널리 알려진 술집이었다고 하는데 인정과 의리를 무엇보다도 중하게 여기면서 살았던 김춘보의 이야기는 긴 세월이 지난 오늘날까지 아름답고도 슬픈 전설이 되어 이어지고 있다.

사 녀

화창한 봄날, 뻐꾸기 우는 소리가 마악 들리기 시작한 숲길을 지나가는 어느 절도사의 행렬이 있었다.

새로 부임해 가는 절도사는 40대의 장년으로 빼어나게 잘 생긴 헌헌장부였다.

그는 무엇 때문인지 타고 있는 교자 안에서 연신 밖을 기웃거리고 있었는데, 이윽고 교자를 멈추게 했다. 그러고는 머리를 기우뚱하며 사방을 둘러보았다.

의아해 하며 그 모습을 지켜보던 한 군관이 물었다.

"사또, 뭔가 분부하실 것이라도 있으신지요?"

"아니다. 이 곳이 왠지 낯이 익어서 말이다."

"예?"

"맞아, 저 산세며, 저기 보이는 낡은 정자도 역시……."

"하오면, 전에 이 길을 지나가신 적이 있으신가 보지요?"

"글쎄다."

절도사는 한동안 뭔가 생각하는 표정을 짓더니

"여기가 도대체 어딘고?"
하고 물었다. 그러자 이번에는 다른 군관이 나서면서 말했다.

"예. 여기는 고흥 땅이옵니다."

"고흥?"

"예, 저 산모퉁이만 돌아서면 고흥 고을의 수령께서 마중 나와 계실 것이옵니다."

"고흥이라…… 고흥이라……."

그는 몇 번인가 중얼거리며 머리를 갸우뚱했는데 끝내 기억이 떠오르지 않는지 다시 교자에 타고는 어서 가자고 손짓을 했다.

봄날의 한낮은 어느덧 기울어 저녁 햇살이 여린 풀잎들 위에 쏟아지고 길 가에 외로이 서 있는 퇴락한 정자 위에는 무심한 뻐꾸기 울음소리가 맴돌고 있었다.

절도사 일행은 그 날 부임지에 도착하지 못 하고 고흥 고을의 수령의 마련해준 객사에서 하룻밤을 보내게 되었다.

그들은 모두 먼 길을 오느라고 지쳤기 때문에 밤이 되자, 이내 잠자리에 들었다.

달빛만이 객사의 앞마당을 교교히 비추는 가운데 밤은 서서히 깊어갔다. 그런데 느닷없이 어디선가 밤의 적막을 깨는 비명소리가 들려왔다.

"아악-"

"으응?"

그 때까지도 잠들지 못하고 있던 절도사는 깜짝 놀라며 자리에서 벌떡 일어났다.

다른 사람들도 그 소리를 듣고 뛰어나갔는지 밖에서 여러 사람들이 웅성거리는 소리가 들려왔다.

절도사가 장지문을 확 열며 소리쳤다.

"게 아무도 없느냐?"

그러자 곧 중문이 열리더니 수행 군관과 그 고을의 이방이 뛰어들어왔다.

"무슨 일이 생긴 거냐?"

"……."

"어째서 대답하지 않느냐?"

절도사가 물었는데도 군관과 이방은 서로 마주보면서 머뭇거릴 뿐 대답을 하지 않았다.

"어째서 머뭇거리는고?"

절도사가 더 큰 소리로 다그치자 군관이 비로소 입을 열었다.

"예, 실은 난데없이 구렁이가 나타나 잠시 소동이 벌어졌사옵니다."

"뭐? 구렁이?"

절도사가 눈이 커지면서 놀라자, 이번에는 이방이 몸둘 바를 몰라하면서 자초지종을 말했다.

"용서해 주십쇼. 나으리께서 머무시는 객사를 잘 지키라는 우리 고을 사또의 각별한 분부가 있었기에 순라꾼들로 하여금 번을 서게 했는데……."

"그런데……?"

"　　, 순라꾼이 저 중문 앞에 이른 순간 뭔가 머리 위로 뚝 떨어지면서 목을 휘감기에 보니 커다란 구렁이였다는 겁니다. 그래서……."

"……."

"놀라시게 해드려 황송스럽기 짝이 없사옵니다."

"그래, 구렁이는 어떻게 되었느냐?"

"예, 이내 퇴치했다고 하옵니다."

"으음. 정말 큰일 날 뻔했구나. 이제 그만 물러들 가거라."

"예."

두 사람이 돌아가고 사방이 고요해지자 절도사는 장지문을 닫고 다시 자리에 누워 잠을 청했다. 하지만 멀리 달아난 잠은 좀처럼 다시 오지 않았다.

절도사는 결국 자리에서 일어나 촛불을 밝히고 서안(書案) 앞에 앉아 책을 뒤적이기 시작했다. 하지만 마음이 산란해져 있었기에 글도 머리 속에 들어오지 않았다.

잠도 오지 않고 글도 읽을 수 없는 상태가 되었기에 그는 더없이 답답해 하고 있었는데, 먼 산사에서 치는 은은한 종소리가 들려오기 시작했다.

그 소리를 들은 절도사는 그제서야 비로소 뭔가 생각나는 것 같은 두 눈을 깜박이다가 부지중에 무릎을 탁 치면서 중얼거렸다.

"그래, 바로 그 여자의 집이 있었던 곳이었어."

그 소리와 함께 그의 머릿속에 떠오르는 광경이 있었다. 그것은 그가 그 날 낮에 보았던 퇴락한 정자 앞에 서서 옷고름으로 눈물을 닦아내면서 이별의 아픔을 씹는 소복여인의 애잔한 모습이었다.

그녀의 모습이 머리 속에서 사라지자 절도사는 고개를 떨구며 탄식하듯이 중얼거렸다.

"그래, 그런 일이 있었지. 그래서 낯익어 보였던 거야. 그나저나 내가 그 여자를 그토록 까맣게 잊고 있었을 줄이야."

이십 년 전의 어느 날에 있었던 일이다.

그 때만 해도 백면서생이었던 홍생(洪生)은 해남 고을의 수령인 친구를 만나기 위해 먼 길을 나섰다가 산중에서 낭패를 당하게 되었다.

갑자기 하늘에 먹구름이 끼면서 뇌성벽력이 계곡을 진동시키기에 눈을 들어서 보니 전방에 보이는 산 위로 소낙비를 가득 품은 비구름이 빠르게 몰려들고 있었다.

"허어, 보아하니 쉽사리 그칠 비가 아니니 참으로 난처하군! 이런 곳에서 비를 만났으니 어떻게 해야 좋을까?"

사방을 살펴보았으나 비를 피할 수 있는 마땅한 장소를 찾을 수가 없었다. 그래서 눈길을 거두려는데 계곡 아래쪽에 자리잡고 있는 뭔가 눈에 들어왔다.

'옳지. 저기 저것이 분명히 집이렷다!'

홍생은 그 집을 향해 뛰어갔다. 그가 외딴집의 초가 대문 앞에 채 이르기도 전에 장대 같은 빗줄기가 쏟아지기 시작했다.

"쏴아-"

시간이 지날수록 빗줄기는 더욱 굵어지며 그칠 기색을 보이지 않았다. 때문에 홍생이 한기를 느끼며 떨고 있었는데, 살며시 문이 열리는 소리가 들렸다. 그래서 돌아보니 소복 차림의 한 여인이 대문 옆에 서 있었다.

홍생이 '움찔'하고 놀라면서 여인을 쳐다보았더니 그녀가 다소곳이 외면하며 말했다.

"보아하니 비를 만나 곤란해지신 것 같은데……."

"그, 그렇소이만……."

"그럼 잠시 들어와 비를 피하시지요."

소복차림이었기 때문일까, 아니면 긴 여행으로 인해 심신이 지쳤기 때문이었을까…… 홍생의 눈에 비친 그녀는 너무나 매혹적인 아름다움을 가지고 있었다.

한동안 취할 것 같은 눈으로 그녀를 바라보던 홍생이,

"정말 그렇게 해도 되겠소?"
하고 물었다.

그러자 여인은 고개를 가볍게 끄덕이고는 먼저 안으로 들어갔는데 조신한 몸가짐도 무척이나 보기에 좋았다.

집 안으로 들어간 홍생은 마루 끝에 걸터앉아 비가 그치기를 기다렸다. 그러면서 그는 열려 있는 방문 너머로 보이는 여인의 모습을 슬그머니 훔쳐 보곤 했다.

다소곳이 앉아 물레질을 하고 있는 그녀의 모습은 보지 못한 한 폭의 그림 같았다.

'정말로 아름다운 여인이다. 한데 소복차림인 것을 보니 청상과부인 모양이지. 저처럼 아름다운 여인이 어쩌다가 혼자 몸이 되었을까…….'
하는 생각까지 하게 되자, 그의 마음 속에서 그녀에 대한 은근한 연민의 정이 일기 시작했다.

어느덧 저녁 때가 되었다.

홍생은 청상과부의 집에서 하룻밤 묵어가게 해 달라고 청할 수도 없었고, 비가 그치지 않으니 떠날 수도 없어서 크게 곤혹스러워하고 있었다. 그런데 갑자기 인기척이 나기에 돌아보니 여인이 언제 준비했는지 모를 저녁상을 들고 부엌에서 나오는 모습이 보였다.

"아니, 그건……?"

홍생이 당황하며 더듬거리자 여인이 부드러운 목소리로 말했다.

"시장하실 텐데 드시지요."

"허어, 이거 너무 폐를 끼치는 것 같구려."

"이런 걸 가지고 폐라고 말씀하시면…… 듣기에 거북합니다."

"알겠소이다. 그럼, 주시는 것이니…… 그런데 좀 물어봅시다."

"예?"

여인이 대꾸하면서 고개를 들어 홍생의 얼굴을 바라보았다.

"이런 곳에 외딴집이 있는 건 이상할 것이 없겠소만, 댁은 어째서 혼자 사시는 거요?"

처음부터 궁금하게 생각하던 일이었기에 홍생은 빠르게 물었다.

"혼자가 아니라 둘입니다. 유모와 함께 살고 있는데 볼일이 있어서 친정에 갔기 때문에……."

"아, 그래요? 어쨌든 매우 적적하시겠소."

홍생이 관심을 보이는 말을 하자 여인은 엉뚱한 말로 대답을 대신했다.

"찬은 변변치 않지만 식기 전에 어서 드시지요."

그리고 나서 여인은 얼른 부엌쪽으로 갔는데, 안으로 들어가려다 말고 넌지시 돌아보며 말했다.

"보아하니 쉽사리 그칠 비가 아닌데……."

"그래서 참으로 난처하게 되었소."

"너무 걱정하지 마세요. 윗방에 잠자리를 봐 놓겠으니……."

"예?"

홍생은 놀라면서 반문했다. 하지만 여인의 모습은 이미 부엌 안으로 들어갔기에 보이지 않았다.

어느덧 밤이 깊어지기 시작했다.

홍생은 여인이 깔아놓은 이불 속에 누웠으나 도무지 잠을 이룰 수가 없었다. 비가 쏟아지는 소리 때문이 아니었다. 방문에 비치는 물레질하는 여인의 잔잔한 모습이 그의 잠을 멀리멀리 달아나게 만들었기 때문이었다.

'아아, 저 여인은 이 세상의 사람이 아니다. 하늘에서 내려온 선녀

일거야!'

홍생은 몸을 뒤척이면서 갖가지 생각들을 머릿속에 떠올렸다. 몇 번이나 자제해야 한다고 생각했지만 마음속에서 치솟는 뜨거운 남자의 욕정을 억제할 수가 없었다.

한동안 안절부절 하던 그는 엉뚱한 상상을 떠올렸다.

상상 속의 그가 크게 신음을 토하며 벌떡 일어나더니 여인이 있는 방의 문을 다짜고짜 열었다.

물레질을 하고 있던 여인은 홍생이 들어서자 흠칫 놀라면서 일손을 멈추었다. 그러자 홍생은 망설이지 않고 그녀의 손목을 덥썩 잡으면서 끓어오르는 자기의 욕정을 호소했다. 이어서 그녀의 몸을 와락 끌어안으며 포옹하려고 했다.

하지만 그의 움직임은 거기서 멈추었다. 그녀가 가슴 속에 품고 있던 은장도를 재빨리 꺼내 백옥같은 자기의 목을 스스로 겨누었기 때문이었다.

홍생은 자기도 모르게 여인을 안으려던 손을 내리면서 뒤로 물러섰다. 그녀는 매서운 눈매로 홍생을 쏘아보며 소리없이 꾸짖고 있었다. 홍생은 결국 슬그머니 뒷걸음질쳐 그 방에서 나왔다.

홍생은 한 손으로 가슴을 쓸어내리며 마음 속으로 중얼거렸다.

'안 되는 일이지. 명색이 글을 읽었다는 선비가 어떻게 그런 짓을 한단 말인가.'

'아니야, 선비는 남자가 아니라더냐? 유정한 나이의 남자가 열정을 호소하는 것이 어째서 죄가 된단 말인가.'

그는 계속해서 마음의 갈피를 잡지 못하며 안절부절못했다. 그러다가 결국 여인이 있는 방의 문을 열고 말았다.

무심히 물레질을 계속하던 여인이 인기척을 느끼며 얼굴을 돌리자 성큼 다가선 홍생은 떨리는 목소리로 애원하듯이 그녀를 불렀다.

"부인!"

"……."

"용서, 용서해 주시오. 부인……."

하고 다시 말한 홍생은 그녀의 손목을 덥석 잡았다.

그런데 어찌된 일인지 상상 속에서의 반응과는 달리 그녀는 다소곳이 머리를 숙이며 외면하기만 했을 뿐 홍생의 손을 뿌리치지는 않았다. 그녀가 아무런 반항도 하지 않자, 홍생은

"부인!"

다정하게 부르면서 그녀를 자기 가슴으로 끌어당겼다. 그랬더니 그녀는 온몸을 가늘게 떨면서 그의 품에 안겼다. 때문에 홍생은 그녀의 옷을 벗기면서 생각했다. 자기가 공연한 걱정을 했었던 것이라고…… 그녀가 자기에게 반해 그렇게 되기를 원하고 있었던 것이라고.

가늘게 떨면서 타고 있던 등잔불이 바깥에서 새들어오는 바람으로 인해 금방이라도 꺼질 것처럼 펄럭였다.

이윽고 한 차례의 격정이 지나가자 여인은 기어들어가는 목소리로 말했다.

"저어…… 어디서 사시는 뉘신지요?"

갑작스러운 질문에 홍생은 멋쩍어 하면서 대답했다.

"아 참, 인사가 늦었구려. 나는 한양에서 사는 홍씨 성을 가진 사람이요."

그리고는 다시 여인의 몸을 세차게 안았다.

"우리들의 인연은 비가 맺어 주었소. 안 그렇소?"

여인이 대답 대신 고개를 끄덕이자 홍생은 계속해서 말했다.

"부인, 정말로 기이한 인연이 아닐 수 없소. 내가 번번이 과거에

낙방하여 부모님을 뵐 염치도 없던 차에 동문수학하던 친구에게서 연락이 왔소, 멀리 해남 고을의 수령으로 있으니 한 번 다녀 가라기에 울적한 기분도 풀고, 이 나라의 강산도 두루 살펴볼 겸해서 집을 떠났던 것인데……."

"……."

"과거에 급제했으면 일부러 여행을 떠나지 않았을 테고, 낙방했다고 해도 동문수학하던 친구의 연락이 없었다면 일부러 호남 땅을 밟지 않았을 텐데 말이오. 그리고 보니 여기서 전생에 부인과 어떤 인연이 있었기에 오늘 이렇게 만나게 된 것이 아니겠소?"

"……."

"보아하니 아직 이십 전인 것 같은데 어쩌다가 이렇게 홀로 청상과부가 되었소?"

"기구한 팔자를 한탄하면서 사는 계집의 이야기를 새삼 들어서 뭘 하시겠어요?"

라고 대답한 여인의 두 눈에 눈물이 맺혔다.

"미안하오. 아픈 곳을 찌른 나를 용서하시오."

홍생이 으스러지도록 여인의 몸을 껴안자, 그녀가 온몸을 내맡기며 말했다.

"나으리!"

"왜 그러오?"

"이제는 수절을 깬 몸이 되었으니 어떻게 소복을 입고 살 수 있겠습니까. 그러니 부디 저를 데리고 가 주세요."

"데리고 가 달라고?"

홍생이 약간 놀라며 반문하자 여인이 잔잔한 목소리로 말했다.

"제 처지가 처지이니 큰 욕심을 내지는 않겠어요. 평생 동안 그늘에서 살아도 좋으니 버리지 마시고 아무쪼록 나으리에게서 가까운 곳에만 있게 해주세요."

"평생 동안 그늘에서 살겠다니, 그게 어디 말이나 되는 소리요?"

"하지만 부인이 계실 텐데, 제가 어찌……?"

"나 역시 얼마 전에 상처를 당했기에 지금은 홀아비라오."

"예? 그게 정말이에요?"

"그렇소. 가난한 집에 시집을 와서 번번이 낙방하는 내 뒷바라지를 하느라고 고생만 하다가 그만…… 이봐요, 부인! 지금부터 내가 하는 말을 믿어주겠소?"

홍생이 힘 주어서 말하자 여인은 그의 품 속에서 살며시 고개를 들며 정감에 어린 눈빛을 보였다.

"부인, 나를 기다려 주시오. 이번엔 다른 일로 길을 떠난 것이니 함께 살 수가 없소. 내년의 이 달, 이 날에 다시 오겠소. 그 때는 모든 준비를 해 가지고 데리러 오겠으니 일 년만, 단 일 년만 기다려 줄 수 있겠소?"

그 말을 들은 여인은 환하게 미소지으며 다짐을 받겠다는 듯이 말했다.

"나으리, 일 년 후 오늘에는 저를 꼭 데려가셔야 하옵니다."

"꼭 그렇게 하겠으니 염려하지 마시오."

"만일 그 때, 오시지 않으면 저는 죽을 것이옵니다."

"그런 끔직한 소리는 농담으로라도 하지 마오."

"농담이라니요. 나으리가 안 오시면 저는 기다리다가 지쳐 원통하게 죽게 될 것이니, 아마도 뱀이 되어 환생할 것이옵니다."

"허허, 갈수록 흉한 소리만 골라서 하는구려."

홍생은 너무나 황당하다는 듯이 그 말을 묵살하고는 불덩이 같은 그녀의 몸을 안으며 다시 한 번 마음껏 욕정을 불태우기 시작했다.

다음 날 아침, 홍생이 깊은 잠에서 깨어났을 때 성이 이씨라는 그 여인은 단정한 옷차림으로 아침 햇살을 받으며 그의 옆에 다소곳이 앉아있었다.

"아니, 벌써 일어났소?"

홍생이 기지개를 펴면서 묻자, 여인은 대답하는 대신 엷은 미소만을 얼굴에 가득하게 머금었다.

"언제 일어났느냐고 묻지 않소?"

"새벽에요."

"아니, 왜?"

"나으리의 잠자는 모습을 오랫동안 지켜 보려고요. 앞으로 오랫동안 보지 못할 테니까요."

그 말을 들은 홍생은 새삼스럽게 가슴이 뭉클해지는 것을 느꼈는데 이씨 부인은 이어서

"어서 일어나 준비를 하세요. 해남까지 가시려면 서두르셔야 해요. 곧 아침상을 내오겠으니……."

하고 말하며 일어섰다. 그러자 홍생이 그의 치맛자락을 덥석 잡으면서 늘어졌다.

"싫소, 이제 가지 않겠소."

"어머!"

뭐라고 대꾸할 겨를도 없이 그녀의 몸은 이불 속으로 다시 끌려들어갔다.

"아아, 이러시면 안 돼요. 어서 일어나셔서……."

"싫소. 부인을 놔 두고 그대로 떠날 수가 없소……."

그렇게 되어 홍생은 이씨 부인과 함께 하룻밤을 더 보냈다.

다음 날 아침에도 그녀는 일찍 일어나 홍생이 떠나는 데 지장이 없도록 모든 준비를 했다. 하지만 그 날도 홍생은 일어날 생각을 하지 않았다.

"어서 일어나세요. 해남의 친구분께서 걱정하며 기다리시겠어요?"

이씨 부인이 재촉했으나 홍생은 그 말을 듣는 둥 마는 둥 하면서 딴청을 피웠다.

"흥, 내가 갈 때까지 기다리라지 뭐, 나는 가기가 싫으니까."

그리고는 다시 그녀의 손목을 잡으며 이불 속으로 끌어들이려고 했다. 그러자 곱게 눈을 흘기던 그녀가 정색을 하며 엄숙하게 말했다.

"나으리"

"왜 그러오? 부인?"

"나으리께서는 저를 한낱 창루의 기녀 정도로 생각하고 계시는 건가요?"

"뭐라고? 그게 도대체 무슨 소리요?"

"나으리, 천한 이 몸을 진정으로 아끼신다면 어서 일을 보시고 상경하셔야지요. 장차 저와 더불어 떳떳하게 해로할 생각은 하지 않으시고 화로에 군밤을 묻어둔 아이처럼 끝내 자리를 뜨지 못하시니 그런 분과의 언약을 정말로 믿어야 될지 모르겠습니다."

홍생은 변명할 말을 찾지 못하며 우물쭈물 했다. 그러자 그녀가 이번에는 타이르듯이 말했다.

"벌써, 사흘이나 지체하셨으니…… 길 떠날 준비를 서두르시는 것이 도리인 줄로 아옵니다."

너무도 조리에 맞는 말이었기에 홍생은 잠시 고개를 숙이고는 얼굴을 붉혀야 했다. 그리고 오늘은 길을 떠나지 않으면 안 되겠다고 생각했다.

이윽고 괴나리 봇짐을 멘 홍생이 대문 밖으로 나서자, 그녀는 퇴락한 정자가 서 있는 곳까지 따라가서 그를 배웅했다.

홍생은 그녀와 언제까지나 함께 걷고 싶었지만 그럴 수는 없었다. 홍생은 걷던 걸음을 멈추고 그녀의 손목을 꼬옥 잡아주면서 말했다.

"걱정하지 마시오. 부인……."

그러자 그녀는 다시 한 번 홍생의 가슴에 얼굴을 묻으며 어깨를 들먹였다.

홍생이 해남에 다녀온 지 몇 달 지나지 않아 북풍이 몰아치는 겨울이 찾아왔다.

그날도 그는 밤이 깊어가는 줄도 모르고 희미한 등잔불 밑에서 책을 읽고 있었지만 글이 머리 속으로 들어오지 않았다. 그의 생각이 온통 며칠 밤 동안 만리장성을 쌓은 이씨 부인에게로 가 있었기 때문이었다.

그가 이씨 부인 생각을 하지 않는 날은 단 하루도 없었다. 그녀가 없는 한양에서의 하루하루는 너무나 지루하고 허전하기만 했다. 아무리 애를 써도 공부가 제대로 되지 않았고, 날씨만 조금 변덕을 부려도 공연히 서글퍼지곤 했다.

자기가 없는 동안 오두막집에서 싸늘한 긴긴 밤을 혼자서 지네야 하는 이씨 부인을 생각하면 너무나 가슴이 아팠다.

밖에는 그의 괴로움을 더해 주듯이 한겨울의 함박눈이 소리없이 내리고 있었다.

그 때, 건너방에 불이 켜져 있는 것을 본 홍생의 어머니가 먹을 것을 쟁반에 받쳐들고 들어왔다. 한데 아들이 글을 읽지 않고 멀거니 앉아 있는 것이 매우 이상하게 생각된 모양이었다.

"시장할 텐데 이 개떡이라도 좀 먹으려무나."

"……"

어머니의 말을 못 들었는지 홍생은 계속해서 장승처럼 앉아 있기만 했다.

"얘야, 이거라도 좀 먹고 하라니까."

그제서야 홍생은 움찔하고 놀라면서 어머니를 보았다.

"어인 일이냐? 요즈음 글 읽는 소리가 심드렁하고 먹는 것도 전 같지 않으니…… 어디 아프기라도 한 거냐?"

"아프긴요."

"그럼 말하지 못할 걱정거리라도 있는 거냐?"

"아뇨."

"그럼 왜 그래? 어서 말해 봐라. 애미와 자식 사이에 못할 말이 뭐가 있겠느냐."

어머니가 그처럼 말하자, 홍생은 더 이상 숨기기가 곤란했는지 조용히 입을 열었다.

"어머니."

"그래, 어서 말해 보아라."

"어머니, 장부의 일언은 중천금이라고 했습니다."

"그렇지. 그런데 네가 지키지 못할 약속이라도 했다는 거냐?"

"저어, 실은 그것이……."

"어서 말해 보라니까……."

더욱 궁금해 하며 바짝 다가앉는 어머니에게 홍생은 이씨 부인과의 약속에 대해서 털어놓았다. 한데 그의 어머니는 그처럼 놀라운 이야기를 혼자서만 품고 있을 수가 없었는지, 이내 안방으로 건너가 남편 홍 진사에게 허겁지겁 전했다.

"뭐야? 수절과부와 언약을 맺어?"

"글쎄, 그렇다니까요."

"허어……."

홍 진사도 역시 너무나 뜻밖의 일이었기에 뭐라고 대꾸도 하지 못하며 신경질적으로 긴 담뱃대를 털기만 했다. 그러자 부인 박 씨가 그의 눈치를 살피며 다시 입을 열었다.

"그런데 약속한 날짜는 야금야금 다가오지요, 아무리 상처한 홀아비라고는 해도 수절과부를 데려오겠다고 하면 영감께서 허락하기는커녕 가문에 먹칠을 할 놈이라고 꾸짖으며 펄펄 뛰실 것이 뻔하니 말씀드릴 수도 없지요. 다행스럽게 허락을 받는다고 해도 삼순구식(三旬九食)도 제대로 못하는 집안 형편이니 새 식구를 들이겠다는 말도 못할 처지니 벙어리 냉가슴 앓듯 저렇게 혼자서 고민을 했던 거지요."

"으음……."

홍 진사는 그래도 역시 무거운 신음소리만 흘릴 뿐 아무런 대꾸도 하지 않았다.

홍생은 그 때 살며시 안방 문 앞으로 와서 부모님들이 하는 이야기를 엿듣고 있었는데, 아버지 홍 진사의 목소리가 다시 들려왔다.

"으음, 괘씸한… 그 아이를 좀 오라고 하오."

"영감, 그렇게 화만 내실 것이 아니라……."

"허어, 나도 알고 있으니 어서 데려오기나 하라니까……."

"아, 알았어요."

잠시 후, 풀이 죽은 얼굴로 들어서는 홍생에게 홍 진사가 위엄있게 말했다.

"거기 앉거라."

"예."

홍생이 고개를 숙이며 무릎을 꿇고 앉자, 아버지가 헛기침을 두어 번 하더니 입을 열었다.

“지금부터 내가 하는 이야기를 잘 듣고 너의 생각은 어떤지 말하도록 해라.”

“예? 예…….”

홍생은 아버지의 말씀이 어딘가 모르게 이상하다고 생각하며 대답했다. 그랬더니 홍 진사가 갑자기 부드러워진 목소리로 말하기 시작했다.

“내가 오늘 구차한 부탁의 말씀을 드릴 것이 있어서 재동의 정승댁에 갔었느니라. 그랬더니 뜻밖에도 ‘아들이 상배를 당했다던데 며느리를 새로 보았느냐?’라고 물으시더구나.”

그 말에 홍생도 그의 어머니도 어리둥절해 하는 표정이 되었다. 그러다가 박 씨가 물었다.

“그래서요?”

“그래서 내가 ‘어떻게 남의 귀한 딸자식을 가난한 집에 데려다가 고생을 시키겠느냐’고 대답했더니. ‘그럼 가난한 사람은 재취도 하지 말고 혼자서 살아야 하느냐?’라면서 ‘내 후처 소생으로 혼기가 찬 딸이 있는데, 자네의 아들과 짝을 지어주면 어떻겠느냐?’고 넌지시 말씀하시는 거야.”

홍생은 너무나 뜻밖의 말이어서 크게 놀랐으나 겉으로는 내색하지는 않았다. 하지만 그의 어머니 박 씨는 반색을 하면서 물었다.

“아니, 그럼 그 어른이 우리 집에 딸을 주시겠다는 거유?”

“그렇소. 누군가에게 들었는데 언젠가 이 아이를 한 번 보시고는 장차 커다란 인물이 될 재목이라면서 극구 칭찬을 하셨다는 거요.”

“여보 그럼, 그 댁과 사돈이 되면 재물도 듬뿍 떼어주시겠지요.”

“그야 여부가 있겠소? 자기의 딸을 굶게 만들지야 않겠지.”

"그리고 이 아이도 벼슬길이 트이겠지요?"

"그야 그렇게 되겠지. 자기 사위를 평생동안 백면서생으로 놔 두지는 않겠지."

"영감, 그래서 뭐라고 대답하셨수?"

부인이 흥분을 가라앉히지 못하며 계속해서 묻자, 홍 진사는

"뭐라고 대답하긴, 며칠만 말미를 달라고 했지."

"아니 뭐라구요? 영감두 참, 당장 그러자고 하실 것이지, 그렇게 대답하실 게 뭐유?"

"허어, 사람도 참! 그렇게 중요한 일을 어떻게 당장 결정하라는 거야. 게다가 나 혼자서 결정할 일이 아니잖아."

"하긴, 영감의 말씀을 듣고보니……."

홍 진사는 이윽고 아들 홍생을 똑바로 쳐다보면서 이야기의 본론을 말했다.

"너도 잘 알겠지만 '장부의 일언은 중천금'이라는 말을 이 애비가 왜 모르겠느냐. 하지만 나는 말이다. 재동 정승댁과의 혼담이 있기 전에 고홍의 과수댁 이야기를 들었다 하더라도 마다하지 않았을 것이다. 하지만 일이 이렇게 되었으니 어느 쪽을 택하라고 딱 잘라서 말할 수가 없구나."

말을 마치고 난 홍진사는 긴 한숨을 내쉬었다.

홍생은 아버지의 흐려진 시선을 보자 갑자기 머리 속이 어지러워지는 것을 느끼며 대답할 말을 찾지 못했다.

그 때 홍 진사가 다시 변명하듯이 말했다.

"옛날의 이 애비라면 이처럼 애매하게 말하지 않았을 거다. 하지만 너도 세월이 흘러 늙게 되면 이 애비의 마음을 이해하게 될 거다."

"……."

"어쨌든 두 여자 중에서 하나를 택하는 것은 네 뜻에 맡기겠다. 그래, 네 생각은 어떠냐?"

"글쎄요. 지금 당장은 뭐라고 말씀드릴 수가 없군요."

홍생이 더듬거리며 대답하자, 홍 진사는 머리를 끄덕이면서 중얼거렸다.

"음, 그럴 테지. 하여간 빨리 생각해서 결정하도록 해라."

그로부터 몇 달 후, 홍생은 재동 정승댁의 서녀와 혼례식을 올렸다. 환한 신부의 얼굴과는 대조적으로 홍생의 얼굴은 무척이나 어두웠다.

공교롭게도 그 날은 이씨 부인과 다시 만나기로 했던 1년 후의 그 날이었다.

홍생은 그 날 밤, 신부와 첫날밤을 치르면서도 목이 빠지게 자기를 기다리고 있을 그녀를 생각했다.

그의 눈앞에 떠오르는 그녀의 옷차림은 이제 소복이 아니었다. 거울 앞에서 화장을 하고 머리를 매만진 그녀는 미리 싸 놓은 보퉁이를 한 번 안아보더니 윗목에 놓았다. 그리고는 사립문 밖으로 나와 먼 곳을 바라보았다. 자기의 모습을 조금이라도 빨리 발견하려고 안절부절하는 그리움이 역력히 드러났다.

그녀는 언제까지나 빈 오솔길 쪽을 지켜 보고 있었다. 그러다가 날이 저물자 지루하고 설레는 마음을 달래려는 듯이 물레 앞에 앉아 물레질을 하기 시작했다.

홍생은 당장이라도 신방에서 뛰어나가 이씨 부인에게로 달려가고 싶었다. 하지만 그는 그렇게 하지 못했다.

그의 부모가 원하는 신부는 재동 재상댁의 서녀라는 것을 너무나 잘 알고 있었기에…….

그렇게 되어 홍생은 고흥으로 다시 가지 않았고, 세월이 흐르는 동안 이씨 부인을 서서히 잊게 되었다. 그런데 그로부터 20년 만에 고흥 땅을 다시 밟게 되면서 그녀와의 사이에 있었던 일을 새삼 기억해낼 수 있었던 것이다.

'아, 나는 정말로 한심한 인간이다. 그토록이나 까맣게 잊고 있었다, 너무했어. 벌써 20년이나 지났으니, 아직까지 살아있기나 한 것인지. 가엾은 여자, 나를 얼마나 원망하고 저주했을까?'

홍 절도사는 진심으로 후회하며 가슴 아파하다가 갑자기 무슨 생각을 했는지 슬그머니 일어나 밖으로 나갔다. 그러고는 밤의 어둠 속으로 천천히 사라졌다.

그로부터 잠시 후, 중문을 열고 급히 들어선 이방이 홍 절도사의 방을 향해 머리를 조아리며 불렀다.

"나으리"

"……."

"나으리, 주무시옵니까?"

"……."

재차 불러도 대답이 없자 이방은 고개를 갸웃거렸다. 하지만 함부로 문을 열 수가 없었기에 좀 더 큰 소리로 말했다.

"나으리, 사또 나으리가 전하라는 말씀이옵니다, 구렁이 소동 때문에 잠이 깨셨을 테니 함께 약주나 한 잔 나누자고 하십니다."

하지만 그래도 아무런 기척이 없자, 이방은 살며시 마루 위로 올라가 방 안을 들어다보았는데, 아무리 구석구석까지 살펴보아도 홍 절도사의 모습이 보이지 않았다.

이방은 순간적으로 불길한 예감이 들었는지 방문을 확 열어 젖혔다. 그러자 촛불만이 덩그러니 켜져 있는 것을 다시 한 번 확인하고는 비로소 놀라는 기색을 보였다.
"아니, 이 분이 이 밤중에 혼자서 어딜 가신 거지?"
하고 중얼거리며 뜰로 내려선 그는 뒤꼍까지 두루 살피며 홍 절도사를 찾았다.
홍 절도사는 그 때, 밤바람이 불어대는 음산한 숲길을 걷고 있었는데, 어디선가 들려오는 부엉이의 울음소리로 주위는 한껏 을씨년스러운 분위기를 자아내고 있었다.
이윽고 퇴락한 정자가 서 있는 곳에 이른 그는 무엇을 찾는 사람처럼 두리번거리다가 이윽고,
"그래, 이쪽으로 갔었지 아마. 하지만 20년이나 지났으니 집이라도 남아 있을지……."
하고 중얼거리며 길도 없는 숲속으로 다시 걸어가기 시작했다.
그처럼 걸으며 한참 동안 숲속을 헤메던 그는 이윽고 멀리 산 밑에서 반짝이고 있는 작은 불빛 하나를 발견하고는 반색을 했다.
"오, 있었구나? 아직까지 있었구나!"
그런데 그는 이내 굳어진 얼굴이 되며 다시 중얼거렸다.
"하지만 아닐 거야. 20년이나 지났으니 다른 사람이 살고 있겠지. 어쨌든 가 보자. 가서 내 눈으로 보면 알게 되겠지."
그는 설레이는 가슴을 억누르며 불빛이 가물거리는 외딴 초가집을 향해 걸었다.
이윽고 집 가까이 접근한 홍 절도사는 담장 밖에서 집 안을 살며시 들여다보다가 크게 놀라는 얼굴이 되었다. 그럴 수밖에 없는 것이 밤이 깊은 때였는데도 불구하고 한 여인이 희미한 등잔불 아래에서 물레질을 하고 있었기 때문이었다.
그는 더욱 심하게 몸을 떨면서 집 안의 살림살이를 하나하나 살폈

다. 그리고 방문에 비치는 여인의 그림자도 자세히 눈여겨보다가 자기도 모르게 두 주먹을 불끈 쥐었다.

'맞아, 그 사람이야. 아직까지 여기서 살고 있었구나!'

홍 절도사는 이윽고 집 앞으로 와서 살며시 대문을 밀쳐 보았다. 그랬더니 대문은 그를 반기기라도 하는 것처럼 소리도 내지 않고 열렸다.

그는 고양이 걸음으로 마당을 가로질러 마루 앞으로 가서 멈춰섰다. 바로 그 때 이씨 부인이 물레질을 하다가 말고,

"이상한 일도 다 있지. 갑자기 왜 이렇게 가슴이 떨릴꼬?"
하고 중얼거리는 소리가 들렸다. 이어서 방문을 반쯤 열고 얼굴을 내미는 그녀의 모습이 보였다.

홍 절도사는 밤도둑처럼 인기척을 내지 않고 있다가 느닷없이 당한 일이었기에 멋쩍어 했는데 엉거주춤한 자세로 서 있는 그를 발견한 이씨 부인이 놀란 얼굴이 되면서 물었다.

"뉘신지요?"

"……."

"이런 밤에 뉘시옵니까?"

다음 순간 그녀는 홍 절도사의 얼굴을 알보고는 경악하는 표정이 되었다. 그제서야 홍 절도사는 떨리는 목소리로 말했다.

"나요!"

"……."

"부인, 나를 잊었소?"

"나으리……."

이씨 부인은 가까스로 그렇게 말하며 얼굴을 옆으로 돌렸다.

"부인, 살아있었구려."

"나으리, 으흐흑……."

"이게 도대체 얼마만이오?"

"기다리고 있었어요."

부인은 홍 절도사의 품에서 그의 얼굴을 보고 또 보고는 했다. 그러는 그녀의 모습이 홍 절도사의 눈에 무척이나 애처롭게 보였다.

그는 기쁨에 넘쳐서 떠는 이씨 부인을 더욱 힘껏 껴안으면서 속삭이듯이 말했다.

"보고 싶었소."

"저도요."

"그 동안 얼마나 나를 원망했소?"

"원망하지는 않았어요."

"거짓말, 어째서 원망을 하지 않았겠소."

"정말이에요. 나으리께서 꼭 돌아오실 거라는 믿음을 가지고 있었기에…… 아마도 그럴 수밖에 없는 사정이 있기 때문일 것이라고 생각하면서……."

"그래요? 고맙소, 부인……."

잠시 후 손을 잡은 채 방으로 들어간 두 사람은 이십 년 동안 쌓였던 회포를 한꺼번에 풀려는 듯이 한 몸이 되어서 뒹굴었다.

한데, 이씨 부인의 몸에서 막 떨어져 한쪽으로 눕던 홍 절도사가 머리를 갸우뚱하며 혼잣말처럼 중얼거렸다.

"신기한 일이야. 20년이나 지났는데도 부인의 몸은 조금도 변화지 않은 것 같소."

그러자 그녀가 미소 지으면서 말했다.

"나으리, 한이 많은 시체는 죽어도 썩지 않으며, 한이 많은 사람은 세월이 흘러도 늙지 않는다는 옛말을 잊으셨습니까?"

그 말이 가슴을 찔렀는지 홍 절도사는 가슴 아파하면서 말했다.

"미안하오. 용서해 주시오. 내가 지은 죄가 너무나 크구려. 그 동안 소식 한 자 보내지 못했던 것을 뒤늦게나마 사과하겠소."

"사과하지 않으셔도 좋아요. 늦게라도 이렇게 잊지 않고 찾아주셨으니 이제는 원도 없고 한도 없어요."

"그렇게 생각해준다면 더없이 고맙소."

홍 절도사가 다시 한 번 감격하며 이씨 부인의 몸을 끌어안자, 그녀는 매혹적으로 소리없이 웃었다.

다음 날 아침.

햇살이 환하게 쏟아지기 시작하고 있었지만 두 사람이 있는 방에서는 아무런 소리도 들리지 않았다. 간밤에 몇 번인가 되풀이된 정사로 인해 두 사람 모두 완전히 지쳐서 곯아떨어진 모양이었다.

하지만 따가운 햇살이 문틈으로 스며들어 홍 절도사의 얼굴에 닿자 그는 몸을 뒤척이며 햇살을 피하려고 하다가 결국에는 눈을 뜨고 말았다.

그는 애써서 정신을 차리며 옆자리를 보았다. 이불 속에 봉긋하게 솟아 있는 것으로 보아 이씨 부인은 아직 깨어나지 않은 것 같았다.

홍 절도사는 빙그레 웃으며 이불 속으로 한 손을 밀어 넣었다. 곤히 잠든 그녀의 속살을 다시 한 번 만져 보려고,

한데, 이불 속을 더듬던 그가 갑자기 두 눈을 크게 뜨면서 비명을 토해 냈다.

"아아악-"

놀랍게도 튕겨지듯이 벌떡 일어나는 그의 팔에는 장대 만큼이나 굵은 구렁이가 칭칭 감겨져 꿈틀거리고 있었다.

"으아아아-"

홍 절도사는 구렁이를 떨어뜨리려고 세차게 팔을 흔들어 대며 계속 해서 비명을 질러댔다. 하지만 아무리 애를 써도 그의 팔에 단단히 감겨진 구렁이는 떨어지지 않았다.

정신없이 발버둥치던 그는 뒤늦게 정신을 차리고는 손으로 그 구렁이를 떼어내 팽개치듯이 마당으로 던지고는 이불을 힘껏 들춰보았다. 그랬더니, 이게 도대체 어떻게 된 일일까? 밤새도록 잠자리를 함께 했던 이씨 부인의 모습은 어디로 사라졌는지 보이지 않았다.

그는 그제서야 비로소 구렁이가 팔뚝을 감았을 때보다 더 무섭고 큰 공포감을 느끼지 않을 수 없었다.

얼굴이 하얗게 질린 홍 절도사는 허겁지겁 방 밖으로 뛰어나갔다. 그 때 자세히 보니 그가 잠들었던 집은 놀랍게도 수백 년 동안 버려져 있었던 것처럼 썩은 마룻바닥이 푹푹 꺼졌다.

끼치는 그 폐가의 마당에는 잡초들이 아람의 키보다도 높게 자라 있었다. 그는 돌부리에 채이고 풀섶에 걸려 넘어지면서 그곳에서 벗어나려고 했지만 마음만 급할 뿐 발이 재대로 움직여지지 않았다.

죽을 힘을 다해서 집 밖으로 나가려고 애를 썼지만 아무런 소용도 없었다. 그는 거북이처럼 기어서 가까스로 문간에 이르며 한 손으로 대문 빗장을 잡았다. 그리고 그것을 힘껏 당겼는데, 바로 그 순간 썩은 기둥이 힘없이 쓰러지면서 홍 절도사의 몸은 그 아래에 깔리고 말았다.

"우욱-"

썩은 대문에 깔려 삐죽이 나온 손과 발을 힘없이 움직이던 홍 절도사는 마침내 숨을 거두고 말았다.

그가 무참히 죽게 된 것은 아마도 운명적인 일이었을 것이다. 구렁이가 되어 환생한 이씨 부인이 객사에 나타났을 때부터 노림을 당하기 시작한 것이니까.

'여자가 원한을 품으면 한여름에도 무서리가 내린다.'라는 옛말도 있는데, 여인의 원한이 얼마나 뼈에 사무쳤으면 죽어서 뱀이 될 수밖에 없었을 것인가.

'용재총화 : 慵齋叢話'라는 옛날 책에 기록되어 있는 이 이야기는 약속의 소중함을 알게 하고, 부귀와 공명 앞에서는 신의를 헌신짝 버리듯 하는 남자들을 경계하도록 하기 위해서 소개했다고 생각된다.

수라녀

무엇이 그리도 바쁜 지 처녀아이는 잽싼 걸음걸이로 고갯길을 내려오고 있었다. 나이는 열 일곱 살 정도나 되었을까. 얼굴이 깜찍스럽게 생긴 귀여운 낭자였다.

젖가슴도 몽실하게 부풀어 노랑 저고리 앞섶을 팽팽하게 솟도록 만들었고 허리 아래도 성인이 다 된 여자답게 무르익어 있었다. 헐떡거리며 숨을 쉬고 있는 것으로 보아 급한 걸음인 것이 분명했다.

그 처녀가 산굽이를 막 돌았을 때, 갑자기 그 앞을 불쑥 막아서면서 나타난 사람들이 있었다. 이마에 수건을 동여맨 스물 살 가량의 장정들이었는데, 모두 얼굴이 구릿빛으로 누렇게 탔으며 우락부락한 생김새들이었다.

처녀는 그들이 숲 뒤에서 나타나 좁은 고갯길을 턱 막고 나서는 바람에 가슴이 철렁하여 숨을 죽였으며 그 부지런하던 걸음을 우뚝 멈추고 말았다.

세 사나이들의 눈에 뻘건 핏발이 서 있는 것을 보았기 때문이었다. 그 순간, 사람도 숲도 산도 계곡이 온통 멈춰진 것 같았다.

하지만 그것은 잠시뿐이었다. 두 사나이가 먹이에게 덮치는 호랑이 새끼처럼 와락 처녀에게 달려들었다.

"아! 언니이-"

처녀의 입에서 흘러나온 날카로운 비명이 비단폭을 찢는 것처럼 고갯길의 숲을 뚫으며 날카롭게 퍼져나가 메아리를 일으켰다.

"입 닥쳐! 닥치지 않으면 목을 졸라 죽여 버릴 테니까!"

굵직한 사나이의 목소리가 다급하게 엄포를 놓았다. 하지만 처녀는 핏기가 하얗게 가신 얼굴로 바둥거리면서 계속해서

"언니이!"

하고 목이 터지게 소리쳤다.

그러자 한 사나이가 그 입을 틀어막으면서 그녀를 질질 끌고 숲 속으로 들어갔다. 처녀는 자유로운 하체를 버둥거리면서 발버둥쳤고, 그 서슬에 저고리 고름이 탁 뜯어져 버리고 앞섶이 헤쳐졌다. 치맛단으로 꼭 조인 젖가슴 위에 하얀 살결이 숲 그늘 속에서 눈부실 만큼 매끄럽게 빛나자 사나이가 꿀꺽 침을 삼키며 으르렁거렸다.

"지랄하면 가랑이를 찢어버릴 테다!"

이윽고 사내는 길에서 좀 들어온 숲속이라 설사 고갯길을 넘는 사람이 있어도 보이지 않는다고 판단했는지 처녀를 거칠게 자빠뜨렸다. 그러자 두 놈이 어깨를 찍어 누르고 한 놈이 이마에 썼던 수건을 벗어서 그녀의 입 속에 쑤셔넣었다. 그리고는 다른 놈의 이마에 씌워진 수건을 훌쩍 벗겨서 그 위에 둘러쳐 감았다. 처녀의 빨강 댕기를 들인 머리 꼬리쯤에서 꽉 묶어버리니 '끄응' '으응'하는 가냘픈 신음소리만 새어나올 뿐이었다.

"이젠 꼼짝 못하겠지?"

세 놈은 다시 그녀를 들쳐업고는 깊숙한 산 속으로 들어갔다. 깊은

숲 속의 약간 펑퍼짐한 곳에 처녀를 눕힌 세 놈은 가슴을 크게 물결치면서 처녀의 몸을 노려보았다. 윗가슴을 드러낸 그녀는 체념했는지 울지도 않았고 바둥거리지도 않았다. 그저 공포에 질린 눈으로 세 사나이를 쳐다보고만 있었다.

아무런 말도 소용이 없었다. 한 놈이 먼저 와락 달려들더니 치마를 훌렁 걷어 버렸다. 처녀는 그제서야 공포 속에서도 정신이 번쩍 들었는지 엎어져 버렸다.

"좀 누르고 있어."

하고 다른 두 사나이에게 내뱉었다.

"옷을 잡아뜯어 버리면 간단하지 않은가?"

음욕이 지글거리는 눈으로 말하면서 한 놈은 그녀의 치마를 부욱 뜯어냈다. 치마폭이 너울거리면서 몸에서 떨어지자 사나이는 발광한 듯이 저고리도 뜯어냈다. 이어서 속옷, 그리고는 젖가슴을 압박하면서 둘러져 있던 치맛단만이 남았는데, 그것마저도 뜯어냈다.

열 일곱 살 가량인 처녀의 하얗고 통통한 알몸이 풀밭 위에서 버둥거렸다.

"좀 누르라구."

그러자 두 놈이 처녀의 몸을 눌렀다. 한 놈은 처녀의 머리맡으로 돌아가서 양쪽 어깨를 눌렀고, 한 놈은 하체쪽으로 가서 두 다리를 눌렀다. 물론 두 다리 사이를 떼어서, 그 사이로 한 사나이가 짐승처럼 두 무릎을 들이밀었다.

처녀는 잠시 후 순결을 잃었다. 고통에 찬 비명을 크게 질렀으나 그것은 입 가리개 안에서 꺼지듯이 사그러졌을 뿐이었다. 사나이의 거친 숨소리가 들렸고, 그것이 끝나자 이번에는 머리맡에 있던 놈과 자리를 바꿨다. 처녀는 억눌린 몸으로도 여전히 몸부림을 쳤는데 그것은 이미 반항하기 위한 몸부림이 아니고 참지 못할 고통으로 인한 몸놀림일 뿐이었다.

얼마 후 세 사나이는 수욕을 충족시켜 벌개진 얼굴로 서 있었고, 처녀는 하체와 풀밭을 피로 물들인 채 가만히 누워 있었다.

"이걸 살려두었다간 후환이 있을 텐데……."

한 사나이가 악마처럼 험상궂은 표정을 지으면서 중얼거리자 두 사나이가 대꾸했다.

"그렇지. 우리가 얼굴을 가리지 않았으니까."

"겁탈죄가 들통나지 않게 하려면 해치울 수밖에 없어."

세 사나이의 의견은 일치를 보았다. 그들은 인간이 아니라 악마였다. 그 소리를 들었지만 그 지경에서도 살아보겠다는 의욕만은 있는 법이어서 처녀는 두 손으로 싹싹 빌었다.

살려 달라고 입으로 말하고 싶은 욕망이 간절했으나 입은 틀어막혀 있어서,

"낑낑!"

거리는 소리만 내면서 두 손으로 빌 수밖에 없었던 것이다. 그런데 공포에 가득 찬 처녀의 눈 위에 커다란 바윗돌을 두 손으로 든 얼굴이 크게 떠올랐다. 처녀의 눈은 절망감으로 인해 커졌다. 원한이 번갯불처럼 그녀의 눈에서 튀었다.

그러자 사나이는 그 눈빛을 보기가 부담스럽다는 듯이 바윗돌을 들어 처녀의 얼굴을 힘껏 내리쳤다.

'빠각'하는 둔탁한 소리와 함께 처녀의 얼굴에서 피가 확 튀면서 주변의 푸른 풀밭을 붉게 물들였다. 처녀의 하얀 나신은 두어 번 버둥거리다가 이내 조용해지고 말았다.

"아주 숨이 끊어졌나 봐."

한 사나이가 처녀의 가슴에다 귀를 대면서 웅얼거렸다.
“그런 것 같군.”
“그래도 혹시 모르니 확실하게 죽여 버려야지. 후환을 없애야 해. 칡넝쿨을 좀 끊어오라구.”
한 사나이가 시키는 대로 하자, 그놈은 그것을 목에다 휘감고는 꽉 졸라맸다. 오랫동안……. 이윽고 그들은 징그럽게 피에 엉긴 얼굴을 뒤로 한 채 숲 속을 뚫고 산등성이 쪽으로 달아났다.
“묻고 올 걸 그랬어.”
“묻어도 새 흙이 있으면 어느 놈이 볼지 몰라. 누가 그랬는지 알게 뭐야. 우리는 그냥 여기서 술판을 벌이고 있었다면 돼.”
“맞아, 누가 그랬는지 알게 뭐야. 설마 우리 셋이 한꺼번에 그랬으리라고 생각하지는 않겠지.”
세 놈이 잠시 후에 이른 곳은 맑은 계곡 물이 고인 골짜기의 웅덩이 옆이었다. 그 곳엔 냄비가 받침돌 위에 걸려 있었고, 술동이와 여러 가지 안주, 술잔, 젓가락 들이 어지럽게 널려 있었다.
세 사나이는 거기서 술타령을 하고 있었던 것이다.
“제기랄 숫처녀 맛을 한 번 보았으면 좋겠는데…….”
하고 덕보란 놈이 불쑥 말한 것이 사건의 시작이 되었다.
“그러게 말이야. 이젠 여편네가 슬슬 싫증이 나는군. 그놈의 상이 매일 그놈의 살이니.”
그 말을 받은 것은 장가를 든 지 두 해가 된 춘삼이었다. 덕보란 놈은 장가를 든 지 한 해가 되었는데 여편네가 처녀가 아니었다. 모른 척하고 있으면 되었을 텐데 그것을 동네방네 떠들고 다녔다.
첫날밤부터 듣던 바와는 달리 대번에 목을 껴안으면 좋아서 어쩔 줄 모르는 것을 보니 그 재미를 아는 것이 분명하다는 것이었다. 때문에 툭하면 입버릇처럼 내뱉는 말이 숫처녀 맛을 한 번 보았으면 좋겠다는 소리였다.

셋 중의 하나 강길이만은 총각이었는데, 그 소리를 듣더니

“남의 속마음 상하는 소리 말라구. 난 아직까지 계집 재미 한 번 못 봤는데…….”

하고 투덜대며 술을 벌컥벌컥 들이켰다.

“분이가 있잖아. 분이가 너를 보는 눈초리가 심상치 않더라. 이놈아, 그걸 그냥 놔두냐?”

“그냥 놔두지 않으면 어쩔건가, 빌어먹을…….”

“어쩌긴 뭘 어째? 제가 호젓한 곳에 혼자 있을 때가 없을라구?”

“글쎄 있으면 어쩌란 말이야.”

“해치우면 뭘 어때?”

“겁탈을 하란 말인가?”

“처녀란 건 말이지. 마음에 있어도, ‘어서 나를 안아주세요’ 하고 몸을 벌리지는 않는단 말이야. 그러니깐 힘으로 겁탈을 해야 하는 거야. 그러면 못 이기는 체하고 받아들여주는 거라고…… 알겠어?”

그래서 겁탈이라는 말이 나오게 되었다.

“겁탈을 하는 재미는 어떨까? 계집이 싫다고 바둥거리는 것을 찍어누르는 맛이…….”

“좋을 거야. ‘내 몸을 마음대로 하슈’ 하고 턱 내맡기는 것보다는 과일도 남의 과일 훔쳐 먹는 맛이 제집 과일 따 먹는 것보다 맛이 있지 않은가.”

“한 번 해 보았으면…….”

그러자 술기운 탓도 있고 해서 세 놈의 눈이 이상스럽게 빛났던 것이다.

"가만 있자, 어쩜 신방재를 넘는 년이 있을지 몰라. 혼자서 넘는 년이 있으면 그걸 해치워 보지, 뭘……."

의논과 결정이 쉽게 되었기에 술판을 벌여 놓은 채 고갯길 가의 숲 속에 숨어 있었다. 하늘이 악한 놈들을 돕는 것이었는지 숨어 있기 시작한 지 한 시각도 못 되어 한 처녀가 무엇이 그리 바쁜지 짬싼 걸음으로 내려왔다. 그래서 세 사나이는 욕망을 이루었고, 그 끝에 끔찍한 타살까지 저지르고만 것이었다.

덕보와 춘삼이 강길이 세 놈이 그런 죄를 저지른 다음 날 무참하게 살해당한 처녀의 시체가 발견되었다. 그러나 얼굴이 누군지 알아볼 수 없도록 짓이겨진 데다가 옷이 어느 집 처녀이던지 흔히 다 가지고 있는 것이어서 그 처녀가 누군지 알아낼 수가 없었다.

동네 처녀들의 점검이 시작되었는데 집집마다 다 있었다. 하지만, 동네에서 말썽이 나지 않을 수가 없었다. 마을 사람들이

"틀림없이 다른 마을 처녀를 우리 동네 사내놈들이 욕보인 것일 테니 어느 놈이 그랬는지 찾아내서 물고를 내야지, 가만 놔둘 수 없다."
라고 떠들어 대기 시작했기 때문이었다. 그리하여 노인을 제외한 사나이들이 그 날 어디서 무엇을 했는지 일일이 따지게 되었다.

덕보와 춘삼이, 강길은 셋이서 밤나뭇골에서 술타령을 하고 있었다고 해서 의심조차 받지 않았으며 혐의자 대상에서 제외됐다. 그 대신 엉뚱한 장쇠가 의심을 받게 되었다. 공교롭게도 그 시신이 있는 신방재 저쪽의 뾰족봉 비탈에서 혼자 나무를 하고 있었기 때문이었다.

그 날 신방재에 있었던 것은 장쇠밖에 없었는데, 항상 말이 없었고, 속에 무슨 생각을 품고 있는지 남이 얼핏 알아보지 못할 그런 성격이었는지라, 아무리 아니라고 우겨도 소용이 없었다.

결국은 때려서 실토를 시켜야 한다며 동네에서 사형(私刑)이 가해

지게 됐다. 박 생원네 집 바깥 마당에 벼락치기로 만든 형틀을 갖다 놓고 장쇠놈을 끌어다가 볼기를 벗겨 붙잡아 맸다. 관아가 있는 고을은 백 오십 리나 떨어져 있는지라, 대개의 제재는 마을의 유서 있는 집안이나 토호들이 처리했기 때문에 그러한 사형은 당연한 것으로 묵인되었고 관아에서 알아도 사후에 법에 의해 처리된 것으로 정리해 버리는 것이 당시의 관례였기 때문이다.

온 동네 사람들이 박 생원네 바깥 마당에 모였다. 아이들까지도 모여 몇 겹의 울타리가 생겼다.

"억울해유. 난 아니에요!"

애절하게 하소연하는 장쇠였지만 사정을 봐 주지는 않았다.

"네놈밖에는 그런 짓을 할 사람이 없다. 어서 실토해라. 살점이 찢어지고 뼈가 가루가 나기 전에……."

몇 마디의 심문이 있었다. 물론 장쇠는

"억울하다. 천지신명이 다 아실 거외다."

하고 눈물을 흘리면서 변명했다.

"이놈이 아무래도 매찜질을 당해야 하겠구나."

박 생원의 명령이 떨어지자 마침 곤장꾼으로 뽑힌 춘삼이와 덕보가 '어디 이놈 맛을 봐라'라는 듯이 내리치기 시작했다. 곤장이 두 개씩이나 부러져 나가고 엉덩이 살이 터져 피가 튀어도 장쇠는 실토를 하지 않았다. 춘삼이와 덕보는 실토를 시켜야만 자기들에게 후환이 없게 되므로 반죽음을 당한 듯이 된 놈을 사정없이 내리쳤다.

곤장 쉰 대에 기가 넘어가 까무라치자 찬물을 한 동이 길어다가 머리에 퍼부었다. 정신이 들자 놈을 다시 때렸다. 결국은 반쯤은 혼이 나간 상태에서 고통을 견디지 못한 장쇠는 자기가 그랬노라고 자백 아닌 자백을 하고 말았다.

"그놈, 엉덩이의 상처가 어지간해져서 거동을 할 수 있게 되거든 관아로 넘겨버릴 테니, 감시를 철저히 하면서 급히 간병을 해라."

박 원생은 명령을 내리고는 안으로 훌쩍 들어가 버렸다.

그로부터 스무 날이 지났다. 이웃에 있는 덕보네 집에 놀러갔던 강길이는 그 날 밤이 이슥해서 혼자서 돌아오다가 상여집 앞을 지나게 되었다. 늦여름의 바람이 살랑살랑 불어와 나뭇잎들이 이상할 정도로 큰 소리를 내면서 흔들렸다.

술을 한 잔 했기에 얼큰해져서 돌아오는데 상여집을 지나가면서 보니 저쪽 뽕나무밭 가를 한 여인이 돌아오고 있었다. 고개를 푹 숙이고 걸어오는 모습이 어렴풋이 보였는데, 어째서 그러는지 한 발 걷다가 쉬고 또 한 발 걷다가 쉬곤 했다. 어디가 몹시 아픈 것 같은 모양었다.

'어느 집의 누굴까?'

하고 생각하면서 취한 눈으로 몽롱하게 보고 있는 동안에 그 사람과의 거리는 좁혀졌다.

"저어, 여기, 여기 배를 좀……."

여인은 '으응 으응'하고 신음 소리를 내면서 자기의 배를 오른손으로 잔뜩 움켜 쥐고 괴로워 죽겠다는 듯이 몸을 틀었다.

강길이가 어떻게 해야 좋을까 하면서 잠깐 망설이는데, 그녀는 그 자리에 주저앉더니 고개를 숙여 턱을 윗가슴에 묻고서는 더욱 심하게 몸을 틀어댔다.

"누구시유, 누구냐 말이유?"

말소리가 귀에 설어서 묻는데 여자는 너무나 아픈지 대답도 못하며 그냥 신음만 해 댔다. 젊은 여자인 것만은 그 옷색깔이나 목소리, 몸매가 풍기는 티로 보아 알겠는데 쪽을 쪘는데도 누구의 안사람인지

영 알아볼 수가 없었다.

"어서…… 좀."

갑자기 아랫 창자가 뒤틀려대는지 그녀는 아예 누워 굴렀다. 상여집 부근이므로 이웃집도 멀었고 해서 강길이는 할 수 없이

"어디가 아프시우?"

하면서 여인의 옆에 웅크리고 앉았는데, 그녀는 몸을 모로 틀면서 아랫배를 쓰다듬으며 대답조차 제대로 하지 못했다. 강길이는 할 수 없어 여인의 배로 조심스럽게 손을 가져갔다. 아니, 할 수 없어서가 아니라 실은 술기운도 있었고 한편으로는 이슥한 밤이었고, 힘으로 여자를 정복한 경험도 있는지라 여자의 아픔을 보아준다기보다는 엉큼한 마음으로 손을 가져갔던 것이다.

"어디, 어딥니까?"

"여기, 여기예요. 여기……."

여인은 강길의 손을 끌어다가 자기의 배꼽 아래로 가져갔다.

"좀 꼭, 꼬옥 만져 주세요……, 좀 꼭……."

강길이는 여인의 보드랍고도 탄력이 있는 아랫배의 온기를 손에 느꼈는데, 일단 손을 대니 갑자기 대담해졌다. 천천히 주무르다가 점점 힘을 넣어 살결의 반응을 흐뭇하게 즐겼다. 여인은 아무리 주물러도 시원치 않다는 듯이 손으로 양 눈을 덮으면서,

"좀 더 아래쪽을…… 아니, 아니, 아아!"

하더니 강길의 손을 잡아서 치마 아래로 쑥 넣어 속옷의 터진 곳으로 거침없이 끌어다 댔다. 아무리 취했기에 대담해졌다 해도 놀라지 않을 수가 없었다. 그러나 놀란 다음 순간 대담성은 어느새 갑절이 더해졌다. 직접 살결의 온기를 느끼던 그는 좀 더 아래를 주물러 달라던 말이 생각나, 그 말대로 둥그런 아래쪽의 비탈을 주물렀다.

"좀 더 아래를!"

좀 더 아래라면 어디란 말인가? 그러나 내려갈 수 있는 데까지는 내려가 보자고 손을 움직인 순간, 이미 부드러운 것에 닿았다.

"아아!"

여인은 못 참겠다는 듯이 두 손을 목에 돌려 감으며 와락 사나이를 끌어당겼다. 일이 그쯤되니 강길인들 주물러 주고 있을 수 만은 없었다. 다짜고짜 여인의 상체를 와락 끌어안으며 그 위에 덮칠 만큼 몸과 마음이 달아올랐다.

'에라, 모르겠다. 제 쪽에서 그러는데 뭘!'

하고 생각하면서 여인의 두 다리 사이로 자기의 하체를 밀어넣었다.

그러자 단번에 몸이 들떠 갔고 영혼은 구름을 탄 듯이 허공으로 두둥실 떠올라가는 것 같았다. 마음과 몸이 극도로 달아올라 이제 한숨이면 마루턱을 넘어설 판인데 갑자기 여인이 몸부림을 치면서, 목을 휘감았던 손을 풀며 사나이를 떠밀었다. 강길이는 갑자기 자기의 몸 전체가 여인의 몸에서 떨어져 나오는 것을 깨달았다.

정을 나누기 전에 달아올랐던 몸을 댔다가 밀쳐서 떼어내도 환장을 하도록 안타까울 것이 뻔한 노릇인데, 이제 한숨이면 마루턱을 넘을 판에 그렇게 되었으니 천국에서 갑자기 지옥의 업화(業火) 속에 빠진 것 같은 기분인 것은 두 말할 것이 없는 일이었다.

갑자기 여자가 왜 그랬는지 몰라 어리벙벙해 하면서 견딜 수 없는 안타까움에 다시 와락 달려들려고 할 때였다.

"으흐흐흐! 으흐흐흐……."

하는 듣기만 해도 소름이 오싹 끼치는 계집귀신의 울음소리 같은 것이 귀에 들려왔다.

상여집에서 나는 소리인가 하고 생각한 것은 순간적인 착각이었다.

"으흐흐! 못 잊어서 다시 찾아왔다. 흐흐흐!"
하는 두 번째 소리를 들었을 때, 그는 놀라움으로 인해 정신이 아득해지고 말았다. 두 손으로 목을 조를 듯이 하면서 상체를 벌떡 일으키며 자기의 코 앞으로 바싹 들여댄 얼굴을 본 그는,
"으악!"
하고 외마디 비명을 지르면서 뒤로 벌렁 나자빠졌다. 그것은 틀림없는 신방재에서 죽인 그 처녀의 얼굴이었기 때문이다.

다음 날 아침 상여집 부근에서 괴상한 시체가 발견됐다. 그것은 바지를 끌어내린 채 사나이의 기물이 잘려나가 주위에다 피를 흥건히 흘린 강길이었다.

하지만 살인이라고 생각하는 사람은 아무도 없었다. 상여집에 귀신이 나온다는 말은 어려서부터 들어왔던 터라, 모두들 이게 무슨 해괴한 일인가 하고 수군거리며 고개를 갸우뚱하기만 했다.

가슴이 뜨끔해진 것은 춘삼이와 덕보였다. 하필이면 사나이의 기물이 밑둥부터 댕강 잘려져 나갔기 때문이었다. 도둑놈 제 발이 저린다고, 그 소문을 들었을 때 춘삼이는 여편네가 있는 앞인데도 불구하고 그 곳을 어루만져 보았으며, 덕보는 헛간으로 달려들어가 바지춤을 끌어내리고 확인해 보았을 정도였다.

"이상한데, 귀신이 하필이면 왜 그것을 잘라 갔지?"

"글쎄 말이야. 혹시 신방재에서 더러운 짓을 한 놈은 강길이가 아니었을까? 귀신이 나와서 원수를 갚은 것이 아닐까? 여자의 튀어나온 눈이 커다란 원한에 차 보였었는데……."

사건이 있은 후 그런 말이 여기저기서 오고 가게 된 것은 그로부터 닷새가 지나서였다.

"누군가, 원한이 있는 사람이 저지른 짓이 아닐까?"

하고 의심하는 사람까지 나타나게 됐다.

물론 그가 신방재의 범인이 아니란 것은 덕보와 춘삼이가 구구하게 변명했기에 더 이상 그런 말을 꺼내는 사람은 없었다.

살인인지도 모른다고 해서 여자 관계가 있는 사람을 찾아 보았으나 그런 것도 떠오르지 않았고, 마을 사람들이 그 시각에 어디에 있었는가를 박 원생이 낱낱이 조사했으나 역시 의심을 걸어볼 만한 사람은 나타나지 않았다.

그 일이 있은 후 덕보와 춘삼이는 웬만해서는 밤 외출을 하지 않았다. 방 안에 혼자 앉아 있을 때 바람이 문풍지만 좀 세차게 후려때려도 가슴이 철렁했다.

다시 열흘이 지났다.

잠을 자고 있던 덕보는 밤중에 누군가가 흔드는 것 같아서 잠에서 깨어났다. 불을 끈 캄캄한 방에서 어렴풋이 정신을 차리고 살펴보니 옆에 누워 자던 여편네가 가슴을 끌어당기고 있었다.

전에도 그런 일이 종종 있었던지라 별로 의심하지 않고 끌어당겨 안았다. 그랬더니 여편네는 웬일인지 몸을 뒤틀면서 자기의 몸 위로 끌어올리는 대신 손을 밑으로 가져가더니 덕보의 그것을 마냥 쓰다듬었다.

자극은 민감한 것이어서 이내 여자의 몸이 간절하게 원할 지경에까지 이르고 말았다. 때문에 여편네의 손을 뿌리치며 가쁜 숨소리와 함께 자기의 몸을 그녀의 몸 위에다 얹으려고 했을 때,

"아이 불을 켜고요."
하는 소리가 들렸다.

뭔가 이상하다고 생각하기는 했지만 목소리가 어떤지 분간할 정신적인 여유도 없이 이 여편네가 오늘은 웬일일까 싶었다. 하지만 불을

켜고 쾌감에 젖어 있는 여자의 표정을 보는 것도 한 재미라고 생각되어 이내 등잔 심지에다 불을 붙였다.

방 안에 환한 불빛이 들어찼다. 한 촌각이 급한 마음에 얼핏 등잔 앞에서 몸을 대면서 돌아앉았는데

"으흐흐! 못 잊고 찾아왔다!"

하는 소리와 함께 산발한 여자의 얼굴이 눈 앞으로 휙 다가왔다.

"으악!"

덕보는 외마디 비명을 지르면서 뒤로 나자빠지며 등잔대를 뒷머리로 받았다. 불이 꺼지고 기름 냄새가 확 방 안에 풍겼지만 덕보는, 방 한구석에 정신을 잃은 채 쓰러져 있는 여편네의 모습을 보았으나 기름 냄새는 맡지도 못했다.

덕보는 아가리를 딱 벌리고 눈에서 원한의 검은 불꽃을 튕기면서 다가온 신방재의 그 처녀 얼굴을 본 순간 그만 비명을 내지르면서 아득히 정신을 잃고 말았다.

얼마 후 정신을 차린 여편네는 얼떨떨해진 머리를 흔들면서 정신을 가다듬었다.

기름 냄새와 이상한 냄새가 코로 풍겨왔는데, 그것이 피비린내라는 것을 단번에 알아차릴 수가 있었다.

자기는 잠결에 정신을 잃고 말았으므로 잠 속에서 순간적으로 온 천지가 확 터져버리는 것 같은 느낌을 받았을 뿐 아무것도 몰랐다. 그제서야 무슨 큰 변이 생겼구나 싶어서 가슴이 철렁했다.

손으로 더듬거리며 만져보니 남편의 몸이 거기에 있었다. 흔들어 보았더니 전혀 반응이 없었다. 가슴이 철렁 내려앉은 속에서도 상 위에 놓인 등잔이 못 쓰게 되었다는 것을 생각하며 밖으로 나와 관솔에 불을 밝혀 들었을 때야 비로소 자기 손에 피가 묻어있다는 것을 알게

되었다.

방 앞으로 가자 열려진 문으로 방 안이 환히 보였는데, 무엇보다도 먼저 눈에 띈 것은 훌렁 벗겨진 남편의 아랫도리였으며, 그 하체의 허벅지께에 피가 낭자했다.

"에구머니나!"

그녀는 외마디 비명을 지르면서 주저앉아 버렸다.

그제서야 뒤늦게 동네가 발칵 뒤집혔다. 한 사람도 아니고 두 사람씩이나 남자의 기물이 싹둑 잘려져 나간 변사체로 죽어있으니 당연한 일이었다.

"이것이 무슨 변고인가."

"세상에 해괴한 일도 있지."

만나기만 하면 모두가 그 말이었다. 이번에는 여편네의 증언이 있었으므로 귀신의 짓이라고 믿을 사람은 아무도 없었다. 누군가가 방 안으로 들어와서 먼저 여편네를 때려 실신시키고 그런 무참한 짓을 저질렀다고 생각되었다. 덕보의 여편네는 이마가 터진 상처에다 멍까지 들어있어 그녀의 증언을 무시할 수도 없었다. 이 일이 터지자 파랗게 질려버린 것은 춘삼이었다. 춘삼이는 소문을 들었을 때,

"뭐, 뭐라구?"

하더니 핏기가 싹 가지면서 전신을 후들후들 떨었다. 소문을 전해준 정태는 그 꼴이 이상하게 생각되어 고개를 갸웃거렸는데 이내 머릿속에 퍼뜩 떠오르는 생각이 있었다.

'신방재의 처녀 겁탈 살인이 있던 날 셋이서 밤나무골에서 있었겠다! 음…….'

어느 한 놈의 짓이 아니라 세 놈이서 술판을 벌여놓고, 살짝 고갯길로 나와 그럴 수도 있지 않았던가 싶었다. 하지만 그 자리에서는

아무런 눈치도 못 챈 것처럼 시치미를 뚝 떼고 헤어졌다.

그 길로 박 생원을 찾아간 정태는 자기가 본 것과 자기의 추측을 모두 얘기했다.

박 생원은 끝까지 듣고 나더니,

"알았으니 잠자코 있거라. 아무런 눈치도 못 챈 듯이…… 그리고 오늘 밤중에 젊은이들을……."

하고 소곤소곤 무엇인가를 지시했다.

그 날 밤이었다.

잠깐 덕보네 집에 들렀다가 자기 집으로 돌아와서 벌렁 드러누운 춘삼이는 어디가 아프냐고 마누라가 묻자 귀찮다고 소리소리만 꽥 질렀다. 그는 불을 끄고 나서부터는 한숨만 푹푹 내쉬더니 한밤중이 가까워지자 벌떡 일어났다.

그 때까지 쥐가 바스락거리기만 해도 소름이 쭉쭉 돋았던 춘삼이는 마누라가 잠든 것을 확인하고 나서 밖으로 나와 곡괭이를 집어들더니 미친 사람처럼 비척거리며 산으로 달려갔다.

바람이 나뭇잎들을 건드려 '우수수'하는 소리를 내도 무섭지가 않은지, 그는

"이년, 네년이 살아있으면 나와 봐라!"

하고 혼잣말로 지껄이면서 쏜살같이 달려갔다.

변을 당한 처녀를 묻은 곳을 알고 있는지라 파 볼 생각이었던 것이다. 파 보지 않고서는 견뎌낼 수 없는 심정이었다. 차라리 당해서 죽을 바엔 일찍 죽는 것이 낫지, 간이 바짝바짝 조여지는 맛은 정말로 못 견딜 일이었다.

강길이 죽었을 때, 이미 간장이 탈 만큼 그것을 맛보았는데, 이번에는 덕보가 당하자, 한시도 견딜 수가 없었던 것이었다.

파 묻는 곳에까지 이른 그는 곡괭이질을 하면서도

"이년 귀신이 있으면 나와 봐! 이년!"

하고 산 속인 것을 기화로 되알진 소리를 내뱉었다.

그러자 건너편 소나무 숲에서 갑자기,

"히히히힛, 또 찾아주시네."

하는 간드러진 귀신 울음 소리가 들려왔다. 간이 철렁 내려앉는 것을 느끼면서 고개를 들자, 뭔가 허연 것이 굵은 나무줄기 뒤에서 쓱 나타났다.

얼굴은 자세히 볼 수 없었지만, 지금 얼굴이 어떻게 생긴 것은 문제 아니었다. 춘삼이는 손에 곡괭이를 든 것도 잊은 채 그 자리에 털썩 주저앉고 말았다. 그랬더니 그 허연 여자의 모습은 풀을 사각사각 밟으면서 다가왔다. 춘삼이는 기를 잃지 않았지만 정신이 멍하니 나간 채 그 모습을 보고 있었는데, 그 때 등 뒤에서

"이놈!"

하는 소리가 들렸다. 그 뒤를 이어서 어지러운 발소리들이 사방에서 몰려들었다.

"불을 밝혀라!"

박 원생의 명령이 떨어지자 횃불을 준비하고 있었는지 이내 불이 밝혀졌고, 춘삼이의 얼굴이 환한 불빛 속에 완연히 들어났다. 그는 눈은 있었지만 입을 멍하니 벌린 채, 어딘가를 망연히 보고 있었다. 초점이 맞지 않는 그 동공 앞으로 다가오는 흰 옷 입은 여인의 얼굴이 뚜렷이 그 처녀의 모습으로 보이는데도 그는 놀라움의 소리를 지르지 못했다.

장정들이 달려들어 두 팔을 붙잡고 일으켜 세웠을 때에야 비로소 정신이 번쩍 들면서 무서운 삶에의 욕망이 치솟았는지,

"아니야, 아니야, 나는 아니야!"
하면서 발버둥치기 시작했다. 다음 순간 그는,
'너, 너는, 너, 너는…….'
하고 야릇한 외마디 소리를 질렀다. 여자의 얼굴이 비로소 똑똑히 눈에 들어온 모양이었다.

춘삼이가 살인죄로 관가에 잡혀 넘어가자, 억울한 누명을 쓴 장쇠가 풀려나온 것은 두 말할 것도 없었다. 고을의 원님은 세 사람의 가산을 몰수하여 장쇠에게 주었는데 사람들은 모두 현명한 처사라고 말하며 칭찬이 자자했다.

그럼 귀신의 정체는 과연 무엇이었던가? 그 날, 신방재를 넘고 있었던 것은 한 사람이 아니라 쌍둥이 두 자매였다. 집이 가난해서 언니는 나이가 들자 삼패로 팔려갔고, 동생은 남의 집 민며느리로 들어가 살고 있었다. 오래간만에 언니가 동생의 시집에 갔다가 함께 자기들의 고향으로 돌아가던 길이었다.

동생이 잡혀서 욕을 당한 바로 산굽이 저쪽 위에서 언니는 고갯길에 빠져나온 돌을 헛디디는 바람에 그만 발목을 삐면서 어떻게 잘못 엎어졌는지 깜빡 정신을 잃고 말았다. 창자가 꼿꼿해져 숨마저 제대로 쉬지 못하게 되고 말았다.

놀란 동생은 허겁지겁 사람을 부르러 마을로 내려가다가 세 놈에게 길이 막혀 소리를 질렀는데, 그제서야 언니는 숨결이 통하여 정신이 들어 자기를 부르는 동생의 애절한 소리를 들었다. 정신없이 기어가 보니 동생은 벌써 숲으로 끌려들어가는 참이었다. 소리를 쳤다가는 자기까지 변을 당할 것이 뻔했다. 삼패로 몸을 팔던 터였으니 정조야 아까울 것이 없었지만, 놈들의 눈을 보니 죽일 것만 같았다.

'그래, 같이 죽느니 나라도 살아서 원수를 갚아야 해.'

그녀는 모진 결심을 했다. 삼패가 되어 무수한 손님들을 접대하는 동안 사람을 보는 눈이 정확해졌으며 매우 냉정한 판단을 내릴 수 있었기 때문이었다.

여자의 원한은 비상보다도 무서운 법이다. 상여집 따위도 무섭지 않아 그 속에 살면서 동네 사정을 샅샅이 조사하면서 복수에 착수했던 것이다.

정태가 박생원에게 얘기했을 때, 박생원이 소근거린 말은 그 날 밤, 그 처녀를 묻은 곳 주변에 동네 젊은이들을 모아서 횃불을 준비하고 숨어 있으라는 지시였다.

박생원이 그런 지시를 한 것은 전날 밤에 언니가 그에게 찾아와 사실을 낱낱이 고백하고는 어쩌면 내일 자정쯤 파묻은 시체를 확인해 보기 위해 춘삼이가 그 곳으로 갈지 모르니 이렇게 해서 증거를 잡았으면 좋겠다고 건의한 것을 받아들였기 때문이었다.

그런 예측도 역시 정확하게 할 만큼 삼패가 되었던 언니는 사람 보는 눈을 가지고 있었던 것이다.

–끝

한국의 야담

2014년 3월 25일 초판인쇄
2016년 3월 30일 재판발행

엮은이 | 이 강 래
펴낸이 | 홍 철 부
펴낸곳 | **문 지 사**

등록일 | 1978. 8. 11(제 3-50호)
서울특별시 은평구 갈현로 312
영업팀 | 02) 386-8451
편집팀 | 02) 386-8452
팩 스 | 02) 386-8453

값 15,000원